KB108423

세상은
나를 위해
존재한다

세상은 나를 위해 존재한다

발행일 2019년 12월 13일

지은이 송인섭
펴낸이 손형국
펴낸곳 (주)북랩
편집인 선일영 편집 오경진, 강대건, 최예은, 최승헌, 김경무
디자인 이현수, 한수희, 김민하, 김윤주, 허지혜 제작 박기성, 황동현, 구성우, 장홍석
마케팅 김회란, 박진관, 조하라, 장은별
출판등록 2004. 12. 1(제2012-000051호)
주소 서울특별시 금천구 가산디지털 1로 168, 우림라이온스밸리 B동 B113~114호, C동 B101호
홈페이지 www.book.co.kr
전화번호 (02)2026-5777 팩스 (02)2026-5747

ISBN 979-11-6299-088-9 03810 (종이책) 979-11-6299-089-6 05810 (전자책)

이 도서의 국립중앙도서관 출판예정도서목록(CIP)은 서지정보유통지원시스템 홈페이지(http://seoji.nl.go.kr)와 국가자료공동목록시스템(http://www.nl.go.kr/kolisnet)에서 이용하실 수 있습니다.
(CIP제어번호: CIP2019051289)

송인섭 전 대구테크노파크 원장의 자전적 에세이

세상은 나를 위해 존재한다

송인섭 지음

공황장애와 부정맥으로 죽을 복을 타고 났다는 남자
무서워서 비행기도 타지 못했던 심약한 남자
그가 온갖 역경을 딛고 차관급인 대구테크노파크 원장에 오르기까지
자신과 사투를 벌인 감동적인 이야기가 펼쳐진다!

북랩 book Lab

프롤로그

여러분은 자신의 삶이 우연이라고 생각하십니까, 필연이라고 생각하십니까? 만약 우연이라면 너무 억울하지 않을까요? 노력과는 상관없기에 황당하지 않겠습니까? 분명히 말씀드리지만 우연은 지극히 드문 경우입니다.

필연이라면 미래의 세상이 정해져서 그럴까요? 천만의 말씀입니다. 과학적으로도 미래는 불확정입니다. 오롯이 자신의 자유의지에 의한 결과로서 필연적인 삶으로 받아들여도 전혀 이상할 게 없습니다. 읽어가면서 확인해보시기 바랍니다. 한 개인의 도전의 역사입니다. 어떻게 직장생활과 삶에서 도전하고 실행해서 성공하는지 살펴보기 바랍니다. 당연히 실패도 함께했겠지요?

이 책은 나의 직·간접 경험 모두를 토대로 한 자전적 에세이(자서전으로 두 번째)입니다. 삶은 각론 중심이지만 한 사람의 인생은 총론입니다. 각론을 위주로 집필했지만 간간이 총론도 함께 생각해보았습니다. 총론 없이 산다? 불가능합니다. 가끔은 총론도 살펴야지요?

삶에 대한 여러 다양한 해석과 방안을 제공합니다. 단원 제목별로 순서에 상관없이 읽어도 무방하게 작성했습니다. 짬짬이 읽어도 되도록 구성하려 노력했습니다. 독자 여러분은 내용을 읽으며 자신에게 맞는 해석과 방안을 취사선택하면 됩니다. 그게 바람직하고, 그것으로 충분합니다.

나도 모든 생각이나 아이디어를 언제나 다 취하지는 않습니다. 상황에 따라 선택합니다. 독자 여러분도 몇 개만이라도 선택해서 실행한다면 삶의 질이 확 달라질 겁니다. 잊어버리고 못 하게 될 때도 많지만, 알게 되면 해보겠다는 의지가 중요합니다. 젊은이들에게는 미래에 대한 희망과 동기부여가 되길 바랍니다. 패기와 열정을 드러내보이세요. 중장년들에게는 안정에 머물 것인가 더 도약할 것인가를 생각해볼 기회를 제공하게 될 것입니다. 도전과 파이팅을 뽐내보세요.

30대 후반부터 40대 초반까지 병마에 시달리며 도대체 뭐가 잘못 되었는지 알아보기 위해서 메모하다 보니 현재에 이르렀습니다. 방대한 양의 메모를 토대로 했기에 다양한 형태를 띠게 되었습니다. 결국 이런 작업이 나를 완전히 다른 사람으로 변모하게 만들었지요. 당당히 살맛나는 삶을 산 나의 궤적을 설명하는 보람도 있습니다. 독자 여러분은 내가 겪은 고난과 고통은 겪지 않아도 되잖아요? 더 나은 상황에서 새로 시작하거나 변화를 꾀해도 되기에 취사선택하시라는 겁니다. 제시한 많은 걸 다 따라할 필요는 없겠지요? 남녀노소에 관계없이 다른 삶의 형태를 경험해보는 것도 힌트가 되겠지요?

역경에서도 삶의 꽃을 피웠지요. 나이가 들어가면서도 원숙한 생활을 이어가고 있습니다. 저의 다양한 경험에서 삶의 중요한 요소를 발견하고, 앞으로의 삶에 도움이 되시길 기원합니다. 나의 자랑으로만 생각한다면 큰 오산입니다. 자긍심의 발로로 이해해주시기 바랍니다. 역으로 나의 자랑이 어떻게 자긍심과 지혜를 만들어가는지를 헤아린다면, 여러분의 삶의 질에도 도움이 되겠지요?

끝으로 이 책이 나오기까지 정성을 쏟은 (주)북랩 편집부 여러분께 감사드립니다.

목차

Ⅳ
자긍심과 지혜

Ⅴ
병원 입원

Ⅵ
KTL Americas, LLC(USA 현지법인)

Ⅶ
대구 TP(테크노파크) 원장(차관급)

Ⅷ
원숙한 직장생활 회고

Ⅸ
삶의 원리를 이해하다

I

더 나은 삶을 위하여!

▷▷▷▷▷▷▷▷▷▷▷▷▷▷▷▷▷▷▷▷▷▷▷▷▷▷▷

해외생활은 물론 경험에서 체득한 인식과 지혜로 생각을 전환하여 삶의 원리를 깨닫는다. 삶의 원천을 확립하여 삶을 즐기며 인생을 관조한다. 나의 생존(TO BE OR NOT TO BE)과 직장의 황금연대를 현실 상황과 대비해본다.

삶은 과정이고 인생은 결과이다. 각론은 현실의 삶이지만 총론은 삶의 적분인 인생이다. 강조하건대 각론만으로 살 수는 없다. 총론도 간간이 필요하다. 삶이란 더 나은 삶을 살기 위해 '내가 원하는 대로 산다!'는 목표를 향해 나아가는 과정이다. 이 과정을 사랑하는 것은 자신을 사랑하는 것이다. 삶에서 가장 멋진 순간은 자기 삶을 열정적으로 즐길 때가 아닐까?

*

세상은 나를 위해 존재한다

세상 모든 게 나와 무관하게 실재하더라도 선택은 내가 한다. 세상이 나에게 영향을 주는 건 맞지만, 어디까지나 결정권의 주체는 나다. 세상을 알아가고 이해하는 것도 나고, 세상과 부닥쳐서 아픈 것도 나다. 세상 때문에 자아를 잠깐 상실할 수도 있지만, 자아의 복원력은 언제나 존재한다. "나는 생각한다. 고로 존재한다"는 철학 대가의 말도 일맥상통한다. 세상의 흐름에 올라타기도 하고, 세상을 외면하기도 한다. 세상에 시달리기도 한다. 어디까지나 선택의 주체는 자신이다. 그래서 나는 이런 주장을 한다.

'세상이 제아무리 풍지다 해도 내가 사는 세상은 살 만하다.'

세상과 자기 자신의 주체성은 별개의 문제이다. 세상을 원망한들 자기의 한계를 원망하는 꼴이다. 자아를 잘 보듬고 자아실현을 하면, 세상이 어떻든 간에 어떤 상황이든 간에 희망이 있다. 희망고문이라는 말은 세상에 휘둘린다는 것이다. 모자람을 반성하고 분발하는 계기로 삼는 게 현명하다. '내가 안하면 누가 해주나?' 하는 정신으로 대하면 힘이 덜 든다.

"영국인이 대문자로 쓰는 유일한 글자는 나(I)이다."

로빈스타인의 말이다.

세상을 자기 것으로 만들려면 세상의 흐름을 알아야 한다. 우선 현실을 받아들이고 인정하며 마음 편하게 대처하자. 좋든 싫든 현실을 인정하면 길이 보인다. 어려움에 처한 사람에게는 자기 위로가 필요하다. 반면, 긴급한 경우라면 모를까 안정적 상태의 사람은 당분간 그대로 놔둬도 된다.

나는 세상을 내 것으로 만들었다. 내가 원하는 나의 세상을 만들었다. 나의 자유의지로 만들었다. 인생 2모작 역시 즐거웠다. 이제 3모작을 시작한다. 삶은 세상을 살아가는 여정이기도 하지만, 자기를 키우는 일이기도 하다. 자기 삶을 영위하는 주체이지 객체가 아니다. 세상에 적응하는 것도 중요하지만, 세상을 알고 자신을 키워서 인생의 자긍심을 갖는 당당한 사람이 되어야 한다. 어디까지나 주인공은 자기 자신이다. 결코 관객이 아니다.

'살아지는 경우'보다는 '살아내야 하는 상황'이 훨씬 많다. 능동적이어야 할 수밖에 없다. 수동적으로 살아간다면 무슨 의미가 있겠는가? 수동적으로 산다 해도 그 행동조차 알고 보면 여전히 자신의 행동이다. 능동적이라는 것은 적극적이라는 것과 연계된다. 내가 신도 아닐진대 당연히 세상 창조를 말하는 게 아니다. 내가 없다면 나에게 세상이란 무의미하다. 내가 존재하니까 세상과 조우한다. 당연히 나와 세상은 동등한 위치를 넘어 내가 주인공으로 살아내야 한다. 자기 세상과 다른 세상과 싸우기도 하고 타협하기도 한다. 때로는 어떤 부분은 포기를 해야 할 수도 있다. 그런 걸 결정하는 주체는 당연히 자기 자신이다. 이길 수도 없는데 에너지 낭비하며 싸워서 처절하게 실패하여 장렬히 전사하는 게 삶의 목적은 아니다. 어디까지나 자기가 자신의 세상을 설계하고 살아내야 한다. 그게 삶의 가치를 최고로 만드는 길이다.

사는 게 얼마나 힘들고 어려운지 나는 누구보다도 잘 안다. 내가 세상 물결에 따라 흘러가는 것도 잘 안다. 내가 세상을 창조하는 것은 아니지 않은가? 그럼에도 세상을 내 것으로 만들었다고 감히 말하는 이유는 뭘까? 아무리 삶이 어려워도 세상을 등진(등지려고 하긴 했지만) 적이 없다. 내 뜻에 따라 내 세상을 살았다. 정말 최선을 다하니까 내 세상이 되었다는 말이다. 세상이 나를 위해 존재하지 내가 세상을 위해 존재하지 않았다. 비록 올곧은 세상이 아니고 풍진 세상이라 할지라도 내 할 일을 즐겼다. 그게 나의 삶의 방식이었다. 즐거움이었으니까!

이렇게 말하면 내가 고난과 고통을 별로 못 느끼고 살았다고 오해할 수도 있다. 실제로 내 주변 사람들도 그렇게 생각했다. 새로 만난 사회의 구성원으로 함께 살아온 사람들은 더 그렇게 생각한다. 나는 어느 누구보다도 좌절과 절망, 고난과 고통을 끔찍하리만큼 겪어본 사람이다. 누구보다 배도 고파보았다. 하루에 한 끼 겨우 때우는 생활도 해봤다. 조금 나아져서 하루에 라면 2끼로 때우며 몇 개월 간 살아도 봤다. 버스비가 없어서 밤중에 20여 킬로미터를 4시간에 걸쳐 걷기도 했다. 학교 갈 버스비가 없어서 대학 입학 기념으로 누가 사준 영문판 원서들을 청계천에 가서 팔아 학교를 가기도 했다. 책 없이 공부도 했단 이야기다. 공부인들 잘했을까? 내가 나 아닌 세상을 살기도 했다. 공황장애, 비행기 공포증, 우울증으로 정신병원 신세도 져봤다. 나와 또 다른 내가 치열하게 다투며 살아본 것이다. 육체적으로도 부정맥이 심해서 옴짝달싹 못하기도 했다.

그런데도 내 세상을 만들어 살아왔다고 주장하는 것은 나름대로 독특하게 살아오면서 삶의 즐거움과 맛을 알았기 때문이다. 고등학교 2학년 때부터 동생 3명과 고학하면서 생전 처음 해보는 고생이 시작된다. 그저 학교 다니면서 공부 잘하면 다 되는 줄 알았다. 한 끼 굶으면 배가 고프지만, 두 번째 끼니 때는 배고픔이 덜하다는 사실이 다행이었다. 학교를 가도 집에 돌아와도 부모님 없는 것도 힘든데, 먹을 게 없으니 더 서럽다. 둘째 여동생이 어디서 구해왔는지 그래도 한 끼는 먹었다. 그러니 4형제의 몰골은 말이 아니었다.

그래도 살았남았다는 게 얼마나 다행인지? 어떻게 생존해냈는지 우리도 모른다. 내가 대학에 진학한 후 남은 동생들도 말이 안 되는 상황 속에 살았다. 그래도 가끔 부모님이 빚쟁이들 몰래 조금씩 돈을 부쳤다고 한다. 나처럼 동생들도 세상에 지지 않고 고난을 헤쳐갔다. 현재는 형제자매 한 사람도 빠짐없이 모두가 자신의 세상을 잘살고 있다. 누가 충고하거나 도와주지도 않았다. 어려운 시기를 살아냈기에, 찾아드는 기회를 놓치지 않고 잡아 세상을 자기 것으로 만들었던 것이다.

자서전 2권째 출판이다. 1권이 50대 중반 이전의 삶을 회고한 것이라면, 2권은 현재의 내 나이 60대 중반을 넘어서서 관조하는 형태로 집필한 것이다. 1권 발행 후 더 나은 드라마틱한 세상을 살았기에 사는 맛을 조금이라도 더 공유하고자 한다. 객관적인 과정과 그렇게 될 수 있었던 원인 분석에 애를 썼다. 더 많고 생생한 지각을 하게 되어 깨달음이 있었다. 그 깨달음으로 여러분의 삶에도 도움을 주고 싶다. 세상을 살아가는 동지의 심정으로, 제2의 인생을 산 궤적을 써보았다.

내가 이런 삶의 힌트를 얻게 된 것은 어릴 때의 천방지축 같은 행동 때문이었다. 어릴 적 행복했던 시절이 문득 문득 떠올랐다. 그때 우리집은 풍족하고 걱정이 없었다. 나는 행복한 시간을 보냈다. 어머니가 시집와서 7년 만에 내가 태어났다고 하니, 귀한 아들이다. 4촌 형이 우리집에 양자로 들어왔지만, 내가 태어나자 원상 복귀되었다. 세상은 나를 위주로 돌아갔다. 뭐든지 거칠 게 없었다.

시골에서 자라다 보니 자연과도 아주 친해져서 즐겁기 그지없었다. 나는 어릴 때로 돌아가는 꿈을 자주 꾼다. 젊은 시절엔 고통과 고난을 겪었고 그 이후로도 병마로 인한 시련을 어렵게 극복한지라 더더욱 어린 시절이 그리워진다. 그래, 그때처럼 하고 싶은 것을 마음 내키는 대로 해보자! 고난의 세월 이었지만 꾸준히 하고 싶은 것을 하니 '어라, 내가 정말 그리되는 게 아닌가? 세상이 내 것일 수도 있겠구나!' 하는 생각이 축적되어 사고방식이 바뀌었다. '생각을 바꾸면 인생이 달라진다'는 말이 성립함을 나는 체험한다.

세상을 내 것으로 만드는 방식의 업그레이드는 엉뚱한 상황에서 일어난다. 50대 중반에 공황장애로 대학병원에 입원한 이후다. 3주 입원하고 나름 깨달은 바가 있어서 의사의 만류에도 불구하고 퇴원하여 작업을 시작했다. 입원하기 전 만들어둔 국책 프로젝트를 살짝 바꾸었다. 정부 출연기관 최초로 USA에 현지법인을 만들어 새로운 도전을 했다. 담당부처인 산업자원부도 처음에는 무모하다고 했다. 이런저런 설명으로 결국 현지법인이 성사되었다. 전에도 여러 번 말도 안 된다고 여기던 국책 프로젝트를 성공시킨 이력이 있어서 나를 제대로 밀어주었다. 다른 출연기관이 하는 지소(브랜치)와는 전혀 다른 시도였다. 내 세상을 만들어볼 심산이었다. 누구도 해본 적이 없으니 이런 게 바로 내 세상 아닌가?

물론 겪어보지 못한 어려움이 왜 없겠는가? 내 세상으로 만들려면 여러 어려움을 돌파해서 성공해야 한다. 내가 원하는 세상이 나로 말미암아 드러나는 게 아닌가? 이 정도 되면 내가 내 세상을 만들었노라, 선언해도 되지 않을까?

이 일 이후로 기 막힐 정도로 완전히 바뀐 세상이 다시 한번 더 이어

태양이 만든 눈, 내일 뜨기 위해 지는 석양

진다. 역시 삶의 진동이 이어진다. 찬란함과 좌절이 번갈아 온다. 그러나 이런 게 더 나은 미래를 위한 것인 줄은 나도 전혀 예상하지 못했다. 절대 위기가(?) 전화위복이 되고, 누구의 도움도 없는데 엉뚱한 행운이 찾아왔다. 자서전 1권을 출판할 때와는 전혀 다른 성공이 닥쳐온 것이다.

'하늘은 스스로 돕는 자를 돕는다'고 했던가? 그 말이 현실이 된다. 오래 살고 볼 일이다.

내 세상이라고 해서 삶에 울타리를 쌓아서 구분하는 게 아니다. 내 삶의 경계선(boundary)을 말한다. 다른 세상과 교감하며 배워서 내 세상을 더 풍부하게 하는 개념이다. 세상이라는 게 하나만 있는 게 아니다. 아주 다양하다. 자기가 인식하고 있는 세상이 다가 아니다. 하지만 어떤 세상이 존재하고 있는지 잘 모르다 보니, 미래의 계획을 세우기 어렵다. 이해를 돕기 위해 큰 세상 예를 들어보자. 한국과 유럽의 세상은 완전히 다르다. 사람 사는 세상이니 큰 차이 없을 것 같지만, 내가 살아본 독일은 완전히 다른 세상이었다. USA도 마찬가지다. 현지법인을 경영해보니 전혀 다른 세상이었다. 마찬가지로 한국 내에서도 직업에 따라 다른 세상이 전개된다.

독일 로맨틱 가도, 낭만이 깃들다

세상을 확인하는 방법으로 나는 독서와 여행을 우선 추천한다. 어떤 여행이라도 다름이 있는 쪽이 좋다. 비록 자기 세상은 아니지만, 다름이 있는 세상이 있다는 것을 인식하기에는 좋다. 다름을 인식하는 데서부터 세상은 다양하다는 것을 받아들이게 된다. 다음은 독서를 통해서 관심 있는 다른 세상을 간접 경험하게 된다. 최소한 이렇게 해야 장래를 계획할 수 있다. 그렇게 자기 세상을 그려본다. 시야가 넓어져감에 따라 수정, 보완해가다 보면, 내 세상의 윤곽이 잡힌다. 모든 일의 기본은 꾸준히 하는 것이다. 그러면 반드시 성과가 나타난다. 제아무리 뛰어난 능력을 가졌더라도 꾸준함에 비길 수는 없다. 이것만큼은 만고의 진리이다.

내 세상이 그려지면 세상에서 취할 건 취하고 버릴 건 버린다. 당연히 행위의 주체는 나 자신이다. 그래서 내 세상이라고 말한다. 자신감이 결여되면 세상에 휩쓸린다. 자기가 없는 세상? 아무 의미가 없다. 자기가 존재하기에 비로소 세상이 존재하는 것이다. 사물에 대비해보자. 자기가 인식해야 비로소 의미가 있다. 예쁜 꽃을 보는 방식도 가지가지다. 그냥 예쁜 꽃이구나, 할 수도 있다. 하지만 확대해서 세세히 보면, 꽃의 전혀 다른 모습을 본다. 같은 꽃이건만 보는 사람에 의해 달라진다. 결국 개개인의 인식 문제다. 꽃이라는 객관적 개체임에도 인식에 따라 다르게 본다. 어디까지나 자신이 주체인 자기 세계를 형성하게 된다. 온전한 자기 세상을 형성했으면 스스로 즐기는 것은 좋다. 그러나 다른 세상과 교류하면서 오만이나 독선으로 흐르는 건 언제나 경계해야 한다.

*

자신의 생각보다 더 잘살 수 있다!

"자신의 생각보다 더 잘살 수 있다!"

이 말은 2가지 의미를 담고 있다.

첫째는 독자 자신이 생각하는 것보다 더 잘살 수 있는 방법이 있다는 것이고, 다른 하나는 저자인 나만큼 또는 나보다 더 잘살 수도 있다는 의미다. 나는 고난과 고통도 많고 좌절도 많았다. 몸과 마음이 병들어 고통의 시간을 많이 겪었다. 건강한 사람이라면 자기가 생각하는 것보다 더 잘살 수 있다는 것을 밝혀주자는 것이 나의 의도다.

그렇다면 잘사는 것이란 무엇일까? 언뜻 떠오르는 게 경제적 풍요나 사회적 출세다. 이것도 잘살기 위한 조건임에는 틀림없다. 소위 성공한 인생일 수도 있다. 그러나 이것만으로 충분할까? 아니면 반드시 이래야만 할까? 저자는 살아보니 출세도 제법 했고, 경제적으로도 제법 성공했다. 하지만 이럴 때가 잘살았던 때인 것은 분명 아니다.

삶의 성공에는 생각보다 여러 가지 형태가 있다. 최소한 경제적으로는 궁핍한 것도 면해야 한다. 사회적으로도 크게 뒤처지지 않는 중산층 정도는 되어야 한다. 여기까지는 대부분 그럭저럭 도달한다. 살아가다 보면 이것조차 쉬운 일은 아니다. 세상 풍파도 겪어야 할 것이고, 스트레스도 많이 받게 된다. 한번 생각해보자. 한 방향으로만 사는 것도 방법일 수 있지만, 대부분 그렇지 않다. 다른 형태로 즐거운 삶을 살거나 다른 점을 찾아서 행복을 느끼는 생활이라면 더 좋은 삶의 질을 향유할 수 있다. 예를 들면 취미생활을 다양하게 하면서 자기를 돌보는 삶도 좋다. 돈이야 조금 들겠지만 비교적 적은 돈으로 더 큰 즐거움을 느낄 수 있다면 의미 있는 삶이 된다. 취미라는 게 하다 보면 묘미를 더 찾을 수 있다. 행복의 요소도 더 많이 갖게 되고 누릴 수 있다.

선진국 사람들을 보면 이런 방향으로 생활화되어 있다. 생활이 여유로워보이고 행복해보이는 이유다. 우리가 많은 정보를 접하다 보면, 아무래도 좋은 일보다는 비판적이고 좋지 않은 정보에 노출된다. 그게 마치 일반화되어 있는 것처럼 착각한다. 대부분의 정보가 자극적이지 않으면 관심을 못 받기에 일상적인 일이 정보가 되기 힘들다. 하지만 우리는 일상적이면서 즐겁거나 행복을 찾는 삶이 되어야 한다.

그런 것들은 사회적으로는 정보로서 매력은 없어보이지만, 개인으로서는 가치 있는 경우가 훨씬 많다. 많은 사람이 실의에 빠지는 경우는 남과 비교하는 생활을 할 때다. 다양성이 존재하는 삶의 방식을 알지 못해서 일어나는 불합리가 대체적인 경우다.

자기만의 확고한 인생관을 갖고 있다면 그런 일이 크게 영향을 미치지 못한다. 자기만의 생각이 없다 보니 비교해서 삶의 방식을 택한다. 낮은 쪽은 못 보고 높은 쪽만 쳐다본다. 그러다 보니 못난 삶을 자책하는 형태로 나아가기 십상이다. 다행히도 우리나라 젊은이들도 정신적인 면에서 성장하는 것으로 느껴진다. 즐길 줄을 안다. 예를 들어보면 야구장에 가서 그냥 관전만 하는 게 아니다. 자기를 표출하며 즐거워할 줄 안다. 이런 식으로 살다 보면 충전도 되고 삶의 질이 자연스럽게 좋아진다. 다른 분야나 일에서도 같은 방식으로 즐기다 보면, 나은 삶이 될 것이다.

조금만 여유를 갖고 삶을 계획하고 연출하면 생각보다 더 잘살 수 있다. 삶을 더 즐길 수 있는데도 그렇지 못하는 것은 약간의 지혜를 발휘하지 못해서다. 거창한 계획이나 어려운 과제를 안는 것처럼 하지 않아도 충분히 가능하다. 잘 몰라서 못 하는 경우가 다반사다. 대부분 통상의 성공에만 몰두하다가, 은퇴 후 삶의 방향이 살짝 어그러진다. 오히려 갈 길이 멀어보이는 것 같다. 은퇴 후에 노력해도 늦지는 않겠지만, 큰 어려움이 도사리고 있다. 각고의 노력과 정성을 기울어야 한다.

호주에서 만난 앵무새, 먹는 모습이 평화롭다

은퇴 전에 성공하면 은퇴 후에도 보답이 있을 거라 생각하면 착각이다. 요즘 보면 너무 오래 사는 게 오히려 재앙이 된다고 한다. 이런 것은 피해야 하지 않을까? 은퇴라는 게 명예스러우면서도 축복 받는 일이어야 할 텐데, 걱정해야 한다. 이제까지 아무리 성공했더라도 무용지물이다. 다양하게 자기를 위해서 살지 못했다는 증거다.

앞으로 과학기술이 고도로 발전되면 더욱 그렇게 된다. 제 책을 읽는 분들은 젊은 시절에 미리미리 준비하며 즐기다가 은퇴가 축복 받는 제2의 삶이 되기를 바란다. 은퇴 후 더 즐거운 여생을 보내기 바란다. 생각보다 즐길 일이 많아진다. 행복을 억지로 추구하기보다는, 즐기는 일을 하면 자연스럽게 행복은 따라온다. 즐길 줄 아는 방법을 모색하고, 삶의 질이 높아지는 것을 느껴보기 바란다. 남녀노소 모두 마찬가지다.

남자 중심적이던 가정이 은퇴하고 아내와 오순도순 지낸다? 이건 착각이다. 아내는 아내대로 새 삶을 살고 싶어 한다. 서로 어긋나는 삶이 기다리고 있을 확률이 높다. 평소에 가정도 누구에게 기울어져 사는 것은 바람직하지 않다. 은퇴 후에 하자는 것은 실행되지 않는다. 젊은 시절부터 평소에 사람답게 살아야 나중에도 잘살 방안이 생긴다. 분명 현재 자신이 살고 있는 것보다는, 또한 생각하는 것보다는 더 잘살 방법이 있다. 찾는 방법을 모를 수도 있고, 기회가 왔는데도 눈치 채지 못할 수도 있다. 현재 눈앞의 것만 고려하다 보니 조금 더 앞을 위한 준비를 못 할 수도 있다. 아무리 바쁘고 급할지라도 자신을 돌아볼 여유는 반드시 가져야 한다. 자기 자신을 알아야 더 잘살기 위한 기본을 갖추게 될 것 아닌가?

무턱대고 오는 행운은 지극히 드물다. 그물을 바다에 드리워야 고기를 잡는다. 맨손으로 고기를 잡을 수 없지 않은가? 나는 이점도 중요하게 생각해서 여러모로 내 경험을 공유하고 방안을 제시한다. 단순히 내 자랑하고자 이 힘든 책을 집필하겠는가? 여러분이 내 책을 읽고 힌트를 얻는다면, 그게 나의 보람이다.

홀인원 기념, 나에게도 이런 행운이!

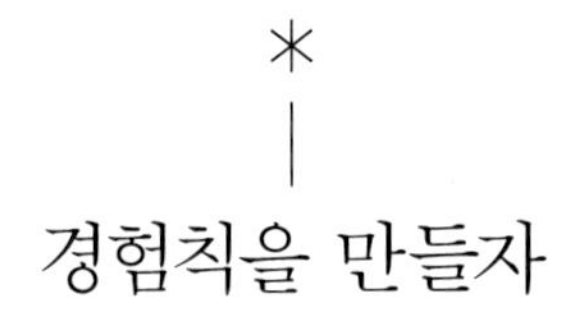

경험칙을 만들자

실행의 결정 ⬅ 성공 확률 * 가치 * 자신감

내가 애용하는 경험칙이다. 나는 경험칙을 기준으로 필요한 요소를 가감해서 실행을 결정한다. 성공은 확률 게임이다. 어떤 일을 착수하고 과정을 거쳐서 결과로 나타나는 게 성공이다. 미래의 결과를 알 방법은 없다. 확률 외에는 뾰족한 방법이 없다. 수학과 과학에서도 중요하게 쓰이는 확률 방법을 인간사에 적용하면 좋은 효과를 볼 수 있다. 이용할 가치가 있다.

성공 확률은 수학에서처럼 정량적이기는 어렵다. 아무래도 정성적일 수밖에 없다. 정성적인 경우는 하고자 하는 일의 속성 분석에 따라 달라진다. 속성을 잘 분석해서 그들에 대한 대처방안이나 행동방식을 결정한다. 별 대책 없이 그냥 실행하는 것보다 성공 가능성을 크게 높여준다. 속성들을 분석하고 실행 가능성을 점검해서 자신감이 생기면, 성공 가능성 역시 높아진다. 속성을 분석하는 것 자체로도 성공 가능성을 높여준다.

분석하다 보면 여러 아이디어가 떠올라 실행하기도 수월해진다. 이런 습관을 기르다 보면 소위 경험칙이라는 게 형성된다. 확률이라는 개념 자체가 많이 해보면 어떤 바람직한 결론으로 수렴된다는 것을 내포하고 있다. 내 경우는 성공 확률 판단 기준을 50%, 즉 성공과 실패가 반반이라고 짐작되면 하는 쪽으로 결정한다. 실행하면서 아이디어를 보태면 확률은 자기도 모르게 상승한다.

또 한 가지 중요한 것은 해볼 만한 가치에 의해 좌우된다. 당연히 가치가 있다면 해보는 게 상례 아닌가? 실행에 착수하게 되면 자신감을 갖는 게 성공 확률을 더 높여준다. 그래서 나는 내 나름의 공식을 결정했다. 이건 어디까지나 나의 경험칙에서 나온 것으로, 살면서 행해보니 도출된 정성적 경험법칙이다. 독자 여러분도 이런 형태로 시작해보고 경험이 쌓이면 자신만의 경험칙이 만들어질 것이다. 예상 외로 이런 습관을 길러가면 성공이 점증하는 현상에 고무된다. 한번 꾸준히 해보자. 꾸준히 습관이 되어 아주 자연스럽게 자신만의 경험칙이 완성되어 삶의 질도 좋아지고 성취감으로 마음이 뿌듯해질 것이다.

착각하지 말아야 하는 것은 정량적 수치가 아니다. 자신이 느끼는 정성적 느낌이다. 그래서 나는 경험칙이라는 이름을 붙인다. 중요한 것은 이런 경험이 쌓이면 경험칙이 단단해지며 아주 효율적으로 작동된다는 것이다. 바로 확률의 속성이다. 이렇게 하다 보면 자연스럽게 삶을 짚어가게 될 뿐더러 삶의 맥을 잘 찾게 된다. 분명 과학적인 방식이다. 사람별로 자기만의 고유한 생각과 행동이 있다. 세상을 무슨 일이든 조금만 앞서 가면 성공 가능성은 그만큼 커진다. 그래서 앞의 경험칙을 권하는 바이다. 분명하게 효과와 현실성이 높아진다.

*

세상이 제아무리 풍지다 해도

세상이 원망스럽더라도 찾아보면 사는 맛은 있기 마련이다. 어찌 보면 인생이란 재미 있는 세상이다. 살아가는 여정에는 반드시 풍상을 겪게 마련이다. 누구에게나 세월은 일방통행이라서 생기는 문제들이다. 여러 형태의 세상을 겪다보니 극복 방법이 제각각일 수밖에 없다. 극복하고 난 후의 사고방식의 문제이다. 극복을 자기 자신의 성장으로 느끼느냐? 아니면 그저 고난으로만 치부하느냐? 이에 따라 성장 능력이 달라진다. 기성인이 되어서도 지나간 과거의 아픔으로만 간직하는지, 아니면 극복에 자부심이 있는지에 따라 앞으로의 인생이 달라진다. 알면서도 잘 헤아리지 못한다. 어차피 살아가는 것이 과거를 토대로 하여 현재를 살며, 미래를 대비하며 살아간다.

생성되어야 할 에너지를 고난으로 치부하면서 에너지를 잃게 되면 어리석다. 사람이다 보니 항상 그렇게는 하기는 힘들다. 확률적으로 50% 이상이라는 느낌으로 하다 보면 점점 좋아진다. 반대로 하면 침체로 갈 수 있다는 것도 명심하자. 젊을 때는 언제나 시간에 쪼들린다. 사회생활이든 직장생활이든 인생의 출발이라 그렇다. 당연하다. 미완성 투성이일 수밖에 없다. 세상이 실제로 풍지게 보인다. 하지만 나름대로의 미래는 만들어가는 과정이라 여겨야 한다. 어려운 상황 속에서도 꿈을 간직하면 언젠가는 이루어진다. 누구나 어떤 어려운 환경은 있다. 환경을 극복해가며 더 나은 상황으로 전진하면 성공의 기틀은 만들어진 셈이다.

무슨 일을 하든 집중해서 성과를 내기 시작하면 여유가 조금씩 생긴다. 자신을 키워가느냐, 정체하느냐의 차이에 의해 미래는 확연한 차이가 발생한다. 비록 발전이 느리더라도 꾸준함에는 이길 장사가 없다. 짬짬이 꾸준하게 지속하는 게 삶의 요체이고 성공의 바로미터다. 현재에 집중하되 인생을 멀리 보면 정리가 된다. 수고로움 없이 얻어지는 것은 쉬이 사라진다. 수고한 만큼 자란다. 수고로움 없이 얻은 것만큼 지키기 어려운 것도 없다.

성장을 느끼게 되면 마음의 여유나 생각의 여유를 갖게 된다. 마음의 여유가 있으면 세상은 밝게 보이고, 생각의 여유가 있으면 세상이 또렷이 보인다. 반대도 성립한다. 밝게 보려고 애쓰면 마음의 여유가 생긴다. 또렷이 보려고 하면 생각의 여유를 도모할 수 있다. 이런 것들을 인식하고 행동하는 게 지혜의 기능이다. 지혜란 같은 사안일지라도 더 낫게 보거나 더 잘 행동할 수 있는 마음과 생각의 내공이 있음을 의미한다.

세상이 복잡다단해지다보니 판단해야 할 일도 더불어 많다. 세상이 불합리하거나 풍진 것처럼 보일 때도 많다. 평소에 생각지도 못한 일들이 언론을 통해 하루가 멀다고 터져나오는 게 단적인 예이다. 주변에서도 불편한 현상들이 많다. 무시할 수 있다면 괜찮겠지만, 이런 것들이 쌓이면 스트레스가 된다. 생각과 마음의 경색이 온다. 인간은 대체로 나쁜 현상을 경계하게 되어 있다. 좋은 것에는 기쁨도 있겠지만 빨리 잊는 경향이 있다. 그러다 보면 풍진 세상이 되어 있는 것을 보게 된다. 극히 자연스러운 현상이다. 그런 관점에서만 바라보면 삶이란 별로 유쾌하지 못하다.

삶의 주체는 누가 뭐라 해도 자기 자신이다. 그래서 지혜가 더 필요하다. 판단 체계를 가만히 살펴보면 대체로, 갖고 있는 지식을 기반으로 한 판단, 합리적·과학적 판단, 지혜로운 판단(때로는 창의적 판단) 등을 하게 된다. 대부분의 사람들은 지식을 기반으로 한 판단으로 끝난다. 하지만 지식이란 공장에서 품질관리를 잘해서 멋지게 만들어진 물건처럼 유용하고 필요하다. 이런 물건은 대량생산하거나 정형화되어 있다.

지식도 잘 만들어지고 잘 짜인 옷감과 같다. 요즘처럼 정보의 홍수에 빠지는 세상에선 단편적인 지식에 의존한다. 잘된 지식도 분간이 잘 안 될 수 있다. 아주 옛날 철학적 사유와 선인들의 지혜가 빛날 수 있었던 것은, 지금과 비교해서 상대적으로 생각과 마음의 여유를 가질 수 있는 환경이었기 때문이다. 현대인은 전혀 다른 환경에서 산다. 지식으로만 판단하기에는 많이 모자란다. 배움과 경험을 통한 합리적, 과학적 판단이 절실하다. 지혜가 발휘되어 슬기로운 사람이 되어야 한다. 지혜와 합리적, 과학적 사고는 중요하므로 별도의 장에서 내 경험을 보기로 한다. 세상이 풍지고 어지러워도 그것을 해석하고 받아들이는 일은 결국 자기 자신이란 것만 명심을 하자.

개개인은 전부 다른 주체이지 객체가 아니다. 그러므로 모든 사람이 자기가 원하는 바를 얻고자 할 수밖에 없다. 당연히 이해충돌이 생긴다. 여기까지는 견딜 만하다. 어느 누구도 다른 사람의 생각을 읽을 재간은 없다. 그러면서도 누구나 욕망은 있을 수밖에 없다. 욕망이 나쁘다는 뜻은 아니다. 삶의 가치를 찾는 행위라고 해도 된다. 문명이 발전해서 인간에게 이로운 점도 많지만, 사람의 눈높이도 높아진다. 지금처럼 발전하기 훨씬 전에도 '만인에 의한 만인의 투쟁'이라고 설파되었다.

하물며 세상이 훨씬 복잡하고 다양해진 현대는 더더욱 경쟁이 심해지는 건 당연하다. 개인의 입장에선 우열을 가리는 듯한 착각에 빠지기 쉽다. 하지만 삶의 가치는 결코 우열로 결정되는 것이 아니다. 기본 가치를 잊어버린다. 인간은 기본적으로 복잡한 걸 싫어하기 때문에, 복잡한 걸 단순화시킬 능력만 생기면 세상이 아무리 풍지다 해도 헤쳐나가기가 용이하다. 그러면 세상도 그리 험하지만은 않다.

*

행복 대 즐거움

신문에 연재된 칼럼 중에서 우선 하나를 소개한다. 나의 철학과 개념이 잘 담겨져 있다. <매일신문>에 연재한 내용을 그대로 옮긴다.

"행복과 즐거움"

사람들은 언제나 행복을 추구합니다. 하지만 행복만 좇다 보면 문제가 생길 수밖에 없습니다. 행복 추구에는 맹점이 있습니다. 한 가지 행복이 왔을 때 거기에만 만족하는 경우가 거의 없다는 점입니다. 행복이 찾아오면 잠시 그 행복에 젖을 수 있지만, 시간이 지나면 그 행복은 기본이 되고 더 나은 행복을 반드시 찾게 되어 있으니까요.

그래서 저는 살아가면서 즐거움이 행복보다 더 낫다고 생각합니다. 즐기는 동안도 즐겁지만, 큰 무리는 안 하게 된다는 장점이 있기 때문이지요. 더 나은 즐거움을 추구하기는 하겠지만, 인생에 그리 큰 해가 되지는 않는 것 같다는 생각도 듭니다. 둘 다 과도하게 추구하면 무리가 되는 건 사실이지만, 즐기는 것이 행복보다 덜 무리가 가기 때문입니다.

예를 들어볼까요. 돈을 많이 벌어서 행복한 경우를 가정하겠습니다. 많은 돈으로 잠시는 행복할지 모르겠지만, 어디 거기서 멈추는 경우가 있던가요? 더 많은 돈을 벌기 위해 무리를 하게 되고, 결국은 불행해지거나 오히려 패가망신하는 경우가 허다한 것을 보게 됩니다. 극히 일부는 대성공을 거두기는 하지만 아주 소수의 경우이지요. 설사 재벌이 되었다고 하더라도 여전히 문제점을 안게 되고요.

즐거움은 어떻습니까. 즐거움의 대표 격이 취미입니다. 취미는 본인이 즐거워서이지 억지로 하는 것이 아닙니다. 취미도 심하게 즐기면 무리가 따르기도 하지만, 그리 크게 문제가 되는 경우는 많지는 않습니다. 취미를 즐기다가 패가망신하는 경우는 거의 없으니까요.

젊은이나 노인 가릴 것 없이 평생 즐거움을 누릴 수 있는 취미를 한두 가지 이상 가지고 있다면 즐거운 인생이 된다는 것이 제가 발견한 지혜입니다.

저는 청소년 시절 아주 불우했고 대학 2학년까지 거의 4년을 고학하다시피 했습니다. 어찌어찌하여 겨우 대학을 졸업하고 군대를 다녀온 뒤에 좋은 기업에 취직하게 되었습니다. 사랑하는 소중한 아내를 만나서 결혼도 했고요. 잠깐 행복했지만, 얼마 지나지 않아 불행은 시작되었습니다. 건강을 점점 잃었고 정신까지 혼란스러워졌습니다. 나중에 알았지만 공황장애까지 걸리게 된 것이지요. 결국은 공황장애 때문에 비행기를 못 타는 지경까지 이르렀습니다. 엎친 데 덮친 격으로 심장에도 이상이 생겨 부정맥 증상까지 왔습니다. 그때가 30대 후반~40대 초반이었으니, 저의 세상은 암울할 수밖에 없었습니다.

그런데 친구인 의사의 말 한마디에 제 인생은 전환점을 맞았습니다. 여러 병으로 암울했던 저에게 그 친구는 "죽을 복은 타고났다"고 하는 겁니다. 부정맥 때문에 심장마비로 죽으면, 정작 본인은 죽는 줄도 모르게 죽음을 맞게 되니 죽을 복은 타고났지 않느냐는 겁니다.

그 한마디에 힌트를 얻어 죽기 전에 내가 좋아하는 것을 즐기자는 생각을 하기 시작했습니다. 그러다 이왕 죽을 바에는 죽음을 각오하고(아니 삶을 포기한다는 표현이 더 어울릴듯합니다) 비행기를 탔습니다. '내가 나를 못 죽이니 병인 네가 나를 죽여보라'는 포기에 가까운 처절한 도전이었지요.

비행기를 타보니 불안은 엄청나고 여전했지만 죽지는 않더군요. 오히려 짜릿한 행복을 느낄 수 있었습니다. 그런데 그 행복은 얼마 가지 않더군요. 저도 인간인지라 더 나은 상태를 원하게 되었고, 생각을 또 바꾸었지요. '죽기 전까지라도 즐겁게 살자!'고요.

그래서 제가 하고 싶던 것들을 즐기기 시작했습니다. 천문우주학, 역사, 꽃과 식물, 여행, 그리스 로마 신화 등 취미들에서 즐거움을 발견하게 되고, 여기에 빠져 있는 동안은 세상 모든 게 잊히게 되더라고요.

아직도 완전히 벗어난 것은 아니지만, 이제는 공황장애와 동거하면서 비행기 터뷸런스조차 불안 속에 즐기게 됐습니다. 롤러코스터를 타면서 스릴을 느끼듯 말입니다. 저는 행복을 추구한 적은 없습니다. 다만 제가 좋아하는 걸 즐길 뿐이었지요. 아주 단순하지요.

이제 저는 60대 초반이긴 하지만 당뇨병 등과도 동거하며 여전히 즐겁게 살고 있습니다. 어찌 보면 저는 '자유인'인지도 모르겠다며 스스로 만족하며 살고 있지요. 취미로 즐기던 일들이 이젠 제법 전문가 수준으로 되었고, 그 속에 파묻히게 되니 온갖 세파를 이겨내게 되더군요.

이래서 행복보다는 즐거움이 인생살이의 필요충분조건이 되고, 이게 바로 행복과 즐거움의 차이가 아닐까 생각합니다. 하루라도 빨리 여러분도 본인에 맞는 취미를 찾아보시기 바랍니다. 그러면 삶이 풍족해질 테니까요. 나이가 들어 시작하면 그만큼 어려워집니다. 이런 제 생생한 이야기를 담아 『고난과 고통을 넘어 - 즐거운 인생 맛있는 삶』이라는 책도 출간하게 됐고, 저의 직접 경험으로 말씀드리는 것이니 믿으셔도 될 것이라 감히 말씀드립니다.

- 〈매일신문〉 고정 칼럼 전문

에피소드 하나를 소개한다. 대구테크노파크 원장으로 일할 때다. 대구 WEsdom(WE+wisdom) 인생학교 청년모임이라는 게 있다. 다양한 청년들이 모여서 강연도 듣고 친목과 우의를 다지는 괜찮은 모임이다. 리더는 우리 기관의 유능한 팀장이 맡고 있는데, 그의 강연 요청으로 인해 함께하곤 했다. 몇 번째인지는 기억나지 않지만, 이 모임에서 강연한 적이 있는 유명 인사들과 다 함께 모인 적이 있다. 강연자들이 애장하는 책을 소개한 뒤 의미 있는 책을 추첨으로 선물하고 질문받는 자리였다. 나는 천문우주와 관련한 두꺼운 영문 원서를 골랐다. 살면서 여유를 갖는 시간이 필요한데, 도시에서는 밤하늘 보기가 어렵기 때문이라는 생각에서였다. 내용이 우주에 관한 것이지만 도록이 잘되어 있어서 이해가 비교적 쉬운 책이다. 미국 살 때 영어 원서 백여 권을 사서 읽고 소장하던 중이었다.

소장 중인 천문학 책이 많아서 깨끗한 것으로 골랐다. 책 설명에 덧붙여, 다양한 취미가 있어서 즐기면 삶이 윤택해진다는 줄거리로 이야기를 했다. 결론으로 내 경우 사는 데 가장 중요한 것들 중에 요약하면 "즐거움이 행복보다 선행한다. 행복은 오래가기가 힘들지만, 즐거움과 즐기기는 신나는 삶을 만들어준다"라고 생생한 경험을 일러주었다. 간단한 강연이 끝나고 몇몇 질문이 있었는데, 그 중 기억나는 재미있는 질문이 있다.

여대생이었는데 요지는 "지금까지 행복한데 구태여 꿈을 만들 필요가 있나요?" 하는 것이었다. 조금 당돌하면서도 당연한 질문이었다. 나는 질문을 듣고 그리 간단한 것으로 생각되지 않았다. 뭔가 사연이 있는 듯해서 구체적으로 물어보았다. 소위 희망고문이 유행어일 때라 혹시 관련 있나 싶기도 했다. 대화를 해보니 '소확행'을 즐기면서 살아도 행복한데, 구태여 큰 꿈을 꾸어서 실행하는 것도 보통일이 아니라는 것이다. 듣고 보니 맞는 말이고 사는 방식도 괜찮다고 생각했다.

'소확행'에 대해서 이야기를 좀 더 해보기로 한다.

요즘 '소확행'이란 말이 회자되고 있다. 내가 볼 때 제대로 된 것 같다. 덴마크가 행복지수가 가장 높은 이유 중에 하나가 바로 이런 소확행이다. 그들은 이것을 '휘게'라고 한다. 덴마크뿐만 아니라 서구 국가들에 공통된 것으로 봐도 무방하다. 독일에 살 때나 출장 중에 가장 부러운 것 중에 하나가 그들의 여유 있고 평안하며 담소가 깃든 생활이었다.

때로는 취미 때문에 분위기가 더욱 따뜻해진다. 그들이 즐기는 건 '소확행'도 있지만 취미가 더욱 좋은 요소다. 그들은 소위 '소확행'만으로 살아가며 즐기는 건 아니다. 그것만으로 만족했다면 행복지수도 그만큼 높지 않았을 것이다. 평소에 즐기는 취미생활이 가미되었기에 가능한 일이다. 그들은 평생 좋아하는 취미가 반드시 있다. 젊었을 때부터 즐기기 시작한다. 작지만 적어도 그런 노력을 한다.

본론으로 돌아가서, 나의 결론은 조금 달랐다. 즐거움과 행복 이야기를 구체적으로 했다. 장차 자립과 독립을 해야 할 텐데 적어도 그때를 위해서도 꿈은 필요하지 않겠는가? 더 중요한 것은 행복 추구보다 즐거움을 즐기는 편으로 꿈을 꾸는 게 내 경험으로는 더 낫더라는 것이다! 그래서 자서전 1권 제목을 『즐거운 인생, 맛있는 삶』으로 정했다는 말도 덧붙였다. 지금도 나는 여전히 내 철학을 신임하고 그렇게 행동하고 있다. 나중에 그 모임의 젊은이들이 내에게 해줄 말을 부탁해왔다. 그래서 나의 평소 지론인 다음의 문구를 적어보냈다. 모든 세대에 통용되는 문구이기도 하다.

WEsdom 인생학교 청년에게

청년들이여!

지식보다 지혜를

감정보다 감성을

자존심보다 자긍심을

그러면 큰 사람이 됩니다.

여기 표시된 내 나름대로의 개념과 왜 그러해야 하는지도 별도로 다룬다. 아울러 자존심과 자긍심, 자신감과 성취감과도 연계해서 이야기하겠다.

✦행복인가? 즐거움인가?

행복? 뭔가 수동적인 개념으로서 현 상태를 말한다. 즐긴다! 뭔가 능동적이다. 행동 있는 상황이다. 결론은, 행복보다는 즐김이 훨씬 낫다. 행복은 더 나은 행복을 추구하다 불행으로 빠질 우려가 크다. 하지만 즐기는 것은 크게 배반할 일이 드물다. 즐기다 보면 행복이 오지만, 행복해서 즐기기는 힘들다. 즐거움의 결과로 행복은 가능하다. 행복은 정적인 상태가 많지만, 즐거움은 동적인 경우가 많다. 즐거움이 행복보다 우선한다. 나는 이런 관점으로 살아왔다. 되돌아보아도 역시 옳았다. 즐거움 속에는 설렘이라는 속성이 숨어 있다. 뭔가 기대를 할 때 기다리며 설렌다.

일본의 여성 사업가가 청소로 기업을 일군 예가 있다. 처음부터 기업가였던 게 아니라, 일반 회사원이었다. 정리정돈에 취미(일본은 이것도 취미라 여기나보다)가 있어 친구들의 집 정리를 도와주다가 아르바이트로 나섰다고 한다. 인기가 좋아 조그만 회사로 시작해서 USA에서 대성공했다. USA에서 TV방송을 타더니 급기야 기업가로 변신하게 되었다.

미국 사람들은 한번 산 물건을 대체로 버리지 못하고 집안 어디엔가 두는 습관이 있다. 그녀는 물건을 대할 때 설렘을 판단 기준으로 삼아서, 간직할 것과 버릴 것으로 구분한다. 버릴 때도 사람과 대화하듯이 살포시 안아주거나 볼에 대고 작별을 고하고 버린다는 기발한 착상이다. 이 기사를 읽고 적잖이 영감을 받았다.

설렘! 우리가 살아오면서 얼마나 많은 설렘이 있었던가? 누구나 마찬가지일 것이다. 참으로 감성의 진수가 아닌가? 7대 감성인 희로애락애오욕(喜[기쁨], 怒[노여움], 哀[슬픔], 樂[즐거움], 愛[사랑], 惡[미움], 慾[욕심]) 중에서 대체로 기쁨, 즐거움 그리고 사랑이 오기 전에 일어나는 심리적 현상이다. 나는 '감탄을 많이 하는 사람이 행복하다!'고 설파하는데, 거기에 설렘을 추가했다.

설렘이 있을 때 애착도 따라붙는다. 처음 갖고 싶은 것을 샀을 때를 기억하는가? 처음 차를 살 때, 처음 자기 집을 가질 때도 마찬가지다. 이렇게 설렘이 찾아오면 어린아이처럼 순수해지지 않는가? 정말 즐길 거리 중의 하나가 설렘이 분명하니, 설렘은 삶의 좋은 요소 중의 하나이다. 설렐 일을 많이 만들어 삶의 질을 높이는 것도 지혜이다. 우리의 탄생 자체가 기적이다. 우리 자신의 출생을 당연한 것처럼 여기지만, 그것 자체에 행복을 느껴보는 것도 지혜다. 이런 점에서 평범 속에 있는 즐거움을 일깨워보는 것도 삶의 여유를 갖게 해준다. 자기 탄생의 기적을 행복으로 일깨워보자.

모든 생물은 어떤 형태든 새 생명을 탄생시킨다. 종족을 잇는다는 의미와 후세를 본다는 의미를 떠나서 아기 자체로 천사다. 인간이 그 자체로 천사 모습을 하는 것은 아마도 성인을 제외하고는 아기가 유일하지 않을까? 처음 부모가 되는 상황도 경이롭다. 더 경이로운 건 하나의 단세포끼리 만나 수십조 개의 세포를 갖는 의식 있는 유기체(내 계산에 의하면 인간이 1년에 만드는 평균 세포의 개수와 우주가 1년에 만드는 별의 평균 개수가 거의 같은 근사치가 된다)로 자라는 자체가 경이롭지 않은가? 이는 우리의 무비광대한 우주만큼이나 대단한 사건이다.

또한 집단 지성(?)이랄 수도 있는 상황에서 결합(난자와 정자)이라는 상태가 탄생한다. 수많은 정자가 난자로 다가가서는, 처음 도착한 놈들은 자기들이 먼저 왔다고 난자와 결합하지 않는다. 나은 놈이 결합하게 난자 주위를 깨끗하게 해주는 도우미 역할을 한다. 단세포들의 이런 노력에 우리는 경의를 표해야 하지 않을까? 사람보다 나은 면이 있다. 기적적이다. 상상을 초월하는 우주를 제외하고 인간이 소우주라는 것은 사실이다. 이게 바로 나인 것이다.

이런 기적으로 태어난 나를 소홀히 해서야 되겠는가? 보이는 게 다라고 생각한다면 인간으로서 자격이 없다! 자기 자신에게 의무를 다하는 삶, 즉 행복하고 즐겁게 살아야 할 의무가 있다. 나와 함께 어떻게 살아야 할지, 여행을 떠나보자!

밀라노 두오모 성당, 지붕위의 여행자

*

잘 놀아야 한다

이제는 '논다'는 개념도 바뀌어야 한다. 세상이 바뀌어서 예전의 개념은 틀렸다. 에너지를 충전하거나 몸과 마음을 즐겁게 하는 게 '논다'의 속성으로 바뀌었다. 『노는 만큼 성공한다』 문화심리학자인 김정운 교수의 저서다. 나는 이 책을 몇 번이고 읽었다. 제주도 휴가 중에 정독했다. 내가 생각하는 개념과 어울리는 부분도 있고, 일부는 갸우뚱하기도 했다. 나도 독일에 살면서 습득한 독일인들의 철학적 접근에 박수를 쳤다. 내가 행하는 즐거움과 많이 일치하기도 한다. 새로운 좋은 내용이 많아 정독하면서 흡수했다. 삶의 질을 증진하는 데 효과가 있다. 이 책이 학문적인 접근이라면, 나는 경험적인 접근을 했다는 게 차이다.

노는 게 단순한 휴식이나 쾌락적 요소를 내포하는 시대는 지났다. 마음이 상쾌하고 머리가 영롱하며 육체가 잘 작동되는 상태이다. '논다'는 것은 그 의미와 요소가 다양해지고, 감성이 고양되는 면이 강조된다. 피곤해지는 게 아니라 삶의 활기를 되찾게 된다. 피곤하더라도 기분 좋은 피곤함이다. 어린아이들은 '놀이'를 즐거움으로 하지 않는가? 성인이라고 다를 바가 없다. 개념도 동일하게 봐도 무방하다. 성인이 되면 몸에 무리가 가는 오락이 될 가능성이 높다. 오락보다는 놀이의 개념으로 노는 게 맞다.

실제로 예전과는 달리 요즘은 잘 노는 사람이 일도 잘한다. 사는 게 여유와 자신이 넘친다. 우리에게 '논다'는 말의 어감이 지금까지는 엉뚱한 뜻으로 쓰인 거다. 세상이 디지털화될수록 아날로그적인 면도 함께 해야 한다. 더 복잡해질수록 단순화가 필요하다. 간과해서는 안 된다. 잘 노는 게 필수 요소다. 취미생활도 한 축이다. 이게 바로 워라밸(Work & Life Balance)이 아니겠는가? 영어가 왜 RE-CREATION이겠는가? '놀고 있네'란 문구도 사라져야 한다.

잘 놀아서 스트레스를 확 날려버린다. 현대는 스트레스 해소의 시대라 해도 과언이 아니다. 열정적으로 놀면 더더욱 좋다. 동적인 재미가 있는 활동적인 무언가를 찾아도 좋다. 운동을 직접 하든 관람을 하든 에너지를 발산하면 속의 육체적, 정신적 노폐물도 발산된다. 아니면 조용하게 즐기는 것도 한 방법이다. 좋아하는 음악이나 미술을 감상하며 감성을 순화하는 것도 좋다. 미를 담고 있으니 미를 감상한다.

시간이 된다면 여행을 하면 금상첨화다. 생각을 돌리는 데 즉효다. 너무 많은 것을 보겠다고 서두르는 건 별로다. 뭔가에 몰두해도 좋다. 여하튼 즐길 거리는 아주 많다. 중요한 것은 평소와는 '다름'으로 발산하여 잘 노는 것이다. 잘 노는 것은 에너지를 잘 소비하는 것이다. 에너지를 잘 소비해야 생성도 잘된다. 정신이나 육체 모두에 적용된다. 세상이 복잡해질수록 필요성은 점점 더 커진다. 아름아름 즐길 거리를 찾는 일도 이제는 재미를 느껴야 한다. 정 안 되면 노래방에 혼자 가서 목청껏 노래를 불러도 된다. 세상이 진보할수록 잘 노는 게 삶의 필수 요소가 된다. 결코 가볍게 보지 말고 삶의 질에 관심을 갖자.

칸쿤의 해적선, 가장 즐겁게 놀았던 곳

Ⅱ

해외 생활이 인식을 바꾸다

▷▷▷▷▷▷▷▷▷▷▷▷▷▷▷▷▷▷▷▷▷▷▷▷▷▷▷▷▷

여러분이 해외에 산다면 어떻게 살까? 상상을 해보는 것도 사고실험이다. 해외생활을 해본 사람은 추억을 되돌려보는 것도 나름대로 삶의 평가다. 누구나 다름에 느끼는 점이 많다. 단순히 다르구나 하면 인식이 좀 모자란다. 선진국에 살아보면 인식이 많이 달라진다. 그들의 합리적인 면, 과학적인 면을 많이 접하게 된다. 선진국이라 함은 물질 세상보다 가치가 높은 게 많다. 나쁜 점이 왜 없겠는가? 좋은 점만 받아들여도 삶의 질이 확 높아진다. 인식이 바뀔 수밖에 없다. 그들이 왜 우리보다 행복한지에 초점을 맞추어 관찰하면 좋은 점을 많이 발견한다.

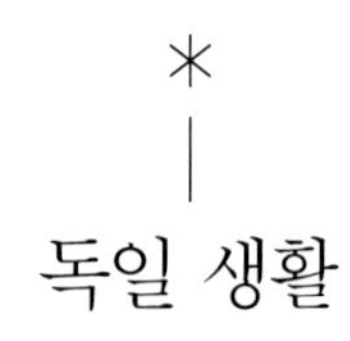

독일 생활

독일 생활은 나에게 엄격한 규율과 잘 짜인 프로그램을 뇌리에 각인시켜주었다. 흔히 독일 사람들은 무뚝뚝하고 정이 없다고 표현한다. 실제 살아보니 극히 일부 독일 사람을 표현하는 말일 뿐이다. 서로 신뢰가 쌓이면 자기 마음을 더 주는 게 독일 사람이다. 정을 줄 때는 오히려 우리보다 훨씬 깊다. 우리는 흔히 길거리에서 일부 본 것으로 평가를 하는데, 이것이야말로 십중팔구 오판이다. 나는 1982년부터 14개월간 살아본 이후로 출장과 여행도 자주 갔다. 제2의 고향 같은 나라다.

우선 독일에서 있었던 에피소드 위주로 이야기해보겠다. 그 다음에 머무른 도시별로 쓴다. 당시의 상황을 말하지만 독일은 일반인이 느끼기에 크게 변하지 않으니 크게 달라질 것은 없다. 나는 독일에 살면서 인식의 전환을 무척이나 하게 되었다. 그들의 합리적이고 과학적인 사고방식을 받아들였다. 당연히 내 삶도 삶의 질도 좋게 달라졌다.

가장 감명 깊은 게 학생들 간의 우정이다. 학우는 전우다. 경쟁도 있지만, 기본은 경쟁이 아니다. 절대평가 위주이기 때문이다. 다 잘하면 A, 다 못 하면 F다. F면 정부가 정책을 내놓는다. 사실 그런 예는 거의 없다고 한다. 그래서 타국에 비해 항상 경쟁 우위다. 학생 신분(나도 학생 신분이었다)이면 우대 조치가 아주 많다. 생활비가 아주 적게 든다. 거의 모든 게 대폭 할인된다. 재미있었던 게, 대학생들이 데모하는 이유다. 국가를 위해 열심히 공부하니 월급을 달란다. 우리나라에서는 턱도 없는 소리다. 복에 겨운 소리다.

내가 독일에 체류할 때는 독일도 경제가 그리 좋지 않았다. 외국인 노동자(특히 그리스인, 터키인)에게 거금을 안겨 귀국 조치를 한다. 강제는 아니지만 사실상 강제와 같다. 기업이 필요로 하면 모르지만, 노동허가를 어렵게 하는 방식이다. 그러다 보니 단순 노무자가 주 타깃이다. 정작 독일인들의 상반된 반응이 아이러니다. 깨끗하던 길거리에 담배꽁초를 버리기 시작한다. 외국인 노동자 때문에 독일인이 허드렛일을 안 해도 되는데 누가 할 거냐 하는 항의다. 정책은 결국 유야무야 된다. 경제도 살아나기 시작했기 때문이다. 요즘 난민 문제로 유럽이 골치 아프다. 독일은 난민으로 노동력을 제공받으려 하니, 여전히 경제 대국이다.

당시에는 독일로 직접 가는 항공편이 없었다. 일본에서 루프트한자로 바꿔 타고, 앵커리지를 거쳐 북극을 지나간다. 냉전이라 최단거리 노선이 없었다. 프랑크푸르트에 도착해서 하루 쉬어 간다. 시차를 이길 겸 가까운 데로 산책을 나섰다. 멋진 옷을 잘 차려입은 여인이 지나간다. 아내와 나는 독일 애들 잘사니 옷도 다르구나, 했다. 웬걸, 가까이 오니 할머니다. 나중에 알았지만, 노년에 옷을 더 잘 입는다. 오히려 젊은이들이 허름한 옷으로 지낸다. 노년을 즐긴다. 참 멋진 나라다.

독일 첫 수상인 아데나워가 고속도로 입구에서 경의를 표한 사연이 재미있다. 고속도로는 세계 최초로 독일이 처음 만들었다. 히틀러 작품이다. 물류 혁명을 일으킨 첫 사례이다. 경제 부흥의 밑바탕이 된다.

아데나워가 고속도로 입구에서 경의를 표한 이야기가 유명하다. 미국이 2차대전 후 독일을 보고 대대적으로 고속도로망을 건설하게 된다. 고속도로에서 속도 제한은 없지만 차간거리는 반드시 지켜야 한다. 1차선은 대충 비어 있다. 나도 속도를 한번 내보았는데 230킬로미터가 한계다. 그 정도 속도가 되니 시야가 사라지는 느낌이었다. 워낙 속도를 많이 내니 교통사고가 나면 크게 난다. 요즘 고속도로 속도 제한을 거론하다

일언지하에 없던 걸로 결론이 나기도 했다.

독일을 비롯한 유럽 사람들은 빛을 단순히 어둠을 밝히는 것이 아니라, 예술로 생각한다. 우리 아파트처럼 들쑥날쑥한 불빛을 보기 어렵다. 표준화가 잘된 덕분이다. 사회 시스템도 잘 짜여 있어 불편한 게 별로 없다. 일례로 노동조합 활동은 왕성하다. 결과는 거의 항상 타협으로 끝난다. 유럽의 다른 나라와는 다른 현상이다. 파업한다고 해도 별로 지장이 없다. 유럽의 다른 나라에서 파업을 하면 신경 좀 쓰는데, 그와는 전혀 다르다. 독일 사람들은 차갑기 그지없다. 외견상으로는 그렇다. 하지만 신뢰가 쌓이면 간도 내어준다. 아마도 독일사회에 제일 어려워할 사람은 한국 사람이 아닐까?

마지막으로 흥미로웠던 게 2가지가 있었다. 하나는 부부간 성을 어느 쪽이든 선택할 수 있다는 것이다. 이것도 남녀평등이다. 다른 하나는, 비정상적인 사람을 위한 패션쇼를 자주 한다는 것이다. 우리는 패션쇼라 하면 거창하지 않은가? 모델들이 입은 옷이 일반인에게 제대로 어울린다는 보장이 없다.

이 정도 요약하고 머물렀던 도시별로 들어가기로 한다.

✦처음 도착한 도시 짜르브뤼켄

내가 처음 살아본 독일 도시가 프랑스와 접경하고 있는 짜르브뤼켄이라는 곳이다. 아담하고 잘 정돈된 소도시인데, 참 살기 좋은 곳이다. 독일에 도착해서 제일 먼저 이상하다 생각한 게 상점 문을 닫는 시간이었다. 7시면 거의 모든 상점이 문을 닫는다. 그리고 토요일 일요일은 터미널 부근을 제외하고는 문 여는 곳이 없다. 주말 음식을 위해서는 금요일까지 모두 준비해놓아야 한다. 상인들이 문을 늦게 닫는 것을 좋아하지 않는다. 돈을 벌기 위해 늦게까지 문을 여는 우리와는 대조적이다.

그런데 음식이 영, 입에 맞지 않았다. 요구르트를 숟가락(당시 우리나라에는 없었다)으로 떠먹는데, 처음에는 익숙하지 않아 못 먹었다. 며칠 지나자 음식에 조금씩 적응되기 시작했다. 요즘이야 한국도 그런 음식이 많지만, 그 당시는 많은 차이가 있어서 음식 적응이 쉽지 않았다. 4개월여를 설사 때문에 고생을 많이 했다. 최종 어학연수지인 보덴제 호수 변 라돌프젤이라는 곳에 머무를 때다. 병원에 가서 무지막지한 주사로 배에 직접 맞았다. 한번 맞고 나면 주사 맞은 자리에 쇠몽둥이로 얻어맞은 것처럼 감각이 둔해진다. 한국에서는 엉덩이에 맞는다. 그래서 엉덩이에 놓아달라고 애걸했지만, 그러면 효과가 없단다. 주사 맞으러 가는 날은 죽을 맛이었다. 다행히도 독일은 어느 정도 의료보험을 들면 모든 병원이 무료여서 좋긴 했다. 아기 나을 때도 남편만 겨우 잠깐 면회가 된다. 우리는 독일 정부에서 보험을 다 들어주어서 괜찮았지만 개인으로 들려면 무척 비쌌다. 그 당시 한국 돈으로 1인당 매월 20만 원(1982년도) 정도 된다. 개인 자격이면 이게 보통일이 아니다.

일상생활도 전혀 한국말이 안 통하니 힘들었다. 몸짓 발짓으로 통하기도 하지만 근본적으로 대화가 안 된다. 물론 5개월의 집중적 독일어 교육을 받고 나니 귀가 뚫리고 입이 열렸다. 그만큼 독일 교육 방식이 뛰어나다는 증거다.

우리 숙소는 숲속에 있었는데 나무가 울창했다. 누워야 보일 만큼 키도 아주 컸다. 나중에 알았지만 독일은 산림자원을 아주 잘 가꾸어서 세계적으로 대단하다. 들리는 말로는 나무만 팔아도 20년은 먹고산다는 말까지 있을 정도다. 선호 직업 중에 산지기는 인기다. 우리도 산림을 경제림으로 바꾸는 게 불가능할까? 국토의 대부분이 산인데도 별로 경제적이지 않다. 산속을 산책하면 그렇게 상쾌할 수가 없다. 오솔길도 잘 만들어져 있어 트레킹하기에 적격이었다. 일부 장소에는 일부러 나무를 심지 않아 앞쪽으로 전망을 즐길 수도 있게 해두었다. 안내표시도 잘해두어서 자연 학습장이나 다름없다.

1개월간 어학 및 사회 적응 프로그램이 운영되는데, 이건 전부 독일말로 하니 눈치로 배운다. 한번은 한국에서 가져간 독일어 회화 책을 달달 외웠는데, 실제로 써먹으니 선생이 기분 나빠한다. 나는 발음이 시원찮나 뭐가 잘못되었지, 하고 의아해했다. 나중에 독일 말에 제법 익숙해지자, 그 말은 옛 궁중에서나 쓰던 말이라는 걸 알게 되었다. 우리말로 굳이 해보면 "이 몸은 바쁘사와 조금 일찍 가도 되겠사옵니까?" 정도? 그러니 선생이 기분 나쁠 수밖에.

언어란 변화하는데, 우리 책에선 그런 것들이 그 당시 반영이 안 되어 일어난 해프닝이었다. 요즘이야 우리나라 독일 회화책들이 잘되어 있어서 이런 해프닝은 줄어들겠다. 독일어 원어로 배우는 것과 한국에서 한글이 쓰인 책으로 배우면 여전히 말의 차이가 있으니 주의를 요한다.

한번은 결혼 15주년(2004년도) 유럽 여행을 하는 중에 독일에 들렀다. 고속도로를 달리다가 휴게소가 보여서 아내와 커피 한잔하고 가기로 했다. 십 몇 년 독일말을 안 쓰다가 말을 하려니 영 안 된다. 그런데 이 날은 독일에 온 지 4일이 지나서 독일말이 차츰 떠올랐다. 커피를 시키며 약하게 타달라고 독일말로 주문했다. 그런데 못 알아듣는다. 할 수 없이 사전을 보여주었더니 그런 말 안 쓴단다. 사전이 엉터리라는 거다. 할 수 없이 영어로 "Make weak, please!" 했더니 알아듣는다. 참으로 황당했다. 독일 사람들은 영어를 제법 한다.

이런 일도 있었다. 나중에 연수가 끝나고 자격증을 받았는데 제법 근사하다. 그런데 미국으로 안식년을 가기 위해 캘리포니아 산호세 주립대학에 서류를 제출해야 했다. 또 산업자원부가 내게 협조를 부탁한 일이 있어서, 이래저래 여러 서류를 요청했다. 그때 독일 자격증 서류(독일말과 영어로 된 6페이지짜리)를 제출했다. 독일 정부가 공식적으로 수여한 문서에 영어로 빨갛게 많은 곳이 고쳐져 있다. 왜 이리 많이 고쳤느냐니까 문장이 영 틀린다는 것이다. 복사본이기에 망정이지 나중에 못 쓸 뻔했다. 이때 아하! 언어라는 게 그 나라 사람이 쓰는 말과 외국인이 쓰는 게 달라서, 영어를 여간 잘하지 않고는 이렇게까지 다를 수가 있구나, 하는 걸 깨달았다.

도착해서 문제가 된 게 아내의 비자문제였다. 초청장에는 아내의 동반은 not possible로 명기되어 있었다. 무식하면 용감하다 했던가? 나는 이걸 혼동했다. impossible은 아니지 않는가? 우리말로 하면 '가능하지 않다!'와 '불가능'의 뉘앙스가 있다고 본 것이다. 그런데 독일에 도착했더니 난감해 하는 것이 아닌가? 아내 동반이 안 된다고 했는데 아내를 데려왔으니 어려움이 크다! 그러면 불가능이 아니란 이야기 아닌가? 예의 위의 영어를 들먹였다. 나는 불가능이 아니라고 해서 데려왔으니 도와달라고 간절히 요청했다. 그리고 아내와 결혼한 지도 얼마 되지 않는데 어떻게 떨어져서 사느냐며 선처를 바랐다.

나중에 알았지만 독일 법에는 남편이나 아내가 해외로 나갔는데 기간이 6개월 이상이면, 동반 요구를 했는데도 동반 안 하면 이혼 사유가 된다. 그때는 몰랐지만 담당직원이 이 법을 알고 있었음이 분명하다. 하노버에서 우연한 기회에 알게 된 사실이다. 결국 우여곡절은 있었지만 비자가 발급되었다. 어떤 일이 있어도 독일 정부의 허가 없이 일을 해서는 안 된다는 조건이었다. 어찌나 고맙던지 한국에서 가져간 전통 매듭을 선물했다. 정말 좋아하면서 고이 간직하고 가족들에게 자랑하겠단다.

이리하여 부부동반이 합법적으로 해결되었다. 처음부터 부부동반은 우리 커플이 유일했다. 다른 사람들이 좀 부러워했겠는가? 얼마 후 한국 연수자들은 아내를 하나둘 독일로 불러들이게 되었다. 내 공이 큰 셈이다. 이후로 한국 사람들은 부부동반을 당연한 것으로 알게 된다.

독일 생활에 조금은 익숙해지고 주말에는 시내로 가서 문물도 구경하며 독일이라는 나라를 조금씩 알아갔다. 주말에 영화관을 갔다. 우리는 말을 잘 알아듣지 못하니 그저 애정영화처럼 보이는 상영관에 들어갔다. 처음에는 멋진 영상에 아름다운 배우가 나와 제법 흥미진진했다. 조금 지나니 에로물과 비슷한 양상을 띤다. 유럽이니까 그런가보다 했다. 어렵쇼, 조금 더 보니 이건 완전 포르노 영화 아닌가? 질겁을 하고 나오는데 사람들은 제법 재미있게 본다. 아니 개인적으로 포르노를 보면 되지 웬 상영관에서 포르노를 상영하는지? 원! 이것도 문화차이다. 독일생활에 익숙해질 무렵 알았지만 서구인들은 성(sex)에 관한 한 아주 자연스러워하는 것도 문화충격이었다.

독일 어학연수, 제일 왼쪽이 본인

이 도시가 프랑스와 국경이 가까워서 연수생들을 데리고 프랑스 쪽으로 가끔 간다. 그런데 당시 대부분의 연수생 국가들은 비자 없이 들어가는데, 유독 우리 한국 학생들은 여권을 모아 선생님이 가져갔다. 한꺼번에 국경에서 스탬프를 찍는 게 영 마뜩찮았다. 우리 딴에는 그래도 옛날보다는 잘사는데? 하는 생각이 생기던 시점이어서, 우리는 언제나 다른 나라처럼 될까 안타까웠다. 우리나라가 경제적으로 잘살게 되면서 여권 파워가 세계 2위라니 참으로 격세지감이 있다.

사실 이 도시가 독일과 프랑스의 귀속 문제로 꽤나 어려움을 겪었다고 한다. 1957년에 독일로 귀속되어 주도로서 떳떳하게 번영하고 있다. 로마시대 때는 주요 군사도로가 관통했고, 주변에 짜르 강이 흘러 로마의 요충지 구실도 했다고 한다. 도시 이름인 짜르브뤼켄은 '짜르 강의 다리'라는 뜻이다.

한달이 지나서 본격적인 어학연수에 들어갔다. 어학연수는 두 달씩 각각 다른 도시에서 단계별로 교육을 받는데, 완전히 강행군이다. 꼬박 8시간을 수업하고 과제도 많이 내주어서 전적으로 어학에만 매달려도 시간이 모자란다. 그러니 주중에 다른 일을 하는 게 엄두가 나지 않는다.

해외 여러 개발도상국 사람들이 많이 와서 마치 인종 전시장 같다. 실제 지내보면 다 같은 동일한 인간들이라는 것을 깨닫게 되고 친구가 되는 점이 좋다. 아랍에서 온 사람들은 모두 자국에서 경비를 다 댄다고 해서 참 부럽기도 했다. 그런데 독일 사람들은 오일 쇼크를 일으킨 데 대한 적대감이 상당하다. 이들에 대한 좋지 않은 감정을 드러내는 것을 보고 안쓰럽기도 했다. 산책하는 것이 참 좋아서 즐겼다. 요즘 말하는 국제화된 환경을 처음 부닥치는 상황이어서 흥미로운 생활이었다.

✦뷔르츠부르크

두 번째 도착한 도시가 뷔르츠부르크란 도시다. 처음에는 그저 그런 도시다 싶었는데, 아주 매력 만점이었다. 나중에 우리에게도 잘 알려진 하이델베르크도 가보았지만 이 도시가 훨씬 더 매력적이었다. 6월이면 주위 언덕이 온통 유채꽃이다. 언덕에 올라가 주위를 둘러보면 노란 유채꽃 외에 보이는 것이 없을 정도로 화려하다. 6월쯤에 만개한다. 지금도 그것은 변하지 않고 그대로 있다.

이 도시를 시작으로 독일 명승지인 로맨틱 가도가 시작된다. 유명한 백조의 성이 있는 퓌센까지 소도시와 중세적 영향을 많이 받은 도시들이 주욱 연결되어 매우 빼어난 관광코스의 시발점이 된다. 프라하에 가면 유명한 카를 대제 다리가 있는데, 이 다리가 바로 뷔르츠부르크에 있는 다리를 모델로 삼았다. 다리 하나만 해도 볼거리이다. 마리엔 성곽이 언덕 위에 우뚝 솟아 있는 풍경도 좋다. 시내에는 레지던스 궁이라고 하는 중세의 어리어리한 궁전(실제 궁전은 아니고 사제의 거처였다고 함)과 가든이 엄청나다. 도심은 종교 도시 같다. 예전에는 구교의 중심도시 중에 하나였다고 한다. 지금도 근교에 가톨릭 종교대학이 3개나 있을 정도로 종교 색채가 짙다. 그래서 시내에도 많은 유적과 동상 등이 있어 참 볼 만하다. 강가의 운치도 참 좋다. 궁전에서는 클래식 음악회를 주기적으로 개최해서 시민들의 호응이 좋다.

뷔르츠부르크 성에서, 참으로 젊었다

독일에 살면서 느낀 좋은 점이 아주 작은 도시일지라도 문화를 지근에서 즐길 수 있다는 것이다. 과거의 것들이 잘 보존되어 있고 전란으로 부서진 것들을 거의 완벽하게 복원했다. 과거로의 여행을 하는 것 같은 착각이 들 때도 있다. 거의 완전하게 보존되어 도시 중심조차도 문화재급들로 가득 차 있다. 예전에는 로마로 통하는 길목의 요지에 있어서 더욱 그렇다. 주말에는 학교에서 안내를 해주었다. 시내와 주변 모두를 즐길 수 있게 도와주어서 주말을 무척 기다렸다.

산책 코스도 독일 어디나 그렇듯 잘 정비되어 있어 산책하기에 그만이다. 주중에는 어학공부 때문에 꼼짝도 못 한다. 독일 가족들과 친교를 맺도록 주선해주어 우리는 아주 젊은 부부와 사귀었다. 이 부부들은 우리가 독일생활하는 내내 우리집을 찾아주어 정말 고맙고 서로 신뢰가 깊이 쌓였다.

내가 하이델베르크 부근의 에버바흐라는 도시에서 연수를 받고 있을 겨울이다. 거기에는 눈이 오면 폭설이 온다. 그런데도 보통이면 1시간 반에 올 거리를 5시간이나 걸려서 우리를 찾아주어 어쩔 줄을 몰라한 적도 있다. 젊은 부부인데도 아이가 벌써 세 명이나 된다. 자기는 아이들이 좋아서 많이 낳았다고 한다. 좋은 도시이다 보니 주말이 기다려지게 되고 그러다 보니 2달이 훌쩍 지났다.

이번에는 오스트리아와 국경을 바로 접하는 콘스탄츠로 최고급 과정 어학연수를 위해 떠나게 되었다. 지금도 우리 부부가 유럽을 여행할 때는 가능하면 이 뷔르츠부르크를 찾곤 하는데, 별로 변한 게 없다. 잘 보존되어 있어 갈 때마다 도시의 매력에 빠져든다. 우리에게 잘 알려진 하이델베르크보다 훨씬 아름답고 볼 게 많다고 하면 믿어질는지 모르겠다.

여기서 우연히 길에서 한국 신부님을 만났다. 서로 맞은편으로 가는 중에 눈이 마주쳐 인사를 나누며 서로 한국인인 걸 알게 되었다. 마침 저녁을 먹은 직후라 신부님이 맥주 집에 들러 한잔하는 게 어떻겠냐고 제안했다. 독일에서는 호프집이라는 게 맥주집이기도 하지만, 우리네의 카페를 겸한다고 보면 된다. 나는 술을 못 하지만 제일 작은 잔으로 시켜 아내와 나누었다. 신부님과 이런저런 이야기를 하다가, 나는 신부님들도 그냥 바로 신앙심이 깊어지지는 않았다는 말을 들었다.

신부가 되고 몇 년 지나 독일 구교 신학대학에서 공부를 하고 있는데, 처음에는 본인이 뭐 하러 이런 고생을 하는지, 힘든 일이 하나둘이 아니었다고 한다. 공부도 힘들지만 신앙에도 의구심이 들었다고 한다. 그러는 중에도 정진하면서 많은 것들을 깨우치고 신앙에 깊이를 더했다고 한다. 우리는 밤 늦게까지 이런저런 이야기를 나누었다. 어쭙잖았지만 나도 약 1년 신학공부를 한 적이 있는데, 도무지 공부할수록 더 헷갈리기만 했던 경험도 들려드렸다. 신부님이 그게 헛것이 아니라 시간이 지나면 도움이 될 것이다 등등 나의 경험에 대해 이런저런 조언을 해주었다.

밤이 늦어 아쉬운 이별을 했다. 우리는 기념사진을 찍었다. 현상해보니 신부님과 내가 너무 닮았다. 지금도 그 사진을 다른 사람이 보면 형님이냐 하고 물어서 우연한 인연만은 아닌 것 같다. 그 먼 이역만리에서 만난 전혀 모르는 분이었다. 내가 2012년부터 대구테크노파크 원장을 하면서 이분을 찾아보려 노력했다. 내가 〈매일신문〉에 고정 칼럼을 쓰게 되었다. 여기 사장이 신부님이고 가톨릭 재단이다. 본명을 잊어버려서 사진만으로 찾으려 하니, 40년 전 젊었을 때 사진이라 찾기가 어렵다. 아내나 나나 이 신부님을 정말 만나고 싶어 했는데, 내가 원장을 그만두고 서울로 올라오면서 찾는 것도 그만두게 되어 얼마나 아쉬운지 모르겠다.

여기서도 해프닝은 일어난다. 아랍 사람들이 자국 부담으로 많이 와서 모인 데가 바로 이 도시였다. 그런데 석유 파동으로 혼쭐이 난 독일 사람들의 눈 밖에 난 것이다. 돈은 많은데 도무지 사람이 붙지 않는다. 나는 그것도 모르고 우리에게 잘 대해주기에 방으로도 가끔 불러서 이런저런 이야기를 나누었다. 양쪽 다 독일어가 이제 겨우 될까 말까 하는 중이라서 깊은 대화까지는 못했다. 그런데 이들이 내게 한 가지 부탁을 한다. 독일인들과 잘 지내니 독일 여자를 소개시켜달라는 것이 아닌가? 어이가 없었다. 돈은 도대체 얼마나 많이 가졌기에, 소개시켜주면 한 사람당 만 불을 주겠단다. 1982년 당시 서울 조그마한 아파트 가격이다. 돈으로 모든 걸 해결하려는 꼬락서니가 아니꼽다. 내가 배탈이 여전해서 병원 치료를 하면서 독일 간호사들과 친하게 지내는 것을 본 모양이다.

그네들이 주말에는 우리를 가끔 방문해주었다.

내가 아무 반응이 없자 돈을 더 주겠다는 게 아닌가? 이 친구들 사람을 봐도 아주 잘못 봤다. 아무리 돈을 많이 준다 한들 이런 부류에게 사람을 소개시켜줄 리가 없다는 걸 전혀 눈치 채지 못한다. 몇 번을 찾아오기에 성질을 버럭 냈다. 다시는 찾아오지 말라고도 했다. 그러자 겸연쩍어하며 사과했다.

그런데 이들이 또 수영장에서 당했나보다. 수영을 하고 나오니 지갑이 모조리 없어졌다고 나한테 하소연한다. 경찰서나 직원에게 이야기해보라 했더니 아무도 도와주지 않는단다. 이건 아니다 싶어 직원에게 가서 이야기했다. 그러자 우리말로 치면 그들과는 상종하지 않겠단다. 화가 나 있는 걸 보니 무슨 사연이 있었나보다. 무슨 일인지는 모르겠지만 그들과는 대화조차 하기가 싫단다. 이러면 낸들 어떡하겠는가? 이야기인즉슨 라커룸에 키도 잠갔는데 이런 일이 일어났다는 걸 보면, 분명 의도적으로 누군가가 저질렀음이 분명하다고 했다. 수영장에서 예의 여자애들에게 추근거린 모양이다. 독일 사람들이 이렇게 무모하거나 훔치는 일은 지극히 이례적이다.

나는 독일 사람들과 여러 친분이 많아서 그들에게도 이 이야기를 가끔 했다. 그런데 새로운 사실은 독일사람 대부분이 아랍계를 싫어한다. 석유파동으로 너무 힘들게 해서 그 여파가 일반 시민에게까지 사무쳤다. 우리나라야 그때 경제가 휘청거렸지만 오히려 중동 특수로 인해 얼마 안 가서 극복되었다. 우리는 자가용이 별로 없던 시대여서 자동차 기름 때문에 이럴 줄 미처 몰랐었다.

경제규모가 큰 독일은 전기료가 비싸고 냉난방비도 많이 든다. 그래서 당한 고통에 대해 잊지를 못한다. 요즘 독일이 재생에너지를 거국적으로 발전시키는 것도 이런 연유가 아닌가? 한다. 재생에너지를 주변국에 팔 때 원가 이하로 파는 걸 보면, 실패한 정책으로 보인다. 계속하는 걸 보면 이런 생각이 들 수밖에 없다.

참으로 악연이 오래도 가는 것 같다. 이런 면에서는 전혀 독일답지 않은 행동이다. 에너지 자립을 하려다가 오히려 전기 문제로 곤경에 빠지는 아이러니다. 한편으로는 이런 정책을 펴던 시기 녹색당이 선전하면서 기존 정당들이 연정을 할 수밖에 없는 정치적 처지도 한몫했다. 녹색당은 원자력 발전 포기와 환경을 경제적 이익보다 우선하기 때문에 연정을 위해 들어준다. 요즘 독일군이 무기가 형편없어진 것도 당시 녹색당과의 연정 때문이다.

각설하고 이 도시가 로맨틱 가도의 시작점이다. 저 멀리 남쪽 퓌쎈까지 가는 옛 로마의 길이어서 로맨틱 가도라 불린다. 중간에 10여 개가 넘는 아담한 중세 모습을 간직한 보석 같은 도시들이 줄지어 서 있다. 하나하나 모두 특색이 있어 둘러보면 좋다. 특히 로텐부르크 odt(오프 데어 타우버)라는 도시는 성곽으로 둘러싸여 있다. 성곽 위를 걸으면서 중세의 모습을 감상하면 일품이다. 자동차 같은 움직이는 것들을 치우면 영락없는 중세 도시다. 여기서 하룻밤 머물며 아담한 도시 주위를 산책하는 것도 권할 만하다. 뷔르츠부르크는 프랑크푸르트에서 차로 한 시간이면 닿을 수 있어서 프랑크푸르트에 출장가면 한번 방문하기를 권한다. 아름답고 풍부한 매력이 있어 그 값어치를 하리라 생각한다.

✦콘스탄츠/라돌프젤

콘스탄츠라는 도시는 보덴제라는 아주 큰 호수 변에 건설된 유서 깊은 도시로서 독일에서는 음악과 시의 도시로도 통한다. 쉴러가 바로 여기서 활동해서 도시 곳곳에 쉴러 기념물이 많이 있다. 시내는 집세가 너무 비싸서 초청기관이 근교의 라돌프젤이라는 곳에 집을 구해주었다. 동네가 아주 자연 풍경이 좋다. 특히 저녁노을이 아름다운 지역으로 안온한 곳이다. 당시는 촌락이었는데, 구글 지도로 확인해보니 요즘은 보덴제까지 확장되어 요트 정박지가 멋지다. 촌락이던 곳이 제법 도시다운 면모를 갖추어 휴양지로 각광 받는다.

콘스탄츠는 호반의 도시라 호수가가 참 운치 있다. 수업 후에 어둑어둑해져도 구경을 할 수 있게 잘되어 있다. 우리 부부는 거기서 데이트를 하곤 했다. 가끔은 오스트리아 쪽에 가보기도 했다. 말이 국경이지 그냥 조그만 다리만 건너면 바로 오스트리아 도시다. 콘스탄츠는 한 개의 큰 호수와 오른 쪽에 오스트리아와 스위스 국경이 맞닿은 조그만 호수가 하나 더 있다. 작다지만 배가 다닐 정도이다. 재미있는 것은 이 조그마한 호수 위에 섬이 하나 있는데, 10월에 마늘 축제가 열린다는 것이다. 우리는 유럽 사람들이 마늘을 안 먹는다고 들었지만 사실이 아니다. 생마늘을 안 먹을 뿐이다. 그래서 우리가 김치를 먹어도 이 지방에서는 별로 문제되지 않았다.

축제에 갔더니 정말 흥청거린다. 마늘과 감자 등이 주류지만, 축제 기간에는 그 부근에서 나는 모든 농산물이 총출동해서 큰 시장이 선다. 그리고 참 흥겹게 축제를 한다. 우리는 거기서 마치 동양에 온 것으로 착각할 뻔했다. 한 가지 재미있는 것은 우리가 세들어 있던 집이다. 멋진 3층집을 부부가 주말에 지으면 3년 만에 완성할 수 있다. 내가 세들어 산 집이 좋은 예이다. 다양한 모델의 집을 선택하여 건축회사에 제출하면 기초공사만 주택 전문회사에서 해준다. 다음에는 시방서에 자세히 기록된 대로 표준화된 자재를 사서 한 단계 한 단계 건물을 완성한다. 처음에는 1층을 짓고 거기서 살면서 2층 짓고, 2층 끝나면 2층을 주 거주 공간으로 하고, 1층은 구조를 변경하거나 그냥 그대로 쓴다. 마지막으로 3층을 완성하고 지붕을 입맛대로 덮으면 1차 완공이 된다.

실내는 또 여러 가지 모델이 있어서 가장 마음에 드는 대로 꾸미면 된다. 창문도 아래위옆으로 열 수 있게 표준화되어 있다. 이게 어딘가? 우리나라도 이렇게 주말에 일해서 자기 집을 지을 수 있으면 얼마나 좋을까? 여기서 스위스가 얼마 멀지 않아 국경일이 겹칠 때 스위스 취리히와 그 부근으로 여행도 자주 다녔다.

우리가 살던 바로 옆집이 예전에는 귀족 집안이었다고 한다. 그때도 외곽에 성을 소유하고 있고, 알루미늄 공장을 운영하고 있었다. 그 집에 탁구대가 있었다. 그 집 아들이 초등학생이었는데 내가 탁구를 좀 치니까 같이 게임을 하곤 했다. 이 일이 그 집 부부에게는 고맙게 생각되었나보다. 꼬맹이가 하나 더 있어 영국 여대생이 베이비시터로 와 있다. 우리는 그 여대생의 정체가 몹시도 궁금했다. 왜냐하면 완전 비키니 차림으로 바깥 베란다에 자주 누워 있었기 때문이다. 특히 주말에는 주인집 아저씨도 바로 옆에서 신문을 보거나 휴식을 취하곤 했다. 우리와는 전혀 상관없는 일인데도 부인이 있는데 저래도 되나 싶었다. 우리식 사고의 눈으로 보다 보니 그랬다. 이들 부부가 우리를 초청하면서 의문은 자연스럽게 풀렸다. 우리를 자기 집으로 저녁 초대를 했다.

7시에 약속이 되어 있었다. 우리는 한국에서 입던 양복과 소위 원피스라는 것을 입고 그 집 초인종을 눌렀다. 남자가 문을 열어주더니, 우리를 보고 미안하지만 조금 기다려달란다. 밖에서 우리는 10분 정도 기다리면서, 이건 또 무슨 경우야? 싶었다. 얼마 후 남자가 다시 나왔는데 연미복을 입고 있다. 이건 또 뭐하는 짓인가? 자초지종을 먼저 이야기하는데, 우리가 정장을 입고 올 줄 모르고 평상복으로 있었는데, 우리가 정장을 해서 자기네도 정식 복장인 연미복으로 바꿔 입었다는 것이다.

우리나라에서는 이게 회사 다니는 사람의 일상복인데 서양에서는 그렇지가 않았다. 하여튼 정식 복장을 한 그들 부부와 식사가 준비되기 전까지 소파에 앉아서 이런저런 이야기를 나누었다. 우리를 위해 말은 천천히 또박또박하게 발음해주는 배려를 한다. 독일말에 익숙하지 않은 것을 배려해준다. 이윽고 식탁에 가서 앉는데, 모든 걸 격식대로 한다.

포크, 나이프, 스푼, 접시 등 종류도 다양하고 많았다. 무엇을 써서 식사를 해야 할지 당황스럽다. 할 수 없이 우리는 이런 격식에 익숙하지 못하니 보통대로 해도 되겠느냐고 물어보았다. 웃으면서 그러자고 하면서 웃옷은 벗자고 한다. 그제야 우리는 좀 편하게 식사를 할 수 있었다. 식사가 끝나고 디저트를 먹으면서 나는 예의 영국 여학생에 대해서 물어보았다. 실례인 줄은 알지만 문화적으로 어떻게 다른지를 알고 싶다는 핑계를 댔다. 한국 같으면 비키니를 입고 주인 앞에 누워 있는 게 대단한 실례인데 유럽은 괜찮은 거냐? 이렇게 묻자, 영국은 워낙 햇빛에 노출되는 경우가 많지 않아서 생리적으로 그렇게 하는 게 건강에 좋다, 그리고 그 장소가 가장 좋은 자리 아니냐? 별 문제 없다는 답이다. 좀 이상하면 자기가 자리를 뜨면 된단다.

뭐 이런 답이 있나? 도무지 이상한 눈치가 아니다. 옆의 부인도 마찬가지다. 지금에 와서도 외국 생활을 꽤 해본 나로서는 아직도 그런 장면을 보면 외면하니, 아직 서양을 이해하는 게 모지란다. 그 이후로 우리는 그 집 부부와 아주 친해졌다. 가끔은 차도 같이 마시면서 환담하며 지냈다. 영국 여대생과도 친해져서 여러 가지 이야기도 나누고 귀국 후에도 편지를 주고받았다. 시간이 지나니 내가 게을러서 연락이 두절되고 말았다. 참 문화차이는 극복하기 어려운 문제이다.

음식에 문제가 많아 이때까지 나는 설사를 자주 했다. 앞에서 밝혔듯이 여기서 병원을 본격적으로 다니면서 치료를 받았다. 자주 가다 보니 간호사와 의사 선생님과도 자연히 친해졌다. 간호사는 우리집에 초대까지 했다. 아내의 친구를 만들어주기 위해서였다. 그 뒤로 이 간호사는 아내를 데리고 많이 구경을 시켜주어서 아주 고마웠다. 나도 덕분에 독일 가정의 또 다른 이야기도 많이 들어서 서양을 이해하는 데 많은 도움을 받았다. 어디 가나 여자를 사귀면 아무래도 남자보다는 자상하고 더 많은 이야기를 들을 수 있어 매우 좋다. 이런 일을 계기로 나중에 내가 본격적인 해외 활동을 하면서 여자친구를 많이 사귀는 결정적 계기가 되었다.

여기서는 스위스 취리히가 가깝다. 주말에 우리는 가끔 놀러 갔다 온다. 잠은 유스호스텔에서 거뜬히 그리고 재미있게 지내다 온다. 취리히 시내를 나가면 우리는 좀 초라한 복색이 된다. 의외로 스위스 사람들은 멋을 많이 낸다. 백화점에라도 가면 우리는 영락없는 하층민이다. 물가도 엄청 비싸다. 독일에서, 아니 다른 나라에서는 청바지에 쉐터라도 걸치면 그런대로 괜찮은 복장인데, 스위스에서는 어림도 없다.

구경하기는 그만이다. 대중교통 시설이 아주 잘되어 있어 우리에게 전혀 불편이 없다. 같은 독일어를 쓰지만 발음은 상당히 다르다. 처음에는 알아듣기가 어려웠지만 금세 익숙해진다. 기차를 타고 가는데 중간에 라인 강의 유일한 폭포를 만나게 된다. 보통 폭포에 비하면 크게 높지는 않지만 수량이 많아서 그런지 제법 웅장하다. 기차 내에서는 스위스 사람은 물론 이태리 사람을 많이 만난다. 독일에서 일하는 사람이 그만큼 많다는 증거다.

장인어른 1주기가 되어 교회에 예배를 드리러 갔다. 루터란교회이다. 목사님이 담배 만들기에 열심이다. 신교인 듯 구교인 듯 경계가 모호하다. 우리가 가니 마침 담배를 다 만들면 휴가를 떠날 예정이었다고 한다. 바쁜 와중에도 친절했다. 우리를 교회 안으로 인도한다. 예배를 드리는데 중간 중간 목사님이 파이프 오르간을 연주해준다. 속으로 '돈을 많이 내야겠다' 생각했다. 무사히 기도를 마치고 감사인사를 드린다. 얼마 정도 드리면 되느냐니까 돈은 받지 않는단다. 종교세가 있어서 일반 신자들은 구태여 헌금을 하지 않아도 된단다. 종교세? 희한한 제도가 다 있구나? 종교에 대해 새로운 경험을 했다.

종교가 중세 이후 유럽을 지배했으니 우리와는 다른 문화다. 다른 교회를 가면 헌금 바구니를 돌린다. 잔돈만 수북이 쌓인다. 독일에 살면 뭔가가 착착 맞아들어간다는 느낌을 받는다. 다른 유럽 나라는 뭔가 잘 적응이 안 된다. 독일은 시스템이 잘되어 있어 조금만 관심을 기울이면 도움 없이도 적응하기 편한 면이 많아서 좋다.

코이켄호프, 독일에서 살 때가 생각난다

✦에버바흐

베트남인 가족을 이 도시에서 만났다. 난민으로 인정받은 11명의 대가족이다. 처가 식구까지 포함해서다. 그런데 독일 정부의 정책 하나가 묘하다. 기본적으로 독일은 부부를 제외하고는 한 사람에 방 하나가 원칙이다. 더하여 거실과 식당은 별도의 방이어야 한다. 그러다 보니 방이 12개나 되는 곳에 안착했다고 한다. 독일이라고 이런 많은 방을 가진 집이 흔하겠는가?

베트남 가족들은 방수가 적어도 좋으니 너무 큰집은 부담스럽다고 몇 번 청원했는데 받아들여지지 않았다고 한다. 결국 호텔 한 층 전체를 독일 정부에서 빌려 거기에 살게 했다. 제일 끝 쪽에 주방과 거실을 새로 만들어서 제공한 것이다. 이곳에는 아시아 사람이 전혀 없다. 같은 회사에서 근무하는 관계로 우리는 자연스럽게 가까운 사이가 되었다. 우리 부부를 자기네 집으로 초대해서 가보았더니 정말 방이 많다. 모두 똑같은 방이다. 가족이 많다 보니 식사량도 만만치 않다.

에버바흐라는 도시는 하이델베르크 외곽 쪽으로 50킬로미터 떨어진 곳에 있는 조그마한 도시이다. 네카 강 주변(네카탈이라고 한다)에 있어 경치도 좋다. 독일은 자기 지방을 벗어나 이사를 잘 하지 않는다. 그래서 독일은 대도시가 없다. 제일 큰 도시인 함부르크가 우리 대구시만하다. 이곳도 조용한 소도시지만 대기업 공장이 있어 일자리는 충분하다. 그리고 생활편의 시설 등이 완벽히 갖추어져 있어 도무지 다른 도시로 이사가는 사람이 거의 없다고 한다. 강과 산과 어우러져 자연 속의 도시를 상상하면 된다.

이곳부터 본격적으로 현장에서 기술연수를 받는데 대부분 핵심부서인 개발부서, 연구부서, 또는 품질부서에서 연수를 받게 예정되어 있다. 브라운 보바리 씨이(BBC)라는 회사에서 원자력발전소 제어실용 전자 모듈을 개발하고 생산까지 한다. 회사에서 3개월간 연수를 받는다. 별도의 건물로 세를 얻었기에 별로 조신히 행할 일이 없어 다행이었다. 한 울타리 2집이었다.

그런데 2가지 곤욕을 치렀다. 한번은 책방에 갔더니 부부 관련 책이 너무 많았다. 하나만 사기가 뭐해서 다른 책도 같이 샀다. 우리는 '야, 독일에서는 이런 책도 파네?' 하며 사왔다. 그런데 한 보름 지났는데 주인집에서 저녁 초대를 한다. 저녁을 먹고 나서 전 식구가 소파에 앉아서 이야기하는 중에 주인아주머니가 책 이야기를 한다. 왜 16-18세 보는 책을 샀느냐며, 자기가 책방 주인을 잘 아니 바꾸란다. 이런, 이런, 그 집 에들 다 있는 데서 무슨 망신? 그리고 16-18세용? 우리나라는 이보다 못한 성인용도 안 되는데? 에라 모르겠다. 언제 알아보겠나. 시침 뚝 떼고 '아, 그러냐? 그러면 바꾸겠다' 하고 나서 독일의 성교육에 대해서 가르쳐 달라고 했다. 그러자 '잘 모르냐'며 오히려 이상해한다. '그게 아니라 아는데 독일은 이런 책을 서점에서 팔아도 괜찮으냐?' 하고 물었더니 '그게 어때서? 당연한 것 아니야?' 한다. 아니 우리 부부가 저 가족의 큰딸(당시 19세)보다 어린 애 책을 보았다고? 큰딸이 키득키득 웃는다. 아이고, 이런 망신이? 이런, 우리는 완전히 어린애들이잖아?

다른 한 가지 에피소드

눈이 오면 자기 앞가림은 해야 한다. 아이고! 눈이 오는데 이건 장난이 아니다. 우리 방에서 주인집까지만 치우는데도 허리가 끊어질 것 같다. 치우고 나니까 도로 그만큼 또 쌓인다. 그날 눈 치우고 할 수 없이 3일을 쉬었다. 저 사람들은 어떻게 저렇게 눈도 다 치우고 말짱하지? 나중에 물었더니 어린애 때부터 해온 일이라 괜찮단다. 우리는 눈만 오면 이런 곤욕을 치렀다. 그런데 정말 멋있는 장면은 하얀 눈 안에 파란 잔디가 있다. 산의 목장에도 눈을 치운 곳은 흰색과 초록색이 대비되는 게 환상적이다.

이것도 곤욕이라면 곤욕이다. 주인집은 우리를 알린다고 댄스파티에 데리고 갔다. 소개하고 인사도 나누고 약간의 환담도 하면서 우리를 반갑게 맞아준다. 그 도시에는 한국 사람이 온 적도, 현재 사는 사람도 전혀 없었단다. 도시가 생기고 우리가 처음 온 한국 사람이란다. 이 때문에 우리는 웬만한 모임에는 항상 초대되는 유명인사다.

소개가 끝나고 파트너를 계속 바꾸며 윤무를 춘다. 그런데 아내가 주인집 남자와 파트너가 되자, 쭈뼛쭈뼛하는 바람에 약간의 흐트러짐이 있었다. 다시 시작하는데 두 번째 파트너가 바뀌고, 약국 여주인과 내가 파트너가 되었다. 이 여자 덩치가 엄청 컸다. 그런데 힘이 얼마나 좋은지 나를 와락 끌어안고 춤을 추는데, 내가 젖무덤에 처박혀 숨을 못 쉰다. 와락 밀쳐내는 바람에 웃음바다가 되어 일단 춤은 끝났다. 그 일을 소재로 해서 웃고 떠들고 왁자지껄해졌다. 좋긴 한데 숨을 못 쉴 정도면 이게 어떤 상황이란 말인가?

3개월간 여기 있으면서 독일 사람들이 정 주는 것을 깨닫는다. 처음 왔을 때는 남자들 무뚝뚝하기가 한국 남자들 저리 가라다. 차츰 알게 되고 몇 번 만나고 하면서 우리는 독일 사람들의 내면을 어느 정도 알게 되었다. 주인집은 우리가 내는 집세보다 우리를 위해서 더 많은 돈을 쓴다. 이것도 이상한데 아예 부근 도시에 한국 사람들 헌팅을 한 모양이다.

한번은 오덴발트(숲 이름)를 횡단해서 거의 1시간반여를 달려서 모스바흐라는 도시의 중국집으로 저녁 초대를 했다. 그 식당 주인이 한국사람인 줄은 꿈에도 몰랐다. 미리 말도 안 해주었다. 식당에 도착하니 주인이 나와서 "어서 오세요. 만나 반갑습니다. 아, 예, 반갑습니다." 아무 생각 없이 대답하다가 "어, 한국분이세요?" 했다. 그러자 우리 집주인들이 자기들을 찾아내서 오늘 이렇게 된 거란다. 무슨 연유로 이렇게까지 했는지와는 상관없이, 얼마나 반갑고 고마웠는지.

나는 향후 다른 도시에서도 계속 느꼈지만, 그때까지만 해도 이 가족들이 특별한 경우라 생각했다. 아니다. 독일 사람들 기본을 지켜주고 서로 신뢰가 생기면 간을 빼줄 정도로 정이 깊다. 우리는 미처 몰랐다. 독일 사람들은 한국에서 들은 바와는 전혀 다르다. 그저 겉만 보고 우리나라 사람들이 독일인을 판단한 게다. 독일사람 한번 사귀어보라. 신뢰가 생기면 그들이 어떤 사람들인지 제대로 알게 될 것이다. 이 도시에서 배우는 것도 배우는 것이지만, 독일사람 진면목을 알 수 있었으니 정말 좋은 경험을 했다.

마지막 한 가지는 나의 인생이 확 바뀌는 사건이었다. BBC라는 회사에서 연수 중 터진 실수가 전화위복이 되어 독일인이 될 수 있는 기회가 생겼다. 기막힌 사연이라 간략하게 요약한다.

나는 삼성전자에서 컬러TV를 개발했던 터라 트러블 슈팅에는 일가견이 있다. 불량 요인을 찾아내어 수리해서 많이 정상품으로 환원했다. 독일 만하임 본사에서 이사와 기술자가 다음날 찾아왔다. 며칠 후에 6개 불량품을 가져올 테니 한번 시험해보잔다. 며칠 후 단 30분 만에 모두 고쳤다. 그들은 놀라는 기색이었다. 결국 이런 사연으로 본사 연구소로 스카우트되었다. 독일 기업이 필요로 하는 인재는 국적 얻기가 편하다. 독일인이 되는 찬스가 생기는 것이다.

한참 후이긴 하지만 독일서 돌아온 후 20년 정도 지나자, 아내가 독일 가서 살 수 없냐고 묻곤 했다. 이게 결국은 미국 가서 살게 된 계기를 만들었다! 25년쯤 후에 미국에 3년 살게 된다. 이 도시는 우리에게 행복과 새로운 값진 경험과 기회를 제공해준 엘도라도였다.

정든 도시를 떠나 한겨울에 다음 연수지인 하노버로 떠났다. 지금은 많은 시간이 흘렀지만, 기술 유출에 대해서는 한 마디 해야겠다. 바로 내가 당사자였으니까.

나는 고위층의 호의적 조처로 거의 모든 자료를 볼 수 있게 되어 귀중한 회로 설계도를 많이 접할 수가 있었다. 그 일이 있기 전에는 웬만한 자료 접근도 못 하게 했다. 이때 많은 선진 기술을 흡수하게 되었다. 고위층은 이런 나를 대견하게 생각했다. 내가 연구소에 근무하리라고 알았던 탓이다. 내가 아니라도 그 당시 독일 첨단회사에 근무하는 것을 누가 싫어했겠는가? 후진국인 한국에서 온 사람이니, 그네들은 당연히 내가 모든 연수가 끝나면 그 회사에 근무하리라 여겼다. 독일 연수는 정해진 것이라서 도중에 다른 일을 못 하게 되어 있다. 본의 아니게 나는 기술을 유출하게 된 셈이다.

그러나 다행인 것은 한국에는 그런 회사가 없어서 크게 개의치 않는다는 것이다. 나중에 한국에서 소중한 능력으로 인정받아서 다행이다. 결과적으로 1986년도 과학기술처 우수연구원 상을 대표로 받았다. 여기 있을 때가 한참 겨울이었는데 위도가 높아서 꼭두새벽에 일터로 가서 한밤중에 집에 왔다. 실제 시간이 그런 게 아니라, 낮이 워낙 짧아서 그렇게 느껴졌다. 또 안개가 끼는 날에는 도시 전체가 마치 가마솥에 뚜껑 열어놓고 물 끓이는 것 같다. 온통 바닥부터 뭉게구름처럼 보인다.

회사에서는 매주 수요일만 되면 재미있는 일이 있다. 소위 로또 사는 날이다. 아예 직원 몇 명이 사무실을 다니면서 거둬간다. 회사에서도 이 일은 인정한다. 그래서 매주 수요일은 번호 고르느라고 분주해진다. 짧은 점심시간(30분) 와중에도 빵을 먹으면서 일부는 약한 맥주를 마시며 카드놀이도 한다. 참 알뜰하게도 시간을 보낸다 싶다. 쪼끔은 경망스럽게 보이기도 한다.

인구 1만여 명이 조금 넘는 아주 작은 도시지만 잔디 운동장 등 모든 것이 갖추어져 있다. 참 살기 좋게 도시가 만들어져 있다. 축제 시즌에 들어가면 어느 대도시 못지않게 할 건 다 한다. 젊은 여학생들은 억척같이 일했던 기성세대와는 몸매부터 달라서, 아내와 나는 독일 여자애들 예쁘고 미끈하다고 감탄한다. 때때로 네카 강이 워낙 물이 깊고 좋아서 같은 집 사람들과 낚시를 가곤 했는데 고기가 엄청나게 크다. 정작 돌아올 때는 모두 놓아주고 단 2마리만 가지고 돌아온다. 아깝게 왜 놓아주냐고 했더니, 법에 2마리만 가질 수 있도록 정해져 있다고 한다. 참 법이 별것까지 다 규제한다 싶다. 더 웃기는 일은 낚시 면허가 없으면 아예 고기를 잡지도 못한다. 나도 낚시 면허를 따려고 알아보았더니 용어와 고기 이름 생태를 알아야 한다고 해서 포기했다. 나중에 안 일이지만 선진국은 다 이렇게 되어 있었다.

✦하노버

하노버의 겨울 날씨는 습기가 많아 생각보다 춥다. 겨울이 지나고 봄이 되면 이제는 여름 봄 겨울이 하루에 나타난다. 내가 근무했던 건물은 하루 중에도 에어컨이 켜지다가 히터가 켜지기도 한다. 과학적으로야 일정 온도를 유지하기 위해 그렇지만 인간의 몸은 그렇지 못하다. 이게 적응하기 전까지는 그리 녹록하지가 않다.

하지만 야외는 오히려 낫다. 쉐터 하나면 해결된다. 날씨에 대한 몸의 반응은 오히려 반대로 되는 것 같다. 우리는 예전에 기숙사로 쓰던 3-4층에 방을 배정받아 지내게 되었다. 다행인 것은 한국 사람들이 모여서 살게 되었다는 것이다. 다른 곳에서는 가정집에서 별도로 지내야 했기 때문에 한국사람 만나기가 어려웠다. 자연히 저녁이나 주말에 함께 지내게 되니 외국 생활의 외로움은 덜 수 있었다. 나는 독일에서 기술 감리 전문기관(TUV 2012년에 한국법인 사장이 될 뻔했다)에서 일을 하는데, 한 방에 3명이 같이 일을 했다. 이 기관은 나중에 나의 업무와 연계된다.

한 사람은 디플롬 엔지니어로 팀장에 해당한다. 또 한 사람은 박사학위 소지자인데 나와 같이 일하는 사람이다. 그런데 이 박사가 나이가 제일 많다. 의아해서 나중에 슬그머니 물어보았다. 나이도 많고 박사인데 왜 책임자가 아니냐고? 다소 실례되는 질문이지만 나로서는 도저히 이해가 안 되었다. 대답이 나를 한 방 먹인다. 박사는 학교에서 공부는 많이 했지만, 이 회사를 위해 기여한 게 아직 얼마 되지 않으니 당연하다라는 답변이다. 회사 기여도에 따라 모든 게 결정된다. 나는 그 당시 우리나라의 형편에 따라 생각했는데, 이 사람들은 모든 게 실적 위주다. 사실 맞는 것이다. 우리는 그렇지 않은 게 이상하다.

나는 BBC 회사 근무를 해야 되는 건도 있는 데다, 막상 와서 보니 내가 하는 일과는 거리가 좀 있었다. 양해를 구하고 하노버 대학교 도서관에서 마이크로프로세서 공부를 할 수 있도록 양해를 구했다. 그들도 동의를 해주었다. 통신 강의를 병행해서 듣고 공부했다. 그 당시 독일은 그 과정을 마치면 자격증을 수여해서, 장차 나의 업무에 큰 도움이 될 것이었다. 정말 열심히 했다. 자격증을 획득했다. 더 좋은 것은 1983년 초만 해도 마이크로프로세스에 대해 아는 사람이 모자라던 시절이었다. 또 앞선 기술을 국내에서 배우기는 어려웠기에 더 값졌다. 이것 때문에 나중에 한국에서 웃지 못할 희한한 사람 쟁탈전이 벌어졌다. 이것 때문에 고생도 하지만 인생에서 성장하는 고비를 갖게 되었다.

하노버에 있으면서 여러 가지 눈을 뜨게 되었다. 하노버에서 세계 3대 박람회가 열리는데, 여기서 기술적인 면이 나에게 충격을 주었다. 우선 박람회장이 엄청 넓었다. 셔틀버스와 자동차가 배치되어 있어 그것들을 타고 돌아보아야 한다. 더 놀란 것은 최첨단 기계류 제품들이 총망라되어 있는 것이었다. 나는 기계류에 이미 최신의 전자기술들이 접목되어 있는 데 놀랐다. 전자박람회도 아닌데 이미 독일은 선진 기술을 도입했고, 참가 선진국들도 마찬가지였다. 우리나라는 보이지도 않으니 얼마나 서운했는지 모른다. 지금에 비하면 격세지감이 있다. 이제 우리나라도 이런 점에서는 엄청나게 발전했다. 하지만 아직도 원천기술이 모자라 일본에 의존하고 있어 안타깝다. 우리도 젊은 세대들이 이를 극복하리라 믿는다. 그러지 않으면 선진국은 멀다.

그 당시 나에게는 정말 충격적인 현실이었다. 그 바람에 나에게는 큰 자극이 되어 마이크로프로세서 공부를 더 열심히 하게 되었다. 귀국하면 좋은 환경에서 더 많이 배워서 내 실력을 발휘해보리라 다짐도 했다. 이렇게 넓은 세상에서 선진 지식을 흡수하니 보람이 여간 아니었다. 이런 행운이 있나 싶었다. 신도 나니 짧은 독일어 실력이지만 공학 분야는 할 만 했다. 얼마나 반가웠던지, 지금도 그때의 설렘과 가슴 뿌듯했던 기억이 생생하다.

하노버대학 도서관에 파묻혀 살았다. 이러고 지내고 있는데 우리 연수생을 총 관리하는 쾰른 본부에서 연락이 왔다. 일주일간 쾰른에서 휴가를 즐기도록 되어 있단다. 모든 스케줄은 미리 준비되어 있으니 몸만 오면 된단다. 첫날만 독일 생활에 대한 애로사항과 건의사항 등에 관한 오전에만 모두 모이는 공식 스케줄이고, 나머지는 여러 여행 프로그램, 문화 프로그램 중에 본인들이 좋아하는 것을 선택해서 즐기면 된단다. 우리 부부는 이 정도로 신경 써주는 독일 정부가 고마웠다. 그렇지 않아도 기숙사에서 골치 썩는 문제가 있었는데, 어디 알아보지도 못하고 고민하던 문제점도 알아볼 수 있었다. 문제점이란 우리 바로 옆방에 볼리비아 친구가 기숙하는데, 주말만 되면 독일 여자가 찾아온다. 거기까지는 좋은데, 공용 화장실 겸 샤워 실에서까지 이상한(?) 행동을 한다. 한국 사람들과 중국 사람들은 분기탱천했으나 뾰족한 방법을 알지 못했다. 그러던 차에 본부에 가서 애로사항을 말하게 되었다.

쾰른의 첫째 날 이런 애로사항을 말하자 아주 상세하게 설명해준다. 요지는 이렇다. 공공장소나 대중이 사용하는 공간에서는 이상한 행위가 허용되지 않는다. 다만 아무도 개의치 않으면 그 또한 문제가 되지 않는다. 결론은 원칙적으로 법으로 허용되지 않는다. 더욱이 아무리 자기 집이라 하더라도 이웃이 자연스러운 상태에서 불쾌감을 느끼면 고소할 수 있단다.

우리는 해결책을 찾았다. 이 일은 돌아오자마자 저절로 해결되었다. 어쩐 일인지 나의 애로사항이 그들에게 알려진 모양이다. 돌아오자마자 그들은 나에게 사과했고, 우표를 한 묶음을 선물하는 게 아닌가? 그런데 독일 여자의 상냥함과 용서를 구하는 것이 너무 인간적이고 교양이 있다.

이런, 이런, 이런 여자가 왜 그런 에티켓을 몰랐단 말인가? 자세한 내용은 못 밝히지만 너무나 솔직하게 이야기하는 바람에 우리는 용서보다는 이해하는 쪽으로 기울어지고 말았다. 대신 그들은 약속을 철저히 지켰다. 주말에는 절대 그러지도 않았고 항상 무슨 일이 있으면 자기 집으로 간다고 했다. 참 문화의 차이란….

쾰른에서 좋았던 경험은 오페라였다. 그때까지 나는 오페라에 한번도 가본 적이 없었다. 우리 부부는 그때 오페라를 보면서 오페라의 황홀함과 아름다움, 비록 말은 제대로 못 알아들었지만 심금을 울리는 예술이란 것을 깨달았다. 우리나라도 이제 그런 문화의 향기를 듬뿍 맡을 수 있어 참 좋다.

그때 머물렀던 호텔과 전철 이야기도 좀 하겠다. 우리는 기차에서 내려서 호텔 가는 전철을 타는데 늦은 시간이다. 항상 월 단위로 티켓을 사던 버릇 때문에 아무 생각 없이 전철을 타는데, 바로 검표원에게 걸렸다. 이렇게 걸리면 범칙금이 아주 크다. 자초지종을 말하며 사정했다. 그는 우리 얼굴과 말투로 독일에 사는 사람 같지 않은지 직접 티켓팅을 하며 주의하란다. 참고로 웬 학생이 석사 논문으로 이런 글을 썼다고 한다. 1년에 티켓을 한번도 안 사고 다니다 걸리는 경우와 꼬박 티켓을 사고 타는 것을 논문으로 쓰는데, 전자가 이익이라는 결론이다. 그렇다고 검표원을 더 늘리지 않고 시민들에게 주의를 환기시키는 데 그쳤다고 한다. 다만 검표를 할 때는 다른 칸으로 이동 못 하게 차량 한 대를 앞뒤에서 타서 검사하는 것으로 바뀌었을 뿐이란다. 실제로 독일 사람들은 그런 행동을 하지 않는다고 하니 독일답다.

거기에 우리가 딱 걸렸으니 참 창피한 일이었다. 다음에 호텔에 당도해서 우리 방으로 들어가는데 황당한 일이 일어났다. 문을 열고 들어가는데 목욕탕에서 콧노래 소리가 들린다. 우리는 기겁하고 다시 나와서 방 번호를 확인하니 분명 우리 방이었다. 우리는 방으로 다시 들어가며 여기는 우리 방인데 왜 여기서 목욕을 하느냐고 문 밖에서 물었다. 안에서 이 사람도 당황하는 기색이 역력하다. 바로 끝내고 나가겠단다. 별 희한한 사람 다 있네 하고 우리 부부는 웃을 수밖에 없었다.

방에다 짐을 풀고 대충 정리하고 있는데 누가 방문을 노크한다. 언뜻 봐도 한국 사람이었다. 이 사람도 놀란 모양이다. 그는 옆방에 있단다. 우리는 목욕탕 문을 열고서야 이해했다. 두 방이 공동으로 사용하는 목욕탕이다. 참 별 희한한 호텔이다. 독일에는 옛날에 지어진 호텔은 아직도 이런 곳이 있다. 특히 시골 관광을 갈 때 유서 깊은 오래된 작은 호텔이 이런 곳이 많으니 알아두어야 한다.

우리는 한번 호텔을 발칵 뒤집는 일을 만든 적이 있다. 호텔방에서 전기밥솥으로 밥을 하다가 혼이 난 것이다. 쾰른에서 처음으로 9일간의 여행을 하기 때문에 조그마한 밥솥을 가져갔다. 밥 냄새가 그들에게 그리 심하게 느껴지는지 전혀 예상치 못했다. 온 호텔에 밥 냄새가 진동한다고 호텔 측에서 난리다. 그리 난감할 수가 없었다. 지은 밥은 어떻게 하느냐고 했더니, 냄새가 사라지지 않으니 밀봉해서 자기네들이 버리겠단다. 내 원 참, 밥 냄새가 그리 강렬한지 예전에 미처 몰랐다.

초장에 이런 촌스러운 짓을 하고 다음부터는 관광하는 일이 전부다. 자유 시간을 만끽한다. 쾰른 돔은 그때 일부를 복원하고 있었지만, 나머지는 모두 개방해서 볼 수가 있었다. 돔 꼭대기로 가는 나선형 계단으로 올라갔다. 보통 힘든 일이 아니다. 좁은 통로로 오르내리는 사람들이 서로 부딪칠 정도로 좁다. 뱅글뱅글 꽤 올라간다. 중간 중간 쉬었다 올라가는데 쉬는 것도 쉽지가 않다. 꼭대기에 오르니 전망이 시원하다. 우리는 이곳저곳 사진을 찍으며 즐거운 시간을 가졌다. 그런데 필름이 똑 떨어진다. 내려가서 필름(요즘은 휴대폰이 복이다)을 사서 올라오려니 도무지 마음이 내키지가 않는다. 우리는 이미 찍은 것으로 만족하며 시원한 바람을 맞으며 한참을 감상하고 내려왔다.

그날 저녁 식사는 식당에 모두 모여서 하기로 되어 있었다. 설명을 들으니 예전에 성당 지하묘지였던 곳을 레스토랑으로 개조해서 훌륭한 식당이 되었단다. 참 마음 편치 않게 식사했던 기억이 난다. 그래도 의외로 식사는 훌륭했다. '참, 독일 사람들이란!' 하는 생각이 들었다. 돔 맞은편 강을 건너면 잔디밭이 잘 꾸며져 있다. 여기서 쾰른 성당(돔)을 보면 그 위용과 멋있는 정경을 감상할 수 있다. 쾰른이란 도시명은 식민지라는 뜻이다. 쾰른은 로마시대 식민지였다. 로마시대가 끝나고 독일 내의 3나라가 분할해서 통치를 했고 쾰른 성당이 그 중심에 있었다는 역사를 갖고 있다.

우리는 아주 즐겁게 지내고 하노버로 돌아오면서 독일 당국의 세심한 배려에 정말 고마웠다. 하노버는 좀 특이한 도시다. 우선 독일의 표준말은 하노버 말이다. 루터가 종교개혁을 할 때 하노버에서 보호해주어서 무사히 독일어로 성서를 번역할 수 있었고, 그래서 하노버 말이 표준말이 되었다. 참고로 독일은 우리나라보다 사투리가 더 심하다. 심지어 문법까지 다른 경우도 있다. 영국 황실도 2차대전 전까지는 하노버가로 불렸다. 독일과의 전쟁으로 인해 하노버가란 말이 곤란했기 때문에 왕실 이름이 지금처럼 된 것이다. 지금은 독일이 통일되어서 달라졌다. 그 당시 독일 텔레비전은 우리에게는 재미가 없었다. 분데스리가 축구중계도 하지 못한다. 보고 싶은 사람은 구장에 직접 가서 보라는 의미다. 반대로 동독 텔레비전은 독재 유지를 위해 국민의 눈과 귀를 정치에서 멀어지게 하려고 텔레비전을 재미있게 만든다. 하노버에서는 동독 텔레비전 시청이 가능해서, 대부분의 사람들이 동독 텔레비전을 많이 본다. 영화, 축구중계 등 오락 프로그램이 많기 때문이다.

하노버에서는 북해가 가까워 면세품 여행이 흔하다. 물건을 가득 실은 배가 북해 공해상으로 나가서 면세로 물품을 판다. 물론 각국 면세 한도까지만이긴 하지만, 그 당시는 매우 인기 있었다. 특히 담배 피우는 사람에게는 이게 아주 도움된다. 워낙 담뱃값이 비싸기 때문이다. 나는 직장에 나가야 하는 관계로 몇몇 부인들이 대신 가서 사오곤 했다. 참 기발하기도 하다는 생각을 했다.

이런 일도 있었다. 신문을 보면 전철이 파업한다고 해서 걱정을 많이 했다. 파업이 시작되면 차도 없어 꼼짝없이 어디 가지도 못한다. 거의 매일 신문에 대서특필을 한다. 그런데 막상 파업을 시작하는 날엔 아무런 지장이 없다. 그 다음날도 마찬가지다. 회사 사람에게 "아무 일도 없는데 무슨 이 난리냐, 지금 매일 밤 12시부터 새벽 4시까지 파업하고 있다는데, 그게 무슨 파업이냐? 그럼 어떤 게 큰일이냐?"라고 되물으면, 내가 오히려 이상한 사람이 된다. 이것도 참 독일다운 문화다. 요즈음 우리나라를 보면 뭐가 옳은지 모르겠다.

✦슈투트가르트

슈투트가르트의 날씨는 상당히 좋은 편이다. 덥다 싶으면 소나기가 한번 지나간다. 그렇다고 우리나라처럼 장마철은 없다. 비올 동안 잠깐 피해 있으면 우산이 별로 필요없다. 시내 한복판에 바로 큰 공원이 바로 이어져 있어 아주 좋다. 시내를 돌아다니다 조금 피곤하면 거기서 휴식을 취하기도 좋다. 우리는 시내 외곽에 집을 얻어 지내는데, 시골풍이 좋다. 교통이 막히지도 않고 편리해서 직장에 출근하기도 좋고 시골을 즐기기에도 좋다.

이 도시는 뮌헨과 라이벌 도시라고 한다. 그 이유가 자동차 산업 때문이다. 이곳엔 벤츠 본사가 있고, 뮌헨은 BMW의 본거지다. 서로 세계 최고의 차를 만든다는 자부심으로 라이벌 도시가 된 것이다. 예전에도 자동차 산업의 파급효과가 워낙 커서 그렇다고 한다. 나는 여기서 유럽 정상회의가 열릴 때 일어난 해프닝을 직접 보기도 했다. 영국의 대처 총리가 탄 차에 뒷문 장금장치가 되어 있어 차에서 못 내리는 해프닝을 목격하게 되었다. 어린애들이 뒷좌석에 앉을 경우 안에서는 문이 안 열리는 장치가 있다. 하필 대처 총리가 탄 차가 그런 차였다. 우리나라 같으면 분명 누군가가 바로 대기하고 있다가 문을 열어주지 않았을까? 나는 이 장면을 보면서 어쩌면 차나 의전이나 저렇게 격식 없이 하는구나! 참 선진국답다는 생각을 했다. 주 의사당이 시내 한복판 번화가 바로 옆에 있어 이런 명장면(?)을 보게 된다.

거기에도 예외 없이 데모가 있는데 기껏해야 한두 명씩 종이에 글씨를 써서 구호를 외치는 정도이다. 그런데 무슨 불법을 했는지는 몰라도 경찰에게 흠씬 두들겨맞는다. 다른 데모를 하던 몇 사람도 예외가 아니다. 언뜻 야만스럽게 보였다. 아니 이럴 수가? 나는 주위 사람들에게 경찰이 저래도 되느냐고 물었더니, 데모하던 사람이 법을 어겼다고 한다. 일말의 동정의 눈빛도 없다. 와, 무서운 나라구나 싶었다. 공권력에 도전하는 행위는 용납이 안 된다. 어찌 보면 맞는 것 같기도 하고 다른 한편으로는 너무한다 싶다. 요즈음 우리나라를 보면 공권력이 무력화되는 것이 아닌지 의심스러울 때도 있으니 안타깝다. 서로가 지켜야 할 선이 있을 텐데도 말이다. 어느 것이 민주적인지 의심하지 않을 수밖에 없다. 적어도 내가 다녀본 선진국에서는 공권력에 무례한 경우를 보지 못했다.

우리는 각국 정상들이 도착하는 것을 지근거리(쇠줄 바깥에서)에서 보게 되었다. 내 인생에서 직접 이리 많은 정상들을 보기는 처음이자 마지막이었다. 시내구경 왔다가 제대로 된 구경을 한 셈이다. 정상들이 건물 내로 들어가고 나서 우리는 시내구경을 했다. 당시에는 얼마나 탐나는 물건들이 상점에 즐비했는지 참 구경할 것도 많았다. 한 3시간 정도 구경하다가 집으로 돌아가려는데, 한쪽에 사람들이 꽤 모여 있다. 사람들이 모여 있으면 궁금한 법. 사람들을 조심스럽게 밀치고 들어갔더니 아니 이런, 신문에서 자주 보던 독일 총리가 아닌가? 나는 순간 총리를 닮은 사람이 아닌가 하는 생각도 했다. 바로 그 독일 총리였다. 이런 길가에서 동네사람들과 잡담하듯 하고 있다. 우리 같으면 인산인해를 이룰 텐데 하는 생각이 퍼뜩 들면서도 한편 신기하기만 했다. 주위에 경호하는 사람은 좀 많겠는가?

이 사람, 아니 이 총리가 우리를 보고는 반긴다. 나는 뒤를 돌아보았다. 나를 말하는 게 아닌가. 얼떨결에 악수를 하고 멍했다. 어디서 왔느냐, 무슨 일을 하느냐며 묻는다. 정말이지 영광(?)이다. 이렇게 스스럼없이 국민들을 대한다. 정말 아쉬운 것은 사진을 못 찍은 것이다. 참 자랑할 만한 장면이었는데 말이다. 무슨 권력자라서 그런 게 아니다. 독일 총리를 그것도 길거리에서 찍은 사진은 얼마나 재미있는 사진일까? 무척 안타까웠다. 나는 뉴스에라도 혹시 그 장면이 나올까 싶어 이곳저곳, 그리고 신문도 여럿 살펴보았다, 하지만 아무데도 없었다. 이리 아까울 데가 있나? 나는 거의 37년 전의 그 장면이 아직도 눈에 선하다.

여기서도 성에 관한 이야기를 하지 않을 수가 없다. 시에서 발행하는 신문이 집으로 배달되어 온다. 다른 거야 별로 새로울 게 없다. 그런데 친구를 만나는 면이 3면이나 된다. 남녀 모두 자기가 바라는 유형과 전화번호 등을 적고 소개하는 난이다. 거기서는 이게 지극히 정상적인 것으로 여겨졌다.

한번쯤은 상세하게 읽어본다. 아니, 이런 것까지 올린다는 말인가? 그대로 옮기기 뭣해서 에둘러 말한다. 성행위야 자기가 좋아하는 것이야 무슨 별일일까마는, 신체 주요 부위에 대해서 너무 자세하게 표현하는데 아연 실색할 수밖에 없었다. 물리적 궁합을 떳떳하게 밝힌다. 합리적이긴 하다. 우리나라 같으면 신문 자체가 간행되지도 못할 것이다. 참으로 이상한(?) 나라다.

우리가 독일에 살 때(1982-1983년) 별스런 일이 큰 사회적 이슈가 되었다. 소위 성산업에 종사하는 여인네들이 연일 데모를 하고 정부에 대책을 요구했다. 다름 아니라 세금을 내게 해달라는 거다. 성매매 자체가 불법인데 이건 또 무슨 소리인가? 독일 도시마다 홍등가는 꼭 있다. 자세히는 모르지만 유태인들이 운영하는 홍등가는 모른 척한다고 한다. 지은 죄가 많아서 그런가? 그런데도 세금을 내게 해달라? 이건 또 무슨 주장이란 말인가? 얼마 지나지 않아 사연을 알게 되었다. 즉 자기네들은 이 일을 늙어서까지 할 수 없으니, 세금을 내면 노후에 연금을 받을 수 있게 되기 때문이다. 세금을 제발 좀 내게 해달라는 것이다. 결국 독일은 2000년대 초반에 성산업을 양성화한다.

나는 이 도시에 있는 슈투트가르트 대학교 공대에서 연수 겸 공부를 했다. 재미있는 것은 기계과 산하에 2개의 자동화 연구소가 있다는 사실이다. 기계과에서 전자공학 박사 학위를 준다는 것이다. 미국과는 달리 프로젝트를 얼마큼 잘하느냐에 따라 학위를 줄 수 있게 되어 있다. 학과에 따라 학위나 프로젝트가 되는 것이 아니라, 프로젝트 성격에 따라 전문 분야로 나뉘는 게 신기했다. 아니, 이게 맞을 것 같기도 했다.

여기서 나는 무척이나 고민하게 된다. 독일에 남아서 BBC 연구소에 근무할 것인가, 아니면 독일 국적자가 될 것인가? 아니면 한국으로 돌아가 창원 본원(내가 근무하던 곳이 한국기계연구소와 같은 기관이었다)으로 내려가서, 로봇 연구실에서 마이크로프로세서 전문가로 활동할 것인가? 이때의 결정이 내 직장생활 중 결단의 표본이 되었고, 이제껏 같은 판단을 하며 직장생활을 해왔다. 물론 손해를 보기도 하고 오해를 살 수도 있지만, 나 자신에게는 항상 떳떳할 수 있었기 때문이다.

이때 나의 길이 확연하게 발견되었다. 그리고 나 자신의 일은 내가 판단하고 결정하고 후회하지 않기로 굳게 결심한다. 어쩌면 이것이 내 인생에서 제일 잘한 일 중에 하나라고 지금도 생각하며 전혀 후회가 없다. 그러나 이런 결론을 얻기까지는 무척 신경을 쓰게 되고, 결론을 얻기 위해 모험도 감행해야 했다. 이런 과정을 겪었기에 내 결정 방법이 확고하게 다져지는 계기가 되었다.

대학 교정을 서성거리기도 하고 호숫가에 가서 혼자 곰곰이 생각도 해봤다. 나는 적정한 결정이 어느 것인지 판단이 서지 않았다. 그러다 보니 스트레스가 엄청 쌓였다. 좋은 일을 결정하는데도 시간은 부득부득 다가오니 고민이 이만저만 아니었다. 때로는 호숫가에 가서 외쳐보기도 했다. 학교에서는 궁시렁궁시렁 중얼거리기도 했다. 마침 이 학교에서 박사 학위를 하고 있는 내 또래의 한국인 2명을 만났다. 이미 아이도 있고 가족이 모두 다 와서 공부하는 중이었다.

독일은 대학 들어가도 학비가 전혀 없다. 요즘은 일부 학비를 받기도 한다고 한다. 학생이 갖는 특권도 무척 많다. 그런데 이 사람들을 만나니 나보다 스트레스가 더 엄청나다. 학위 끝나는 대로 한국에 돌아간단다. 독일에 남을 생각은 전혀 하지 않는단다. 내 마음도 흔들렸다. 아내는 그 집 아이가 우리 애와 나이도 같아서 무척 부러워하며 우리 애 보듯 대했다. 애가 보고 싶어 밤에는 눈물도 흘렸다. 나도 마찬가지였다.

바둑으로 치면 꽃놀이 패인데, 도무지 갈피를 잡을 수가 없었다. 잘못하면 패만 즐기려다 다 이긴 바둑을 지는 엉뚱한 결과를 자초할 수도 있겠구나 하는 생각에 정신이 바짝 들었다. 결론은 돌아왔다. 그리고 이렇게 잘살고 있다.

비 오는 백조의 성, 독일이 그립다

*

미국 캘리포니아 생활

USA는 기본적으로 국가연합이다. EU보다 강력하게 묶여 있다고 보면 된다. 주마다 특성이 다르니 한 나라라고 보기에는 무리가 있다. 미국을 제대로 알려면 '장님 코끼리 만지듯이' 해야 한다. 우리가 흔히 미국이라고 하는데 좀 문제가 있다. 한자를 사용하는 나라는 나름대로 국가명으로 음차한 경우가 대부분이다. 유독 우리나라만 중국 한자명을 한글로 발음하니 이상한 국가명이 된다. 미국이니 독일, 호주니 하는 경우도 마찬가지다. 내가 거주했던 캘리포니아 이야기로 시작한다.

캘리포니아는 아시아계와 멕시코계가 아주 많은 주이다. 미국사람들은 농담으로 아시아 국가라고 웃는다. 기본적으로 멕시코와 전쟁으로 이겨서 나라가 되었다고 보아도 된다. '킬링필드'의 유래도 실리콘밸리 남쪽 밸리에서 시작됐다. 당시 영국군이 스페인(멕시코군)을 벌판으로 몰아넣고 양쪽 산에서 공격하여 전멸시킨 전투에서 유래한 말이다. 지금도 스페인으로부터 유래한 문화나 유물이 많은 이유이다.

캘리포니아의 가장 장점은 자연환경이 좋다는 것이다. 그래서 캘리포니아에 살면 백만 불은 벌고 사는 셈이라고 한다. 경제도 세계 10위 안에 든다. 대체적으로 이곳 중류층 이상 사람들은 느긋해서 행복을 즐기며 산다. 행복할 줄 안다.

산타바바라 해변, 야자수와 함께 낭만을

문제가 되는 것은 총기 사건이 심심찮게 벌어진다는 점이다. 안식년을 보내던 1995년도에 나는 산타클라라에 거주하고 있었다. 버클리에 갔다 오는 길은 고속도로를 이용하는데, 짧은 구간은 샌프란시스코 시내로 들어간다. 고속도로 101을 타게 된다. 밤 9시쯤 지나 고속도로로 들어가려는데 바로 주변에서 총격 소리가 들렸다. 급히 차안에 엎드려 숨 죽여 기다렸다. 몇 발의 총성 후에 총격이 멎었다. 다행히 나는 안전해서 바로 고속도로로 올라가며 휴우, 했다.

2000년 중반엔 오클랜드의 한국 유학생 2명이 총격 사망으로 사망하기도 했다. 이 사건 이후로 오클랜드 거주 한국인들은 외곽으로 이사를 많이 했다. 범인을 쫓던 4명의 경찰관들이 범인 집 앞에서 총격을 받아 사망하는 어처구니없는 사건도 있었다. 특히 오클랜드 시와 주변이 위험 지역이다. 실제 낮에 가보아도 좀 으스스하다.

미국에서는 사람들과 마주치면 눈을 맞추며 미소 짓거나 손을 살짝 흔들고 "Hi!" 하며 상냥하게 행동하면 총격 받을 일이 거의 없다. 운전을 한다면 클랙슨 사용은 자제하는 것이 좋다. 경찰에게 잡히면 길가로 이

동해서 운전대에서 양손을 잡고 기다리고, 경찰관이 가까이 오면 지시대로 움직여야 한다. 차사고가 나더라도 싸우는 사람은 지극히 드물다. 보험회사에 연락하고 기다리면 된다.

무서운 이야기만 했나? 안전을 위해서 꼭 지켜야 한다. 실리콘밸리의 유래는 반도체 관련 업종이 모여들면서 생긴 이름이다. IBM과 휴렛패커드가 원조라고 알려져 있다. 실제 실리콘밸리 스트리트는 최남단인 산호세 시의 외곽에 있다. 조금 더 가면 IBM이 있다. 북쪽은 남 샌프란시스코에서 남쪽 모건힐까지 약 100㎞에 이르는 지역을 통칭한다. 워낙 비즈니스 규모가 크다 보니 부자가 아주 많다. 웨스트 팔로알토가 부자 지구로 유명하다. 여기엔 가로등도 없다. 모르는 사람은 아예 밤에 들어오지 말라는 뜻이다. 좋은 집에 살거나 좋은 차를 타면 부자로 여긴다. 부자를 경멸하거나 위화감이 있는 행동이나 말은 전무하다. 부자는 부자다. 오히려 존경한다. 정당하게 돈을 벌었기 때문이다. 주로 스탠포드대학과 버클리대학의 인재들이 만들었다고 한다.

재미있는 건 고속도로 I-280을 건설할 때의 에피소드다. 스탠포드대학 설립자인 철도 왕 스탠포드의 유언에 학교 부지는 어떤 경우에도 팔지 못하게 했다고 한다. 정부가 필요한 땅을 수용할 수가 없었다. 찾아낸 묘안이 돈을 받지 않고 영원히 빌려주는 방법으로 해결되었다고 한다. 미국은 미국이다. 이제 내가 겪은 미국 생활 이야기로 들어간다.

주말에는 할 일이 별로 없다. 쇼핑이나 여행을 하지 않으면 골프 칠 일밖에 없다. 골프의 천국이다. 대중 스포츠니까 매우 싸고 코스도 좋다. 쉬운 코스부터 USA 10대 난코스까지 두루 구색을 갖추고 있어서 골프의 묘미를 만끽할 수 있다. 에피소드 하나를 소개한다.

골프장에서 한 컷. 프로 같다

내가 살던 산타클라라의 시영 골프장에 아주 연세가 높은 분 2명이 내 앞에서 라운딩하는데, 파3홀에서 만나 이야기를 나누었다. 연세가 89세인 두 분이 소꿉동무란다. 골프 치다 죽는 경우가 많다는데(고혈압, 심장병 등), 할아버지 "괜찮으세요?" 물었더니 "이 사람아! 골프 치다 죽으면 행복한 거지." 한다. 듣고 보니 일리가 있다. 그런데 뒤의 팀에 전혀 지장을 주지 않는다. 드라이버 치고 공을 주워 멀리 가서 2번째 치고 그린 주변에서 어프로치하고 퍼팅 한번 하고 홀 아웃을 하니 뒤 팀에 전혀 지장이 없다. 골프 매너가 좋다. 카트에 장애자 깃발을 펄럭이며 골프를 즐기는 모습이 참으로 좋아 보인다.

별아 반갑다. 내 어린 시절 꿈은 이루어졌다. 미국에서 내가 제일 좋아하는 천문학에 푹 빠졌다. 실리콘밸리는 겨울 얼마간을 제외하면 거의 구름이 없어서 별 관찰하기도 아주 좋다. 천체 망원경을 마련해서 밤에 골프장으로 향했다. 골프장에 미리 양해를 구하면 대체로 승낙해준다. 나중에 귀국해서 우리나라 골프장을 이용하려 했더니 단 한 군데도 허락을 받지 못했다.

골프장이 도시에 있으면 광공해 때문에 별로 좋지 않지만, 변두리 외딴 곳은 빛이 없어서 별 관측에 최적의 장소가 된다. 우리 가족들도 가끔 데리고 가서 관찰하게 했더니 자지러진다. 맨눈으로 봐도 별이 쏟아지기 때문이다. 시장이 워낙 커서 천체 망원경도 상당히 싼 편이다. 귀국할 때 더 큰 망원경 2개를 사서 가지고 있었는데, 사용할 곳이 없어 결국은 대학에 기증하고 말았다.

기증하려고 해도 받아주는 곳이 없어 황당하기도 했다. 최신제품이고 천만 원을 호가하는 좋은 천체 망원경인데도 대부분 정부(지방정부 포함)에서 예산을 못 받을 수도 있는 데다가 관리상 불편하다는 게 주 이유였다. 처음으로 기증하는 일이 쉬운 일이 아니라는 희한한 현상을 알게 되었다. 귀국하면서 빛을 차단하는 돔을 사서 한국에 설치하려고 이곳저곳 알아보기도 했다. 미국에서는 천만 원이면 족한데 한국에서는 이것저것 합치니 약 1억 원이 필요하다고 해서, 결국 사오는 것을 포기하기도 했다.

백만 불은 벌고 산다? 내 식대로 산다? 자유인이 되었다. 캘리포니아 주에 살면 이런 말을 듣게 된다. 자연환경이 너무 좋기 때문이다. 산이면 산, 바다면 바다, 초원이면 초원 얼마나 다양한지 모른다. 차로 돌아다니면 얼마나 감탄하게 되는지 모른다. 또 한 가지 기본이 자유다. 내가 자주 하는 말로 도덕적, 윤리적으로 문제가 없으면 뭐든지 해본다! 이 말이 탄생하게 된 동기가 바로 캘리포니아이다. 시간만 있으면 할 게 너무 풍부해서다. 밤 문화가 없지만 나는 술도 못하기에 더 좋다.

휴가철이 되면 나는 캘리포니아를 섭렵하며 자유, 호기로움, 여유 작작, 자연의 경이로움에 푹 빠져 완전히 다른 세상을 사는 셈이다. 추천하자면 샌프란시스코에서 LA까지 코스트 하이웨이 NO1을 따라가는 코스가 가장 멋지다. 일주일 여정으로 주변 유명한 곳곳을 둘러보면 여행한 뿌듯함이 있다.

실리콘밸리는 여름에는 구름 한 점 없는 쾌청한 날씨다. 가끔 화씨 100도(섭씨 약 39도)가 되더라도 그늘에만 들어가면 별로 덥지도 않다. 사막 기후이기 때문이다. 겨울에 들어서는 10월 중순부터 주변 산들이 연두색으로 물들기 시작하는데 가히 환상적이다. 이때부터 구름을 보기 시작한다. 구름도 정말 반갑다.

다 좋은데 지진이 겁난다. 나는 한번 진도 5.4 지진을 겪어봤다. 꽝 소리와 진동이 있는데 다리가 후들후들 떨릴 정도였다. 아내와 나는 부리나케 건물 밖 공터로 피신했고, 사람들 모두가 뛰쳐나왔다. 방송을 듣고 아파트 안으로 들어갔는데, 모두들 급히 나오느라 열쇠를 못 갖고 나온 사람이 대부분이었다. 얼마 후 앰뷸런스 소리가 요란했다. 다음날 친구 집에 갔더니 이 정도 지진은 크게 우려할 정도가 아니란다. 나는 평생 처음 겪어보는 무서운 지진이었건만 그들은 태연했다. 다만 언젠가는 BIG ONE(대지진)이 올 텐데 그게 걱정이란다.

에페소드가 있다. 플로리다 사람들이 캘리포니아 사람들에게 "지진 무서워서 어디 살겠나?" 하면 캘리포니아 사람들은 "플로리다 허리케인 때문에 살겠나?"며 맞받아친다고 한다.

현지 사람들도 차는 좋아야 한다. 현지 사람 평가하는 데 2가지를 먼저 본다. 좋은 집과 좋은 차가 있는지를 보면 대충 짐작이 간다. 이점은 우리와 비슷한 것 같다. 내가 비즈니스하면서 중요한 모임에 회사 차(그랜저 3800cc) 대신 내 차를 가져가면 대하는 태도가 다르다. 심지어 묻지도 않았는데 자기 차를 아내가 가져가서 자기는 오늘 이 차를 탄다고 변명 아닌 변명까지 하는 사람도 있다. 미국은 재미있는 통계가 많다. 그중에 백만장자의 기준을 2년에 한번씩 발표한다.

기준은 집과 차(차 수집하는 사람이 많아서)를 제외하고 당장 은퇴하고서도 먹고사는 데 지장이 없으면서 여행과 취미생활을 충분히 할 수 있는 정도의 금액을 말한다고 한다. 참고로 2008년 무렵 실리콘밸리는 약680만 달러의 금융자산을 가져야 백만장자 취급을 받았다. 반면에 워싱턴 주 시골은 말 그대로 100만 달러의 금융재산이 있으면 백만장자로 대접받았다고 한다. 10여 년 전에 그랬으니 아마도 지금은 1000만 달러는 되어야 하지 않을까 싶다.
이러다 보니 젠트리피케이션이라는 현상이 벌어진다. 참고로 캘리포니아에서는 최초의 집은 양도세가 면제된다. 금융자산이 별로 없거나 연봉이 충분하지 못하면 실리콘밸리의 비싼 물가 때문에 집을 처분해서 외곽으로 나가야 겨우 살 수가 있다.

서양을 알려면 성경과 그리스 로마 신화를 알아야 가능하다. 그들의 문학과 사상이 모두 여기에 기초하기 때문이다. 특히 신약성경은 무대가 대부분 그리스로서, 유대인이 아닌 민족에게 복음을 전파하는 전초기지라 해도 무방하다. 유대 땅도 원천이기는 하지만 현실적 포교 지역은 그리스라고 해도 과언이 아니다. 특히 동로마제국이 천여 년의 역사에서 이슬람에 의해서 사라지게 되자, 그 문물을 이태리로 옮기면서 르네상스가 태동된다. 본래는 그리스정교가 기독교의 본산이었는데 바티칸으로 문물과 교황권이 이전되면서 유럽 문화는 꽃피게 된다. 러시아정교도 이후로 그리스를 대신한다는 명분으로 파생된다. 사정이 이러니 위 2개 신화와 성경을 모르고서 유럽을 깊이 있게 이해하기란 사실상 불가능하지 않을까?

✦조지아텍 사건

다들 잘 알다시피 조지아텍 학생에 의해 총기난사 사건이 벌어졌을 때의 이야기다. 한인 동포들은 촛불로 희생자를 기린다고 모임을 갖기로 했다가 전격 취소하고 자중하기로 했다. 그들을 한국 사람들이 촛불로 위로하면 심기가 불편해진다는 게 이유였다. 그리고 한국 사람들끼리 모이는 것을 당분간 자제하자는 것이었다. 나도 그런가보다 했다. 그런데 사단은 엉뚱한 데서 불거졌다. 한국정부가 사과를 표했다. 부모가 자살했다, 부모가 뭐하는 사람이다, 하는 기사가 한국 신문에 난 게 문제가 되고 말았다.

요지는 이렇다. 도대체 FBI는 무슨 일을 그렇게 했단 말인가? 부모가 자살하게끔 조치도 못 했단 말인가? 세상 어느 부모가 그런 나이의 아들을 컨트롤할 수 있단 말인가? 영주권자인데 현지 사회가 그렇게 되게 한 게 부끄럽다. 나중에 밝혀져서 FBI는 제 일 제대로 해서, 사건이 나자 바로 부모들을 격리 보호했는데, 그러는 바람에 헛소문이 한국계 신문 등에서 알려지고, 문화 차이를 인식하지 못해 부모의 사생활까지 낱낱이 알려지게 된 것이다. 그런 사실에 그들은 갸우뚱했다. 해프닝 아닌 해프닝이었다. 이 사실만큼은 그들의 행동과 생각이 맞는 듯하다. 문화 차이를 떠나서도 말이다.

✦한국과 아메리카의 생각 차이

우리는 정답이 있는 것처럼 생각하고, 각자 자기가 정답이라고 우기는 경우가 많다. 그들은 정답은 없다고 생각하고, 각자의 생각을 토론해서 타협한다. 우리는 서로 믿음으로 시작해서 불신으로 가는 경우가 많다. 그들은 불신으로 시작해서 서로 믿음으로 화합한다. 우리는 이혼해서 만나면 배알도 없나? 하지만 그들은 이혼하고 만나도 눈치 주는 일이 없다.

우리나라도 조금은 나아졌다. 내가 USA를 찬양하고 부러워해서가 아니다. 어느 게 더 합리적이고 인간답게 사는 것일까를 말하고자 함이다. 기본적으로 개인이 중심이다. 하지만 공권력에 도전하거나 부닥치면 일체 관용이란 없다. 우리처럼 경찰에게 대들었다간 가차 없이 당한다. 총기사고가 많이 나더라도 총기규제가 거의 불가능하다. 국가가 개인의 안전을 책임질 수 없다는 논리다.

교통위반으로 걸리면 예전에는 자기 거주 지역에서 처리되었다. 요즘은 어느 선이 넘으면 해당지역으로 가서 해결해야 된다. 예를 들어 산호세에 사는데 샌디에이고에서 위반했다면 현지까지 몇 번을 왔다 갔다 해야 한다. 경비가 훨씬 많이 들고 시간도 많이 걸린다. 이러니 누가 위반을 하겠는가? 다만 많은 차가 한꺼번에 과속하면 경찰차가 끼어들어 속도를 줄이게 지그재그로 운전한다. 60마일(약 100킬로미터)에서 70마일 이상 달리면 이렇게 한다. 우리나라 사람들이 가끔 우스운 짓을 한다. LA에 있는데 뉴욕에 잠깐 들렀다 가라고 한다. 거리로 서울에서 싱가포르까지의 거리다. 한 나라라고 착각해서다.

미국에서는 누가 의견을 제시하면 정면 반박하는 경우가 드물다. 서로 토론은 일상사이다. 해외에 나가면 그 나라의 문화를 존중해야 별 탈이 없다.

페이퍼 해변, 끈질긴 파도가 동굴을 만들었다

생각을 바꾸면 인생도 바뀐다

무슨 큰일을 도모하려면 여러 각도로 보는 것은 물론 다양한 요소를 검토하지 않는가? 자기가 적합하다고 생각하는 것을 골라 결정한다. 보통 자기에게 익숙한 것을 고르기 마련이다. 그래야 편하게 할 수 있기 때문이다. 이게 상식적인 판단이고 고정관념일 수 있다. 판단 기준에 합리적, 과학적, 창의적 요소를 가미하면 더 나은 결과가 예상되는 일에 도전하게 된다. 중요한 일을 하려면 다양하게 사고해보는 습성이 긴요하다. 기존의 생각을 바꾸면 다른 좋은 수가 보인다. 더 나은 미래를 만들어가는 게 삶이 아닐까? 뭔가를 더 잘하려면 생각을 바꿔보자.

*

생각을 바꾸면

자기가 만족한 상태에 있으면 구태여 생각을 바꿀 필요는 없다. 그대로 지키며 정진하면 된다. 하지만 살아가면서 이런저런 난관에 부닥칠 때가 많다. 난관을 극복하는 데는 여러 방법들이 있다. 그 중에 우선하는 게 생각을 바꾸는 것이다. 일단 생각을 바꾸어야 대책 마련이 용이하다.

도약이 필요할 때도 마찬가지다. 기존의 생각으로는 발전이 어려울 수도 있다. 과감하게 생각을 바꿀 필요가 생긴다. 이럴 때는 결단도 함께 해야 한다. 생각을 바꾸기 좋은 방법으로 산책을 권한다. 뇌과학을 전공하는 교수도 산책을 즐긴다고 한다. 칸트도 정기적 산책을 한 것으로 유명하다. 산책을 하면 여러 생각을 떠오르기 때문이다. 여러분도 생각이 꽉 막혔을 때 해보라. 갇힌 공간에서보다 훨씬 생각이 자유로워진다.

✦중심, 중간, 보통에서 변화를

삶이나 일이나 어려움이 있게 되면 우선 중간쯤으로 이동해보자. 중심이 될 수도, 보통이 될 수도 있다. 보통 사람이면 어떨까를 생각해본다. 자기 위치가 어딘지 헷갈릴 때가 있기 마련이다. 어떤 현상이나 행동에서 일단 중심에 있으면 균형이 잡히고 안정된 상태이다. 그 다음에 나아갈 것인가, 멈출 것인가를 판단하면 성과를 얻기에 좋다.

삶의 진동에서 진동 폭의 중간이 중심 또는 보통이란 기준이 된다. 위로는 좋은 일이라고 여기고 아래쪽은 좋지 않은 일이라 여겨보자. 아래쪽이 없으면 좋으련만, 인생사 그런 일은 불가능하다. 좋은 일이 있으면 나쁜 일도 일어난다. 그 반대도 마찬가지다. 그러니 삶의 진동이란 표현을 쓴다. 진폭에 해당된다. 이런 진동이 자주 일어나면 당연히 진동의 주파수는 높아진다. 어찌 보면 다이내믹한 삶이지만, 다른 한편으로는 정신 못 차리게 바쁘다는 의미도 내포한다.

이런 삶의 진동을 우리 스스로 제어할 수 있는 사람은 삶을 잘 영위한다. 뭔가 제대로 가려는 행동이다. 핵심 사안에 대한 스스로의 진동 폭, 즉 진폭과 주파수를 그려보면 재미있다. 진폭을 3단계(상·중·하) 또는 5단계로 하든지 주기를 일주일 단위로 하든지, 일기를 쓰면 하루 하루 일기에 맞추어서 해도 좋다. 전적으로 자기 판단으로 한다.

그래프를 그려보면 자기 삶의 진동을 어느 정도는 관찰할 수 있다. 단기간의 그래프로 판단하지 말고 적어도 분기와 1년, 몇 년 단위로 하는 게 바람직하다. 재미로 시작해보는 것이다. 전혀 의식하지 말고 그냥 단순하게 단위별로 그때그때의 생각으로 점을 찍어 연결하는 것으로 족하다. 그 다음에는 진폭과 주파수를 바꿔가며 만들어보면 의외로 자신의 삶을 잘 이해하기 시작된다. 처음부터 너무 잘 만들려고 복잡하게 하지 말고, 앞으로의 시간은 충분할 테니 변형시켜가면 된다. 그러면 자기의 문제점을 파악하는 데 도움이 된다.

이렇게 중심을 잡으면 자신의 문제가 보이기 시작한다. 뭘 더 노력해야 할지를 알게 된다. 진폭의 상향 선에서 어떤 범위를 벗어난 부분에 주목하자. 그런 부분은 뭔가 도약했다는 징표이다. 이런 점이 많으면 도전이 성공할 걸로 여겨도 된다. 바로 도약의 경계를 돌파한 셈이다.

✦경계를 극복

시간이든 공간이든 생각이든 행동이든 임계상황을 잘 극복해야 한다. 그래야 정진한다. 이게 도전이다. 쉽게 말하면 산을 오를 때 깔딱고개라는 걸 마주친다. 그 고비를 넘기면 다음이 조금씩 쉬워진다. 조금 다른 개념이긴 하지만 일단 그렇게 생각하면 된다. 물리학에는 임계값이라는 개념이 있다. 임계값을 넘으면 상태가 확 바뀐다. 물이 끓으면 그 다음엔 수증기로 변한다. 액체가 기체로 변한다. 반대로 얼음이 어는 것도 마찬가지다. 상이 전이한다고 한다. 아주 다른 세상이 되는 것이다.

살아가다 보면 이와 유사한 임계상황이 올 때가 제법 많다. 이를 극복하느냐 마느냐에 따라 삶이 확 바뀐다. 고비를 넘겨야 한다. 고비를 과감하게 그리고 끈질기게 돌파하면 새로운 세상이 열린다.

예를 들어 병에 걸렸다고 치자. 병마와 싸우는 기간은 정말 힘들지 않은가? 하지만 극복하면 서서히 건강을 회복하는 것과 같은 이치다. 다만 문제는 병마와 싸워 이기면서 느껴야 한다. 아! 내가 병마를 극복했구나! 자긍심을 느껴보라. 다 나았으니 이젠 됐다라고 끝내지 말자! 생각하기도 싫을지 모른다. 찬찬히 음미해보고 그 가치를 느껴보라. 다른 모든 생활도 마찬가지다. 뭔가를 극복하고 나서 그냥 끝났다고 잊어버리지 말고, 찬찬히 뒤돌아보며 자의식을 느껴보라. 이겨냈기에 분명 자긍심이 생긴다. 이걸 놓치지 말고 스스로 차곡차곡 쌓는 연습을 하라. 세상 살아가는 데 얼마나 도움이 되는지 모른다.

노력에도 같은 원리가 적용된다. 뭔가를 열심히 하다 보면 느껴질 때가 있다. 이때가 임계점이라고 생각하며 호흡을 가다듬자. 임계점을 넘기면 노력의 대가가 있다. 임계점에서 멈춰버리면 도약은 힘들다. 도약하려면 임계점을 정면으로 돌파해야 한다. 힘들인 것보다 더 큰 성취감이 뒤따른다. 이런 행동이야말로 진정한 노력이고 삶의 의미가 고양된다.

임계점을 넘으려면 결단이 요구된다. 일생일대의 결단일 수도 있다. 도망갈 구석이 있거나 편하려면 결단을 못 한다. 결단을 위해서는 치밀하게 생각하고 행동해야 한다. 누구나 두려움이 없을 수가 없다. 그걸 이겨내야 임계점을 돌파하는 결단이 가능하다.

생각을 달리하는 예를 보자. 인간이 우주 차원으로 보면 얼마나 미물이며 허무하겠는가? 하지만 그런 인간이 우주의 원리를 파헤치고 있다는 게 얼마나 위대한가? 신이 있다면 인간이 얼마나 기특하겠는가? 신이 인간에게 괜히 자유의지라는 걸 주었겠는가? 이렇듯 사람은 자유의지에 의해 여러 각도로 다양한 생각을 할 수가 있다. 그런 다음 논리적으로 생각을 정리하면 골치 아픈 일도 비교적 수월하게 이해된다. 생각을 바꾸어보자는 말엔 두 가지 의미가 있다. 하나는 늘상 생각하는 대로의 방식을 다른 형태로 바꾸어보라는 것이다. 다른 하나는 생각을 반대로 해보라는 것이다.

예를 들어보면 '나는 잘 안 될 것 같다' 하는 생각이 든다고 해보자. 해야 할 일이라면 '긍정적으로 할 수 있다'라고 의식적으로 생각을 바꾸어도 효과가 있다. 다른 예로는, 나는 이런 사람이 되어야겠다고 가정해보자. 자기의 재능을 활용해서 방안을 도출하기도 한다. 반대로 이런 사람이 되었다고 가정하고 그러려면 무엇이 필요한지 역으로 생각해보는 것이다. 중요한 일일수록 이런 식의 사고전환을 활용하면 좋은 결과로 이어지는 경우가 많다.

삶이 현재 잘 안 풀리고 있다고 해보자. '그래, 시기가 안 되어 그럴 거야!' 하고 인정해도 좋다. 시간이 지남에 따라 생각을 바꾸어야 한다. '내가 이러고 있을 수는 없잖아?' 또는 '실력을 더 쌓으면 할 수 있어!'라고 바꾸는 것이다. 이런 생각을 하는 연습을 꾸준히 하면 어느새 달라진 자기의 모습을 발견할 수 있을 것이다.

생각을 바꾸기 위해서 생각을 정리해두는 게 필요하다. 성공이니 행복이니 하는 것에 자기만의 주관을 뚜렷이 해보자. 개념 정립도 필요하다. 자기만의 주관을 또렷이 해두면 경험이나 생각에 따라서 미세조정을 해가면 된다. 비록 처음에는 뭔가 부족한 것 같고 만족스럽지 않더라도, 조정이라는 수단이 있다. 성공한 사람들의 이야기를 자기에게 대입하여 해석해보자. 좋은 것은 무엇이며 그런 성공이 행복한지 아닌지도 자기 기준으로 평가해보자.

✦개념을 제대로 파악하면 삶이 달라진다

말에 의해 세상과 교류하지 않는가? 또한 자기 자신과의 대화도 소리 내지는 않지만 역시 말로 한다. 여기서 말의 구체성 즉 개념이 필요하다. 일반적인 것이야 구태여 개념으로 할 필요가 없다. 삶에 관여된 말, 즉 추상 언어에는 개념을 명확히 해두는 훈련을 해야 삶이 증진된다. 두루뭉술한 일반적인 개념은 개념의 곡해를 야기한다. 제대로 파악된 개념은 삶의 설계에 아주 편리하고 단순화가 용이하다. 정확한 개념은 삶을 요소를 명확하게 해준다. 예전에 사전이 필요했던 이유다.

요즘 젊은이들 사이에 '개념 없이 생겼다'는 말이 유행이다. 나는 여기서 '개념'이란 단어에 대해서 아리송하다. 개념이란 모든 학문에서 중요한 위치를 점한다. 그만큼 중요한 단어이다. 나는 삶에 있어서도 개념 파악이 삶의 질 향상에 크게 기여한다고 믿고 경험했다. 예를 들어 나는 '행복을 추구하기보다는 즐기는 삶'이 훨씬 능동적이고, 또한 나를 살렸고, 삶의 원천이었다고 주장한다. 여기서 중요한 개념이 있다. 행복과 행복추구, 즐기는 삶이라는 개념이 존재한다.

이 개념들이 함부로 설명될 수 있겠는가? 나는 살아온 여정 전체를 꿰뚫는 개념으로 여긴다. 더군다나 이러한 개념 형성은 나의 고난과 고통위에 성립됐기에 나름대로 개념 정립에 심혈을 기울였다. 이런 개념 바탕 위에서 나의 멋진 생활이 가능했다고 자부한다. 역으로 내가 개념 정립을 제대로 못 했다면 오늘 날까지의 삶은 그리 즐겁지도 맛있지도 못했을 것이다. 개념 정립은 누구에게나 삶의 형태를 결정하는 중요한 요소이다.

개념이 왜 나에게 중요했던가? 우리는 살아가는 동안 세상 돌아가는 대로 따라가는 것이 일상이다. 학교를 졸업하고 직장생활을 한다. 결혼해서 가정을 꾸리며 자식을 키우고 재산을 모으며 더 나은 삶을 향해서 고군분투한다. 거의 대부분의 사람들이 살아가는 큰 형태의 루틴(routine)이다. 하지만 이렇게 살아가는 데는 여러 가지 삶의 요소들이 있기 마련이다.

나는 이 책에서 여러 삶의 요소에 대해서 많은 이야기를 하고 있는데, 이는 개념 정립과 다를 바가 없다. 삶의 요소는 한 단어 또는 한 문장으로 요약된다. 길어야 몇 개의 문장이면 족하다. 그러한 개념에 도달하기까지는 살아가면서 겪은 직접경험과 간접경험 그리고 사유를 통해서 도출된 바람직한 결과물이다. 바쁜 생활을 하면서 장황한 설명으로는 효율과 효과가 나타나지 않는다. 그런 삶을 축약한 짧은 문장으로 대신할 수 밖에 없다. 개념화된 짧은 문장이다. 이렇게 나 자신에게 개념화된 짧은 문장들은 삶의 방향타 역할을 제대로 한다.

개념 속에는 여러 상황과 직간접 경험들이 나에게 맞게 축약되어 있다. 삶에서 개념 형성이 얼마나 중요한 역할을 했는지 모른다. 멋진 결과를 낳는 데 대한 자긍심과 자신감이 생긴다. 내가 자서전을 2권째 집필하는 이유다. 단순히 자랑할거라면 구태여 책으로까지 출판할 이유가 있겠는가? 누군가에게 도움이 되고 참고가 되도록 내 삶을 보여주고 싶기 때문이다. 여러분의 삶에 힌트 또는 단초를 제공할 수 있기 때문이다. 여러 각도로 나름대로 분석, 종합한 것이다. 마음에 드는 몇 가지만 따라 해도 삶의 질이 확 바뀌지 않을까 하는 마음으로 진지하게 이 책을 썼다.

생각을 바꾸려면 생각을 돌리는 기교도 필요하다. 다소 엉뚱하게 생각해보자. 그리스 신화에 대해 평소에 하지 않던 관심을 예로 든다. 조금 쉬어가는 이야기이다.

✦헤라클레스

그리스신화 한 조각을 들여다보자. 고정관념을 바꾸는 이야기로서 재미있으니 독자들도 한번 웃어보라.

헤라클레스와 관계 있는 프로메테우스와 에피메테우스 형제 이야기이다. 여러분은 그리스신화의 형제 중 어느 편일까? 당연히 프로메테우스일 것이다. 인간을 위해서 신계의 불을 훔쳐서 선물했다. 그 대가로 코카서스 산의 바위에 결박된 채로 제우스의 대리자인 독수리에게 간을 쪼이는 아픔을 당한다. 제우스는 끝내 프로메테우스를 죽일 수가 없다. 왜냐하면 제우스의 아들 중에서 아버지보다 나은 신이 누구에게서 태어나 신의 왕위 자리를 찬탈할지를 프로메테우스가 알고 있기 때문이다. 제우스는 그가 누군지를 모르면 자기가 아버지의 신의 왕위를 찬탈했듯이 자기도 당할까 두려웠다.

프로메테우스라는 이름이 '앞서 깨닫는 자'라는 뜻이다. 반대로 에피메테우스는 '나중에 아는 자'라는 뜻이다. 이 두 형제 신 때문에 인간 세상에 좋고 나쁨이 생긴다. 우여곡절 끝에 헤라클레스에 의해 프로메테우스는 구출된다. 헤라클레스는 아버지인 제우스가 가장 사랑하는 인간인데 제우스의 부인인 헤라가 12개 과업으로 죽이려고 한다. 하지만 모든 과업을 완수하고 죽을 때 모든 것을 용서하고 신으로 하늘에 올려져 헤라의 딸(청춘의 여신)과 결혼시킨다. 그래서 헤라클레스 이름은 '헤라의 영광'이라는 뜻이다.

여하튼 헤라클레스가 프로메테우스를 구하고, 제우스는 어떤 여자에게서 자기를 누를 아들이 태어날 것인지 알고는 기절초풍한다. 인간 세상에서 아주 예쁜 미녀를 사랑하고 있었기 때문이다. 눈물을 머금고 여자를 조그만 섬나라 왕에게 시집보낸다. 바로 아버지보다 나은 아들 아킬레스가 태어난다. 제우스는 프로메테우스는 어쩌지 못하고 동생인 에피메테우스를 인간 최고의 미녀인 판도라라는 여인과 부부로 만든다. 예쁜 상자를 선물로 주는데 이게 바로 판도라의 상자다.

우리는 책의 전문을 프롤로그, 후기를 에필로그라고 한다. 인간은 프로메테우스처럼 되길 원하는데 그렇지 못하고 에피메테우스처럼 행동할 가능성이 크다. 헤라클레스의 12과업 중에서 헤라의 정원에 있는 황금사과를 따오는 과업이 있다. 이를 따올 수 있는 유일한 신이 아틀라스이다. 정원을 지키는 6명의 여자 요정인 플레이아데스(하늘에 유명한 프레이아데스 산개성단이 있다)가 아틀라스의 딸들이다. 그런데 아틀라스는 세상 끝인 지브롤터에서 하늘 기둥을 떠받치고 있어서 난감하다.

과업을 이루어야 하니 아틀라스 대신에 하늘 기둥을 지고, 대신에 아틀라스가 딸에게 가서 황금사과를 가져온다. 아틀라스가 황금사과를 준다. 아틀라스가 하는 말이 "내가 기둥을 다시 울러멜 리가 있겠는가? 이 사람아!" 이때 헤라클레스가 꾀를 낸다. "아틀라스 형님, 제가 오른손잡이잖아요? 왼쪽 어깨에 하늘 기둥이 올려져 있으니 너무 무거워서 힘듭니다. 조금만 도와주세요" 한다. 그러자 아틀라스가 "그거야 별로 어려운 일이 아니지! 어떻게 도와줄까?" 한다.

그러자 헤라클레스가 "왼쪽 어깨 쪽을 조금만 받쳐주면 제가 재빨리 오른쪽 어깨로 옮겨 떠받칠게요" 한다. 아틀라스는 두 손으로 살짝 들어준다. 순간 헤라클레스는 폴짝 땅으로 내려선다. 아틀라스는 황당하게도 엉거주춤 기둥을 떠받치는 형국이 된다. 할 수 없이 양어깨로 받치는 수밖에 도리가 없다. 이때 헤라클레스가 한마디 한다. "형님, 무작배기인 나에게 속았지요? 죄송합니다." 그러곤 휑하니 가버린다.

둘 다 무작배기라고 그리스 신화는 말한다. 아틀라스가 에피메테우스와 다를 바가 뭐가 있겠는가? 다만 아틀라스가 힘이 세다는 것 외에. 아틀라스의 형상을 보면 양쪽 어깨로 지구를 떠받치는 형상을 하고 있다. 어디까지나 신화이니 우리는 우매한 사람이 되지 않도록 하자는 뜻으로 짧게 이야기했다.[1)]

✦소크라테스가 생각을 조금만 바꾸어 했어도

소크라테스는 서구 철학의 기본이 된 사람이자 위대한 철학자이다. 하지만 아내에게 어떻게 대했을까? 위대한 사상과 철학을 강요 내지는 설파했을까? 만약 그리했다면 그가 아내를 악처로 만들었을 개연성이 충분히 있다. 아니면 대화 상대로 보지 않았다고 해도 마찬가지다. 눈높이를 맞추지 않았다면 이미 부부의 관계는 당연히 상하게 되어 있다. 아리따운 여인으로 소크라테스에게 시집온 여인이 처음부터 그랬을까? 결국은 진리를 탐구하는 과정에서 다른 상대 쪽의 모함을 받아 감옥에 가고 억울하게 죽게 된다. 사람 사는 방식으로는 맞지 않는다. 때로는 물러서는 지혜도 필요한 게 사람 사는 사회다. 부인이 그러한 진리탐구에 동의하거나 함께할 능력이 부족했다면 당연히 간극은 벌어지게 되어 있다. 사람 사회는 그런 것이다.

반면에 부처는 천수를 다했다고 볼 수 있다. 진리를 대중에게 전달하

1) 이윤기 편저, 『그리스 로마 신화』, 웅진지식하우스, 2000년

기 위해 눈높이를 낮추고 설법했다. 물론 따르는 자가 많아지니 교단을 빼앗기 위해 위해를 가하는 4촌이 있기는 했다. 하지만 어디까지나 상대를 이해하는 방식으로 진리 탐구를 했다. 소크라테스가 "너 자신을 알라!" 했을까? 아마도 하지 않았을 가능성이 크다. 자기 철학의 기본이 '나도 나를 모른다'는 것 아니었던가? "너 자신을 알라!"라고 하는 말은 인간으로서는 할 수가 없다. 오직 신으로서 할 수 있는 말이다.

실제로 아폴로 신전에 이 말이 새겨져 있다. 진리를 탐구하되 인간세상을 살려면 인간 세상에 맞추어 사는 게 맞다. 혼자 살려면 모를까? 현대에도 이런 현상은 많다. 예를 들어 학식이 높다고 자만하는 경우다. 아무리 아는 게 많고 지식으로 무장된 사람이라 할지라도 항상 상대방이라는 게 있다. 유아독존으로는 살 수가 없는 게 인간세상이다. 이런 사람이 착각하는 게 있는데, 진실은 자기에게만 있다는 것이다. 그런 경우는 사람 사는 세상에 단 한번도 없다. 생각을 바꾸는 지혜를 발휘해야 한다.

*

삶의 부정합과 부조리

사람은 태어나면서부터 주변 환경과 상황에 대처하는 법을 배운다. 이런 과정은 죽음에 이를 때까지 끊임없이 반복된다. 어떤 삶의 과정에서든지 실제의 세상과 자신이 느끼는 세상은 갈등을 겪는다. 부정합과 부조리로 인한 고민도 많이 하게 된다. 때로는 잘되어서 자신이 세상과 잘 정합되었고 세상이 조리 있게 돌아간다고 안심도 한다. 이처럼 개개인은 항상 세상에 대해서 자신이 바르게 가고 있는지를 부지불식간에 판단하고 행동한다. 결과로 환희에 젖기도 하고 좌절하여 의욕이 사라지기도 한다. 누구나가 살아가면서 느끼는 아주 흔하고 자연스러운 현상이다.

삶의 과정 자체가 미래를 보장해주지는 않는다. 찾아가는 과정이기에 그렇다. 만약 미래를 안다면 어떤 현상이 벌어질까? 죽음(모든 생물은 죽는다)까지 가보면 살 맛이 있겠는가? 미래는 정해진 게 하나도 없다. 요즘은 과학적으로도 증명되었다고 볼 수 있다. 예전에는 종교를 믿든 믿지 않든 간에 신비한 그 무엇 또는 신에 의해서 미래가 결정된다는 생각이 강했다. 하지만 과학이 발달한 현대시대에 들어와서는 이런 생각이 변했다. 과학적으로도 소위 만물을 형성하는 가장 작은 단위라고 여겨지는 소립자로까지 그 기본을 파고들어가보니, 어떤 확고한 상태가 아님을 알게 되었다.

과학의 양대 축이라고 할 수 있는 상대성이론과 양자역학이 증명되어 가면서 더욱더 미래는 불확실한 쪽으로 설명이 된다. 양자역학의 소위

'불확정성 원리'라는 이론에 기반한다. 인간의 몸을 형성하는 것도 결국은 이들 소립자이다. 이들 소립자 자체가 불확정적이니 당연히 개개인의 미래는 불확정이다. 개개인이 사는 게 세상이니까 당연히 세상도 불확정일 수밖에 없다. 자신이 어느 상황에 놓일지라도 자연스러운 현상이다. 이렇게 인식하면 더 나은 삶을 살아가는 데 실망만 하지는 않게 된다. 어차피 결정되어 있지 않다면 본인의 노력에 의해서 미래가 달라질 수도 있다.

노력해도 안 된다? 섣불리 노력했다고 말하면 안 된다. 자신은 노력했다고 하지만, 경우에 따라 어불성설일 뿐 노력이란 말에 어울리지 않을 수 있다. 자기 평소의 한계를 뛰어넘는 게 노력이다. 헤밍웨이는 노력을 이렇게 평가한다. "사람을 강하게 하는 것은 사람이 하는 일이 아니라, 하고자 하는 노력이다." 어설픈 노력은 가당치도 않다. 노력이란 단어를 모욕하지 말자!

왜 나에게 이런 좋지 않은 상황이 일어나는 걸까? 나만 그런 게 아니고, 정도의 차이는 있지만 이런 현상은 누구에게나 자연스러운 일이다. '나에게만'이라는 생각을 버리는 게 중요하다. 세상사를 더 관찰하고 생각과 행동을 바꾸면 달라질 수 있다. 모든 사람이 겪고 있는 방향을 바꿔 더 나은 방향으로 적응해나가야 한다.

그러려면 많은 경험이 필수 요소다. 모든 것을 직접경험으로만 경험하기란 불가능하므로 독서를 통한 간접경험을 쌓는 것을 게을리해서는 안 된다. 책은 저자가 겪은 다양한 경험과 생각을 정리한 것이다. 저자들이 평범하거나 순조로운 삶만 살았다면 책으로 펴낼 게 별로 없다. 삶의 맥락을 나름대로 파악해서 독자들에게 들려주니까 당연히 유용하다. 나도 이런 과정을 수도 없이 겪고 왔으니까 이런 삶도 있다는 걸 독자들에게 설파하고자 하는 것이다.

말 그대로 살아가는 것 자체가 드라마틱하다. 결국 독서란 다양한 삶의 방식을 간접 경험해보며 자기에게 적합한 방식을 찾는 과정이다. 삶이 행복하기만 하면 재미없다. 현재에 만족하고 만다. 아니면 더 행복함을 추구하다가 엉뚱한 나락으로 떨어지는 경우를 우리는 자주 목격한다. 사람은 행복을 추구한다. 행복을 추구하려면 반드시 행동할 수밖에 없다. 최고의 행복에 이르면 얼마나 흡족하겠는가? 최고의 행복에 도달했으니 바라는 것도 줄어들어 행동할 일이 없어진다. 그냥 즐기면 된다.

그런데 문제는 이런 최고의 행복이 주욱 지속되면 그야말로 게을러져 행동할 일이 없어지게 된다. 그러면 어떻게 될까? 인간은 움직이는 동물인지라, 움직임이 없어지면 죽은 거나 다름없다. 우습게도 위의 논리대로 하면 행복은 죽음이라는 이상한 논리가 된다. 형식논리이다 보니 허점이 분명히 있다. 그럼에도 불구하고 뭔가 우리를 깨닫게 하지 않는가? 다시 말하면 우리 인간은 행복하지 않거나 행복할지라도 행동할 수밖에 없다. 행복하지 않으면 행동을 통해서 노력해야 한다. 행복하다면 즐길 행동을 해야 한다. 왜냐하면 행복이란 다분히 수동적인 형태이므로, 행복을 이용해서 능동적으로 즐길 줄 알아야 하기 때문이다! 행복에 멈춰버리거나 만족만 하고 있으면, 오히려 지나고 보면 퇴보하고 만다. 행복하다고 너무 오래 지속하지는 말아야 한다. 나는 자서전 1권에서 이런 말로 대신했다.

"누가 내게 행복한 인생이었느냐고 물으면 주저하지만, 즐거운 인생이었느냐고 물으면 흔쾌히 정말 즐거운 인생이었다."

왜 이렇게 말할 수 있을까? 살아가는 과정이 이상적일 수 없고, 오히려 이상과 부정합하고 부조리하기 때문이다. 삶은 불확정적이기 때문이기도 하다. 이상적이거나 이론적으로 된다면 별 노력이나 사고를 요하지 않지 않을 것이다. 뭔가를 해서 성취감이 있기에 사는 맛을 느낀다. 수고로움과 노동이 있기에 뭔가가 이루어진다. 부정합과 부조리한 세상이 이해되기 시작하면, 삶의 전진과 질의 향상을 위해 생각하고 실행한다.

이런 것 자체가 살아 있음을 깨우쳐준다. 성취감이나 감탄사가 많아질수록 새록새록 즐거워진다. 왜 실패나 난관이 없겠는가? 그때는 힘들겠지만, 넘기고 나면 홀가분해지지 않던가? 내 이야기를 읽다 보면 그것을 느낄 수 있을 것이다.

삶에는 정답은 없다. 다만 바람직한 답이 있을 뿐이다. 세상은 부정합이고 불확정이다. 이런 세상 속에 삶의 정답이 가능하겠는가? 우리는 어릴 때부터 공부하며 정답 찾기에 너무 몰두한 나머지 삶에도 정답이 있다고 착각한다. 사람마다 다를 수밖에 없다. 가치관에 따라 천차만별이다. 자신의 가치관과 정체성에 충실하면 그것으로 족하다. 다시 말해 자신을 돌아볼 때 이만하면 족하다 싶으면 대성공이다. 이처럼 자기 삶의 바람직한 답은 있다. 이런 식으로 살다 보면 연륜이 쌓이면서 자기 나름의 삶이 형성되고 공고해진다.

부정합을 과학적으로 부연설명하면 다음과 같다. 즉 미래는 확정되어 있는 것이 아니라, 자신의 노력 여하에 따라 얼마든지 바꿀 수가 있다는 것이다. 생각은 자신을 잘 연마하면 컨트롤이 가능하다. 마인드 컨트롤이다. 나의 경험을 에둘러 이야기한다.

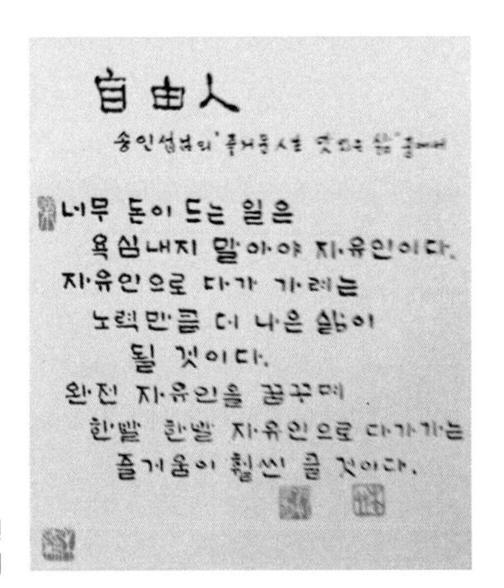

자서전 1권
『즐거운 인생 맛있는 삶』의 내용을 쓴 한 문인의 글씨

*

과학적 사고, 합리적 사고

과학이 사라진다고 가정해보자. 편리함에서 벗어나 살 수 있겠는가? 현대는 과학기술의 시대이다. 어쩔 수 없이 과학 없이는 한시도 살아갈 수 없는 세상이 되었다. 한편으로 인간은 개개인이 최우선이다. 사람이니 인문학의 바탕 위에서 살 수밖에 없다. 어느 한쪽도 등한시할 수가 없다. 삶의 기본 조건이다. 너무나 당연한 듯 살아가다 보니 과학기술과 인문학의 속성은 무시되기 일쑤다.

그러나 자아를 깨닫기 시작하고 자신을 살피기 시작하면, 이런 속성을 몰라 어쩔 줄을 모른다. 기본을 모른 채 살아왔기 때문이다. 최소한 과학이 무엇인지, 인문학이 왜 필요한지는 이해하고 있어야 한다. 그래야 생각을 단순화하고 사고체계도 든든히 할 수가 있다. 복잡하면 생각이 엉킨다.

과학의 속성을 알아보자. 과학 공부를 하자는 게 아니다. 과학적 과정을 인간의 생각하는 방식으로 고려해보자는 것이다. 과학 자체도 어느 정도 알아야 한다. 그보다는 과학이 삶의 사고에 어떻게 기여하는지를 알아보도록 해보자.

과학은 가장 신뢰할 수 있는 사실을 바탕으로 한 학문이다. 과학에서 발견된 것은 신뢰도가 6ρ(시그마)로 99.9999967%로서 진실이라고 믿어도 된다. 인간에게 대단한 이기로 작용한다. 그렇다고 만능은 아니다. 인문학의 뒷받침 없는 과학은 패악을 불러올 수도 있다. 앞으로 예견되는

첨단 과학기술은 더욱 그렇다.

지나온 우리 세상도 마찬가지다. 의술과 제약 산업의 발전으로 삶은 나아졌다. 그러나 남용이나 무절제는 패악이 되었다. 원자력도 양날의 검과 같은 역할을 했다. 결국 인류를 위해 양질의 속성을 발휘하게 한 데는 인문학의 역할이 크다. 우리가 착각하는 게, 당연히 그렇게 된 줄 알지만 사실은 그렇지 않다. 선진국들이 학생들에게 인문학을 기초로 하게 하고 중요하게 가르치는 이유는 뭘까? 우리는 어렵게만(사실은 우리가 사유하는 게 철학인 것을) 느끼는 철학적 사고를 하게 만드는 이유가 있기 때문이 아닌가? 인문학(소위 문학, 사학, 철학 : 문·사·철)의 기본 바탕 위에 모든 게 설정될 때 비로소 바로 선다.

그런 점에서 사실 위험성이 있다. 빈약한 사고방식이 사회를 혼란스럽게 만들 개연성이 충분하다. 우리 역사를 한번 보면 명확해진다. 조선시대는 인문학 편향으로 과학기술을 경시하다가 나라가 망했다. 요즘은 반대의 현상이 벌어지고 있다. 과학기술 편향적이고 인문학이 빈사상태이니 사회가 혼란스럽다. 과학기술과 인문학이 균형을 이룰 때 건강하고 부강한 나라가 된다. 선진국이 엄연히 우리 앞에 있음에도 우리는 왜 깨닫지 못할까?

개개인도 마찬가지다. 전문가가 되라는 게 아니라, 기본적인 소양조차 중요하게 생각지도 않는다는 것이다. 갖추려고도 하지 않으니 판단력에 결함이 생긴다. 모든 분야가 활성화되어 균형 잡혀가려면 개개인의 요구가 바탕이 되어야 한다. 물결이 일어야 되는데, 우리는 너무 이익이나 출세 위주로 편향된 자세를 갖고 있다. 어쩔 수없이 개인이 자각해야 하는 수밖에 다른 도리가 없다.

삶이 관성계에 빠지면 언뜻 편해 보이겠지만, 결국은 삶이 정체되거나 지체된다. 뉴턴의 법칙은 인간계에도 성립한다. 직장생활도 가정생활도 사회생활도 활기가 없으면 관성의 법칙을 따른다. 기존대로 그냥 간다.

작용 반작용도 똑같다. 삶에서 자극이 없으면 매너리즘에 빠진다. 자극이 있어야 반응이 있게 된다. 삶에서 지식과 지혜가 쌓이면 무슨 일이든 처리가 빨라진다. 소위 가속도가 붙는다. 이는 내가 강조하는 생각 방식이다. 과학적 사고란 이런 것이다. 과학적 사고는 필연적으로 합리적 사고로 연결된다.

앞으로는 과학을 더욱더 알아야 한다. 기술을 이해하라는 것이 아니다. 과학의 특성을 알아야 한다는 것이다. 첨단과학으로 갈수록 기초지식을 알아야 효율적으로 이용할 수 있다. 지금처럼 단순히 사용법만 알아서는 제대로 새로운 첨단기술 사용에 어려움이 닥친다. 지금까지의 기술 진보를 훨씬 뛰어넘어 기본을 알아야 되는 일이 부쩍 늘어난다. 관련 과학에 까막눈이어도 괜찮은 지금과는 판이하게 다른 환경으로 바뀌게 된다. 크게 어렵지는 않다. 과학 뉴스에 뜨는 기사들만이라도 유심히 읽어두는 노력이 필요하다.

✦단순화와 과학

자연과학을 하다 보면 단순화가 최대의 키워드이다. 과학이란 자연현상을 가장 잘 표현하여 설명할 수 있도록 해준다. 실제로 모든 자연현상을 원리나 이론으로 단순화해서 설명해준다. 여러 복잡다단한 상황을 잘 분석하고 합리적 판단으로 단순화하여 이해할 수 있게 된다. 생각이 명료해지고 삶에 응용하는 것이 훨씬 수월해진다.

우리나라는 교육이 입시 위주로 흐르다 보니 개념 파악이나 왜 우리에게 유익한지를 배우는 게 매우 약하다. 비합리적이고 비과학적이므로 표출되는 사회현상도 많고 개개인의 삶에 적용도 어렵게 된다. 과학이야말로 우리의 삶에 가장 중요한 지혜임에도 우리는 이를 잘 인식하지 못한다. 자연히 일이 복잡하게 돌아간다. 과학적 사고를 하는 습관을 가지면 자연스럽게 복잡한 상황을 단순화할 수 있는 능력이 길러진다.

실제로 과학에서도 복잡계를 단순화하는 게 최대의 관심사이다. 가장 근원적인 물리현상인 우주의 원리도 '단순화가 가장 아름답다'는 기치 아래 연구되고 있다고 한다. 물리의 궁극이론으로 알려진 우주에 존재하는 4개의 힘을 통일하려는 시도도 똑같은 원리에서 시도된다. 범우주적인 과학이 이를진대 우리 인간 개개인에게도 단순화란 게 위력을 발휘함은 물론이다. 개인의 성공도 어찌 보면 단순화 능력이라고 말해도 된다.

판단을 하는 데는 과학적, 합리적 사고가 필수적이다. 과학적이고 합리적인 것은 인간사 모든 곳에서 힘을 발휘한다. 서구 열강들이 아시아, 아메리카, 아프리카 등 광범위한 지역을 식민지로 삼은 것도 과학에서 이겼기 때문이다. 서구에서 민주주의가 정착이 잘된 것은 합리주의의 결과이다. 이런 것들은 서로 다름을 인정하고 절충과 이해를 바탕으로 더 나은 길로 나아가게 한다.

반대로 어떤 사상이 절대적인 것으로 치부되기 시작하면 부실의 길로 접어든다. 교조주의가 결국은 인간사 모든 것에 다대한 문제를 야기한다. 부조리한 논리로 가면서 과학과 합리주의를 배격한다. 우리는 비과학적이고 비합리적인 행위가 자주 발생한다. 광우병 사태, 좌우대립 등 한쪽으로 쏠리는 비이성적 형태의 일이 자주 발생한다.

개인도 마찬가지다. 이래가지고는 바람직한 개인이나 사회가 되기는 어렵다. 진영 논리라고 말하는데, 실은 진영의 비논리가 맞는다. 비논리적이다 보니 한 편에만 치중한 이상한 생각일 뿐이다. 논리를 모욕해서는 안 된다. 머리가 아픈 현상도 논리적 생각으로 메모리되지 않아서 생기는 현상이다. 비논리적이다 보니 생각의 정리가 안 된다. 당연히 머릿속이 혼란스럽다. 머리의 메커니즘이 돌아가겠는가?

그러다 보면 판단에 문제가 생긴다. 삶에서 냉철한 판단을 해야 하는 경우도 많다. 생각보다 어렵다. 사람들은 듣기 좋은 소리에 전도된다. 비판이나 듣기 싫은 소리에는 외면하는 경향이 짙다. 일반 생활에서야 크게 문제가 없다. 삶의 중요한 사안에 대해 냉철한 판단 없이 행동하다가는 어려운 지경에 빠진다. 비판을 경청하지 않는다. 남에게는 비판을 잘하지만 자기 일에는 비판을 싫어한다. 스스로는 걱정이나 회의적 생각이 판단에 장애를 일으킨다.

합리적인지 과학적인지도 검토해야 실수를 줄인다. 사안에 필요한 요소들을 메모해가며 하나하나 판단을 한다. 다음에는 종합해서 판단한다. 이러한 과정을 거쳐야 냉철한 판단이 가능하다. 냉철한 판단은 여유와 유연성을 필요로 한다. 어리버리한 사고는 판단에 오류를 발생시킨다. 냉철한 판단이 삶의 질을 높이거나 승화시키는 데 중요한 역할을 한다는 사실을 명심해야 한다. 냉철한 판단을 한 다음 결단이 필요할 수도 있다. 이때는 과감하게 결단해야 한다. 자고우면하면 결단이란 없다.

다른 한편으로는 과학이 아무리 발전한들 직관, 순수, 감성 등 인간의 본성에 도달하기까지는 만만치 않을 것이다. 물론 고도의 과학에 의해 계산될 유사한 상황에는 도달할 수 있겠지만, 어디까지나 계산에 의할 뿐이다. 어쩌면 계산에는 져서 초라한 인간으로 추락할 수도 있다. 인간은 끝내 인간성에 의해 더 위대해질 것이다. 과학과 인간의 본성의 조화는 앞으로 필연적인 과제다. 우선 개개인이 인식을 달리해야 한다. 과학적이면서도 합리적 사고가 필요하다.

과학은 인류가 발견한 것 중에서 인간에게 쓰임새가 가장 많다. 대부분이 인류 전체의 삶은 물론 정신적인 면에도 말 할 수없는 도움을 준다. 과학은 사람이 생각할 수 있는 가장 합리적이고 믿을 수 있는 생활의 지혜다. 그만큼 검증이 되었다. 과학에 관한 인식을 제대로 하느냐 하지 못하느냐에 따라 개개인은 물론 집단, 나아가 민족 또는 국가의 운명이 좌우된다. 과학이 존중되고 숭상되는 사회는 항상 앞서간다. 그런 사회가 선진국 위치에 있게 되고 부강한 나라가 되었다는 것만 봐도 짐작할 수 있다. 그러나 검증되지 못한 지식을 따르고 믿는 개인이나 집단은 결국 허무하리만큼 맥없이 주저앉는다.

역사를 되돌아봐도 명백하다. 되돌아보면 우리는 과학에 대해 너무 이해가 모자라지 않았나 싶다. 다른 해석은 가능할지 몰라도, 배척은 잘못된 길로 이끈다. 문제는 각 개개인이 과학을 활용하지 않고 등한시하면 바로 자신의 최대 약점이 된다는 것이다. 능력 부족이 되어 삶이 피폐해진다. 이루고자 하는 바에 쓸데없는 장애물을 스스로 만든 격이 된다. 과학을 전공하지 않는 일반 사람도 처지는 마찬가지다.

✦과학기술과 인문학

현대는 기술 중심 사회다, 그러니 인문학이 멀어진다. 하지만 인문학이 무너지면 기술중심사회도 붕괴할 수 있다. 기술의 발전과 더불어 기술에 대한 인문학적 고찰을 많이 한 나라는 선진국이 되었다. 우리나라의 현재를 보면 기술적인 면에서는 선진국에 진입할 것이다. 이러다 보면 인문학은 더 쇠퇴하고, 일자리는 기술 중심으로 될 것이며, 인문학 일자리는 더 사라지게 될 것이다.

선진국은 인문학적 일자리도 제법 많다. 인문학적인 일자리를 정부가 전략적 차원에서 부흥시키는 일에 앞장서서 지원하고 보조하는 것도 필요하다. 물질적 이익의 생산에는 못 미칠지 몰라도 정신적인 생산성은 향상된다. 기술과 인문이 조화롭게 성장해야 진정한 선진사회로 간다. 정부 차원에서 산업 지원의 십분의 일이라도 지원되면 일자리도 더 늘린다. 국민 삶의 질도 향상된다. 사람 개개인도 인문학적 소양이 높아질수록 인간다운 삶을 누리게 된다. 소홀히하거나 게을러서는 안 될 일임을 깨닫고 적극적으로 나서야 할 때이다.

철학도 마찬가지였다. 다행히도 우리는 성리학 배경이 있어서 좋다. 어쩌다 철학이라는 단어가 점쟁이의 단어로 변경되어 혼란이 있기는 하다. 그래도 희망이 보인다. 철학이란 삶의 원리나 자연 우주와 더불어 인간이 살아갈 방안을 연구한다. 우리 모두는 부지불식간에 철학을 사유한다. 다만 체계적이지 못해서 그럴 뿐이다.

조심해야 할 것은 생각보다 감정이 앞서면 실수할 가능성이 크다는 것이다. 무례하기도 한다. 조금만 생각해보면 다들 안다. 그런데 안 되는 사람이 너무 많다. 소위 목소리 큰 사람이다. 소인배이다. 큰 목소리가 하급자에게로 돌려지면 비겁하기까지 하다. 왜 그럴까? 억눌린 감정이 있을 것이다. 더 웃기는 것은 이런 사람일수록 더 으쓱거린다. 그를 일컬어 못난이라고 한다. 이런 사람에게는 사람이 붙지 않는다. 이득을 볼 일이 있으면 모를까.

철학과 더불어 신학도 어쩔 수 없이 인간과 관계가 깊다. 하나님 또는 신과 과학을 별개로 생각할지 모르지만, 상호 관계가 있는 것만은 확실하다. 이런 말을 하는 나를 보고 하나님이 '이놈 이거 천방지축이네. 그래 잘살다 오렴.' 하시지 않을까?

성경의 창세기는 약 4000년 전에 기술되었는데, 우주의 탄생 이론인 빅뱅 이론, 진화론의 동물 탄생 순서와 일치한다. 그때 이런 이론을 전혀 몰랐을 텐데 말이다. 불경에서는 소천은 별이 1000개 모여서 이루어지고, 중천은 소천이 1000개 모여서 이루어지고, 대천은 중천이 1000개로 이루어져 있다고 한다. 그때는 인간이 아무리 좋은 눈으로 보아도 약 6000개에서 8000개가 전부였다. 불교에서 당시 설법할 때 1000개는 매우 큰 숫자를 의미했다. 실제로 1000개라고 가정해도 10억 개의 별로 구성된다. 당시로는 상상도 못 했을 텐데 우주가 이렇게 많은 별들로 이루어졌다고 설법하는 게 어떻게 가능했을까? 그것도 2500년 전에 말이다.

참고로 20세기 초까지도 인간은 이 정도로 별이 많은 줄 전혀 몰랐다.

또한 코란에 따르면 마호메트가 꿈에 천국을 본 것을 기록했는데, 천국이 7단계로 나누어져 있다고 했다. 공교롭게도 최신 우주 이론인 초끈 이론(궁극의 이론이라고도 한다. 세상의 모든 힘을 통일할 수 있는 최후 이론으로 여겨진다)에 따르면, 우리 우주는 11차원이어야 한다고 한다. 우리가 사는 세계가 공간과 시간 4차원이니 도합 11차원이 되는 것이다.

이처럼 세계 3대 종교에서 기록된 것은 우연일까, 아니면 진실일까? 현재의 우주론을 설명했다는 게 신기하지 않은가? 종교에서 이렇게 장대 무비한 우주를 그 옛날에 설명했다는 게 믿을 수가 없다. 혹시 신의 존재에 의해서 그런 건 아닐까?

또 있다. 우리 우주에 10의 40승이라는 어마어마한 숫자가 공교롭게도 3가지 경우에 성립한다. 우주학에서는 대수의 이론이라고 한다. 내용은 이렇다. 우리 우주 전체의 지름을 전자의 지름으로 나누면 상기의 숫자가 된다. 두 번째는 전자 기력의 세기를 중력의 세기로 나누어도 마찬가지다. 마지막으로 우리 우주 전체의 양성자 수를 루트2 하면 같은 숫자가 된다. 인간이 탄생한 시기에 이런 현상이 나타난 것이다. 참으로 기묘하지 않은가? 미신도 아니고 과학이 밝혀낸 것이니 거짓이라 할 수가 없다. 나의 추측이긴 하지만, 뭔가 우리 인간의 상상을 초월하

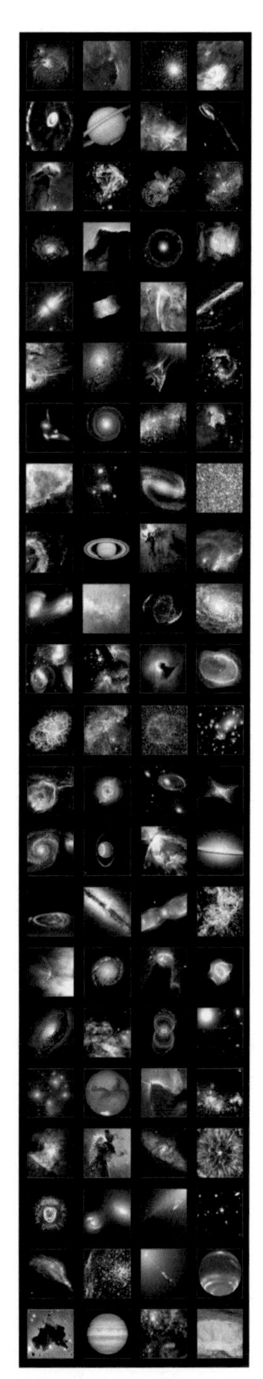

허블이 본 우주, 내가 궁금해 하는 세상

는 그 무엇이 존재해서 그런 게 아닐까? 여하튼 우주와 우리 인간과는 묘한 인연이 있을 수밖에 없다.

신은 인간의 자유의지에 간섭하지 않는다? 그런데도 종교인(또는 우리)은 신에게 간섭해달라고 기도한다. 과연 뭐가 옳을까? 아니면 다른 의도가 있을까? 아인슈타인은 우주적 종교란 말을 했다. 내 생각엔 아마도 신은 자유의지는 전혀 간섭하지 않는 듯하다. 하지만 자유의지 이외의 그 무엇에는 관여 하는 듯하다. 삶의 결과에 대해서도 심판하는 게 아닐까? 추측해본다. 내 나름 사고실험의 결과이다.

신은 존재할까? 이제까지의 종교철학은 과학에게 패했다고 해도 과언이 아니다. 그렇다고 해서 신의 존재를 과학이 부정하는 것도 과하다. 종교를 갖는 사람, 신의 존재를 꿋꿋하게 믿는 사람은 종교가 없는 사람보다 마음이 편한 건 사실이지 않은가? 신이 없다고 한들 밑질 게 없다. 하지만 과학이 제 아무리 발전한다 해도 우주에 대해서는 여전히 무지할 뿐이다.

이렇게 생각해볼 수도 있다. 인간만이 유별나게 자유의지와 논리적 생각 또는 합리적 추리를 하게 만들어졌다. 다른 말로 하면, 문제가 생기면 문제를 풀 수 있는 능력도 함께하지 않겠는가? 자연선택이든 신의 창조이든 상관없다. 아무리 어려운 일이 닥쳐도 해결 가능성은 늘 존재한다. 하물며 불가능도 아닌 일일진대, 어렵다고 해서 인간이 자신의 문제를 해결 못하겠는가? 해결하는 맥, 즉 지혜가 발휘되지 못해서일 거다.

여기서 간단한 사고실험을 하나 해보자. 주제는 '하나님은 있다! 하나님은 없다!'이다.

너무 심각하게 생각하지 말고 사유를 해보자. 정답은 없지만 합리적이고 과학적 논리로 한번 생각해보기 바란다. 어렵다고 느끼는 사람은 건너뛰어도 좋다. 한번 재미로 생각해보는 것도 나쁠 것은 없지 않겠는가? 눈을 감고 5분 정도 생각을 해보자. 제대로 논해보려면 석학이나 신학자도 쉬운 문제는 아니겠지만, 우리는 사고실험을 할 뿐이다.

나의 사고실험 결과부터 이야기해보기로 한다. 결론은 나는 '하나님이 있다' 쪽에 훨씬 가깝다. 나는 신학에도 관심이 많아서 많은 책을 읽었고, 우주론에도 심취한 고로 여러분과는 다를 수가 있다. 지속적인 사고실험을 통해서 내 나름 믿음이 생긴 상태에서 이 책을 쓴다. 당연히 다른 논리가 동원되는 게 이상할 것이 없다.

우선 사람이라는 게 다른 생물, 특히 동물보다 판이하게 우위에 있지 않는가? 진화론(과학적으로 진실에 가깝다)이 사실일지라도 왜 다른 동물은 하나같이 인간의 두뇌와는 비교가 될 수 없을까? 하다못해 인간의 아류 정도는 있어야 하는 것 아닌가? 우주적 견지에서 보면 지구라는 작디작은 행성에 왜 생물이 이리도 번창할까? 우주적으로 인간이 살기에 이리도 합당한 장소가 되려면 기적 같은 조건들이 갖추어져야 하는데, 우연히 그리되었다? 별로 합당하지 않다. 짧게 여기까지만 설명해본다. 여러분은 어떤가? 맞고 틀리고는 없다. 이런 식으로 사고실험을 가끔 해보면 사고력이 확 늘어날 테니 적극 권장하는 바이다.

구체적으로 선각자들의 지혜를 빌려보자.

과학자 파스칼의 논리

신을 믿는 자(A), 믿지 않는 자(B)

신이 존재하는 경우(가), 존재하지 않는 경우(나)

(A)의 경우 최악인 (나)라고 하더라도 별로 손해볼 일이 없다. (B)의 경우는 (가)의 경우에는 경을 칠 일이 발생한다. 고로 신을 믿는 게 유리하다. 제법 합리적이지 않은가?

종교는 2가지 측면이 있다. 하나는 신의 존재를 믿어 신앙을 갖는 것이다. 다른 하나는 하나님 또는 신의 말씀을 믿는 것이다. 어느 쪽이든 우리는 신에게 의지하면 큰 위안을 얻는다. 이런 문제를 떠나서 종교에 관심을 갖고 경전을 음미해보면 바람직한 진리가 있다. 내가 바람직한 진리라고 표현한 것은, 만고의 진리라는 것은 지극히 제한적이기 때문이다. 특히 요즘처럼 과학이 눈부시게 발전한 때에는 예전에 진리라고 철석같이 믿었던 사실들이 새로운 진리로 바뀌는 일이 자주 일어난다.

그렇다고 과학이 모든 것을 설명해준다고 믿는 것도 어불성설이다. 우리가 발견한 과학적 지식도 우주로 보면 지극히 일부분에 지나지 않는다. 특히 사람 사는 사회에서는 더더욱 변수가 많아서, 도대체 진리라는 게 존재하기는 할까 싶다. 진리가 존재한다면 그 많은 철학자들이 여전히 인간의 삶을 명쾌하게 정의하지 못하는 일은 없지 않겠는가? 내가 앞에서 말한 바람직한 진리라고 하는 것은 다양하게 존재한다. 철학자나 과학자 또는 신학자들이 고뇌하며 노력한 결과물들을 나는 이런 말로 표현한 것이다. 본론으로 되돌아가서, 많은 주옥같은 말씀이 너무나 많아서 삶에 크나큰 도움이 된다. 물론 교리를 따르는 것과는 별개의 문제이다.

세상은 왜 인간 본위인가? 신 본위면 왜 안 될까? 종교를 믿는 사람들은 하나님, 부처님은 완전하고 인간사 만사를 주관한다고 믿는다. 그래서 기원하고 기도한다. 하지만 마음대로 되지 않는다. 어린아이 말처럼 하나님은 사람을 완전하게 하면 되지! 왜? 사실은 어른이라고 다를 바는 없다. 왜 바르게 이끌어주고 나쁜 일을 하지 않게 해주면 될 일 아닌가? 만약 그렇다면 사는 의미가 있을까? 분명히 하나님도 어쩔 수없는 뭔가가 있다.

이를 다른 말로 하면 세상은 어디까지나 인간 본위란 말로 대신할 수 있다. 인간이 갖는 본성에 따라 개개인 자신이 생각하는 대로, 행동하는 대로 살아간다. 이런 인간 본위가 깨어지면 세상사가 엉뚱한 혼란과 고통이 가득한 상황이 될 수밖에 없다. 히틀러조차도 신을 믿고 저지른 범죄가 아니던가? 이는 개개인이 잘났든 못났든 한 사람으로 존중되어야 한다. 자유의지는 신도 간섭하지 않는 듯하다. 개인주의란 게 잘못 이해되기도 하는데, 이는 개인주의의 뜻을 몰라도 너무 모르는 까닭이다. 전체주의의 악폐는 너무 잘 안다. 개인주의는 이기주의와 전혀 다른 개념이다. 개인주의는 개개인의 소중함을 넘어 자기존중 못지않게 책임과 의무도 함께 지워진다.

리우데자네이루 예수님 상, 신비롭다

*

창의적 사고

창조적 사고는 문제의식에서부터 시작한다. 일이나 프로젝트 기획 등을 할 때 기존 상식(또는 고정관념)만으로는 새롭거나 괜찮은 과제를 도출하기 어렵다. 삶도 마찬가지다. 요소분석을 통해서 숨어 있는 속성을 파악해야 한다. 속성 파악에 문제의식이 제기되어야 비로소 창의적 사고는 발동된다.

최근 인공지능의 발전에 따라 과연 창의적 사고도 인공지능이 대신할 수 있을 거라고 생각을 많이 한다. 여기에는 빅 데이터가 큰 역할을 한다. 물론 인공지능이 인간을 능가하는 일은 매우 많아질 것이다. 인간을 대체할 수 있는 분야가 더욱 늘어날 것이다. 딥 러닝으로 더욱 지능화할 것이다. 이는 인간을 무기력하게 하거나 편하게 할 것이다.

인간이 생각을 너무 적게 하는 상황이 되면 인간은 행복하기는커녕 무기력감이 지나쳐 불행해질 가능성이 매우 크다. 인공지능이나 딥 러닝 역시 과거의 정보의 총화이다. 미래에 대한 꿈만은 아직도 몇 세대는 지나도 어려울 가능성이 크다. 상상이나 미래의 꿈은 불가능할지도 모른다. 이런 고로 우리는 창의적 사고 버릇을 연마해야 한다. 뇌과학으로 언젠가는 대체할지도 모른다.

실현된다 하더라도 아직 수백 년은 지나야 할 가능성이 있다. 우리가 아는 것이라곤 우주 전체의 지극히 일부에 지나지 않듯이 인간이 실존적으로 소우주와 다름없기 때문이다. 우주의 신비와 인간의 신비는 무관하지 않고 상당히 유사하다. 인간의 능력이나 본성이 그리 쉽게 정복당하지는 않을 것이다. 우리가 게을러지는 찰나 그런 사람은 지금보다 훨씬 불행해질 것이다. 살아남기 위해서도 창의적으로 생각하는 습관이나 마래에 대한 꿈에 대해 사고실험을 하는 연습을 하며 연마하는 게 바람직하다. 앞으로는 자신을 제대로 파악하고 이해하는 것이 더욱 중요해진다. 지금도 인간이 미래의 상황에 대해 불안해하는 이유도 자신을 너무 몰라서이기 때문이다. 초 슈퍼 컴퓨터인 양자 컴퓨터가 발명된다 하더라도 상황은 마찬가지다.

창조적 사고의 제일 좋은 예가 퍼스트 무버(first mover)이다. 퍼스트 무버가 되려고 하면 장벽이 많다. 우선 '되지 않을 것이다' 하는 부정적 시각으로 비판적이다. 비판으로 끝나면 좋으련만 태클이 만만찮다. 가보지 않은 길이어서 그럴 것이다. 때로는 성공한다는 보장책을 내어놓으라고 윽박지른다. 이래서는 만년 중진국에서 벗어나지 못한다.

개인도 마찬가지다. 스티브잡스는 우리나라에서는 불가능하다. 우선 갑질로 구속될지도 모르니까! 그래도 여러 장벽이 있더라도 견뎌내야 한다. 그만큼 큰 보상이 따라오니까! 퍼스트 무버란 가보지 않은 길을 가는 것 아닌가? 신도 아닌데 어떻게 성공을 보장할 것인가? 당연히 실패할 수도 있다. 그럼에도 불구하고 도전해볼 만하다. 성공할 경우 돌아오는 보상이 매우 크다면, 비록 확률이 낮더라도 실행하는 것이다.

당연히 배짱도 있어야 한다. 확실한 것만 하겠다고 하면 아무것도 하지 못한다! 이미 잘 알려진 일만 할 테니까. 이런 일은 누구나 조금만 숙련시키면 할 수 있다. 이런 일을 하면서 큰 보상을 바라는 것은 염치가 없다. 많은 보상을 바란다면 퍼스트 무버로 성공해서 큰 성과를 내면 된다. 성과가 나면 그에 못지 않은 보상이 주어진다. 이게 공평하고 바람직하다. 미국 현지법인을 경영할 때 실리콘밸리의 비즈니스를 직접 경험하면서 나는 절절하게 이 사실을 뇌리에 박았다.

나는 직장 생활을 하면서 퍼스트 무버로서 짜릿한 성취감을 몇 번 경험했다. 성취감이 크면 아무런 보상도 필요하지 않다. 그 자체로 나 자신은 보상 받은 것과 진배 없다. 또한 퍼스트 무버가 되어보면 몇 가지 성격이 확 바뀐다. 첫째가 '책임은 내가 진다'는 것, 둘째가 '배짱', 셋째가 '숙고에 숙고를 거듭한 후에 실행한다', 넷째가 '나를 채찍질하기 위해 거취를 미리 밝힌다', 다섯째가 '목을 건다', 마지막이 '최선을 다했는데도 실패하면 나 자신을 위해 깨끗하게 포기한다'이다. 독자 여러분도 퍼스트 무버가 되어보고 싶다면, 자신에게 맞게 독한 정체성을 가져야 한다. 그러면 일단은 성공적인 출발이다.

감히 칭찬을 넘어 그 용기를 치하하지 않을 수가 없다. 건곤일척, 한번 도전해보길 권한다. 젊을수록 더욱더 도전해보라. 비록 경험은 다소 부족하더라도 패기로 한번 도전해보는 것 자체로도 큰 의미가 있다. 실패했더라도 무엇이 부족했는지 분석해보는 것만으로도 엄청난 경험을 얻는다. 포기하지 말고 두세 번만 더 해보면 소위 내공도 생기고 나름 요령도 터득한다. 젊을 때 승부를 한번 걸어보는 게 어떠한가? 덤으로 창조적 사고방식은 저절로 따라온다.

> 독서는 완전한(full) 사람을
>
> 토론은 준비된(ready) 사람을
>
> 쓰기는 정밀한(exact) 사람을 만든다.
>
> -베이컨

독서를 통해서 직접경험으로 알지 못하는 많은 부분을 간접경험으로 채워주므로 경험이 풍부해진다는 것을 말한다. 토론을 통해서 브레인스토밍이 가능해진다. 다양한 의견이 표출되니 실행을 위한 아이디어가 마련된다. 실행을 손쉽게 착수하는 게 가능하다. 나는 메모를 적극 권장

한다. 메모를 하지 않으면 기억으로는 한계가 있기 때문이다. 메모를 해가면서 분류를 해놓는 게 바람직하다. 그러면 무슨 일을 하든 당시의 상황으로만 주로 생각하게 된다. 메모에 의해 보완되기 때문에 정밀하게 일을 착수할 수 있다.

선현들의 어록을 기억하고 이해하는 것만으로도 일을 잘하고 삶을 풍성하게 할 수 있다. 독서를 게을리해서는 안 됨을 알게 된다. 창의도 저변이 넓고 깊은 지식에 의해 가능해진다. 또한 지혜가 차곡차곡 쌓이니 준비된 성공을 향해 나아갈 수 있게 해준다.

✦사고실험

사고실험이 창의적이고 창조적 생각을 만든다. 사고실험은 생각만큼 어렵지도 않고 좋은 테마를 잡으면 재미도 있다. 간단한 예를 들어보자.

선택의 여지가 없을 때와 다양한 선택을 할 수 있는 경우를 가정해보자. 간단하게 이렇게 시작한다. 어느 쪽이 행복도가 높을까? 이때 답에 대한 사유가 있어야 한다. 답은 여러 형태가 있을 것이고 자기가 조건을 붙여도 좋다. 처음에는 비교적 간단하게 시작해서 같은 계열의 질문을 단계별로 높여본다. 마지막에는 상호충돌(controversy)하는 주제를 선택해본다. 혼자 이편일 때는 이렇고 저편일 때는 저렇고 해가면서 타당한 답을 찾아본다.

이번에는 조금 전에 했던 것과는 반대되는 논리로 답을 찾아본다. 양쪽 다 인정해야 한다. 그러고는 마지막에 타협안을 만들어본다. 이런 순서로 하면 사고실험으로 훌륭하다. 익숙해지면 관심 있는 주제를 선택하되 양면성이 있는 걸 선택한다. 양면성 각각에 대해 완고하게 주장해야 한다. 입장을 바꿔서 자기가 주장하거나 반대했던 것에 이번에는 정반대로 옹호하거나 주장했던 것을 반대하는 논리를 만들어 치고받고 해본다. 잠깐 멈추고 서로의 주장이 타협 가능한지 판단해서 자신이 1인 2역을 해서 타협안을 내면 사고실험은 종료된다.

다른 사고실험을 해보자.

나이아가라 폭포에 있다고 가정해보자. 폭포수가 쏟아진다. 폭포수 안에 전망대와 카페를 만들면 어떨까? 당연히 경비가 훨씬 더 든다. 어떻게 하면 경비를 줄일 수 있을까? 공사는 어떻게 하면 가능할까? 골똘히 생각해보는 거다. 이런 식의 사고를 많이 하다 보면 창의성이 길러진다. 창의성이 길러지면 현실적인 문제에도 창의력이 발휘되어 여러 각도로 다양하게 볼 수 있다. 실현 가능성이 부쩍 늘어난다. 성공의 지름길이다.

✦재미와 창의성

상식은 실생활에 아주 긴요하지만, 삶이 발전하는 데는 그 영향이 제한적이다. 상식만으로는 창의성을 못 만든다. 창의성은 일상의 일탈로부터 시작된다. 대상이나 삶 등을 여러 측면에서 관찰하는 수고를 마다하지 말아야 창의력은 자라난다. 마치 탐정처럼 추리력을 발휘하는 것도 창의력의 일종이다.

또 다른 예를 들어보자. 사진작가를 닮으면 창의력은 증가한다. 사진작가는 한 가지 상황에서 최고의 미를 찾아내 보여주는 놀라운 재능을 갖추었다. 찰나의 순간을 찾아내는 작업이니까. 창의력은 필수불가결의 요소이다. 무릇 예술이 그러하다. 그래서 예술은 창작을 통해서 창의력을 구현한다. 예술이 흥한 나라는 선진국 요건 중에 하나를 갖춘 셈이다. 사물을 깊숙이 관찰하고 본질을 밝혀내려는 지혜를 발휘해서 새로이 해석하고 종합해서 창의력으로 작품을 만든다. 여행도 같은 의미로 지혜와 혜안을 갖게 해주는 좋은 삶의 활동이다.

그저 보는 것만으로 만족해서는 별로다. 관찰하고 뭔가 다름을 발견하려는 노력도 기울이면 좋다. 이런 게 익숙해지면 창의력이 만들어진다.

여행의 묘미, 재미를 사진으로 담는다

의식의 흐름

의식은 흐른다? 너무나 당연한 듯하면서도 어려워 보인다. 요즘 젊은 이들이 사용하는 '생각이 가자는 대로'라고 해도 된다. 살아오면서 인식한 생각들과 무의식적으로 뇌에 저장된 생각에 본능적 의식이 더해진 흐름이라 생각하면 된다. 어떤 상황에 부닥치면 드러나는 생각의 총집합이다. 본인이 무엇인가를 생각해낼 수 있는 원천이다. 컴퓨터로 치면 CPU와 하드디스크라 생각해도 된다.

의식의 흐름을 분석하기란 불가능에 가깝다. 속성을 알아야 관리가 가능하다. 정리된 생각을 잘 관리하면 의식의 흐름을 건강하게 할 수 있다. 잘 정리 정돈된 의식의 흐름은 영민함을 나타낸다. 혼란스러운 기억은 논리적, 합리적 생각으로 바꾸어 넣어야 한다.

✦인식이란?

의식의 흐름은 인식의 총집합으로 여겨도 된다. 인식이 중요할 수밖에 없다. 살아가면서 이런저런 중요한 인식을 한다. 인식에 따라 천차만별의 삶을 살게 된다. 그러므로 인식은 아주 중요한 요소이다. 자기의 인식이 자기의 삶에 어떤 영향을 주는지 잘 모르고 살면 인생도 전혀 달라질 게 없다. 인식의 차이를 드러내는 한 예를 들어본다.

우리는 달에 대해서 어떻게 인식할까? 예전에는 우리네 어머니들이 보름달이 뜨면 정한수 떠놓고 기도를 했다. 어떤 이들은 술을 마시며 달을 보며 시상을 떠올리기도 한다. 얼마 전에는 슈퍼문으로 환호하기도 했다. 과학의 발달로 인식은 제법 바뀌었다. 바닷가에 사는 사람들은 조석 간만의 차로 생의 흐름이 달라지기도 한다. 그로 인해 갯벌을 생활 터전으로 삼기도 한다. 이슬람 국가에서는 달을 신성시해서 국기에까지 들어가 있다. 동양에서 달은 여성상을 상징하기도 하지만, 어떤 나라는 남성성을 상징하기도 한다. 독일어로는 남성으로 표기한다.

간단하지만 과학적으로 정의된 달, 또는 달의 객관적인 사실로부터 인식을 달리하게 된다. 이런 인식이 어떤 이에게는 생활에 별 영향이 없기도 하고, 어떤 이에게는 매우 중요한 것이 된다. 문제는 중요한 역할을 하게 될 때의 인식이다. 우리는 삶에서 의식하든 의식 못하든 인식에 커다란 영향을 받는다. 그래서 사물을 이해하거나 행동을 할 때 제대로 된 인식이 중요하다. 인식의 여러 경우의 수 중에서 가장 합리적이고 자기에게 성장을 가져다줄 수 있는 인식을 배워야 하고 잘 선택할 수 있어야 한다.

다른 예를 들어본다.

'하면 된다'는 자기 인식을 한다고 치자. 여기에도 인식의 차이가 있다. 그저 평범하게 인식하기보다는 절심함과 확고함을 견지해야만 성공 가능성이 훨씬 커진다. 또한 미루기보다 바로 행동으로 옮겨야 한다. 이것 자체도 인식의 영역이다. 단계 단계로 이어지는 상황에서 인식의 강도를 높여나가면 좋은 상황이 된다. 이게 나에게 위기가 다가왔을 때 오히려 전화위복의 기회를 살리는 방법 중에 하나다. 아주 강렬하게 반응이 나타났고, 결국은 삶에 또 하나의 멋진 결과로 나타났다.

의식의 흐름을 강화하고 심화시키는 노력을 해야 한다. 그래야 인식하고 분석하는 자신만의 알고리즘이 더욱 명확해진다. 결국은 이런 프로세스를 잘하고 못 함에 따라 성공이 달라진다. 철학, 학문 등이 학문으로만 존재한다면 무슨 의미가 있을까? 우리는 서구에 비해 이런 데 크나큰 약점이 있다.

더욱이 요즘 우리 사회 지도층의 의식 흐름 현상을 보면 우려스럽다. 궤도를 심하게 벗어난 듯하기 때문이다. 자신들은 정상이라 여기겠지만, 얼마나 시민들을 불편하고 피곤하게 만드는지를 아는 것인지 모르겠다. 이런 의식의 흐름도 사회병리 현상의 일종으로 봐도 무방할 것 같다.

슬기와 마음. 우리 선조가 만든 말을 음미해보면 참으로 아름답고 뜻 깊다. 그 어떤 언어로 번역할 수 없는 오묘한 내용을 담고 있다. 슬기와 마음도 이런 말에 해당한다. 바로 이 슬기와 마음이 의식의 흐름의 주인공이다. 슬기는 굳이 한자어로 표현한다면 '지혜'에 가깝다. 그보다는 한 수 위의 언어가 아닌가? 마음은 아예 표현할 한자어가 없다. 마음 심(心)이라고 하지만 같은 뜻이 아니다. 영어로 Mind라 하지만 근본 뜻부터 다르다. 하지만 우리는 이 뜻을 자연스럽게 알아챈다. 이성과 감성보다는 슬기와 마음이라는 표현이 훨씬 정겹다. 또렷한 의미를 우리는 바로 이해한다.

유사한 표현으로 머리와 가슴이 있다. 이는 육체적 표현으로 슬기와 마음을 보조 표현할 때 쓰는 말이다. 지금은 정의가 뚜렷한 이성과 감성으로 대체해서 속성을 알아보기로 한다. 좋지 못한 의식의 흐름을 바꾸려 할 때는 큰 마음이 역할을 한다. 큰마음의 속성부터 파악하고 가자.

큰마음을 먹어라. 내가 공황장애와 우울증으로 시달릴 때 어머니가 내게 해준 말이다. 큰마음을 먹겠다고 다짐은 하지만 잘될 리가 만무하다. 마음 한켠에는 언제나 걱정과 근심이 앞선다. 우울증의 속성이다. 마음이 가라앉아 있는데 무슨 에너지가 분출되어 큰마음이 되겠는가?

그런데 엉뚱하게도 '죽어도 좋다'는 생각을 하면서 상황은 달라진다.

죽을 복을 타고났으니 시도할 수 있게 된다. 심한 부정맥으로 인해 죽게 되면 '나도 모르게 죽는다!' 이게 죽을 복을 타고난 거다. 새록새록 용기가 생긴다. 죽음에 대한 두려움이 훨씬 가벼워진 거다. 이런 마음이 생기자 비행기 공포증에 도전하게 된다. 비행기를 몇 번 타면서 조금씩, 아주 조금씩 비행 공포증을 극복할 자신감이 들기 시작한다. 결정적인 순간이 온다. 비행기가 튜블런스에 심하게 흔들리는 순간이다. 공황장애가 발작하려는 순간이다.

이때 큰마음이 돌연 나타난다.

'그래, 죽이려면 죽여봐라. 내가 스스로 겁나서 죽지 못했으니 공포증 네가 나를 죽여봐라.'

이런 마음으로 포기한다. 어라! 스르르 공포증이 제법 사라진다. 살 만하다. 이런 경험을 한 이후로는 공황장애 약을 먹고 비행기를 타니 훨씬 견디기가 좋다. 제법 익숙해지자 이제는 튜블런스의 스릴을 즐긴다. 그렇지만 약을 끊은 건 그로부터 25년이 지난 2013년 북경 출장 때다. 큰맘 먹고 약을 먹지 않은 채 비행기를 탔다. 아무 문제가 없다. 야호! 마음이 한결 가볍다. 죽어도 좋다는 포기가 역으로 작용했다.

죽음이란 게 역으로 작용하니 죽음이 극복되는 원리는 왜 그럴까? 나는 알지 못한다. 하지만 경험에 의해서 확신한다. '죽기로 하면 산다!'는 신조가 내 것이 된다. 큰마음이 저절로 생성되더니 배짱까지 생긴다. 큰마음? 정말 좋다.

독자 여러분도 무슨 계기가 되면 역으로 한번 시도해보라! 역경을 역으로 이용해보라! 언젠가는 큰마음을 갖게 된다. 큰마음이란 게 평소에는 효용이 없어 보인다. 그런데 역경이 닥치면 위력을 발휘한다. 마음이란 참으로 오묘한 게 아닌가? 마음이 얼마나 중요한지 알게 된다. 큰마음을 가질 수 있는 찬스는 역경이 도래했을 때이다.

슬기는 의식의 흐름에서 당연히 좋은 역할을 하므로 생략한다. 컨트롤이 잘 안 되는 마음 위주로 생각해보자. 마음을 가장 잘 정의하고 잘 다스리는 데는 우리나라 성리학이 세계 최고다. 여러 세대에 걸쳐 당쟁이나 교조화로 빠진 일은 분명히 좋지 않다. 오늘에 사는 우리로서는 핵심을 끄집어내어 유연하게 활용하면 이보다 좋은 게 없다. 선입견으로 조선 성리학을 매도하지는 말자. 단순화하면 우리에게 딱 맞다. 깊이 들어가지 않고도 잘 사용할 수 있다. 어렵지도 않다. 정리된 생각이 스트레스를 줄이는 데도 아주 좋다. 마음을 정리해보자. 의식의 흐름을 심성의 작용으로 풀이해도 무방하다.

✦4단 7정

4단 7정은 인간의 심성을 파악하는 철학이다. 난해한 철학을 논하는 것은 적절하지도 않다. 너무 방대해서 오히려 혼란에 빠질 가능성이 크다. 우리에게 필요한 내용만 간추려 삶에 도움을 주는 선에서 그치려 한다.

간단하게 4단은 인의예지로부터 나온다는 것만 알아도 되지 싶다. 쉬운 말로 4단은 머리이고 7정은 심장이다. 재미있는 것은 4단이 발할 때보다 7정이 발할 때 심장이 리드미컬 해진다는 사실이다. 사실 심장이 무슨 생각을 하겠는가? 그럼에도 불구하고 글자가 생긴 이래 마음 심, 즉 심장을 의미한다.

나는 조선시대 철학에 대해 반감이 꽤 크다. 성리학의 4단 7정 논란의 방법론과 성과에 대해서는 대단한 자부심을 느낀다. 당쟁으로 흘렀다든지 너무 형이상학적 논리로만 흐른다고 보는 것은 철저히 배격한 상태일 때 하는 말이다. 철학 전문가는 아니지만 실생활에 활용할 수 있는 많은 좋은 점들을 발견했다. 이후로는 퇴계 이황 선생의 도산서원을 몇 번인가 찾아갔다. 갈 때마다 안동의 유지를 만나면서 퇴계의 위대함에 매료되었다. 우리 집안에 전설처럼 내려오는 남명 조식에 관련된 이야기와 더불어 퇴계 선생의 언행에 탄복하지 않을 수 없다. 세대를 달리하고 세상이 완벽하게 바뀌었지만 그분들의 철학은 우리 실생활에 언제나 유용하게 쓰인다. 왜냐하면 그분들의 시대의 큰 조류를 따라야 한다거나 현실에 안주하지 않는 사상에는 탄복할 수밖에 없기 때문이다.

퇴계 선생은 기대승이란 젊은이와 10여 년간 편지로 대토론을 벌였다. 요즘으로 따지면 청년과 완숙한 대가의 대결인 셈이다. 세대를 뛰어넘는 토론을 했다. 퇴계 선생은 겸허히 토론하고 일리가 있으면 받아들였다. 오픈 마인드로 토론을 한 것이다. 요즘 대가들도 그렇게 할 수 있을까? 이런 면만 보아도 퇴계의 위대함이 엿보인다.

내가 그분들의 철학체계나 내용을 잘 아는 것도 아니다. 하지만 그분들이 논하고자 하는 내용에서 내 삶의 힌트를 얻고 유쾌한 유머도 함께 배웠다. 우리가 살아가면서 무척이나 도움이 되는 것을 나름대로 설명해 보고자 한다. 나름대로 내 생활로 들어오는 체험을 한다. 간단히 말하면 이렇다.

우리 마음과 생각에는 이(理)와 기(氣)가 있는데, 이는 이성(理性)으로 보면 되고 기는 감성(感性)으로 봐도 무방하다. 이성이야 독자들도 잘 알기에 나는 감성 부분을 설명하고 싶다. 7정은 희로애락애오욕(기쁨〔喜〕 노여움〔怒〕 슬픔〔哀〕 즐거움〔樂〕 사랑〔愛〕 미움〔惡〕 욕심〔欲〕)이다. 이 중에서 다른 것들은 글자 그대로 즐기면 된다. 필요한 성정이고 표출을 해야 하지만, 잘못하면 어려움에 빠질 수 있는 3가지 감정, 즉 노여움(怒), 슬픔(哀), 미움(惡)을 위주로 내 경험을 이야기해보려 한다. 욕심(欲)은 좋고 나쁨의 문제가 아니라서 마지막에 별도로 설명하고자 한다.

나는 젊었을 때부터 노여움에 대해서 너무나 약점이 많았다. 성격이 불같기도 하고 급하기도 해서 실수를 자주 했다. 나 자신에게도 큰 스트레스를 주었다. 때로는 분노를 삭이지 못해서 혼자 씩씩거리기도 수없이 많이 했다. 인간은 원시인 때부터 주변 상황과 맹수로부터의 위험으로 공포의 유전자가 내재되어 있다고 한다. 여기다 나의 느긋하지 못한 급한 성격이 노여움이 근원이다.

노여움을 밖으로 표출하지 않고 나 자신을 책망하기도 했다. 내가 노여움도 극복하지 못하는 못난 놈이라고 자괴감에 빠지니 화를 더 키운 꼴이다. 소위 옛날에 '화병'이라고 일컫는 그 상태였다. 병원에 입원하고서야 아하! 이게 화병의 일종이구나! 하고 알게 되었으니 참으로 나도 아둔했다. 내가 집중하는 것에 지게 되면 화가 머리끝까지 뻗쳤다. 욕심이 과했던 것이다. 노여움의 결과로 근육이 굳어지는 것이란다. 듣고 보니 노여움으로 인해 근육도 무척 긴장한다는 것을 깨닫게 된다.

그런데 어떻게 노여움을 해소한단 말인가? 병원에서는 요가와 명상을 약물 치료와 병행한다. 어라! 이게 효과가 있는 게 아닌가? 비록 아주 서서히이긴 했어도, 열흘 정도 되니까 내가 조금 인지하기 시작했다. 주치의 선생님과의 상담도 심리적인 안정감에 많은 도움이 되었다.

이런 경험 덕분에 미국에 가서도 화가 치밀 때는 심리학 교수에게 많은 지도를 받기도 했는데, 매우 성과가 좋았다. 우리나라는 이런 제도도 없을 뿐더러 사람들도 정신병원(?)을 기피한다. 그런데 그게 정상이 아닌 듯하다. 내가 보기에 우리나라에는 잠재된 정신적 환자가 많지 않을까? 이 글을 읽는 분들은 숨기지 말고 병원에 가서 진료를 받고 병을 키우는 우를 범하지 말기 바란다.

분노도 일종의 에너지다. 보통 우리에게는 긍정적 에너지가 필요하지만, 이런 부정적 에너지도 잘 이용하면 오히려 에너지의 생산도 가능하다. 병원 입원 후 어느 정도 조절이 되니 몹쓸 에너지로만 여겼던 게 긍정적 에너지로 바뀌었다. 나도 놀랐다. 추측컨대 관리 가능한 분노는 스스로 해결하면 안도감 또는 성취감이 뒤따라온다. 돌연 좋은 에너지로 변환되는, 인간만이 갖는 희한한 현상 아닌가? 그 이후론 화가 나도 정리되면 혼자서 씨익 웃는 여유도 부린다.

직장생활을 하다 보면 화나는 일도 많다. 화를 곧장 내는 편이라 여기도 내 나름대로 행동지침(?)이라는 게 있다. 화도 잘 내지만 화를 식히는 것도 빠르다. 화를 내고 나면 이미 엎질러진 물이다. 그래서 하는 행동이 바로 사과하는 일이다. 화낸 상대에게 솔직하게 사과한다. 내가 화가 난 부분도 설명해서 양해를 구한다. 주변에 있던 사람에게도 일일이 전화해서 사과한다. 직장 사람들은 내가 화를 내더라도 곧 사과한다는 것을 공식 아닌 공식으로 여겼다. 나름대로 효과를 봤다.

여러분은 할 수만 있다면 한 템포만 늦추는 지혜를 갖기 바란다. 한 템포만 쉬어가면 좀 좋았을까? 왜 그리도 안 되었을까? 이것도 내 약점이었다. 예전 같으면 분명 나 자신에게 한소리 했을 터이다. 에라, 이 못난 놈! 분노 자체는 나쁠 수 있지만 분노에 의해 새로운 가치를 찾아낼 수도 있다. 분노로 인해 새로운 방안을 강구하게 된다. 분노를 잘 다스리면 오히려 새로운 에너지를 만들게 되는 희한한 현상이 생긴다.

여러분도 제 이야기를 곰곰이 씹어서 화를 한번 다스려보라. 노여움 아래에 놓이지 말고 부드럽게 노여움을 다스려보면 이 맛도 꽤 괜찮다. 한 가지 사족을 달면, 화가 나면 때로는 화를 내는 것도 한 방법이다. 다스리도록 노력하되, 그래도 안 되면 화를 내는 게 오히려 좋다. 울분을 마음에 담고 살면 불행의 원인이 된다. 어떡하든 임계점을 넘게 해서는 안 된다.

다음에는 슬픔에 대해서 내 경험을 이야기해보겠다. 결론부터 말하면 슬픔은 그대로 받아들이는 게 좋다. 슬픔은 꼭 나쁜 감정도 아닐 뿐더러 카타르시스 기능이 있다. 그렇기는 하지만 감정이 복받쳐 삶에 치명타를 입힐 수도 있으니 한번 살펴보자. 슬플 때는 뭔가 외롭다. 고독이 슬픔을 더 사무치게 한다. 이런 사무친 감정이 마음을 순화시킨다. 슬픔을 당한 이후 속이 후련해지는 것을 느껴본 적이 있는 사람은 이해가 될 것이다.

복받쳐오르는 설움을 구태여 억누를 필요도 없다. 우리는 우는 것을 '남자답지 못하다'고 교육 받은 탓에 억누르는 경향이 있는데, 결코 바람직하지 않다. 슬픔을 슬픔 그대로 받아들이면 된다. 다른 생각을 첨부하거나 다른 의미를 부여할 필요가 없다. 있는 그대로 받아들이는 게 슬픔을 극복하는 데 제일 좋다. 그러면 심성의 복원력에 의해 마음의 순화가 이루어진다. 어쩌면 사람의 생존 본능과도 일맥상통한다.

미움(惡)에 대해서 말해보자. 감정 중에 가장 난해한 게 바로 미움 아닐까? 듣기 싫은 소리에는 즉각 반응한다. 겉으로 표출되든 속으로 삭이든 관계없이 미움의 감정이 생긴다. 미움이 지속해서 쌓이지만 않는다면 크게 나쁘지는 않을듯하다.

자신에게 심대한 상처를 주면 상황은 아주 심각해진다. 미움에서 벗어나기가 너무 어렵다. 이성의 활동은 정지되고 감성만 작용하게 되니 실제보다 과장된다. 이럴 때일수록 당장은 곤란하겠지만 시간을 갖고 냉철하게 이성적으로 판단하는 노력을 게을리하지 않아야 한다. 제대로 인식해서 상황 판단을 정확히 해야 한다. 반대의 경우로 당장은 좋은 듯한데, 나중에 자기 생각과 어긋나게 되면 미움으로 변한다. 배반 또는 배신의 감정이 개입되어 미움이 상승된다.

우리는 감성(또는 감정)이 이성보다 먼저 표출된다. 자기가 받아들이고 싶은 부분에 전도되기 일쑤다. 듣는 것도 자신이 듣고 싶어 하는 것 위주로 듣는다. 이런 부분은 사실 실체나 실상을 바로 보기 어렵게 한다. 판단을 잘못하게 하는 중요한 인자이다. 내 경우도 이런 경우가 허다했다. 그러니 결과가 어긋나는 경우가 많았다. 그러지 않으려면 어떻게 해야 할까?

우선이 경청이다. 다음은 질문이다. 조금은 인내를 갖고 경청과 질문을 하다 보면 상대 이야기의 속내를 파악하기가 쉬워진다. 질문이라는 것 자체가 진상을 이해하기 위한 행동이다. 질문 잘하는 사람이 능력자다. 경청도 따라다녀야 함은 물론이다. 경청과 질문은 한 묶음이다.

이는 비단 대화에만 국한되는 게 아니다. 세상살이에서 전반적으로 일어나는 빈번한 일이다. 속된 말로 귀가 얇다, 또는 들리지 않는다는 것도 여기에 포함된다. 합리적이지도 과학적이지도 않다. 전문분야에서도 이런 일이 비일비재하다면 여러분은 믿겠는가? 아쉽게도 사실이다. 그래서 토론문화가 발달된 나라일수록 합리적이고 과학적인 판단을 하는 데 익숙하다. 자고로 제대로 일을 하려면 이런 습관부터 길러야 한다. 조금이라도 앞서 가려거나 성공하려는 사람에게는 필수 요건임을 명심해야겠다.

위로 올라갈수록 더욱 신경 써야 한다. 그러지 못하면 당연히 도태되고 만다. 사랑하는데 조금 삐끗하면 미움으로 변할 수도 있다, 사랑과 미움도 한 뿌리라면 과한 주장일까? 문제는 사랑에서 미움으로 빠지기는 쉬워도, 미움이 사랑으로 변하기는 참으로 어렵다는 것이다. 하지만 미움 역시 자체로는 나쁘지만, 미움으로 인해 대체할 뭔가를 찾으려는 기능은 여전히 유효하다. 이런 새로운 무언가를 찾으면 미움은 사그라들게 된다. 심성 중에서 미움을 신경 써서 다스리는 노력은 필요하다. 미움을 가능한 한 배제할 수 있는 심성 연마가 필요하다.

비둘기의 키스, 그래! 사랑을 나누어라

마지막으로 욕심(欲)에 대해서 알아보자.

삶에서 지극히 필요하면서도 때로는 사람을 나락으로 떨어뜨리는 묘한 성정이 바로 욕심이다. 욕심이 없다면 살고 있지 않거나 성인의 반열에 있을 듯하다. 성인인들 욕심이 없을까? 우리가 사는 사회 자체가 욕심이 없다면 사는 맛도 없다. 추구하는 것이 확 줄여지지 않겠는가? 그러면 활성도가 떨어질 것이고 서서히 죽은 세상으로 변하지 않겠는가? 욕심이 세상을 활기차게 만들고 새로운 것을 찾아나서게 하는 동기를 유발하여 사회가 발전하게 된다. 욕심이 지나치면 문제를 야기할 가능성이 크다. 욕심이 너무 크면 수단과 방법이 정의롭지 못할 가능성도 덩달아 커진다. 이럴 때 가장 긴요하게 해주는 단어가 중용이다. 중용을 어느 정도 지키면 과욕에 의한 부조리는 줄어들 것이다.

의식의 흐름 느끼기

의식의 흐름을 관리하기 위해서는 중요한 생각을 혼자 하고 있을 때, 그 생각을 하면서 주먹 불끈 쥐고 소리 내어 몇 번 외치면서 기억하자.

소리 내어 외치면 기억효과가 좋기 때문이다. 삶의 혼란을 겪을 때 차분히 자신을 관찰하면 의식의 흐름에 약간의 문제점을 발견할 수 있다. 큰 문제점이 아니라면 정신을 집중해 문제점을 스스로 발견하는 것이 가능하다. 그런 다음 의지력을 발휘해서 문제의 흐름을 과감하게 바꾸는 노력을 해야 한다.

정신병원에 입원하는 사람은 의식의 흐름에 꽤 문제가 생긴 사람이다. 그렇다고 해서 의식의 흐름 전체에 문제가 생기는 게 아니다. 흐름의 곁가지에 장애가 생겼을 뿐이다. 극히 일부를 제외하고는 대부분 회복할 수 있다. 일반 사람도 의식의 흐름에 작고 큰 문제들은 다 가지고 있다. 그래서 의식의 흐름을 느껴보고 관리 가능한 범위 내에서 자연스럽게 흐르도록 해야 한다. 억제하기만 하면 반드시 문제가 생기게 되어 있다.

나는 자기 직전 미소 지으며 잠을 청한다. 효과가 괜찮은 편이다. 아내가 내 자는 모습을 보고 무슨 좋은 일이 있어 웃으며 자느냐고 묻는다. 자초지종을 설명했더니 이해를 한다. 이뿐만 아니다. 긴장하거나 걱정스러울 때 씨익 웃음 짓는 것도 효과가 있다. 실제로 태국의 유명 골프선수인 주타누간이 미소효과로 승승장구했다. 대회에서 선두를 달리다가 마지막 몇 개 홀에서 부담감과 중압감을 이기지 못해 스스로 무너졌다. 트레이너와 코치가 심리상담가에게 자문을 구한 후 제안한 게 샷을 하기 직전 미소를 짓도록 코치했단다. 효과가 커서 세계 랭킹 1위까지 올라간 바가 있다. 이렇게 의식의 흐름을 의외로 단순하게 살짝 바꿔도 결과는 달라질 수가 있다. 이렇게 하거나 자신만의 비책을 만들어보라.

의식의 흐름을 가장 쉽게 느끼는 방법은 소설, 특히 무협소설이나 판타지 드라마를 읽거나 시청하는 것이다. 머릿속에서 어떤 생각의 조합이 자연스레 이어진다. 처음 바둑을 배우면 천장이 바둑판으로 보이는 현상도 마찬가지다. 바로 이런 게 의식의 흐름이다.

이를 자기 자신에게 대입해보자. 눈을 감거나 소위 멍 때리기를 해본다. 어느 정도 차분해진 다음 찬찬히 자기의 생각을 느껴보라. 뭔가 물 흐르듯 생각, 즉 의식이 흐르는 걸 깨닫게 된다. 누구나 조금 훈련하면 금세 알게 된다. 이런 걸 느끼게 되면 흐름을 바꾸기도 하고 좋은 것은 강하게 느끼며 마인드 컨트롤이 되게 훈련한다. 세상 살아가는 빛줄기가 더욱 선명하고 세진다.

직장에서도 마찬가지다. 눈을 뜨고 있는 상태에서는 보이는 것에 대한 의식의 흐름이 강하다. 시각이 감각의 60% 이상을 차지하기 때문이다. 편한 시간 간격으로 5분 정도 눈을 감고 고요하게 있거나 가벼운 음악을 들어보라. 잠깐이지만 의식의 흐름을 멈추거나 바꿀 수 있다. 더 좋은 방법은 청각도 귀마개로 막으면 효과는 더 좋아진다. 청각이 우리 감각의 20% 이상을 차지하니까 시각과 청각을 합해서 적어도 80% 이상 차단된 상태에서는 고요함이 배가된다. 문득문득 다른 생각이 떠오른다. 안 떠올라도 좋다. 그 자체로도 의식의 흐름에 같은 방향이든 다른 방향이든 도움이 되니까.

일의 능률을 위해서 꼭 필요하다. 계속 같은 일을 반복하다 보면 새로운 아이디어가 별로 안 떠오른다. 그러다 보면 매너리즘에 빠지기 쉽다. 결국 직장이라는 곳은 성과가 우선이다. 일을 하는 데 있어서 아이디어가 뭐 그리 많이 필요할까 하겠지만, 실상은 그렇지 않다. 일을 잘하는 아이디어가 축적되면 그렇지 않을 때보다 시간을 덜 소비하고도 성과가 더 좋다.

습관화해보라. 별로 어려운 일도 아니지 않는가? 나는 직장생활을 하면서 이게 얼마나 도움이 되었는지 모른다. 단순히 눈을 감고 휴식을 취하면 일의 다른 면도 볼 수 있게 된다. 자연스럽게 좋은 아이디어 떠오르는 게 신기하기까지 했다. 지속적으로 잠깐씩 훈련하는 것으로 충분하다.

호주골드코스트, 바닷가의 망중한

IV

자긍심과 지혜

자긍심과 지혜는 삶을 윤기 있게 해준다. 자긍심이 있으면 자기가 튼튼하다. 자존심을 내세우면 적대적이 된다. 지식이 많다고 우쭐대면 꼴불견스러운 사태가 벌어질 수도 있다. 지혜가 있는 사람은 여유롭다. 상대를 존중한다. 자존심이나 지식보다는 자긍심과 지혜를 갖추는 게 바람직하다. 사람답게 살려면 노력을 게을리해서는 안 된다. 자존심은 스트레스 받을 소지가 크다. 지식만으로는 삶이 해결되지 않는다. 지혜로 삶을 영위해야 자아 속에 맑고 밝은 세상이 자리한다.

*

나의 자긍심

운명이란 최선을 다하고 유연한 정체성과 자긍심을 지킨 후에 대천명하는 것이다. 살아보니 최선을 다하면 필연적으로 행운이 따라붙는다. 나는 그걸 수도 없이 경험했다. 때로는 하나님이 도와주시지 않고는 일어날 수 없는 일이 일어난다. 시간의 차이는 있지만 그 일로 말미암아 대부분 행운을 받는 것이 신기하다. 많이 보고 많이 읽고 많이 행해보니 경험이 축적된다. 예상하지 못한 여러 능력이 나도 모르게 몸에 밴다. 이게 예상치 못한 행운으로 발현되는 것이 아닐까?

자긍심을 내세우면 느긋할 수 있지만, 자존심을 내세우면 소견이 좁다. 자긍심은 계속 자라서 자기를 키워주지만, 자존심은 수동적이어서 정체될 가능성이 크다. 자존심에 머물면 뒤처져서 자격지심에 빠질 우려가 크다. 그러므로 긍지를 가질 수 있는 자신의 그 어떤 무언가를 만들어가야 한다.

자존심은 자기를 지키려는 심정이 강해서 상대를 적대적으로 대하게 할 수도 있다. 그러면 트러블을 야기하기 십상이다. 원시시대 인간이 자기를 보호하려는 심리의 표출이다. 자연히 자기본위의 생각을 하게 된다. 그러면 포용과 배려가 결여되어 옹졸한 사람이 될 가능성이 커진다. 자기만이 중심이 되니 상대와 불편한 관계를 만들 확률이 높다. 엘리트의식이나 우월감을 갖는 것을 나쁘게 볼 필요는 없다. 하지만 적대적이면 뭔가 모자라는 인간이다. 소위 비교의식의 소산이다. 절제하는 미덕이 있어야 진정한 의미가 있다. 그렇지 못하면 소인배일 뿐이다.

세상은 복잡하고 스트레스는 본의 아니게 쌓여간다. 할 일은 어려워지기도 해서 자존감이 움츠러들기도 한다. 어떻게 해야 할까? 상대를 경청하면 좋아진다. 배려하거나 인정해도 좋다. 자기를 지키려고 구태여 애쓸 일이 없기 때문이다.

✦자랑을 감추는 게 미덕은 아니다

강연에서 자기 자랑을 한다? 자랑할 게 없는데 강연 거리가 있겠는가? 지식 전달을 위한 강연이면 모를까 말이다. 나는 강연을 하면서 먼저 이렇게 물어본다. 제가 잘한 자랑에서 여러분이 뭔가를 배우시겠습니까? 아니면 단순히 전달하기를 원하십니까? 한번도 예외 없이 전자를 선택했다.

내가 이러는 데는 사연이 있다. 대구테크노파크 원장에 부임하고 얼마 지나지 않아 대구경북여성과학자협회의 초청으로 강연을 하게 되었다. 4-5백 명 정도 모인 저녁 겸 총회로 기억한다. 45분 강연인데 시간이 모자라 결론을 맺기 위해 사회자에게 5분 더 연장을 신청했다. 결론까지 맺기에는 좀 빡빡한 시간 내에 해야 하는 강연이었다.

마치고 이틀 정도 지나서 여동생이 운영하는 직업전문학교 특강이 있어서 방문했다. 여동생이 느닷없이 "오빠, 여성과학자협회에서 자랑 무지하게 했다며?" 한다. "무슨 소리냐?" 했더니 자기 친구가 "새로 온 대구 TP(테크노파크. 산업자원부 출연기관) 원장 자기 자랑 참 많이도 하더라"고 했다는 것이다. 그래서 이야기하도록 내버려두고 나에 관한 이야기가 끝날 때쯤에 "그 원장 내 친오빠인데." 했더니 기겁하더란다. 그러면서 내가 "너희 오빠 욕을 많이 했나?" 하기에 "너무 심하게 욕을 하더라"고 넌

지시 능청을 떨었다고 한다.

이 이야기를 들은 후부터는 어떤 형태의 강연을 하든지 반드시 위의 질문을 한다. 참고로 이 여성 과학자를 얼마 후 만났는데, 이제는 나와 친오빠처럼 잘 지내고 있다. 고민이 있으면 여동생과 함께 나를 만나 먼저 묻곤 하면서 유쾌하게 지낸다.

나는 말을 거의 직선적으로 한다. 행동도 실례가 되지 않는 범위에서 직선적이다. 상대방이 쉽게 이해하도록 하기 위함도 있지만, 말을 빙빙 돌리는 것을 싫어해서다. 특히 여러 형태의 강연을 할 때도 마찬가지다. 강연할 때 겸손함은 별 의미가 없다는 생각이다. 겸손해서는 많은 청중에게 강연 내용을 전달하는 데 별 도움이 안 된다. 시간이 충분하면 모를까, 대부분의 강연은 정해진 시간 내에 해야 하지 않는가? 나의 약점이자 강점으로 양면성이 있다.

✦나는 어떤 면에서는 삶의 지각생이다

내가 잘못했다기보다는 운명이 아닌가? 병마로 정상생활을 하지 못한 면에서는 지각생이 분명하다. 하지만 이겨낸 이후는 오히려 축복이었으니 운명이라 말한다. 이것도 나의 자긍심의 일부이다.

나는 세상이 얼마나 불공정한가를 잘 안다. 경험을 하도 많이 해서다. 세상을 원망하기보다는 세상을 내 것으로 만들었다고 주장하지 않는가? 그렇다고 같은 선상에서 출발했다면 더 나았을까? 전혀 아니라고 생각한다. 아니 오히려 더 못한 삶이 되었으리라 확신한다. 핸디캡이 있었기에 극복하려는 의지가 더 나은 삶을 만들었다고 확신하고 있고, 그게 사실이기도 하다. 가정이기는 하지만 되돌려 다시 그런 삶을 살라고 하면 살 수 있을까? 보장된 미래가 있다 한들 몸서리쳐져서 다시는 그렇게 살지 않고 말 것이다. 그런 만큼 생각을 달리해서 삶을 영위하게 된다. 몇 가지 예를 든다.

어떤 일을 판단할 때 마음의 이익과 손해의 분기점이 부지불식간에 작용한다. 역시 자긍심에 따라 달라진다. 우리는 알게 모르게 손익 계산을 전광석화처럼 한다. 손익이 관계된 일이라면 크든 작든 머리로 계산한다. 작은 가치에 매달리는 사람이 의외로 많다. 제아무리 작아도 손해보지 않으려고 한다. 그러면 가치보다 스트레스 값을 더 치르게 되지 않을까? 매사에 이렇듯 대범하지 못한 사람은 스트레스 증후군에 걸리기 쉽지 않을까? 작은 것은 양보해서 사소한 일에 스트레스 받지 않는 삶이 의외로 필요하다.

내가 겪은 망설임의 예를 하나 설명한다. 내가 꽤 괜찮은 드론을 분실하고 왜 5번이나 다시 샀을까? 제법 큰돈인데도 불구하고 조금 생각해보고 가치적 판단을 한다. 내 생활을 윤택하게 해주는 가치가 더 크기 때문이다. 수험료로 간주하면 마음 편하다. 내가 손익분기점을 거론하는 것은 가치의 판단을 너무 돈에 얽매여 하는 건 삶의 가치를 떨어뜨리기 때문이다. 돈을 아끼는 것은 필요하다. 돈 주고 살 수 없는 가치가 있는데, 큰일에 너무 무딘 것은 바람직하지도 않고 삶을 즐길 줄도 모르는 것이다. 심하면 인간성 상실까지 초래할 수도 있다. 돈은 지극히 필요하기는 하지만 행복의 충분조건은 아니다.

SK그룹 창업자인 최종현 회장은 이런 말을 했다고 한다. 당시 돈으로 30억 원 모을 때까지는 행복했는데, 그 이상이 되니까 별로 모르겠더라는 말이다. 분명한 건 돈이 필요 이상으로 많으면 관리하는 것도 보통 일이 아니다. 재벌들을 욕하는 사람들은 하나는 알고 둘은 잘 모른다. 이런 사람들의 논리로는 재벌 이해하기도 벅차다. 우리의 삶을 즐거움과 행복으로 이끄는 것은 돈의 가치가 아니라, 무형의 훌륭한 가치관이다.

아무리 좋고 큰일일지라도 방해 세력은 꼭 있다. 나는 무슨 일을 할 때, 안 되더라도 최선을 다한 다음 깨끗하게 포기한다. 자긍심에 기반했다면 큰 후회도 없다. 일을 할 때 제아무리 국가를 위하고 기관이나 회사에 크나큰 도움이 될지라도, 반대나 다른 연유로 결국에는 성사되지 못하는 경우도 있다. 일부 예산이 모자라거나 토론 또는 타당성 검토라도 하면, 비록 잘못된 결정이라도 어느 정도는 이해가 된다. 그런데 토론도 없고 결론을 미리 내려놓고 형식적으로 타당성 검토를 해서 일방적으로 몰고 가는 경우도 있다. '왜?'를 참으로 많이 생각해봤다. 나는 그런 결정을 하거나 동조하는 사람들이 결국 생활인이라는 결론에 도달했다. 뭔가 결과를 내야 하거나 공명심으로 뭔가 이득을 얻어서 자기의 입지를 다져 자리 보존에 유리하기 위함이 아닌가? 나야 이제 산전수전 다 겪어봐서 세상 그럴 수도 있겠거니 한다.

그럼에도 불구하고 참으로 의미 있는 직장생활을 했다. 더욱이 그들 덕분에 정년을 다 못 채우고 사표를 내는 바람에 전화위복의 행운을 누렸으니, 원망하기보다 오히려 감사한다. 다른 사람에게도 이런 불합리한 일이 일어날 개연성이 크다. 실제로 나뿐 아니라 다른 사람도 비슷한 일을 겪었다는 이야기를 많이 들었다. 심리학자라도 심리분석을 좀 해서 처방이나 경종을 울려주면 좋겠다. 사회발전에 지대한 영향이 있으리라 여겨지기 때문이다.

독일의 경우 전혀 다르다. 학생들을 봐도 안다. 학생은 경쟁자가 아니라 전우다. 독일에는 우리의 학사·석사 과정을 5년에 걸쳐 한꺼번에 한다. 박사학위로 가지 않고 디플롬(우리의 석사에 해당)으로도 자긍심이 대단하다. 명함에 '디플롬'이라고 명확히 밝힌다. 우리는 명함에 석사라고 쓰는 사람이 단 한 사람도 없다. 하지만 지방색이 워낙 강해서 우리보다는 더 심하다. 다른 당은 발도 못 붙일 정도다. 국가를 위해 다음 선거에서 질지도 모르는 정책을 만든다. 결과적으로 선거에 졌다. 하지만 집권당은 그 정책의 덕을 고스란히 보고 장기집권까지 했다. 그가 바로 헬무트 콜 총리이고, 국가를 위한 정책을 만든 이가 헬무트 슈미트 수상이다.

당시 우려와 반대가 심했다. 당이 이기는 경우보다는 나라가 융성한 쪽을 선택한 것이다. 결국은 선거에 져서 정권을 내려놓았다. 그렇다고 슈미트 수상이 실망했을까? 결코 그렇지 않다. 자긍심의 발로이다. 수상 자리를 내놓고는 두툼한 서류가방을 직접 들고 다니면서 자신의 정책을 설파했다. 웬만한 자긍심이 아니고는 불가능한 일이 아니겠는가? 시간이 지나고 보니 그가 백 번 옳았다는 게 밝혀진다. 후임 정권이 반대당의 정책을 받아들인 것도 놀랍다. 우리나라 같으면 그럴 가능성이 전혀 없다고 해도 과언은 아니다.

살아간다는 건 숨겨진 보물을 찾는 행위이다. 우리는 태어나면서부터 뭔가를 터득하면서 자란다. 살아온 사람들은 의식이든 무의식이든 간에 뭔가를 찾아낸다. 여행을 하든 운동을 하든 공부를 하든, 모든 삶의 행위가 무엇을 얻고자 하는 것이다. 때로는 골똘히 생각해서 얻거나 뚫어지게 쳐다보고 발견한다. 5감을 활용하기도 하고, 추리를 하기도 하고, 몸을 움직이기도 해서 찾는다. 우리는 보물을 찾기 위해 수고로움을 아끼지 않는다. 휴식을 하거나 멍 때리기를 하는 것도 따지고 보면 다음을 위한 준비이다. 삶의 보물찾기에 하나씩 성공할 때마다 성취감이 있다. 자긍심을 키우는 지름길이다. 모름지기 이런 사고방식으로 살면 세상이 즐겁다.

지혜

✦지혜는 지식과 경험에서 나온다

즐거운 인생을 영위하기 위해서 많은 지혜가 활용된다. 이런 지혜는 삶의 살핌에서 발견할 수 있다. 산다는 건 이런 지혜를 발견하며 삶의 질을 높여나가는 과정이다. 삶이란 살아가면서 깨닫는 과정이다. 그 과정에서 좌절과 실패, 성취와 가슴 뿌듯함의 교차점을 지날 때 삶의 단계가 성장한다.

지혜는 지식을 숙성한 것이다. 포도주나 된장처럼 우리에게 이로운 발효식품이 있듯이 지혜는 지식을 발효시켜 우리 정신세계를 승화시킨다. 배경음악이 드라마를 더욱 극적으로 만들듯이 지혜가 바로 우리의 삶을 더 멋지게 만든다. 지혜로움은 슬기로움이다. 옳고 그름보다 위에 있다. 지혜는 격하지도 않고 부드럽다. 웃음보다는 미소 짓게 만든다. 이성과 감성을 나누지 않고 조화롭게 함께한다.

지혜를 알차게 축적하는 제일의 방법은 고전을 많이 읽는 것이다. 고전은 선인들의 지혜의 보고이다. 우리나라 선비들은 대부분 가난하거나 부유하거나 관계없이 잘 살아냈다. 물론 잘못 산 사람들이 없는 건 아니다. 하지만 오늘날 복잡다단한 세상살이에 그들의 삶은 지침이 된다. 판단 기준을 잡아주기에 더욱 요긴하게 쓰임새가 크고 많다. 세상이 바뀐 부분에 대해 고전의 새로운 생각이나 해석을 시대에 맞게 조절하여 적용하면 대단한 힘을 발휘하게 된다.

✦꽃나무도 겨울에 미리 준비하거늘

한겨울 목련나무를 보면 겨울눈이 제법 커서 곧 꽃을 피울 것 같다. 겨울눈이 유난히 커서 그렇다. 목련뿐만 아니라 대다수 봄꽃을 피우는 나무는 겨울에 미리미리 준비한다. 최적의 날씨에 활짝 피기 위해서다. 식물이 이럴진대 우리 인간은 나무로부터 배울 게 많다. 또 한 가지는 식물은 대부분의 시간에 녹색을 인간에게 선사한다는 점이다. 이 말은 식물은 녹색을 제외한 다른 색깔의 햇빛만 사용한다는 말이다. 만약 식물이 녹색이 아닌 다른 색을 낸다면, 인간은 매우 피곤했을 터이다.

가을에 단풍들 때 울긋불긋 붉은색을 띠는 건 인간을 위한 배려다. 식물의 겨울눈처럼 미리 미래를 위해 준비된 사람은 적기에 기회가 오면 바로 대처한다. 기회가 와서 그때서야 준비한다면 제대로 활용할 수 있겠는가? 좋은 기회를 어리버리하다가 아깝게 놓치기 일쑤다.

살아가다 보면 마치 계절이 변하듯 봄, 여름, 가을, 겨울이 온다. 순서야 틀리겠지만 반드시 삶의 계절변화가 온다. 겨울이라는 삶의 어려운 시기가 있다. 남녀노소 가릴 것 없이 반드시 온다. 삶의 진동이다. 중요한 것은 겨울 같은 추운 시점이 삶의 여정에서 사실 매우 중요한 시기라는 점이다. 이때는 다른 계절을 위해서 준비하는 어쩌면 고마운 시기이다. 어려운 시절에 침체로 시간을 허비하면 좋은 시절에 기회가 와도 잡을 수 없다. 이때 자기 적성이나 성격에 맞는 부문을 열심히 그리고 묵묵히 실력과 경험, 책을 통한 간접경험을 쌓아두면 나중에 반드시 보답을 한다. 그러면 사는 재미를 깨닫게 된다. 자연히 홍익인간의 철학이 반영된다.

식물도 하물며 그럴진대, 만물의 영장인 인간이 그보다 못해서야 되겠는가? 지극히 비정상적인 인간은 제외하고 보통 사람이면 언제나 이럴 재능은 있다. 자기 자신을 잘 활용하면 멋진 삶을 영위할 수가 있다. 그러니 자기 자신을 가끔 찾아보고 자기를 잘 파악하는 일이 중요한 삶의 요소가 된다. 조금씩 조금씩 자기 자신을 보는 그다지 어렵지 않은 노력으로 습관화가 되도록 하라. 언젠가는 자신이 기특하고 뿌듯한 때가 반드시 온다. 내가 증인이다.

겨울 여행자, 추워도 여행자는 즐겁다

✦지는 게 이기는 경우

병마를 극복할 때 이겨내는 게 중요하다는 건 누구나 잘 안다. 하지만 병마와의 싸움에서 질 때가 이기는 경우가 있다는걸 아는가? 내 경우

공황장애로 헤매고 있을 때 도무지 이겨낼 길이 보이지 않았다. 숨도 못 쉬고 가슴은 벌렁해서 곧 죽을 것 같았다. 공황장애는 불현듯 장소를 가리지 않고 찾아온다. 절망하기도 하고 한편으로는 약으로도 안 되니 허무하기 짝이 없다. 또 다른 공황장애 유형으로서 비행기를 타지 못했다. 두 가지 공황장애에 별의별 수단과 마음을 다스려보려고 했지만 오히려 공포만 늘어갈 뿐이었다.

비행기를 못 타니 회사생활에도 막대한 지장이 되었다. 해외출장을 갈 수가 없으니 미칠 노릇 아닌가? 업무상 해외출장이 잦은데 7년 동안 비행기를 못 탔으니, 해외출장 회피하는 것이 죽을 맛이었다. 오만 가지 핑계를 대야 하니 이게 사람이 할 짓인가? 숫제 이상한 인물로 찍히는 건 당연지사였다. 이런 경우 병마에게 완벽하게 지면 이긴다. 자기를 완전히 포기하게 된다. 죽음조차도 받아들인다. 주로 정신적 병마가 있을 때 이 법칙(?)을 적용하면 효과 만점이다. 마음의 병은 이기려는 힘보다 지는 힘(과학적으로는 에너지)을 역이용하면 오히려 결과적으로 극복해내게 되는 희한한 상황이 된다.

내가 자주 쓰는 말 중에 '안다고 하는 것은 겪어보지 않고는 아는 게 아니다'라는 말이 있다. 전에는 잘잘못을 따지는 것은 물론 조금 억울한 경우에 이기려다 더 스트레스가 쌓였다. 경험하고서도 깨닫지 못했으니 나 자신이 얼마나 아둔했는가? 이젠 깨닫기라도 했으니 사람이 된 거다.

실제 예를 하나 들어보자. 아주 유치한 예이지만 이해해주길 바란다. 이 예는 내가 기지를 발휘해서 손해 보며 내 마음이 하나도 상하지 않은 좋은 사례이다. 유료 주차장에 차를 세워두고 키를 계산원에게 맡겼다. 한 시간쯤 후에 돌아와 키를 달라니까, 키를 안에 두었는데 잠기더라는 거다. 키를 맡긴 이유는 주차장이 혼잡해서였다. 당연히 주차장 책임 아니겠는가? 문제는 보조키가 없으면 문을 열 수가 없다는 것. 미국에서 가져온 차라 도난을 막기 위해 특수 장치를 했기 때문이다. 할 수 없이

2시간에 걸쳐 집에 가서 보조키를 가져오는 수밖에 없었다. 그런데 이 2시간의 주차요금도 달라는 억지를 부린다. 이럴 때 꼭 이겨야 할까? 흔히 하는 말로 똥이 무서워서 피하나, 더러워서 피하지! 가끔 우리는 이런 하찮은 일도 지혜를 발휘 못 하고 욱 하는 성미를 내지르고 만다. 작은 일에 시시비비만 가리려고 덤벼드는 소인배가 되지 않을까?

✦관계 관심이 특별한 인연을 만든다

자기와 관련이 없으면 무심하다. 반대로 인연이 맺어지면 특별한 관계가 된다. 수많은 꽃이나 자연물 또는 취미를 갖는 것도 같은 이치다. 살아가는 데 필요하고 성장에 도움이 될 것들에 관계를 맺고 쌓아가면 실력으로 보답한다. 어떤 꽃이든 관심을 갖고 대화를 해보자. 점점 달리 보이고 더 많은 것도 알게 되면서 친해진다. 당장은 별것 아닌 것처럼 보일지 모른다. 알게 모르게 삶에 도움이 되고 삶을 윤택하게 만든다. 이런 좋은 관계를 많이 쌓을수록 실력으로 발휘된다. 다방면에 이런 습관을 키우면 예상치 못한 순간에 힘이 된다. 습관화해볼만하다. 현실에만 매몰되다 보면 좁은 사람이 되니 더더욱 애정을 쏟을 일이다. 기분 전환이나 스트레스 해소에도 도움이 되는 삶의 지혜이다.

나도 여느 사람들처럼 바다를 좋아한다. 갯바위나 파도치는 모습에 아예 나를 잃어버리기도 한다. 나와는 너무나도 특별한 관계다. 계곡에서 기암괴석을 볼 때 도 마찬가지다. 기암괴석은 수만 년 또는 수천만 년의 작품이라 나에게 무척이나 특별하다. 이런 바위에 부딪쳐 부서지는 파도의 끈질김과 하얀 순백의 순수함에 매료된다. 추상화를 감상하듯 몰두한다. 저절로 몰입된다. 추상화는 보면 볼수록 많은 것을 보게 된다.

✦살아오면서 찾아오는 기회

젊은 시절에 찾아온 멋진 기회가 나는 우연히 찾아오는 줄 알았다. 내가 갖고 있는 재능이나 공부한 것과 일맥상통해서 맺어진 기회로 여겼다. 별 생각 없이 우연이라고 생각하며 행운이라 여겼다. 헌데 나이가 들어 가끔 살아온 여정을 뒤돌아보면서, 어쩌면 필연이었을지도 모른다는 생각을 한다. 여러 가지 책을 많이 읽었던 것, 나름대로 미래를 상상해본 것들, 존경하거나 성공한 이들의 삶과 생을 지켜보았던 것 등이 날줄과 씨줄이 만나서 기회를 만들어 주었구나 하고 깨닫게 된다. 특별하게 구체적인 이유가 없는 줄로 여겼다. 헌데 되돌아보며 이런 저런 것들이 작용했겠다, 또는 이런 경험(간접이든 직접이든)이 없었더라면? 하는 생각에 이르러 아찔한 전율을 느낀다. 찾아온 기회를 알지 못 했을 테니까.

경험해본 것들이 나중에 기회와 맞부닥쳤을 때 아하, 내게 찬스가 왔구나 하고 행동했다는 것이 결론이다. 요즘처럼 스펙(spec)을 쌓는 일에 치중해서 생활하다 보면 지식은 쌓을지는 모르지만, 지혜의 터득은 원천 봉쇄되는 게 아닌가 하는 생각이 든다. 당장 급해서 그러겠지만 몸에 배는 스펙을 쌓도록 해야 한다. 이왕 하는 거 임시방편으로 끝나서야 되겠는가?

그에 보태어 짬짬이 미래를 마음껏 상상해보고 틈틈이 인문 소양 책도 읽어보고 사색하는 시간을 가져보는 게 중요하다. 많은 시간을 할애할 필요도 없다. 삶의 짧은 주제어를 메모해두었다가 조금의 짬을 내어 사유해본다. 쌓이면 지혜로 되돌아오니, 이런 남는 장사가 어디 있는가? 게을러서 못 한다면 그야말로 인생을 무의미한 시간으로 보낸 증거다.

자기의 직업과 연계되어 긍정적으로 생각하면 나중에 더욱 힘을 발휘하게 된다. 단순히 지식을 많이 쌓았다고 인생이 결정되는 일은 결단코 없다. 지혜와 경험에 의한 인성적인 면이 훨씬 미래에 영향을 미치게 되고, 효과도 지식보다 더 크다. 이런 사고는 기능적 직업이든 과학 직업이든 예술, 인문, 운동선수든 관계없이 적용되는 것이다. 이것도 내공의 일종이다.

제대로 된 정보가 삶의 관건이다. 이럴 때 지혜와 슬기가 제몫을 한다. 지혜와 슬기를 연마하지 않으면 안 된다. 예전에는 정보가 귀해서 정보를 얻는 게 제일이었다. 지금은 제대로 된 정보를 갖는 게 필요하다. 잘못된 정보는 모르는 게 약일 수 있다. 정보의 속성을 잠깐 생각해보자.

✎ 정보화 시대이다 보니 도처에 정보가 널려 있다. 제대로 된 정보인지 판단해야 하고, 정보를 정제해야 된다. 체계적이고 넓은 정보를 얻는 게 중요하다. 난처한 상황에 빠질 여지도 많아진다. 정보의 홍수라서 제대로 된 정보를 얻기가 더욱 난해해진다.

✎ 정보를 정제하고 판단하는 기법을 터득해야 한다. 독서만큼 좋은 게 없다.
워렌 버핏을 생각하라. 그는 주식에 투자하면서 처음 몇 년은 조그마한 이익밖에 남기지 못했다. 하지만 주식에 대한 수많은 책을 섭렵한 이후 주식 투자의 대가가 되었다. 이론을 실제경험과 융합시켜 정보의 대가가 된 사례이다.

✦살아가는 맥

세상을 살다 보면 앞이 안 보이는 듯한 경우를 만나게 된다. 그 어떤 경우라도 맥은 반드시 있게 마련이다. 깨닫지 못하거나 알지 못할 뿐이다. 많이 살아본 사람은 나름대로 비교적 맥을 찾는 데 수월하다. 많은 경험을 했기 때문이다. 과연 오래 살면서 깨닫기를 기다려야 할까? 한 방법이기는 하지만 이런 삶은 지루하고 많은 기회를 놓치고 지나서야 알게 된다.

어떻게 하면 될까? 내 경험에 비춰 살펴보니, 당장 눈앞의 일에만 신경 쓰다 보면 맥을 찾기가 대단히 어려웠다는 것이다. 평소 어떤 일이든 자기 생활과 연결되는 분야에 관심을 갖고 살펴야 한다. 의문점을 기록해 두는 버릇이 요긴하다. 메모해서 정리해두면 언젠가는 유용한 기회가 온다. 당장 맥을 못 찾더라도 말이다.

그러지 못하는 건 단지 게으름 때문이다. 그러기에는 골치 아프고 스트레스 쌓인다고? 천만에! 골치 아프고 스트레스 쌓이는 일은 생각이 정리되지 못했거나 익숙한 상태가 아니기 때문이다. 내가 제안하는 식으로 해보면 세상사 맥을 찾기도 점점 쉬워진다는 것을 알 수 있다. 습관적으로 하다 보면 그렇게 쉬운 일도 없다. 이게 세상을 좀 쉽게 사는 방법이다. 만약 이 글을 읽고 있다면 당장 메모를 실천하자. 뭐 그리 어려운 일도 아닌데, 어렵게 살 작정이 아니라면 말이다.

자기의 나쁜 점들을 차단하는 길은 자기 극복을 하는 것이다. 연습을 반복하는 것이 방법이다. 인간은 자유의지에 의해 선택의 순간이 연속된다. 그러므로 잘된 선택도 결국은 자기 극복의 연속 행동으로 봐도 무방하다.

어릴 적 나쁜 상황이나 경험의 트라우마가 분명 존재한다. 그로 인해 나중에 좋지 않은 영향을 끼치는 것도 사실이다. 인정해야 한다. 하지만 극복할 수밖에 없다. 삶에서 어차피 여러 고난을 만난다. 겪어야 하고 이겨내야 다음으로 나아갈 수 있다. 내 경우에도 공황장애, 우울증에서 헤어나오지 못했다면 수많은 시간과 에너지 낭비로 처져 있었을 게 분명하다. 이런 걸 극복하려면 여러 가지 방법의 노력들이 있겠으나, 사실을 인정하고 함께 동거하면서 스스로를 위로해주는 것도 한방법이다. 너무 상대해서 싸우려만 한다면 그놈도 더욱 세게 대항한다. 아예 포기하고 네 마음대로 해보라는 식으로 대하면, 그놈도 별 무대응으로 될 것이다.

내 경우도 어느 정도 극복하고 되돌아보면 얼마나 징글맞은지 모르겠다. 그렇다고 완벽하게 극복되는 것은 아니다. 나머지 잔당과는 함께하면서 토닥거리거나 무시하면서 동거한다. 마치 동지처럼 지내다 보면 생활에 큰 문제가 되지 않는다.

✦사람이 살다 보면 옳고 그름만으로는 안 된다

살면서 옳은 길로 가며 지식을 쌓아 바르게 사는 것이 일반적인 이치일 것이다. 이런 것들은 삶의 기초이다. 하지만 이것만으로는 안 된다. 옳고 그름의 문제가 기본이 되는 것은 사실이지만, 그것만으로 세상 문제가 해결되는 세상이 아니다. 시시비비를 가리는 것보다 더 중요한 문제가 훨씬 많다.

사회나 가정사 문제로 들어가면 더욱더 그렇다. 흔히 우리는 옳음만 밝혀지면 그것으로 문제가 해결된다고 착각한다. 실제 생활에서는 단순한 요소만으로 결정되기에는 관여된 요소가 너무 많다. 그래서 아는 것만으로 세상 살아가기에는 세상이 너무나 복잡다단하다. 지식은 한 요소일 뿐이다. 이제는 진정 지혜를 갈고 닦지 않으면 안 되는 사회가 된다. 그렇지 않다고 믿는다면 앞으로 AI나 빅 데이터의 지배를 받겠다는 것과 다름없다. 그럴 때 인간에 대한 경외심이 살짝 사라지려 한다.

옳고 그름만 따지는 사람은 반드시 문제를 야기한다. 인간이 만들어가는 세상은 절대 진리라는 게 있을 수 없다. 그런 측면에서 절대 정의라는 것도 불가하다. 너무 치우치면 항상 문제는 일어난다. 우리나라는 교육이 암기 위주여서 이런 현상이 만연한 게 아닌가 한다.

V

병원 입원
-TO BE OR NOT TO BE

병원 입원은 나를 곤혹스럽게 만든다. 도대체 왜 이런단 말인가? 우울증이나 비행공포증 정도로 알고 지내는데 공황장애라니? 새롭게 병이 추가된단 말인가? 겨우 고난과 고통 그리고 부정맥을 넘어섰다고 생각했는데, 이건 또 뭔가? 하지만 입원하면서 제대로 병의 속성을 알게 된다. 병의 속성을 알게 되니 서서히 극복의 지혜가 떠오른다. 전화위복의 계기로 전환한다. 과감한 결단과 새로운 삶을 계획한다. 위기를 기회로 전환하는 극적인 결단이다. 무슨 일이든 속성을 잘 파악하면 해결의 실마리도 보인다. 내 인생의 최대 변곡점이 된다. 오히려 새로운 인생 2기가 시작된다.

*

공황장애와 우울증

분당서울대병원에 입원하게 된 것은 공황장애 때문이다. 내가 공황장애라는 것을 알지 못했고 비행기 공포증과 우울증이 있어 그런 줄만 알았다. 평소에 우울한 때가 있기는 했지만 참을 만했다. 잠을 잘 못 자는 경우가 있어 수면제를 복용하며 지냈다. 입원 전 나는 국가를 위한 대형 프로젝트를 추진 중이었다. 회사를 위해 중국 시장 진출이 대성공을 거두기 직전이었다. 회사 내에서는 대단위 신규 사업을 추진하는 등 신경 쓸 일이 많았다. 3개 대형 과제를 동시에 진행했다. 성취욕에 중독되어 과도한 일 욕심에 시달렸다.

한달 여 전에 일본 출장에서 근육이 굳어지는 현상을 겪고 조심하던 차였다. 바로 며칠 후 중국 청도 출장을 가야 했다. 큰일이 잘 마무리되어 저녁에 수행원과 함께 노래방에 갔는데 영 몸이 말을 듣지 않는 게 아닌가? 큰일을 한 후의 후유증도 정도로만 생각했다. 몸이 으스스하고 숨이 가쁜 게 영 기분이 좋지 않았다.

도중에 그만두고 호텔로 돌아오는데 숨쉬기가 거북했다. 나는 부정맥이 다시 발호하는 것으로 착각했다. 나중에 병원에 입원해 검사를 했는데 부정맥은 심각하지 않다고 해서 불행 중 다행이라 여겼다. 하여튼 현지에서 한숨 푹 자고 나니 괜찮았다. 다음날 귀국해서 보름여 동안 회사 프로젝트와 국책 과제가 어느 정도 마무리되어가는 시점에 집에서 쓰러지다시피 했다. 기존에 복용하던 약을 먹어도 전혀 나아지지가 않고 공포만 증폭되었다. 밤중에 친구 의사에게 전화했더니 '포비어'가 온 것 같다고 한다. 그냥 공포로 정도만 이해했다. 공포감에다 금방 죽을 것 같고 내 몸이 분해되는 것 같아 도무지 나 자신이 제어되지 않는 상황이 너무 견디기 어려웠다. 할 수 없이 병원에 입원하라는 친구의 권유로 분당서울대병원 응급실에 입원했다.

첫날밤은 병원에서 준 약으로 잠을 잘 수 있었다. 그런데 다음날부터 불안이 엄습해서 도무지 좌불안석이었다. 이유 없이 불안초조하기도 하고 약이라도 듬뿍 먹으면 될 것 같은데 도무지 약은 끼니 때만 주었다. 간호사는 가능하면 약을 먹지 말고 버텨보란다. 그러나 가능하지가 않았다. 약을 먹어도 견디기 힘든데 약을 먹지 말고 견뎌보라니?

주치의 선생께서 면담을 하기 시작했다. 공황장애라는 병인데 원인을 찾아보느라 면담이 계속되었다. 인간은 원시시대부터 두려움이라는 원초적 DNA가 있는데, 뭔가 내가 겪은 것에서 원인을 찾아보는 모양이다. 나는 도무지 무엇 때문에 이런 황당한 병이 생겼는지 이해가 되지 않았다. 병원에 입원해 있으니 집에 있을 때보다 조금은 안심이 되었다. 증상은 여전히 나의 컨트롤 밖에 있었다. 한 이틀 정신없이 지나고 3일차 쯤 되니까 입원환자들과 안면이 생겼다. 밖으로는 모두가 정상처럼 보이는데 왜 입원했는지 의아했다. 도대체 무슨 일들이 일어나고 있는 것인가?

병원에 입원해서 주치의님과 간호사님으로부터 귀가 아프게 들은 이야기가 육체적으로는 큰 문제가 없다는 것이었다. 그러자 나는 오기가 생겼다. 어디 죽기야 하겠는가?

나중에 퇴원하고 나서 점점 호전되어갈 때 나는 이런 생각이 들었다. 내가 나를 못 죽이니 그래, 병 네가 나를 죽이려면 죽여봐라! 비행기 탈 때도 예전과는 달리 미리 약부터 복용하지 않았다. 오기가 발동한 것이다. 죽일 테면 죽여봐라! 완전히 나 자신을 포기했다. 아예 이기려는 노력 자체를 하지 않았다. 정신적인 상황에서는 이런 방법이 아주 유용하다는 것을 깨달았다. 공황장애(비행기 공포증도 공황장애의 일종이란다) 같은 병은 극복하려 하면 할수록 더 힘들어진다. 내가 가진 정신력에도 한계가 와서 결국은 지고 말았다.

약도 마찬가지다. 약을 먹으면 도움을 받기는 한다. 그러나 근본적으로 공포가 없어지는 것은 아니다. 오히려 약을 복용하다 보면 남용 수준까지도 간다. 진정으로 대항하는 걸 포기하고 병에게 마음대로 하라고 내맡기면 이놈들이 오히려 발광하지 않는다. 참으로 희한한 현상이다. 나를 완전 포기하면 병도 약해지나보다.

어느 정도 지나자 오히려 배짱이 생겼다. 예를 들어 비행기 공포증이 극에 달하는 순간은 튜블런스가 심할 때다. 이때도 오히려 어디까지 가나 한번 보자는 배짱이 생겼고 오히려 슬슬 즐기게 되었다. 가끔 견디기 힘든 경우도 발생한다. 그때서야 약을 복용한다. 그러면 비행기 공포증은 서서히 극복된다. 단번에 해결되는 경우는 없다. 비행기 공포증으로 약을 먹지 않고 극복한 것이 만 62세 때이다. 공황장애는 더 독해서 아직까지 나와 공생하며 살아가지만, 예전처럼 극심한 공포가 오는 경우는 극히 드물다. 육체적으로 극히 피곤하거나 정신적 스트레스가 심하면 서서히 다가오는 게 공황장애다. 한마디로 말하면 비행기 공포증이나 공황장애는 내가 뻔히 알면서도 어쩔 수없이 속는 것이다. 속으면서도 어쩔 도리가 없다. 하지만 속는다는 전제을 알게 됨으로써 조금씩 아주 조금씩 나아진다. 무려 25년 넘게 이러고 산 것이다.

햇빛치료는 우울증을 치료하면서 알게 되었다. 방안에 햇빛과 유사한 광학적 장치를 한 곳에서 내 일상을 해보는 방법이다. 주로 책을 읽거나 묵상을 한다. 분명 조금은 효과가 있다. 크게 달라지는 것은 아니지만 기분이 조금 나아지는 것은 분명해 보였다. 그래서 바깥에서 햇볕을 30여 분 정도 쪼이면서 산책하고 돌아오면, 오만 가지 생각으로 가득한 내 마음에 조금은 희망이 보인다. 햇빛산책은 지금도 계속하고 있다. 그래서 북유럽에서 사람들이 햇볕만 나면 일광욕을 하나보다.

성경과 하나님께 의지해볼까? 성경에 의지해서 하나님을 찾는다. 나는 대학 2학년 때 거의 9개월 간 공학을 때려치우고 신학에 몰두한 적이 있었다. 내 인생을 구원해보고자 그랬다. 서울에서 혼자 입주과외를 하며 종로구 부암동에서 공릉동 학교까지 오가는 것도 힘들었다. 중학생을 가르치기까지 하니 내 공부가 전혀 안 되었다. 무척 피곤해서 자연히 내 공부는 멀어져 갔다. 공부를 못 하니 내 인생의 미래가 암울해 보였다.

그래서 피난처를 찾아 종교에 몰두하게 되었다. 처음에는 제법 종교가 이해되기도 하고 기도도 열심히 하니 안정이 되었다. 그러나 문제는 과외수업을 하지 않으니 돈이 영 모자랐다. 1학년 입주과외로 모아둔 돈도 점점 줄어들었다. 할 수 없이 고등학교 때 친한 친구의 신세를 졌다. 이 친구가 신학강좌가 있는 Y대에 다녀서 의탁을 했다. 그 친구 하숙집을 아지트로 해서 다른 많은 친구들에게 신세를 졌다.

이런 식으로 동가식서가숙하며 기독교에 심취하게 되었다. 관련 책도 무척 읽었다. 어느 정도 익숙해지려니까 종교에 대한 의문도 동시에 많아졌다. 하여튼 깨달은 것도 분명히 있었기에 병원에 입원해서도 그때의 기억을 떠올려 성경과 하나님께 의지하려고 무진 애를 썼다. 도움은 되었지만 근본적 대책은 되지 못했다.

죽을 때까지 약을 복용해도 되는가? 병원에서 약을 먹으면서도 걱정했던 것이 이 약을 얼마나 먹어야 하는가 하는 불안이다. 약을 먹어도 불안이 가시지가 않는데 약 중독에 향정신성 약이니, 미래에 어떻게 될지가 걱정거리로 늘어났다. 생각다 못해 의사 선생님께 죽을 때까지 복용해도 되느냐고 물었다. 그러자 "요즘 약이 좋아서 그렇게까지 해악이 되지 않고, 예전과는 다르다. 최악의 경우 복용해야지 어떡하겠느냐?"라는 대답이 돌아왔다. 지금이야 많은 종류의 약을 끊고 몇 가지만 복용하지만, 그때는 그 말이 상당히 위로가 되었다. 최소한 약을 복용하는 불안 하나는 사라졌다.

병원에서 어느 정도 안정을 찾기 이전에 이상한 오해가 아내를 괴롭힌 모양이다. 아내 친구가 문병 와서 분당서울대병원 식당에서 식사를 같이 하게 되었다. 나는 병실을 조금 벗어난 것이 못내 불안해서 약을 복용했다. 하지만 불안은 여전했다. 내가 말하면서 아내 친구에게 절절한 눈빛으로 이야기를 했다고 한다. 그 여자 분이 나중에 아내를 놀린 모양이다. 어찌나 눈빛이 절절한지 놀랐다는 것이다. 거기다 농담까지 한 모양이다. "남편 빼앗길라!" 하고.

내가 퇴원하자 아내가 이걸 문제 삼는다. 내가? 순간 생각했다. 나도 나를 모르는데 누가 나를 알겠는가? 공황장애를 겪어보진 못한 사람은 그 사람을 절대 이해할 수가 없다!

✦아프지 않았으면 지금처럼 살았겠는가?

병치레를 하면서 스티븐 호킹 이야기를 접한다. 내가 그의 처지와 마찬가지 아닌가? 스티븐 호킹은 이렇게 말했다.

"아프지 않았다면 연구실에서 학생 시험지나 채점하고 있지 않았을까?"

나도 보통사람처럼 살며 평범한 생활을 하지 않았을까? 부정맥으로 죽는다고 생각했다. 그래서 제일 좋아하는 것부터 하다 죽자고 생각하며 즐기다 보니 취미는 더욱 늘었고, 지금은 아주 다양해졌다. 미련 없이 죽기 전에 좋아하는 것을 하다 보니 건강도 내가 생각한 것보다 좋아졌다. 살아갈 시간을 벌어준다. 아직까지 살아 있고 앞으로 더 많은 좋은 것을 할 수 있으니, 이 아니 기쁜 일인가? 누구 못지 않게 당당히 살아왔으니 한평생 보람되고 멋지게 살지 않았나 자부한다.

내 나이 62세에 차관급 기관장도 해보았다. 64세에 노동부 전문 직업 교육 교사 자격증을 따서 내 경력과 기술을 전수할 수 있게 되었다. 이만하면 제법 출세도 한 것 아닌가? 인생을 관조하며 여전히 즐겁게 살아보련다. 더욱 인간답게 살아보련다. 또 어떤 기회가 주어질는지 자못 궁금하다.

✦근육이완제

병원에 입원하자 제일 먼저 내가 복용하고 있는 약을 검사했다. 그러더니 근육이완제는 당장 끊어야 한단다. 공황장애는 평소에 근육을 굳게 만든다. 근육이완제를 다른 약과 함께 장기간 복용하면, 근육이 이완을 넘어 온몸이 분해되는 듯한 느낌이다. 불안이 증폭되는 과정에서 몸이 해체되는 느낌으로 더욱 공포에 시달린다고 한다. 내가 느낀 공포는 몸에 박하사탕을 뿌린 듯 온몸이 전혀 경험해보지 못한 상태가 될 정도였다. 정신적인 문제와 더불어 육체적 문제까지 겹치니 공포가 더욱 심해진 거라고 한다. 문제는 약을 복용하지 않으니 근육이 뻣뻣해지니 이 또한 견디기 힘든 상태가 되었다. 이러지도 저러지도 못하니 황당하기만 했다.

걸어다니면 좀 좋아질 것 같아 병원 주위를 걸어본다. 병원에서 벗어나면 불안하다. 병원에 입원하고 일주일쯤 지났을까. 너무 갑갑해서 밖으로 나가봤다. 조금 걸으려고 언덕 위 주차장 쪽으로 갔다. 날씨도 꽤 쌀쌀해서 춥기도 했지만 어쩐지 불안했다. 언덕을 오르니 숨이 찼다. 너무 병원 안에만 있어서 그럴 것이다. 그래도 좀 더 갈 요량으로 계속 걸어갔다. 조금씩 더 불안해진다. 이겨야 한다. 이 정도도 못 걸으면 육체적으로 문제가 있는 것 아닌가? 근육을 이완시킬 모적으로 체조도 간간히 해본다. 병원에서 검진 결과 육체적으로는 큰 문제가 없다고 하지 않았는가? 그렇다면 죽지는 않을 것이다. 그래서 조금 더 걸어갔다. 마음이 조금은 가라앉았다. 며칠을 그렇게 걸어보니 불안하기는 하지만 견딜 만했다.

다음에는 병원 밖으로 나가봤다. 도로를 따라 언덕 쪽으로 갔다. 조금씩 거리를 늘려보았다. 약과 물을 갖고 가지 않아서 그런지 영 불안했다. 그날은 멀리 가지도 못하고 돌아왔다. 다음날 약과 물을 가지고 좀 더 가보기로 했다. 약을 먹지 않고도 제법 멀리 갔다 왔다. 가만 생각해보니까 약을 먹을 수 있다면 안심이 되는 게 아닌가? 어쩌면 내가 너무 걱정을 하는 거다 하는 생각이 떠올랐다. 약에 의존하지 않을 수도 없고, 그렇다고 하루 3번 식사 후에 약을 안 먹으면 불안했다. 도대체 이런 상황이 뭐란 말인가? 짜증도 났다. 도대체 어찌해야 약을 덜 먹고 지낼 수 있단 말인가?

비행기 공포증을 극복해가던 과정을 생각해본다. 그때도 죽기로 작정하니 나아지지 않았던가? 그래, 이제는 차를 운전해서 가보자! 지하로 내려가서 주차장에서 차를 운전해서 분당 시내로 가봤다. 역시 예전 같지 않게 불안증세가 있다. 나갔다 오니 근육이 굳어진다. 이러다 언제 퇴원한단 말인가? 회사 걱정이 된다. 예전에 내가 55세만 되면 회사 그만두고 좋아하는 걸 하면서 살다가 죽겠다고 한 스스로의 약속이 떠오른다. 이게 그러라는 징조인가? 막상 그 나이가 되니 벌써 회사를 그만둔다는 게 쉽지 않다. 아직은 아니다. 지금 그만 면 이런 상태로 뭘 하고 지낸단 말인가? 이렇게 불안한 상태에서 내가 좋아하는 것인들 하겠는가?

의사 선생님 말로는 두 달은 입원해야 한다니 슬슬 직장 걱정이 되었다. 아니 두 달 동안 입원하면 오픈 병동이긴 하지만 정신병동에 입원한 게 문제가 될 것 같다. 정신병자 취급하지 않겠는가? 마음의 혼란이 일어난다. 다른 입원 환자들을 보니 겉으로는 모두 다 멀쩡하다. 내게 병문안 온 사람들이 꾀병으로 입원한 것 아니냐고 농담도 한다.

이래서는 안 되겠다는 생각이 든다. 그 많은 세월을 어찌 되었든 견뎌오지 않았던가? 이번에는 몸을 너무 무리해서 이렇게 된 것 아닌가? 병원에서 시키는 모든 것들을 정성껏 해보자! 체조도 하고 환자들끼리 하는 단체학습도 정성껏 했다. 휴게실에 있는 러닝 머신도 30분 가량씩 해서 땀을 내본다. 입원한 사람들과도 웃기는 이야기도 나눠본다. 왜 입원했으며 어떤 증상들이 있는지도 서로 이야기해본다. 가르쳐주는 요가도 따라 해본다. 근육 굳는 증상이 제법 완화되는 느낌이다.

어떤 때는 마치 어린애 취급하는 것 같아 겸연쩍기도 하다. 병원에서 하는 이유가 있을 것 아닌가? 아예 어린애라고 생각하고 그대로 해본다. 그런데 이런 것들이 효과가 있다. 뭉친 근육도 제법 풀어진다. 근육 통증도 정신적인 면보다는 덜하지만 여간 불편한 게 아니다. 뭔가 몰두하면 잊는다.

어찌하든 입원 기간을 줄여보겠다는 일념으로 나름 시도들을 많이 해본다. 억지로라도 사람들과 말을 많이 한다. 이것은 내가 비행기 공포로 한참 고생하면서 비행기를 탈 때 효과를 본 경험이 있어서다. 역시 말을 많이 하면 웃을 일도 생긴다. 유행어도 하나 만든다. 죽기야 하겠어! 회사로 돌아가야 한다는 일념에서 제법 노력한다. 마침내 병원 입원 기간 내에 다른 약은 여전히 복용하지만, 근육이완제 복용은 끝낸다. 다행이라면 다행이다. 이런 극복이 희망을 준다.

향정신성 의약품

수면제, 항우울제는 소위 향정신성 약품이다. 당시 30년을 복용해왔고, 앞으로도 죽을 때까지 복용하지 않을까 싶다. 나도 사실 미래에 대해 궁금하다. 도대체 어떤 정신적인 문제가 생길까? 의사 선생께 물어보았다. 80대까지 산다고 가정하면 이렇게 약을 복용해도 괜찮을까? 이제는 40년여를 복용하는 셈이니까.

물론 나름대로 노력한다. 독서를 꾸준히 한다. 내가 가장 좋아하고 내공이 쌓인 이론우주물리학 책들을 정독하거나 철학, 역사 책들을 두루 섭렵한다. 생각을 많이 요하는 게임을 하기도 한다. 여행을 하며 산천주유를 하며 감성을 많이 정화하며 경탄의 경지에 이르기까지, 여행의 묘미를 만끽하거나 추상화 감상처럼 하면서 정신 수양에 대해 일가견을 갖는다. 요즘은 드론을 날리며, 볼 수 없었던 멋진 풍경을 감상하며 새로운 세상을 즐기기도 한다. 이런 즐거운 생활이 향정신성 약물 중독을 어느 정도 해소시켜주지 않을까 추측해본다.

60대 초반까지는 경주용 사이클을 즐기며 스피드를 만끽하기도 했다. 사이클은 육체적 건강은 물론이고 정신집중으로 정신 함양에도 크게 효과가 있었다. 또 다른 취미로는 천체망원경으로 하늘을 관찰하다 보면 모든 잡다한 생각은 저절로 사라진다. 나 나름의 대처였던 셈이다. 이제는 체력에 부쳐서 두 가지 모두 대학교에 기증했다.

키 큰 미스 태국과 함께, 내가 벌쭘하다

한편 이런 생각도 해본다. 어떠한 역경이 오더라도 인생 아무도 모른다! 때로는 역경 때문에 오히려 더 재미있는 인생을 영위하게 되는지도 모르겠다. 나는 가끔 친구들에게 이렇게 말한다. 음의 에너지로 고통받더라도 잘 역이용하면 풍부한 양의 에너지로 전환된다! 전화위복이란 이런 상태를 말하나보다. 결론은 능력의 문제가 아니라 자질의 문제로 귀결된다.

나도 사실 내 미래에 대해 궁금하다. 향정신성 약 때문에 도대체 어떤 정신적인 문제가 생길까? 나름대로 노력은 한다. 향정신성 약을 복용하니 정신을 차려야 하지 않겠는가? 약은 끊기가 힘드니 정신을 함양하는 도리밖에 없잖은가? 정신 함양과 단련으로 극복하려고 하고 효과도 상당해서 적이 안심하기도 한다.

*

지나간 일이 내 병과 무슨 상관관계?

공황장애의 징조는 많았다. 병원에 입원하고서 별로 하는 일이 없다 보니 내가 살아온 지난날들을 되돌아보게 된다. 특히 내 병에 대해서 찬찬히 돌아본다. 평소에 무기력할 때나 불안할 때를 집중적으로 생각해 본다. 이제야 생각해보니 여러 징조가 많았다.

사람 많은 곳에 줄을 서서 오래 서 있으면 다리에 힘이 없고 몸이 무기력해지기도 했다. 집회하는 공간에서 몸이 떨리기도 했다. 새로운 보직을 맡아 임명장을 받을 때 목이 떨리기도 했다. 어디 가서 상장을 받을 때도 마찬가지였다. 많은 사람 앞에서 발표할 때도 떨리는 상황이 많았다. 강당에서 팀장 또는 본부장으로서 발표할 때가 이런 경우다. 프로젝트 심사를 받기 위해 브리핑할 때도 심사 위원들 앞에서도 그랬다.

잘 때 숨이 약해서 심호흡을 한 적도 아주 많았다. 그래서 습관적으로 복심호흡을 몇 번이고 하고 잠을 청했다. 자다가 깜짝깜짝 놀라 자주 깨기도 했다. 버스나 기차 고속버스 탈 때 불안하고 호흡이 가늘어지기도 했다. 어떨 때는 머리가 휑한 게 멍멍하기도 했다. 어깨가 굳어져서 영 불편했다. 이럴 때 갑자기 온몸에 전기가 확 통하는 전율을 느끼기도 많이 했다. 병원에서 약을 복용하는데도 그랬다.

되돌아보니 증상이 하나 둘이 아니다. 용케도 견뎌왔다는 생각도 들었지만, 어째 그리 약만 복용하고 다른 생각은 못 했는지 모르겠다. 이렇게 무기력한 상황에서도 회사를 용케 다니며 큰일들은 어떻게 했나 싶다. 보람된 일을 할 때는 몰두하고 신이 나서 용케도 일은 꽤 잘한다. 마무리가 되면 또 다시 무기력해져서 심신이 피곤해졌다. 이럴 때는 잠을 잘 못 자니 수면제를 달고 살았다.

아침에 일어나는 것도 버거웠다. 회사 가는 일이 왜 그렇게 만만치 않았던지? 나중에 은퇴하고 일정한 시간에 일어나지 않고 사는 게 소원처럼 생각되기도 했다. 하지만 병원에 입원했으니 이번에 못 고치면 기회가 올 것 같지 않아 조목조목 정리를 해봤다. 그 이후로 생활 자체가 메모하는 것이 습관이 되었다. 이게 얼마나 큰 소득인지, 요즘 이 책을 집필하며 절감한다.

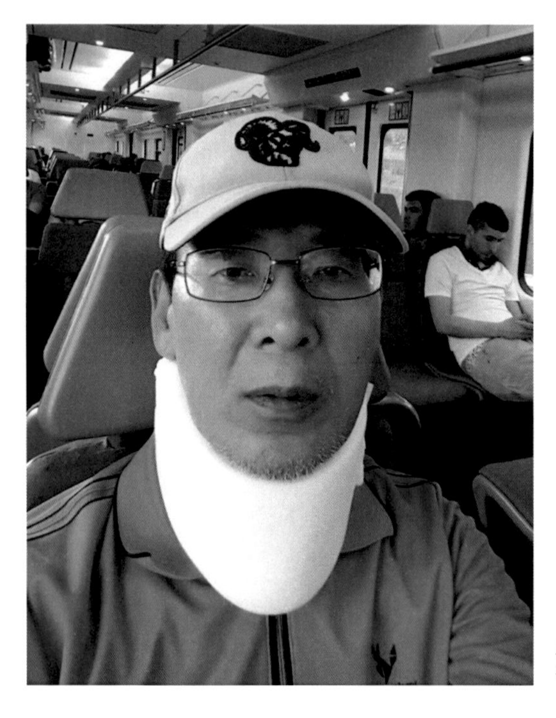

교통사고,
목에 깁스하고 메모하며 여행은 계속된다

*

부정맥과 공황장애 그리고 저혈당

나에게 더 심각하고 고통스럽고 죽음보다 더 공포스러웠던 것은 비행기를 타면서 비행 공포증과 부정맥으로 동반공황장애가 오는 상황이었다. 비행 공포로 심장이 요동치니 부정맥에 대한 공포도 함께 증폭된다. 이런 걸 설상가상이라고 하나보다.

친구 의사의 권유로 골프장 페어웨이를 걸었다. 처음에 골프장 3홀밖에 못 돌았다. 18홀을 온전히 도는 것은 무려 6개월째가 되어서야 가능했다. 골프도 못 치는 아내는 나를 따라다녔다. 부정맥은 골프장을 걸으면서 6년 후에 많이 좋아졌다. 공황장애와 부정맥은 처절한 생존투쟁이다. 현재는 극복을 했다. 여전히 잠복은 하고 있지만.

나처럼 공황장애나 부정맥 같은 병은 친구처럼 동거해야 한다. 당뇨병처럼 저혈당으로 부질없이 목숨을 잃을 수도 있는 상태에 대한 대비도 철저히 해야 한다. 아무리 내가 죽을 복을 타고 났다지만, 뻔히 알면서도 당할 수 있는 허망한 죽음만큼은 피해야 하지 않겠는가? 요즘은 의사 선생한테 혼나기도 한다. 그래서 말 잘 듣는 환자로 거듭나게 된다. 불량한 환자였다. 그러나 여전히 별 의미 없이 너무 오래 사는 것에 대한 나의 견해는 분명하다. 고통을 동반한 장수는 재앙이다. 마음대로 되는 일은 아니겠지만.

KTL Americas, LLC (USA 현지법인)

미국 KTL Americas, LLC(현지법인: 한국산업기술시험원. 산업자원부 정부출연기관) 이야기는 자서전 1권에 쓰지 못했다. 다만 개념 정도와 제안 사안만 기록했다. 이제는 진실이 밝혀져서 당시 있었던 사실을 그대로 기록한다. 해외사업이나 비즈니스에 경종을 울리기 위해서이다. 해외사업은 현지 법률에 따라야 한다. 한국에서 한국식으로 간섭하는 것은 어불성설이다. 성숙된 해외활동에 참고가 되길 간절히 바란다.

나 개인으로는 혹독한 고난을 겪었지만 영광의 직장생활이었다. 역으로 보면 직장의 황금연대로 오히려 자긍심을 갖는다. 결국은 내가 옳았다. 나라를 위한 분명한 국가 정책 사업이었지만, 금융위기의 속성을 제대로 파악하지 못해 일어난 일이다.

*

또 한 번 인생의 전환

3주의 입원 후에 어느 정도 진정되어 생각한 바가 있어 퇴원을 했다. 일주일은 집에서 휴식 반 출근 반으로 조절하며 근무했다. 그런데 추진했던 큰일 3가지가 모두 성사되는 게 아닌가. 나는 이게 천우신조 하나님이 도우신 걸로 느껴졌다. 원 없이 내가 바라던 일들을 해봤으니 내 장기 중의 하나인 해외 거점을 마지막 직장생활로 여기고 대미를 장식해 보는 것이 소원이었다.

간단히 소개하면 중국 하이얼(참고로 우리나라 삼성전자만큼 크다)의 시험·인증을 우리가 대행하는, 이제껏 없던 새로운 사업을 만들어내는 것이다. 두 번째는 휴대폰 단말기 시험소를 설립한다. 퇴직 충당금을 80억 정도 투입하는 사업이다. 결국 내가 결단을 내렸다. 충분히 승산 있는 사업으로 결국 설립해서 수입의 큰 축으로 만든다. 마지막이 중소기업 해외 시험·인증을 획기적으로 개선하는 대형 국책 목적사업이 성사된다. 이게 동시에 이루어졌다. 병원에 입원하게 된 것도 대형 사업 3개에 몰두하다 너무 무리해서 공황장애가 찾아온 것이다. 하지만 여론은 장기 입원한 사람에게 고약하게 변한다. 호사다마란 말이 있잖은가? 반대로 불행 중 다행히란 말도 있다.

좋은 일이 많으면 이상하게 별일이 다 따라붙는다. 내가 입원하고 나서 엎친 데 덮친 일이 생기게 된다. 대한 흉흉한 소문이 돌아다녔다. 공황장애로 정신병원에 입원한 사실 때문이었다. 지금이야 공황장애가 많이 알려져서 큰 정신병으로 여겨지지 않지만, 10여 년 전만 해도 그렇지가 않았다. 소문을 잠재울 목적으로 원장께 직원을 강당에 모아주도록 요청했다. 요지는 이랬다.

3개의 대형 과제를 성사시키는 과정에서 나 자신에게 과부하가 걸렸다. 몸과 마음이 버닝 아웃되었다. 이제는 괜찮다. 여기까지는 일반적인 이야기였다.

"여러분은 나보다 더 건강하다. 그런데 정신병원에 갔다 온 나는 3개의 대형 과제를 만들었는데, 정상인인 여러분들은 뭘 했는가? …오히려 온갖 어려움에 병원 신세를 진 나에게 오히려 격려를 해주는 게 타당한 것 아닌가? …대형 과제 성사 과정에서 내가 겪은 크나큰 어려움은 도외시한 채 이상한 소문으로 나를 괴롭히는 사람이 정상인가? …성사된 과제들을 내가 완수할 테니 지켜봐달라."

나는 직원들에게 이렇게 당부했다. 들리는 소문은 이전보다 많이 완화되었지만, 지켜보겠다는 사람이 많았다. 자기 일이나 열심히 하지 왜 남의 일에 유별스럽게 신경 쓰는가. 그런 사람들이 얄밉다.

대형 프로젝트를 3개나 성사시킨 나에게 또 다른 엉뚱한 시련이 왔다. 이번에는 내가 추진하는 일에 대해 노조까지 의문을 제기하나보다. 노조를 찾아가서 여러 가지 설명을 했다. 그 중에 퇴직금 약 80억 원을 사용하는 것도 포함된 사업이 있는데, 여기에 우려를 표명한다. 이런 문제 제기는 노조로서 당연하다. 내가 책임진다고 했다.

바로 휴대폰 인증사업을 새로 시작하는데 장비비가 대부분이다. 당시는 해외기관이 국내에서 70% 이상의 일감을 쓸어담는 형국이어서 외화 낭비도 심했다. 휴대폰 한 건 시험하는데 6개월 정도 소요되는 데다 한 건 당 약 평균 6억 원의 수수료를 받는다. 요지는 이제껏 해보지 않은 사업을 해외기관과 싸워서 경쟁이 되겠느냐는 것이었다. 이 부분에서 나도 걱정을 많이 했다. 신규 능력 있는 직원을 스카우트하고 영업력을 키우면 가능하다고 설명했다. 결국 기발한 아이디어로 승부를 걸었다. 적과의 동침 작전이었다.

당시 유일한 국내 시험소인 모 정부산하기관을 설득하여 신사협정을 맺었다. 처음에는 당치도 않다는 반응이었다. 나는 되물었다.

"과연 국내 기관 하나로 해외기관과 언제까지 경쟁하며 현재의 시장 점유율을 지킬 수 있다고 보십니까? …두 기관이 협력해서 국내 시험인증 수요의 50%만 차지해도 두 기관의 수입은 획기적으로 증가하지 않겠습니까?"

결국 나의 판단이 옳았다. 내가 3개의 사업을 어느 정도 기반을 닦은 후 현지법인을 만들어간 이후에 생각대로 사업이 잘되었으니 얼마나 기쁘던지! 결국 노조도 이렇게 된 상태에서는 더 이상 논쟁거리가 되지 않는다며 물러섰다. 국책 대형 과제가 성사됨으로써 퇴직금도 건드리지 않았으니 참으로 다행한 일이었다. 나도 얼마나 노심초사했겠는가?

내가 새로운 사업을 할 때는 기본 명제가 이렇다. 가능성이 있으면 면밀하게 검토하고, 직원과 함께 노력하면 가능하다 싶으면 눈 감고 밀어붙인다. 직원들에게 "책임은 내가 진다!"고 독려하고 나 스스로 다짐한다. 최선을 다하고도 잘 안 되면 모든 보직을 사퇴하고 깨끗하게 책임을 인정한다. 실제로 나는 책임을 지기 위해 보직 사퇴서를 작성하여 보관했다. 하지만 많은 국책 대형 과제 때문에 보직 사퇴한 경우는 단 한번도 없었다. 영예스럽기도 하고 자긍심의 원천이 되는 일들이다.

되돌아보니 호사다마란 말도, 불행 중 다행이란 말도 성립한다. 삶에는 양면성이 존재한다. 불행이 있으면 희망도 함께 따라다닌다. 이런 것도 삶의 부정합이다. 이처럼 부정합은 도처에서 일어난다. 그렇다고 멈출 수 없지 않은가? 이런 부정합을 이겨내면 드디어 성공을 손에 쥐는 형국이 된다. 어려움을 뚫고 성공하면 보람은 훨씬 더 커진다. 이것도 사람 사는 맛이다. 결국 이런 어려움을 겪다 보니 삶의 방향을 바꿀 방안이 없을까 고심하게 된다. 남들 다하는 것으로는 정부를 설득하기는 어렵다.

마지막으로 국가적인 일을 해보자. 정년까지 5년이 남았다. 이제까지는 국내에 상주하면서 해외출장으로만 해외사업을 획득했지만, 마지막 나의 국책 프로젝트로 해외에서 현지 산출물을 내서 독립 채산을 하는 시스템을 만들어보자는 것이다. 내가 이제껏 30년 일해본 경험에 의하면 충분히 승산이 있다. 성공할 경우 국내의 몇 배 수익 창출이 가능하다. 그러려면 현지화를 해야 한다. 현지법인을 세워 그 나라의 시험·인증 사업을 하는 것이다.

누구도 생각해보지 못한 발상을 했다. 외국계 기관에서는 타국에 자국의 시험·인증을 위해서 현지법인을 설립하는 경우가 많다. 하지만 자국의 기업을 위해서 해외에 시험·인증을 위한 현지법인을 세우는 경우는 별로 없다. 있다 하더라도 대행하는 수준에 머물러 있던 시절이다. 나는 우리의 주 수출 무대인 북미를 중심으로 해서 중남미까지 커버하는 큰 꿈을 꾸고 있다.

*

국가 정책사업

✦미국 현지법인 설립

미국 현지법인 설립은 1995년 안식년이 계기가 되었다. 잠재되어 있던 소망이 표출되었다. 2006년 11월 말부터 현지법인 설립이 현실화되었다. USA에 정부출연기관의 현지법인을 우리나라 최초로 문을 열게 된 사연이 있다.

1995년도 내가 다니던 한국산업기술시험원(KTL 산업자원부 정부출연기관)에 안식년(실은 반년) 제도가 처음 생겼다. 운 좋게도 내가 선발되어 1호를 기록하게 된다. 제도가 생기자마자 말들이 무수하게 떠돌아다녔다. 누가 선발될 것이다, 돈이 남아도나? 등 여러 가지 말들이 있었다. 나는 좀 늦게 도전하겠다고 나섰다. 수석 급이 왜 나서느냐고 비난도 받았다. 나는 아예 보직을 던지고 평사원으로 도전하는데 무슨 문제냐며 되받아쳤다. 젊고 늙고(만 44세가 늙었다고? 이거야 원!) 간에 도전해봐야 하는 것 아닌가?

내가 선발되는 것에 대해 논란이 많았다. 젊은 사람이 가야지 40대 중반에다 수석 연구원이 선발되었다고 수군거렸다. 하여튼 나는 도전해서 기회를 잡는 데 성공했다. 아무런 의무가 없으니 더없이 미국을 제대로 알 수 있는 기회다. 캘리포니아의 실리콘밸리 출장을 다니면서 규모에 놀라고 비즈니스 환경에 매료되었다. 다른 지역은 생각하지도 않고 바로 여기로 결정했다. 갔다 온 게 중요한 것이 아니라 무얼 보고 느끼며 장차 무엇을 해야 되는지에 초점을 맞추었다. 내 나름의 계획도 만들었다. 아주 자유롭게 실리콘밸리를 탐색하는 호기였다.

다행히도 지인이 <실리콘밸리 뉴스>라는 타블로이드 형태의 작은 뉴스회사를 창업해서 운영하고 있었다. 좋은 내용을 접하게 되어서 정말 좋았다. 이 사람은 나중에 회사를 팔면서 당시 큰 돈을 받았다. 졸지에 떼부자가 되었다. 이런저런 좋은 비즈니스 모델을 보면서 내가 미처 생각지도 못했던 기억이 실현되었다. 2007년에 현실화될 줄은 전혀 예상하지 못했다. 나는 2007년 USA에 법인을 만들면서 지속적인 관심이 얼마나 중요한지 절감했다. 1995년도 미국에서 안식년을 보내면서 바라보던 상황은 현실화되었다. 얼마나 감격했겠는가? 온전히 누구의 도움도 없이 내 스스로의 아이디어가 실현된 것이다.

2005년도에 미국 장기 출장을 가면서 실리콘밸리의 구체적인 비즈니스에 더욱 매료되었다. 아이디어만 있어도 벤처기업으로 출발해서 대기업으로 바뀌는 게 신기했다. 대신에 자만하면 금방 뒤처지는 기업환경을 보며 혁신의 가치를 깨닫게 된다. 이때의 감명으로 언젠가는 나도 어떤 형태든 진출해야겠다는 아련한 꿈을 꾸게 되었다. 당시의 대표적인 한 사례를 들어본다.

그때 비즈니스란 어떤 건가를 깨닫게 해준 사건이 있다. 컴퓨터의 핵심인 CPU에서 인텔과 AMD라는 실리콘밸리 기업이 쌍두마차로 전 세계를 호령할 때다. 인텔이 앞서갔지만 AMD가 판을 뒤집을 사건이 발생했다. 인텔의 연산이 소수점 6자리에서 계산의 오류가 발견된 것이다. 인텔은 난국에 빠지고 AMD가 기술력이 대등했으니 어부지리를 차지할 수 있는 절호의 기회가 되었다. AMD는 남의 집 불로 여기고 가만있어도 시간문제로 판을 뒤집을 수 있다고 착각했다. 그런데 인텔은 그 당시 거금인 5억(현재 가치로 따지면 50억 달러의 가치?) 달러를 들여 PC를 무상으로 교체해주었다.

물론 CPU의 연산 기능은 곧바로 잡혔지만 이미 엎질러진 물이었다. 일반인에게 그런 연산은 별로 영향이 없다. 만약 AMD가 당시에 이를 이용하여 홍보나 광고를 강화했더라면 전세가 뒤집어질 수 있었다. 하지만 인텔이 PC 자체를 온전한 새것으로 교체해주니 소비자들은 인텔을 신뢰하게 된다. 그때까지 AMD는 호각지세를 이루었는데 차츰 내리막길을 걷게 된다. 소위 듀얼코아 CPU를 거의 동시에 개발하고도 인텔에 격차를 벌리게 하는 기회를 주었고, 몇 년 후에는 파산 직전까지 가고 말았다. 이렇듯 비즈니스는 변화무쌍한 사건이 찬란하게 펼쳐지는 곳이다. 아이디어 싸움이 관건이다.

본격적인 미국 생활은 내가 스스로 현지법인 설립으로 국가에 기여하는 차원에서 시작된다. USA 현지법인은 2006년 겨울부터 시작되었다. 정부로부터 자금 지원을 받아 설립된 현지법인의 대표가 되고부터다. 비자 문제 때문에 한국에 머무른 4개월여를 제외하고, 그 이전에 회사 설립을 위해 현지에 머물렀다. 회사 자체의 설립은 2주면 족하다. 법인 사무실을 구하고 직원 선발, 은행문제, 자문변호사, 공인회계사 등의 문제로 실제 파견되기 9개월 전부터 현지에서 활동했다.

정식 비자는 E-2 비자를 취득해야 했는데, 이게 여간 시간이 걸리는 게 아닌 데다 서류도 매우 많이 준비해야 했다. 4개월이 걸렸으니 말이다. 실제로는 2006년 11월부터 현지에서 준비하면서 혼자 생활했다. 그리고 비자가 나온 2007년 7월에 현지에 정식 부임하여 회사를 실질적으로 운영하게 되었다. 외국에서 회사를 설립하고 운영한다는 게 쉬운 일은 아니다.

가족들이 순차적으로 왔고, 제일 마지막에 아내가 왔다. 아내를 제외하고는 공부한다고 모두 다른 도시로 가버렸으니 우리 부부만 남게 되었다. 그러다 보니 방 2개짜리 아파트에 세를 들어 살았다. 작은 아파트이지만 구조가 콤팩트하게 잘되어 있어서 편리하고 안온했다. 주위에 산책로가 있어 산책하기에도 괜찮았다. 한국에서 짐이 도착해서 짐을 정리하느라 혼쭐이 났다. 이삿짐만 대충 자리 잡아주고는 그대로 가버렸다. 우리는 이삿짐을 정리하느라고 7일을 꼬빡 보내고 몸살이 나 몸져누웠다. 한국처럼 누가 와서 도와줄 사람도, 돈 주고 살 사람도 없다. 박스 버리는 데도 꼬박 2일이 걸렸다. 한이 없는 것 같은 짐도 서서히 자리를 잡아가고, 새 살림을 사는 셈이다. 가전제품 등 웬만한 것은 모두 가져가지 않고 세든 사람에게 주어버렸다. 가져갈 필요도 없다. 대부분 아파트에 갖추어서 렌트를 하니까. 덕분에 한국 우리집에 세든 사람들도 대부분의 가전제품들을 공짜로 쓰게 되었다.

우리 부부의 미국생활은 그렇게 시작되었다. 나는 6개월 살아본 적이 있어서 별문제가 없었지만, 아내에게는 많이 서툰 곳이었다. 그래도 독일에서 예전에 살아본 적이 있어서 빨리 적응한다. 산타클라라가 한적한 곳이라서 도시 냄새는 별로 없었다. 높은 건물도 거의 없다. 산호세 중심가나 샌프란시스코를 가야 도회지 같다.

USA에 현지법인을 세우고 전 아메리카를 관할지역으로 해서 우리의 일을 해외 현지화하는 것은 순전히 내가 아이디어를 내고, 제안서를 만들고, 정부를 설득하고, 결국에는 자금을 만들고 시행하게 된다. 물론 많은 직원들이 도와주었다. 힘들겠지만 찬란한 도전에 나섰다. 아마도 정부 출연기관으로서 해외 현지법인을 만드는 것은 처음이 아닌가 싶다. 우리 기관만을 위하는 것이 아니라 국가적인 일이다. 선진국의 제도와 동류의 해외기관의 몰락과 회생 등을 많이 공부한 덕택이다. 소위 블루오션이다.

그러나 처음 진출하다 보니 참고해볼 국내 기관이나 회사가 없었다. 일반회사가 아니다 보니 고려해야 할 점이 한둘이 아니었다. 제도의 차이, 문화의 차이, 회계의 상이점 등 배워가며 해야 할 일이 많았다. 비즈니스를 하기에 실리콘밸리는 단연 최고다. 정부나 일반인들이 기업 친화적이기 때문이다. 우리는 언제나 이렇게 될는지?

그리고 주정부, 세무당국은 100% 믿고 신고를 받아들여준다. 이점 때문에 한국 기업들이 초기에 혼란을 많이 겪는다. 한국 기업들은 있는 그대로 하나도 감추는 것 없이 아주 정직하게 만든 서류와 근거를 작성하는 데 익숙하지 않다. USA의 시스템은 제출한 자료를 그대로 믿어준다. 사후에 정직하지 못하면 엄청난 제제와 벌칙(대체로 벌금)이 주어진다.

제일 먼저 주의해야 할 일이 신용사회라는 것이다. 신용을 잃으면 모든 게 끝난다. 그러니 신용 있는 회사란 말은 성립하지 않는다. 신용이 없는 회사는 존재조차 못 하고 범죄에 해당하기 때문이다. 이런 면에서 보면 우리는 신용사회도 아니고 자본주의도 아니다. 어느 게 좋은지 잘 모르겠다. 나는 비즈니스에 관한 한 이런 시스템이 바람직하다는 생각이다.

특히 경제적 범죄의 단죄는 우리와 비교해서 상상을 초월한다. 철저히 믿고 사는 사회여서 경제사범에 대해서는 제제가 철저하다. 그러니 고의든 아니든 속이는 것은 용납되지 않는다. 나는 '아, 제대로 기업 경영 방식을 배우는구나! 우리도 언젠가 이렇게 되겠지?' 하면서 적응해나갔다. 이런 일 모두를 포함해서 도전한 것이다.

✦실수에 의한 리오 프로모션 대성공과 대반전

브라질 리오데자네이루(사실 브라질은 '리오' 대신 '히우'라 발음함)에서 세계 휴대폰 관련 국제회의가 열렸다. 우리 기관도 나를 비롯하여 직원들과 본국에서 온 관련 간부가 참석하기로 되어 있었다. 우리 기관을 세계적으로 알리는 계기를 만들기 위해서다. 휴대폰 시험인증 사업을 시작한 지 겨우

2년 정도밖에 안 되었기에 해외에서의 인지도 상승이 급선무였다.

현지에 부스를 설치하고 나눠줄 선물로 본국에서 USB를 준비했다. 미국으로 가져올 때는 문제가 없었는데, 브라질로 FEDEX로 부쳤는데 통관이 안 된다. 세관이 상파울루에 있어서 전화로 해도 안 된다. 선물용으로는 수량이 너무 많다는 것이다. 400여 개인데 팔 목적으로 의심된다고 했다. 결국은 통관이 안 되어서 부스에 고지하는 수밖에 없었다. 통관되면 주겠다고 광고한다. 대신에 참가자의 인적사항 등 우리가 필요해서 급히 만든 양식에 기록하는 조건을 붙였다. 결국 회의가 개최된 호텔 측의 협조로 2일째 날에 현장에 도착했다.

당시 우리나라는 흔하고 싼 게(반도체 강국이라서) USB였다. 그런데 현지에서는 언론사와 회의 참석자들에게 최대 인기 품목이었다. 그런 까닭에 현지 언론과의 인터뷰도 2건이나 진행되었다. 인지도가 확 올라갔다. 기관 영어 명칭이 KTL이다. 그들도 처음에는 KT의 자회사 정도로만 알았던 모양이다. 완전히 KTL(Korea Testing Laboratory)의 인지도가 세계적인 국제회의 참석자들에게 각인되는 놀라운 효과를 보았다.

리오데자네이루 팡데아수카르 산, 다름의 상징이다

✦왜 지소가 아니고 현지법인인가?

이익을 내는 일을 할 수 있어야 하기 때문이다. 우리는 비영리기관을 제대로 구분하지 못하는 경우가 허다하다. 비영리기관이라 할지라도 외부의 헌금에만 전적으로 의존하는 경우는 순수한 비영리기관으로 볼 수 있다. 말 그대로 영리의 목적은 전혀 없고 단순히 구휼을 위한 기관들이 여기에 해당될 것이다. 영어로 "It is non-profit-organization."이라고 표현된다.

한편으로 영리를 목적으로 하지는 않지만 기관의 운영이나 인건비 등 필요한 예산을 자체 조달해야 하는 기관들이 많다. 이들은 이익을 남기지는 않지만 나름대로 돈을 벌어야 하는 경우가 대부분이다. 예를 들면 정부의 예산으로 운영되거나 위임받아 하는 기관이 여기에 해당된다. 다시 말해서 기관의 목적을 위해서 수입을 창출해야 하는 경우이다. 이런 경우 영어로 "It is not organization for profit."라고 한다. 아무리 비영리기관이라 할지라도 필요한 경비 조달은 해야 한다는 뜻이다.

나는 직장생활 초기 3년은 삼성전자에 근무했지만, 나머지는 비영리기관에서만 근무해서 이를 구분해야 할 경우가 허다했다. 특히 여러 형태의 국제회의에 국가를 대신해서 또는 기관을 대표해서 참석한 경우에 위의 영어 표현처럼 명확히 구분한다. 내가 이런 이야기를 하는 이유는 제대로 된 정의 없이 일하다 보면 간혹 딴지를 걸거나 브레이크를 걸어서 난감하게 만드는 경우가 많기 때문이다. 현지법인을 운영할 때 이런 문제가 불거져 고생한 일이 있었다.

예를 들면 내가 근무하는 본원이 비영리기관이라서 지점(Branch)인 경우는 영업 행위를 하지 못한다. 하지만 현지법인으로 설립하면 비영리기관으로 분류되지만 영업행위가 가능해진다. 바로 영어로 표현된 바와 같기 때문이다. 현지법인 설립할 때 분명히 했는데도 왜 지점으로 하지 법인으로 했느냐는 질문에 새삼 설명해야 하는 어처구니없는 일을 당했다. 나라마다 법이 다른데 한국 법으로 해석하려 하니 생긴 해프닝이다.

✦유한회사의 차이점

USA에서 LLC(Liability Limitted Company)라고 하는 회사는 번역하면 한국의 유한회사가 된다. 하지만 내용상으로 차이가 많아서 같은 법률이라고 할 수가 없다. 현지 고문 변호사와 한국 변호사 간에 이 문제도 회사를 폐쇄할 때까지 해결이 안 되었다. 얼마나 우스꽝스러운 일인가?

일례로 최대의 자동차 회사인 GM도 LLC 회사이다. 장점은 주식회사와 달리 투자한 금액 이상으로 이익이 생기지 않는 한 법인세가 없다는 점이다. 예를 들어 천만 불 투자해서 천만 불의 이익까지는 세금이 없다. 투자금을 초과한 이익부터 세금이 매겨지는 좋은 제도이다. 그렇기에 한국에서 정부가 지정한 비영리법인(우리로서는 시험·인증 사업)을 하기에는 참으로 좋은 제도이다. 이런 여러 가지 장점들을 고문 변호사가 설명해도 도무지 믿지를 못하니, 이런 낭비가 도대체 어디 있단 말인가?

삭발하다

✦경리사원의 카지노 사건

현지법인의 경리·서무 사원이 부정을 저지르는 사건이 발생했다. 카지노에 빠진 탓이다. 경리 규칙상 1주일에 현금은 300불만 인출해야 한다. 잔 사무용품이나 음료를 사기 위한 돈으로 배정되어 있다. 그런데 매월 정산을 하면서 뭔가 이상한 점이 발견되었다. 주변은행이 아니라 타지은행에서 현금인출기를 이용해 돈을 인출하는 경우가 있었다. 뭔가 이상해서 인출기가 있는 장소를 역추적해보니 회사에서 멀리 떨어진 곳의 현금인출기였다. 카지노 안에 있는 현금인출기에서 이루어 진 것이다. 그것도 밤 시간에 인출되었으니 문제가 많았다.

은행의 협조를 받아 인출된 금액을 전수조사하니 꽤 큰 금액이었다. 일부는 주거래 은행에 입금하지 않고 다른 은행에 입금한 사실까지 발견되었다. 다른 은행에 입금된 돈은 아직 사용되지 않아 그나마 다행이었다. 모두 합쳐서 2000만 원 정도의 돈을 유용했는데, 실제 지출한 돈은 1200만 원 정도였다.

이를 회수하기 위해 비밀스럽게 정리를 하기 시작했다. 물증은 확실하게 잡아서 회수에는 문제가 없었다. 세계 어디나 도박에 빠지면 이런 불상사가 생긴다. 수사 의뢰를 해서 사회에 생매장하는 방법도 고려해봤다. 그러면 더 큰 문제가 발생한다. 그 직원은 신용불량자는 물론이고 모든 금융거래가 금지되고 부정회계자로 낙인 찍히고 사회생활이 불가능 게 된다. 회계부정이나 탈세로 문제가 되면 아주 엄한 제재가 가해진다. 감히 법규를 어길 엄두를 못 내게 엄격히 집행한다. 그러니 이런 경우는 극히 드문 현상이다.

본인도 그것을 알 텐데, 아마도 나중에 채워넣을 심산으로 카지노에서 일을 벌인 것이다. 다행히도 큰 문제 없이 전액 회수하고 해임하는 쪽으로 마무리를 지었다. 새로운 직원을 채용한 이후로는 안심할 수 있었다. 아예 은행에서 근무하던 직원을 스카우트하여 결말을 맺고 원상 복귀했다. 정말 어처구니없는 일이 벌어진 것이었다. 상식적으로 일어날 수 없는 일도 이렇게 발생할 수도 있다. 미국에서는 도무지 상상을 못하는 일이라 책임자로서 나도 황당하기만 했다. 다음부터 회계만큼은 철저히 하게 되었다.

✦머리를 삭발하다

이런 일을 당하고 나니 정신 바짝 차려야겠다는 결의를 하게 되었다. 신생 현지법인으로서는 무슨 일이든 조심해야 한다고 대단한 각오를 했다. 그래서 나 스스로 긴장과 결의의 수단으로 삭발을 하기로 했다. 그런데 막상 삭발하려 하니 이발소에서부터 적극 만류한다. 나는 조금 직설적이고 문제해결을 바로 하는 주의라서 단도직입적으로 감행했다. 그날 집에 들어가니 아내가 처음에는 문을 열어주면서 잘못 알아보고 깜짝 놀란다. 나중에 애들이 보고 놀라긴 했지만 아빠의 두상이 그리 흉하지 않다고 해서 다소 안심이 되기는 했다.

사회생활은 별 문제가 없으나 한국으로의 출장이 문제였다. 볼썽사나운 상태로 인식하는 데다 불량기마저 느껴지니, 할 수 없이 모자를 쓰고 출장업무를 볼 수밖에 없었다. 이런 일로 인격까지 무시당하는 분위기에 화도 났다. 피하기보다는 적극 해명하면서 조금은 이해를 시켜서 다행이다. 해외에서 엉뚱한 일을 당하지 않으리라는 각오였는데, 한국에서는 이해를 못 해서 일어나는 사단이었다.

삭발한 남자, 투혼을 발휘하다

✦감사원의 감사 관련 급히 귀국하다

감사원 감사가 본원에 나왔는데 급거 감사를 받으러 귀국해야 할 사정이 생겼다. 집 렌트비로 초년도에 한달치인 2800불을 더 받아갔다는 것이다. 아무리 계산해봐도 사실이었다. 이상한 것은 내가 이 돈을 받아서 렌트비를 내는 것도 아니고 회사에서 직접 렌트 회사로 가는데, 내가 만져본 돈도 아닌데 도무지 이해가 되지 않았다. 하지만 아무리 따져봐도 첫 해에 한달치가 더 나간 것은 사실이었다. 국제전화와 이메일로 고문 회계사와 경리직원에게 확인해도 도무지 알 길이 없었다.

할 수 없이 배상하기로 하고, 2800불은 본원 계좌로 납입하고 감사하는 사람에게 영수증을 전달했다. 아무리 생각해도 귀신 곡할 노릇이었다. 그 돈이 나에게 수령이라도 되어서 전달되었다면 중간에 착오라도 일어날 수 있겠지만, 도무지 그럴 일이 없었다. 희한한 일이지만 어떻게 하겠는가? 그렇게 마무리하고 되돌아왔다.

이 일로 본원 징계위원회에 상정되어 갑론을박한 모양이다. 경징계 최고 수위로 결정되었는데 고의성이 없다는 판단을 한 원장이 규정에 따라 경감하여 경고로 하향 조정되어, 경고장 문서로 나에게 전달되었다. 씁쓸하지만 나의 불찰이니 받아들이는 수밖에 없었다. 내가 가지고 가지도 않은 2800불은 도대체 어떻게 된 것인지? 회사를 그만두기 직전까지 알 길이 없었다.

그런데 회사를 그만두려면 회사 폐쇄 후의 마무리를 해야 하는데, 그때야 렌트 계약서를 보게 되었다. 계약서에는 무조건 전 달에 선불로 지불해야 한다는 조건이 있고, 전 달에 지불하지 못하면 패널티를 무는 조항을 발견했다. 그리고 예치금으로 정확히 한달 분도 계약과 동시에 지불하도록 되어 있는 것이 아닌가? 회사 건물을 렌트하거나 아파트를 렌트할 때는 아주 두꺼운 계약서가 따라다닌다. 그래서 그때마다 고문 변호사가 계약 내용을 보고 타당한지를 검토한 후 서명한다. 나머지 지출은 경리가 계약에 따라 지불하게 된다. 그러다 보니 첫해는 두 달분이 지급되는 셈이고, 회사를 폐쇄하고 아파트를 비운 해는 보증금을 돌려받고, 마지막 달은 이미 지불했으므로 두 달분을 지불하지 않게 된다.

이미 2년 전의 일이니 되돌리기에 뭣해서 경리 팀에 사실을 알리고 감사실에도 알렸다. 비록 실제로는 그런 게 아닌 것이 밝혀졌지만 엎질러진 물이었다. 1년 반 후 대구테크노파크 원장이 되어서 이상한 일이 생겼다. 국민연금공단에서 수입이 있는데 왜 신고하지 않았느냐고 전화가 왔다. 여행만 다녔는데 무슨 수입이 있겠느냐고 대답하는 순간 강의료가 떠올랐다. 그런데 강의료는 신고도 하고 세금도 냈는데 이상하다. 공단에서 몇 월 몇 일 날짜까지 이야기해준다. 그때서야 전산으로 통장을 확인해보니 사실이다. 한국산업기술시험원에서 보낸 것으로 되어 있다. 이건 또 무슨 돈인가? 즉시 그쪽 경리 팀에 전화를 하니, 예전에 잘못 배상한 2800불이 확인이 되어 되돌려주는데, 국민연금에 한달에 2800불이 입금되면 불이익 생겨서 2달에 나누어 입금했다는 것이다. 거의 4년이 지나서야 원상 복귀되고 혐의가 없어진 것이다. 내 원 참, 모르면 이런 일도 당한다.

*

무슨 이런 일이?

해외에서 회사를 운영해보면 비즈니스 개념이 국내와는 판이하게 다른 경우가 많다. 특히 법에 의해 다른 부분은 무조건 해당국에 따라야 한다. 한국과 비교해서는 아무 소용이 없다. 환경이 서로 다른 나라인데 한국 방식이 통하리라는 건 억지이다. 한국이 비즈니스의 세계 표준도 아니다. '로마에 가면 로마법을 따르라'란 말이 그냥 생긴 게 아니다. 현지에서 애로사항이 바로 이런 것들이다. 제대로 알려면 절실하지 않고는 간과하기 일쑤다. 그 일에 애착이 있어야 한다. 그러지 않으면 일을 망치는 결과가 초래된다.

다음이 문화 차이다. 비즈니스에도 당연히 영향을 크게 미친다. 해외에 나갈 사람들은 최소한 이런 점에 초점을 맞추어야 하고, 지원하는 곳도 제대로 알아야 한다. 그러지 않으면 말도 안 되는 일이 일어난다. 당연한 것 같지만 제일 안 되는 부분이다. 이런 걸 보면 '아는 게 아는 게 아니다'.

시장조사를 해봤느냐? 이 일도 개념 파악이나 개념을 이해 못 해 일어난 희한한 일이다.

현지법인이 생기고 2년 정도 되었을 때 시장조사를 해본 거냐? 거대한 USA에서 정량적 시장조사를 하려면 6억 정도의 비용이 발생한다. 그러나 시험인증 시장이라는 게 USA에서 할 일이 아니다. 왜냐하면 한국에서 북아메리카나 중남미 시장 진출을 위한 USA 시험인증 기관 설립이 목적이기 때문이다.

예를 들어 USA에서 한국으로 수출하는 전기전자통신 제품이라면 현지조사를 하는 게 맞다. 사정이 이런데도 무조건 시장조사를 해야 한단다. USA에 진출해 있는 독일계 현지법인에게 물었더니 무슨 코미디 하느냐고 한다. 도무지 설득이 안 된다. 더욱이 시험인증 비용이 비싸도 한국 대기업은 알아서 한다. 국책 프로젝트 목적이 한국의 중소기업이 해외 인증을 받을 수 있게 대상국 현지에서 대상국의 시험인증 기관 역할을 하는 것이다. 한국의 중소기업이 해외 시험인증을 받으려면 시간도 많이 걸리고 비용도 많이 든다, 이를 현지법인에서 해결하자는 목적인 것이다.

시장조사 주체가 한국에 있는데도 바득바득 우기는 데는 어떻게 설명하 도리가 없었다. 무슨 바보 같은 짓인가? 결국은 정상적 판단에 의해서 한다. 그냥 쉽게 된다면 구태여 국가가 출연을 해서 도와줄 이유가 있겠는가? 더욱이 한국으로 수입되는 물품을 구태여 현지에서 정책적으로 출연금을 줄 이유는 전혀 없다. 기본적인 현안도 이해를 못 하니, 한국으로 돌아가서 설명하겠다고 했다. 그러자 현지에서 설명하란다. 이런저런 설명을 하다 보니 목이 쉴 정도였다. 미국과 한국은 너무 멀다. "I can not hear you."라고 뇌까리는 수밖에 도리가 없었다.

마치 당장 돈이 안 되니 현지법인을 없애겠다는 생각인 듯하다. 2008년도 세계적 금융위기 때문이다.

✦회계의 차이점도 모르면서?

USA 회계법과 한국 회계법이 다른데 이걸 한국식으로 고집한다면,두 번 일을 해야 함은 물론 오히려 이중장부로 의심받는 일까지 발생한다.

계정 자체도 다르거니와 같은 목적의 지출이라도 세금 문제에서 다른 게 있다. 예를 들어 집 렌트를 회사가 책임지는 것으로 한다 해도, 개인 소득으로 보아 세금을 매긴다. 업무 추진비도 계정 항목도 다르고 CEO의 월급(총 금액의 50%)으로 보아 세금을 매기는 것 등 차이가 많다.

이걸 한국식 계정으로 회계를 해달라니 난감하기 짝이 없었다. 이중장부로 귀결되면 법적 처벌이 엄정함에도 이해를 하지 못한다. 실리콘밸리에 진출한 초기의 대기업들도 이런 문제를 해결하지 못해 불과 2-3년간 거대한 투자금만 날리고 철수했다. 예를 들어 설명해도 도무지 이해하려 들지 않으니 난감했다.

그러지 않으려면 지사 개념으로 운영하면 되는데 문제는 고유의 사업이 불가능해서 이러지도 저러지도 못하는 것이다. 그러면서도 결과를 요구하니 얼마나 황당한 일인가? 주 단위 보고까지 요구하니 주요 사업보다는 한국 본원에 보고하는 일이 더 중요해지는 웃지 못할 일까지 발생한다. 현지법인이 아니라 일개 부속 조직으로 운영하자니 무슨 일이 되겠는가?

✦투자자가 누구인가? 누구의 돈인가?

투자금 문제가 발생하여 아주 곤란한 일이 생기게 된다. 회사 설립 시스템은 아주 간단하다. 기본적인 시설·장비·건물만 갖추어지면 정해진 양식에 따라 작성해서 참고물과 함께 주 정부에 제출한다. 통상 1-2주면 회사 설립 인가가 난다. 회사설립 인가서를 들고 시청에 가면 바로 그 자리에서 사업자등록증을 발부받는다. 이걸 은행에 가지고 가면 법인 명의로 은행계좌를 개설하게 된다.

그런데 문제는 그 이전에 회사 건물이나 비품 등을 위한 자금은 법인이 아직 아니므로 법인명의 계좌로 처리가 불가능하다는 점이다. 방법은 대리인 또는 CEO 개인 이름으로 계좌를 개설하고 닉네임으로 회사명을 기록하는 방식을 택해야 한다. 그러다 보면 회사 개설을 위한 초기 자금 중에 법인계좌가 개설된 이후 이체된 현금은 마치 개인 자금으로 취급되는 것이다. 부정한 거래나 테러자금 방지를 위해서 이런 제도를 운영한다.

비근한 예로 입국할 때 1만 달러 이상의 현금은 반드시 신고하고 출처가 분명해야 하는 이유도 이런 체계 때문이다. 회사를 설립하려면 적어도 30만 달러는 훌쩍 넘으니 법에 따른 절차대로 할 수밖에 없다. 처음에는 개인계좌에 닉네임을 회사명으로 한 계좌로 송금이 올 수밖에 없다. 주정부로부터 회사 인가가 나고 시에서 사업자등록증이 발급되어 은행에서 이를 기반으로 법인계좌 개설이 성립된다. 비로소 남은 자금이 개인계좌에서 법인계좌로 모든 자금이 이체된다.

USA 법에 의한 문제가 우리나라와는 다르게 발생한다. 개인계좌에서 법인계좌로 갈 수밖에 없는 고로 이런 자금은 개인투자 자금이 된다. 한국의 본원 입장에서 보면 대단히 큰 문제가 발생된다. 분명 회사가 송금한 자금인데 개인 투자금이 되는 황당한 일이다. 다시 말해 한국에서는 분명 회사 자금인데 개인 자금으로 처리되는 모순이 발생한다. 이건 제도의 차이일 뿐 해결 방식이 다르다. USA에서는 개인 투자금으로 인정하고 한국 회사와 현지법인 CEO와는 계약으로 문제를 해결한다.

한국 회사에서 들어간 초기 자금은 USA에서는 개인 투자금이 된다. 고로 인정하고 개인으로부터 소정의 절차와 계약에 의해 소요된 자금만큼 되돌려받아 정산하면 된다. 계약에 의해 본원 자금으로 계약하고 회사의 존폐 문제가 발생하면 계약에 의해 처리하는 방법이다. 이런 내용을 잘 모르는 한국에서는 오해가 발생하여 희한한 일이 일어난다.

또 한 가지는 USA에서는 반드시 배우자를 등록해야 한다. 만약의 경우 이혼한다거나 재산분할을 할 경우를 위해 법적으로 반드시 등록해야 한다. 나의 경우는 이런 일로 어려운 일도 아닌데 오해와 불신을 받았으니 참 황당했다. 개인 회사로 만들려고 한다느니 나중에 정리하고 튈 수도 있다느니 하면서 온갖 억측들을 자아냈다. 참으로 어이없는 것은, 우리 부부의 한국 재산이 몇십 배는 많은데, 한국 재산을 포기하고 그런 일을 하겠는가? 설사 한국에 재산이 없다 해도 불가능한 일이다. 왜냐하면 USA와 한국 간에 문제가 될 만한 부분은 회사에 관련된 것은 계약으로 해야 한다. 현지 식으로 따르면 아무런 문제가 없다. 그것도 초기자금만 문제가 되고 부부 등록은 개인 지분이 없는 한 무의미하다.

아무리 설명해도 불신이 사라지지 않아 본업보다는 변두리 문제로 시간을 허비하게 되었다. 일하기가 매우 어려운 형편이다. 양국의 변호사나 회계사가 자문을 하는데도 말이다. 재미있는 일은 고문 세무사(연방정부 인정)가 초기 투자금액은 본인의 개인 투자로 인정할 수밖에 없으니 찾아가란다. 그러지 않기 위해 한국 본원과 계약해서 문제를 해소하자고 해도 잘 안 된다. 오히려 이상한 추측으로 개인 회사 운운하니, 모르면 자문을 받아서라도 해결하면 될 것 아닌가? 그러지 못하는 상황이 어이없다.

✦영어를 이해한다?

이런 상황에서 나는 한국에 사정하는 일을 하면서 정말 지쳤다. 사업의 중요성을 애원하듯 설득하자고 하는데, 한국에서는 분위기 안 좋단다. 외환위기라느니 하면서 동문서답을 한다. 기가 막힐 노릇이었다. 현지 점검 차 두 사람이 왔는데, 이게 또 문제를 일으킨다. 뭐라고 보고되었는지 잘은 모르겠지만, 현지 직원이 소송까지 불사하겠다고 해서 말리느라 애를 먹었다.

요지는 이랬다. 한 직원이 남미 업무와 시험·인증 업무 개척이 어렵다(DIFFICULT)고 답변했다는 것이다. 이 직원은 적은 인원으로 방대한 나라들을 상대하는 것도 어렵고 새롭게 USA에서 신사업을 하는 것도 어렵다고 했다. 헌데 이게 한국 보고서에는 마치 불가능처럼 표현되어 있어 자기의 뜻이 왜곡되고 영어도 이해 못 했다고 불만을 토로한다. 마치 자신의 말이 치명타를 가한 것으로 인식해서, 소송을 통해서라도 바로잡겠다고 나설 셈이다. 나는 그를 말리느라고 곤욕을 치렀다.

이 무슨 얼토당토않은 일이란 말인가? 'difficult'라는 단어는 사전적으로 보면 여러 뜻 중에 불가능을 의미할 때도 있다. 통상 대화를 잘 들으면 무슨 뜻인지 이해할 수 있는데 '쉽지 않고 힘들다'로 이해를 못 해서 벌어진 사단이다. 원어민에게 영어로 이기겠는가? 나도 점검 후 그런 이야기를 하기에 설명을 했다. 보고서를 보고 난 이 직원은 보통 흥분한 것이 아니었다. 이런 걸 어떻게 봐야 할는지? 나 원 참! 속으로 적잖이 걱정을 했다. 이 직원이 고소라도 했으면 어쩌겠는가? 이 직원이 이렇게 직장을 만든 이유에 대해 언어 문제로 들고일어나면 난감해진다. 회사에 큰 손해를 입게 된다. 징벌적 손해배상이라 해서 몇 백만 불은 족히 된다. 뒷감당을 어찌 하려는지? 무식하면 용감하다는 말은 이럴 때 쓴다. 이렇게 끝난 게 천만 다행인 줄 아는지 모르는지?

✦나의 회사로 만들어 어찌 해보겠다는 설

회사를 내 개인회사화한다는 허무맹랑한 풍문이 한국 본원에서 돌고 있단다. 내가 가족이 모두 다 미국으로 이사해서 이민을 계획하고 있다는 것이다. E-2 비자라는 게 사업이 종료되면 반드시 본국으로 돌아가게 되어 있다. 그런 전제로 발급하는 비자임에도 그런다. 아내를 회사에 등록한 사실을 두고도 그런 추측을 한다. 만약에 아내와 재산분쟁이 생기고 내 개인적 재산이 있다면, 그것을 보전하려는 USA 법에 의한 것이다. 도대체 현지법인은 USA 법을 따라야지 한국 법에 따를 수가 없다고 해도 이해를 못 했다. USA 법 책을 사서 보냈더니 영어를 못 해서 그런지 왜 그래야 하느냐고 되물었다. 고문 변호사가 답변을 해도 의아해한다. 참으로 말이 안 되는 일이다. 이런 식으로 한국 법 또는 한국식으로 해석을 하니 이해시킬 도리가 없었다. 링컨 대통령은 '노예'라는 단어를 단 한번도 사용한 적이 없다. 그는 한글을 모르기 때문이다. 뭐가 다른가?

회계법인 외부 용역? 현지투자 받을까? 수많은 국가 프로젝트를 했지만 내용과 성공 가능성으로 승부했지 비겁하게 일한 적은 단 한번도 없었다. 그렇지 않았다면 한 국가 정책프로젝트가 단 한번의 실패도 없이 성공했겠는가? 단 한번이라도 정부로부터 문제 없이 가능했겠는가? 한국 본원에서 회계법인을 동원해서 현지법인을 해부해보겠다고 나섰다. 이때야 나는 평소에 나의 소신대로 최선을 다했으나 이제는 포기해야겠다고 생각한다. 한국에서는 일반적으로 이런 일을 할 때는 책임을 면할 요령으로 외부에 의뢰하는 게 상식으로 통했다. 통상 발주처 입맛에 맞게 작성된 보고서를 수도 없이 봐왔다.

서서히 마음을 정리할 시기임을 직감했다. 한국에서 만들 수 있는 자료인데, 현지에서 만들기 힘든 자료를 요구하기도 했다. 몇 명의 직원으로는 불가능한 자료들이다. 아마도 너무 몰라서 그런 게 아닌가 짐작만 할 뿐이었다. 다만 USA에서 투자를 받아 주식회사로 전환하는 것은 고려할 만했다. 주식회사가 아니더라도 다른 형태의 회사를 만들어 투자를 받으면 된다. 시간도 모자랐지만 면밀한 검토는 못 해봤다. 이 역시 여러 문제를 야기할 수 있었다.

한국의 시험·인증 사업과 연계하는 문제도 걸림돌이었다. 아니면 기존의 MOU 형태로 해야 하는데 이는 이미 큰 효과가 없다는 결론이 났다.

그래서 현지법인을 설립했는데 의미가 퇴색되었다. 투자받는 것도 여의치 않았다. 국가 관할의 인증이 외국인 손에 들어가는 것이 가장 큰 걸림돌이었다. 어디까지나 미국 기관이고, 미국 자본의 지배를 받으면 프로젝트 목적과 의도에 위배된다. 결국 현지투자도 포기하고 말았다.

✦모순이다, 이 뭐꼬!

한국 본원의 분위기가 좋지 않다는 것은 귀국 후에 알았는데, 이것도 모순이 있다. 새로 온 원장이 오자마자 현지법인을 폐쇄해야 한다고 했다는 것이다. 신임 원장이 취임하고 불과 며칠 만에 그런 상황을 인식하고 말했을까? 다분히 누군가의 조언이 아니고는 가능한 일이 아니다. 나중에 현지법인의 폐쇄가 문제되자 다른 기능을 할 수 있게 '존치하는 게 좋았다'고 이율배반적인 말도 했다. 나는 나대로 대외기관에 시달렸다. 이미 끝난 일이기도 했다. 귀국한지 얼마 지나지도 않은 내가 한국에서 일어난 기관의 문제도 제대로 모르는 상태에서 무엇을 할 수 있겠는가? 지금까지도 미스터리로 남아 있을 뿐이다.

다만 몇 가지 이상한 일은 추후에 발견했지만 들춰내면 오히려 기관만 다치고 아무런 좋은 점도 없을 뿐더러 되돌리지도 못한다는 것이었다. 내가 만든 마스터플랜은 중소기업 수출을 돕는 게 주요 내용이자 핵심이었다. 그런데 국내로 수입되는 해외법인을 만든다는 것은 프로젝트 기본에 정면 위반이었다. 결국 내가 갖고 있는 원본 사본에 바뀐 곳이 발견되어서 알았다. 여러 사연이 있었지만 나도 잘 모르는 부분도 있고 확실한 내용을 몰라, 다른 부분은 생략하겠다. 추측으로 사실인 양 쓸 수는 없으니까.

위에서 쓴 경리직원의 비리를 알리지 않았다는 것도 개운하지 못하다.

나는 책임지고 해결했는데, 무슨 이유로 그리했는지도 모를 일이다. 나를 보호하겠다는 것은 아닌 것만은 확실하다. 여러 가지 사업계획서를 포함하여 원장 결재를 받은 문서가 여러 가지 있는데도 한 사람이 대처하기에는 한계가 있어 포기했다. 원장이 되지 않고서는 불가능하다. 국가 정책 목적사업이 좌초되는 데 아쉬움이 남을 뿐이었다. 엄연히 당시의 산업부 기획실장이 증인인데 확대할 수도 있지만, 지나간 일로 기관과 내가 엉뚱하게 피해를 입을 가능성을 배제 못하니 참으로 아이러니이다.

인신공격성 말까지 나온다. 아무리 투서가 횡행한다 해도 이건 무슨 경우인가? 사업계획서를 따라 사업하면 된다. 회사를 정말 개인회사로 만든다고 쳐보자. 미국으로 도망간다는 이야기인데, 한국 재산이 훨씬 많은데 무슨 이득이 있단 말인가? 말도 안 되는 시비를 걸었다. 현지법인에 대한 온갖 억척과 모함, 유언비어가 난무하니 나도 제정신이 아니었다. USA법이 왜 그러냐는 말까지 하는걸 보며 측은한 생각이 들었다.

USA 법인은 USA 법에 따라야 한다. 한국 법으로 USA 회사를 재단하려고 하면 어떤 일이 벌어질까? 자못 궁금하다. 미국 회사가 한국에 있으면 한국 현지법인이니 한국 법으로 처리하지 않는가?

✦회사 폐쇄와 귀국

현지법인을 폐쇄하는 것과 관련해서 한국 본원 관계자와 수없이 통화를 했다. 아무리 설명해도 소용이 없다. 별별 이해되지 않는 소리를 해댔다. 나로서는 아무리 국가적인 일을 하지만 본원 사람들을 이해할 수가 없었다. 결국 나는 “You can not hear me.”라는 말까지 했다. 이 일이 여러분들의 판단 착오로 잘못되면 여러분이 바로 매국노가 된다. 오죽

답답했으면 그랬겠는가? 귀국해서 속 시원히 설명하면 좋으련만 귀국도 못 하게 하니 안타까울 따름이었다.

생각다 못해 나는 비상수단을 강구했다. 일단 회사를 폐쇄한다고 해도 재개설은 1-2주면 전면 원상복귀가 가능하다. 다시 재개설하면 문제가 되지 않는다. 외국에서 한국 본원과 전화나 메일로 대화하는 데는 장벽이 너무 많다. 내가 직접 귀국해서 별도의 자금 관련과 설득을 병행하는 게 실질적이고 가능성이 클 것으로 판단되었다. 바로 마주 앉아서 여러 문제를 토론하면 이해가 될 것이다. 폐쇄하지 않고 직원만 모두 내보내고, 나와 자문역들로만 회사를 유지할까도 고려해봤다. 하지만 나의 정체성과 자긍심이 허락하지 않았다.

현지법인을 최초로 설립하다 보니 이사회에서 초대 CEO는 임기가 5년이다. 폐쇄 시의 임기제한 규정도 없다. 규정에 명시된 대로 나의 임기는 5년으로 명문화되어 있었다. 내가 사퇴하지 않으면 어떻게 할 수도 없다. 만약 내가 그리했다면 어쩌려고 그러는지? 현지 변호사들은 그렇게 권유했다. 한국의 변호사에게도 자문을 구하니 같은 답변이다. 내 개인만 생각했다면 이편이 훨씬 좋고 안전하다. 기관과 국책과제를 위해 스스로 사퇴서를 보냈다. 그러자 이사회에서 폐쇄 결정을 내렸다는 황당한 통보가 왔다. 문제는 이사회의 결정 내용은 없이 결과만을 통보했다는 것이다. 이래서야 어디 회사 폐쇄인들 제대로 되겠는가?

무슨 감출 일이 있기에 진행된 내용도 모르고 문을 닫으란 말인가? 어처구니없게도 끝끝내 내용은 모르게 되었다. 지금까지도 알지를 못하니, 무슨 비밀이기에 그러는지 알 수가 없다. 적어도 현지법인인데 CEO인 내가 알아야 하지 않았을까. 캘리포니아 주 정부에 등록되어 있는 이상 당연히 알아야 처리할 수 있다. 그러지를 않았으니 도대체 무슨 일이 그리되는지 알 길이 없다. 그렇게 비밀스러운 일도 아닐 텐데 말이다.

끝까지 명쾌하지 못하게 회사를 정리해야 하는 내 마음은 안타깝기 그지없었다. 내가 기획하고 만들고 정부 국책과제로 거의 모든 것을 내가 했다. 내가 배척되고 곁가지처럼 대우 받는다는 생각이 드니 울화통이 치밀었다. 그동안 회사에 들여놓은 집기류 처치가 골치다. 버릴 수도 없고 금융위기 문을 닫는 회사가 많은 탓에 사려는 곳도 없었다. 계약과 관련된 모든 곳에 대한 위약금 처리도 골치 아팠다. 결국은 빌딩 주에게 사정사정해서 여러 문제를 해결하고 대체로 일단락하고 말았다. 나는 어찌해서든지 경비를 최소화해서 그나마 손실을 줄이려고 꽤나 애썼다.

우리 가족에 대한 일은 부차적인 일이다. 나 자신에게 부가되는 손해는 또 얼마나 되는가? 자기 회사를 운영해본 사람은 안다. 얼마나 원통한 일인지? USA 현지법인을 설립하기 위해 국책과제를 따온 사람 입장에서 마치 내 직장이라는 느낌이 어디 사라지겠는가? 그래도 귀국해서 다시 해볼 수 있다는 희망은 있다. 그나마 위안이 되어 스스로를 다독거렸다. 또다시 정부를 설득해서 다시 재개할 자신도 있기에 다짐했다. 가족은 정리하고 한국 집도 세입자를 내보내는 등 쉽지 않은 일이 많아서 일단 혼자 귀국했다. 계약대로 되지 않으면 여러 가지 손해와 불편함이 따르니 여간 곤혹스런 일이 아니었다.

*

분통이 터지다

원장과 말다툼을 했다. 내가 현지법인을 문 닫고 들어와서다. 당시 정부부처에 다시 정책자금 1000만 달러를 마련하면서 일이 터진다. 사실 돌아오자마자 공항에서 담당 국장에게 전화를 했다. 더 크게 자금을 마련하러 왔다고! 가능하면 빨리 되돌아가서 현지법인을 재오픈하겠다는 각오로 돌아왔으니까. 현지법인은 자금만 있으면 2주 내에 다시 문을 여는 것은 문제도 없다. 이게 USA이다.

이런 급한 마음에 나만 먼저 귀국했다. 가족들은 현지에서 정리하고 돌아오느라 두 달은 늦었다. 게다가 세 주고 간 아파트는 비워주지 않아서 호텔에 한달 여 동안 머물면서 일을 해야 했다. 오직 USA 법인 일밖에 다른 건 생각도 못 했다. 담당 부처에 가서 사업 내용을 설명하면서 분주하게 설득을 했다. 일주일쯤 지내면서 설명하고 설득해서 긍정적 답변을 얻게 되었다. 일단 100억 원이었다.

구체적인 자금 염출 방안까지 마련된 상태라 희망에 부풀어 있었다. 여기서 문제가 발생한다. 원장이 나를 찾는다고 했다. 원장실에 가면서 나는 기관을 위해서 본래 계획을 부활시킬 방안을 자신 있게 설명할 수 있어서 적이 안심을 했다. 그런데 어럽쇼! 대뜸 "그렇게 할 일이 없어요?"한다. 어안이 벙벙했다. "무슨 이야기냐?" 하고 물으니 "왜 미리 승인도 안 받고 마음대로 하느냐?"는 것이었다. 아니, 금융위기로 자금이 없어서 현지법인 문을 닫아서 해결하려는 게 무슨 잘못된 일이냐고 설명을 하는데, 이사회까지 상정해서 사업을 닫는 것으로 했는데 왜 마음대로 하느냐고 한다. 마음이 영 불편했다. 그런데 나에게 턱으로 가리키며 다그친다. 순간 나는 뭐 이런 기관장이 있나 싶어 화가 치밀어올랐다. 인격모독 아닌가? 더욱이 내가 지니고 있는 자긍심에 심히 유감이었다. 나는 자존심에 상처 나는 일쯤은 잘 견딘다. 하지만 자긍심에 상처를 주는 상대방은 사람으로 여기지 않는다. 나는 대뜸 따졌다.

"당신이 원장 맞느냐? 그런 식이면 내가 원장 할 테니 물러나라! 당신 원장 자격이 있는 거냐?" 하며 목청을 높였다. "아니, 세상에 정부 부처로부터 예산 천만 달러를 따오겠다는데, 무슨 절차며 무슨 얼토당토않은 대응인가? 언제부터 사전 작업에 승인부터 받고 일을 했는가? 결정이 어느 정도 되면 정식으로 기존 사업계획서를 다시 조정하여 작성하고 보고하는 게 맞는 절차 아니냐? 그리고 이사회 결정으로 했다는데 현지대표에게는 비밀로 하는 이유가 뭐냐?"

나는 내가 이해하지 못하는 사항들을 토해냈다. 이제 이 기관에서 수많은 정부 정책 과제를 해봤지만 이런 터무니없는 경우는 없었다는 취지였다. 결국 고성이 오갔고 나는 내 성질대로 있는 화를 다 냈다. 소리가 원장실 바깥까지 들릴 정도였다고 한다. 아니, 원장 면담을 하자고 했는데도 거절해놓고 이 무슨 태도란 말인가? 기관장으로서는 이사회 결정이라 하더라도, 기관을 위해서라면 자존심 정도는 접어야 하는 것 아닌가? 자금이 되는데 무슨 억지인가? 이런 상황에서 내가 원장이라면 이사회를 다시 열어 사과하고 재추진하는 게 맞는다고 믿는다. 그래야 원장 자격이 있는 것 아닌가. 기관에 치명적 타격을 주는 것도 아니고 오히려 축하해야 할 일 아닌가? 결국 말싸움으로 끝나버리고 내 방으로 돌아왔다. 이때부터 고난의 직장생활은 1년여 동안 계속되었다.

이 일이 있고 나서 일이 꼬이기 시작했다. 나는 불미스러운 일들을 기록하는 이유가 이제 와서 무슨 소용이 있겠느냐는 의견에 동의한다. 더욱이 이런 일을 문제 삼을 일도 이제는 전혀 없다. 다만 외국에 나가서 일하는 사람들에게 경종과 아울러 이런 일이 일어나지 않기를 바라는 마음에서 기록한다. 장차 언젠가는 국가가 또다시 추진할 수밖에 없는 일이기도 하다. 대기업 직원으로서 나가지 않는 이상 누구에게나 일어날 수 있는 일이다. 지금도 여전히 일어나고 있는 현실이 안타까워서 밝히고자 한다.

우리는 마치 한국이 세계화되어 있는 것처럼 알고 있지만 천만의 말씀이다. 삼성이나 현대도 처음에는 이런 상황이었다는 것을 현지에서 생생하게 들었다. 지금은 정부가 나서서 일부 개선되고는 있지만, 아직도 대기업을 제외하고는 요원한 상태임을 깨우쳐주고 싶었다. 그런데도 이의가 있었다.

원장을 내가 해보겠다는 생각이 들었다. 마침 나와 다툰 원장은 우리 기관을 떠나고 원장 공모에 들어갔다. 내가 자긍심을 갖고 한 일을 끝끝내 추진하기 위해 원장을 해야겠다는 오기가 들었다. 관련 고위층으로부터 전보를 받기도 했다. '함께 일하자'는 내용이었다. 당연히 원장으로 받아들였다. 그런데 이 일도 사달이 나고 말았다. 공모 마지막 날 고위공직자가 응모했다는 소식이 알려졌다. 뭔가 이상했다. 결국 내가 원장이 되는 것은 수포로 돌아갔다. 원장 공모 마지막 면접하는 날 면접관들의 질문을 듣는 순간 이건 아니구나 싶었다. 바로 그날 대책 없이 사표를 제출했다.

그러나 전화위복이 될 줄 누가 알았겠는가? 사표를 내지 않았으면 일어날 수 없는 일이 벌어졌다. 1년 반 이후의 일이다. 전혀 예상치도 상상치도 못 한 일은 엉뚱한 곳에서 일어났다. 혈혈단신 도전한 일이 누구의 도움도 없이 성사되는 일이 일어난 것이다. 세상 참 모를 일이다.

원장이 안 된다는 것을 안 시각에 바로 사표를 썼다. 저녁이어서 집에서 우선 e-메일로 전 직원에게 알렸다. 내가 이 직장에서 새로운 일로 다시 시작하기에 에너지도 고갈된 듯하고 그럴 분위기도 아니지 않는가? 권력싸움 비슷하게 흘러가는 게 더더욱 마음에 걸렸다. 향후 대책도 없었다. 다만 내가 몸이 안 좋을 때 55세까지만 직장 생활을 하면 좋겠다고 내심 다짐한 적이 있다. 그런데 3년이나 더하지 않았는가? 이런 생각 때문인지 대책 없이 사표를 던졌다.

그러나 의미가 있었다. 첫째, 사표를 쓰지 않았으면 별 유쾌한 직장생활을 못 했을 테니까. 나의 직장생활을 막참에 엉망으로 만들기 싫었다. 나의 자긍심과 정체성에 전혀 맞지 않는 직장생활은 불가능하다. 다행스러운 건 USA 현지법인과 관련해서 몇 년 후에 진상이 내가 주장했던 대로 결말이 난다. 새로 추진하려고 해도 주무부처에서 그렇게 기회를 주었는데도 못 한 기관이 무얼 하겠다는 거냐며 거절했다고 한다.

사표를 내고 1년 반이 지났다. 나는 대구 TP 원장이 되었다. 당시의 KTL 전임 원장이 영전하여 모 TP 원장이 되었다. 같은 산업자원부 소속이다 보니 자연스럽게 차기 신임 KTL 원장에게 이야기하게 되었다고 한다. 어떤 모임에서 나에게 이런 사실을 알려준다. 진실은 밝혀지는 법이다. 주목할 만한 대반전이 일어났다. 내가 그런 일을 겪지 않았으면 대구 TP 원장에 도전조차 못 했을 것 아닌가? 국가를 위한 일도 이렇게 허무하게 무산되었다. 이건 아니다. 어떤 기관과 기업이든 판단을 제대로 할 수 있는 사람이 최고 책임자가 되어야 한다. 이게 진정 나라를 위한 길이고 애국하는 일이다.

Ⅶ

대구 TP (테크노파크) 원장 (차관급)

또 다시 도전한다. 내 나이 60이 넘었다. 대구 TP(산업자원부 정부출연기관) 원장은 내가 경험하고 닦아온 지혜를 쏟아붓는 기회가 된다. 미국 현지법인인 KTL Americas,LLC의 CEO로서 겪은 경험과 경륜도 크나큰 도움이 되었다. 기관장이 된 만큼 끝까지 초심을 유지한 직장의 황금기였다. 부러질지언정 구부러지지 않는 결기가 발휘된 직장이다. 자긍심의 발로로 원 없이 제대로 일했다는 보람으로 충만하다. 소신껏 일하는 게 어떻게 하는 것인가를 유감없이 보여주었다. 결코 자리에 연연하지 않고 진심을 마음껏 발휘한 자랑스런 기록이다.

*

원장 선임을 남해 보리암에서 듣다, 어떡하지?

원장 선임 소식을 듣고 상당히 당혹스러웠다. 내가 원장 통보를 받고 그날 저녁 아내를 서울로 보내고 나는 급히 대구로 향했다. 며칠의 말미도 없이 바로 다음날 대구로 오란다. 이해가 안 되는 것은 오늘 오후에 이사회를 열어 원장을 선임하여 통보한 것이다. 다음날 출근해서 브리핑을 받는다. 첫 출근일이 그 다음날인 2012년 11월 1이었다.

어이가 없는 것은 첫 출근을 국회 국정감사장으로 해야 한다는 것이었다. 도대체 무슨 기관이 이렇게 운영되는가? 어떻게 된 영문인지 다음날 들어보고 다음 일을 해보자는 심산이었다. 전에 기관에 사표를 쓰고 1년 반이나 여행하는 중에 일어난 아닌 밤중에 홍두깨 격이 아닌가? 도중에 신문사로부터 전화가 오기 시작하는데 일반적인 대답 외에는 할 수가 없었다. 아예 전화기를 껐다. 대구로 오는 도중에도 많은 생각이 들었다. 남해 보리암에서 대구까지 오는데 왜 그리 길은 막히는지? 거의 밤 12시 가까이 되어서야 어머니 집에 도착했다. 집에 도착하니 온갖 상념에 젖는다. 대책 없이 사표 내고 기나긴 여행을 다니면서 얻었던 고요한 마음과 자연이 주던 호젓함과 평온함이 갑자기 주마등처럼 떠오르며 나는 상념에 젖었다.

아내에게도 말해둔 터였다. 아내도 좋기는 하지만 생각을 해봐야 할 문제라는 생각이 드나보았다. 대구테크노파크(약칭 대구 TP) 원장이냐, 세계적 시험·인증기관 TUV PS 한국 사장이냐? 갑자기 선택의 기로에 놓이게 되었다. 연봉으로 따지면야 대구 TP도 1억 원(연봉 6천만 원 요구했는데 최소 연봉 임)은 넘겠지만, TUV PS는 2배가 넘는 데다 세금도 기관 부담이니 금전적으로 볼 땐 외국기관이 매력적이다.

TUV PS라는 기관은 독일계 다국적 시험·인증기관으로서 1년 매출액이 3조 원에 이른다. 이 기관이 아시아 거점으로 싱가포르 국가기관이던 PSB라는 기관을 인수했다. 대학교도 갖고 있고 시험·인증기관도 있다. 매우 큰 기관이다 보니 싱가포르 사이언스파크 1번지이다. 나는 해외업무도 많아서 TUV PS나 PSB 양쪽 기관 모두 친분이 있다. TUV라는 기관은 내가 1983년 3개월 기술연수 겸 근무하기도 한 곳이다. 그 이후로도 30년 넘게 근무한 한국산업기술시험원(KTL Korea Testing Laboratoey)과 협력관계로 나와는 인연이 깊다.

싱가포르 기관은 2000년 독일 프랑크푸르트에서 아시아 5개국 기관이 만나서, 유럽과 북미에 대항하기 위해 아시아 시험·인증기관인 ANF(Asia Network Forum)이라는 인증기관 협의체를 발족하면서 인연이 된 기관이다. 그러면서 10여 년 넘게 밀접한 관계를 맺어오던 터였다. 내가 이전 회사를 떠나고 전혀 연락이 닿지 않았는데도 용케 연락이 되어서 한국 법인 사장을 맡기로 대충 정리되어 있던 상태였다. 확정적이진 않지만 상당히 가능성이 큰 상황이었다.

좋은 일이 한꺼번에 일어났다. 하지만 외국 회사의 경영방식은 간단한 게 아니다. 나도 미국 현지법인을 경영하면서 많이 보았던 터이다. 그런데 대구 TP 원장 소식에 좋기도 했지만 뭔가 이상했다. 급한 사정이 있다는 것이다. 이렇게 얼떨결에 원장 업무를 시작하는 희한한 일이 벌어졌다. 여하튼 긴급 상황이라니 대구 TP 방침에 따르기로 했다. 선택의 여지도 없이 일단 외국기관의 선택은 뒤로 미뤄지게 된다.

첫 출근을 국회 국정감사장에서 시작한다니 말이 되는가? 다시 사회로 돌아간다 생각하니 설레기도 하고 걱정도 된다. 과연 1년 반을 자연과 벗삼으며 여유를 만끽하던 내가 사회 감각을 다시 찾을 수나 있을까? 이제까지 살아오면서 최선을 다했으니 이 또한 나에게 주어진 운명이려니 생각했다. 다만 한 가지, 내 소신껏 해보자!

어젯밤에 정리하지 못한 옷도 꺼내서 신사처럼 말쑥이 차려입는 것도 어색했다. 아마도 설레서 그랬던 모양이다. 회사로 출근해서 그간의 사정을 들으니 약간 오해했던 것이 풀린다. 회의실로 옮겨 경영진과 간단한 인사와 상견례를 겸한 첫 만남을 30여 분 하고, 대구시장으로부터 임명장을 받으러 출발했다. 원장은 대구 시장이 임명 제청해서 산업부 장관이 승인한다. 그게 궁금했다.

제청하고 승인하려면 적어도 며칠은 족히 걸린다. 어제 이사회에서 선임되었는데 어떻게 하루도 안 된 시점에 임명장을 받을 수가 있지? 나중에 안 사실이지만 모든 행정 절차는 끝내두고 원장 선임자의 이름만 넣으면 되게 준비가 되었단다. 뭔가 대단한 사연이 있나 짐작했다. 차안에서 시장님의 프로필을 주기에 들여다보니 어라, 고등학교 2년 선배님이지 않은가? 아이고, 이런 실례가 있나? 전혀 나는 그분에 대해서 아는 게 없으니 이리 민망할 수가? 하기야! 아직까지 대구는 고교 평준화 이전 세대들이 너무도 많으니 그럴 수도 있겠다 싶었다.

"죄송합니다. 선배님을 몰라봬서요!" 임명식에서 간단히 임명장을 받고 면담하며 제일 먼저 한 말이 이 말이었다. 그랬더니 시장도 "나도 자네를 몰랐는데 뭐! 피장파장 아닌가?" 한다. 나는 다소 겸연쩍었지만 그래도 선배님이라고 하니 마음 한구석에 든든함을 느꼈다. 공직이니 그래서는 안 되지만 인지상정의 마음이 아니었겠는가? 시장님이 이사장이라 면접 때 뵙긴 했지만, 그때는 피면접자 신분이라 그런 것까지는 생각을 못 했다. 나중에 안 사실이지만 내가 동문이라서 시장님도 오해를 많이 산 모양이다. 신문에서조차 그런 기사가 났다니까. 나는 그런 사실도 모르고 여행만 다녔으니 모르는 게 약인 셈이다. 나중에 언론과 관계기관 그리고 이사 분들에게 인사 다니면서 이런 오해는 자연히 해소되었다. 신문사에서도 긴가 민가 하는 눈치였지만 취임하고 한달도 안 되어 확실하게 오해가 불식되었다.

하여튼 임명장을 받고 회사로 돌아와서 보고를 받기 시작하는데 처음부터 어안이 벙벙했다. 이 기관에 관한 나의 정보는 일반적인 설립 목적이나 기관의 성격 등 대체로 알려진 것들뿐이다. 보고 시작부터 충격적인 내용들로 시작한다. 뭔가 비상사태임을 직감한다. 보고를 받는데, 보통 심각한 것이 아니다. 내일 국회 국정감사장에 가서 피 감사기관장으로서 감사를 받아야 하는 사유가 이해가 된다. 잠시 보고를 멈추게 하고 혼자만의 시간을 가졌다.

'그래! 내 소신대로 하자! 최선을 다하고 스스로 책임을 지자! 나 자신에게 부끄럼 없이 떳떳하게 하자.'

이렇게 다시 다짐하고 원장실로 돌아왔다. 보고를 받다 보니 끝이 없다. 그때 내가 요구하기 시작한 것 중에 하나가 A4용지 한 장씩으로 몇 페이지 넘지 않게 적어달라는 것이었다. 최대한 중요한 내용만으로 요약해서 단순화해달라고 했다. 전반적인 상황을 파악하고 다음날 서울 국회로 가기 위해 서울 집으로 향했다. 기차 내에서 보고서 요약을 읽고 나름대로 대책을 강구했다. 무슨 뾰족한 수가 있겠는가? 나의 각오와 경영 방향을 진솔하게 말하는 수밖에 없다.

다음날 국회 감사장에 나가니 유관기관장들과 산업자원부 차관(나중에 장관이 된다)이 지정석에 앉아서 차분히 기다렸다. 대구 TP는 대구시 관할이기도 하지만 산업자원부 출연기관(기관장은 차관급)으로 되어 있는 관계로 국회 산업자원위에 속한다. 이윽고 위원장의 개회 및 인사 그리고 장관의 서두 인사말이 있었다. 순서대로 국정감사가 시작되었다. 최고 현안이 대구 TP 국정감사였다. 시작하고 얼마 지나지 않아 위원장이 나를 부른다. 첫 질문이 "언제부터 원장으로 계셨나?" 하는 것이었다.

"오늘 이곳이 원장으로서 첫 출근입니다." 잠깐 국회의원의 웃음 뒤에 위원장이 몇 가지 질문과 기관 운영방침에 대해서 답변을 요구했다.

'기관장으로서 우선 불미스러운 사태에 대해서 사죄드린다. 기관장이라 함은 기관의 연속성과 같이한다는 생각이다. 이미 저질러진 모든 일들을 제가 한 것으로 생각하고 철저히 조사하고 개혁하겠다. 나 자신도 신임 원장이긴 하지만 죄인으로 인식하고 기관의 장래를 위해서 희생할 각오로 임하겠다. 그럴 만한 가치가 충분한 기관이라 여긴다. 지금부터 모든 힘을 다해 기관을 혁신하고 결과를 다음 국정감사에서 심판받겠다. 누구의 간섭도 배제하고 내 소신껏 하겠다. 임기의 반을 지날 때 개혁을 결과로 이사회에 재신임을 묻겠다.'

요약하면 이런 내용의 답변을 했다. 실로 내 진심에서 우러나온 말이었다. 그래야 나 자신에게 떳떳하고 자긍심을 갖고 일을 할 수 있는 것이다. 위원장이 입법관을 내게 보내 이것저것 물어보게 했다. 그리고는 감사 사항에 대해 의원 몇 분의 질의를 마치고는, 우리 기관에 대한 의제는 의사진행 순서에서 제외했다. 가장 큰 사안이 없어지는 상황이 되었다. 본래 일정은 하루 종일로 잡혀 있었다. 다행이라 생각하며 무사히 첫날 국감장의 일정을 끝냈다. 오전에 끝난 것이다. 오후까지 감사가 될 사안이었지만 일직 마무리가 되었다. 점심을 하고 대구로 내려왔다. 내려와서 이야기를 들으니 케이블 TV 방송으로 중계되었다고 한다. 무사히 국감이 끝나서 관계부처가 안심했다고 한다.

대구테크노파크에서 업무를 시작하고 2개월간 갈등을 겪게 된다. 아무런 인연도 없는 나를 3번이나 이사회 면접 과정을 거쳐 어렵게 선임해 준 것에 대해 도리는 다해야 했다. 나의 생각으로는 도무지 되지 않을 상황으로 인식하고 있어서 일이 이 모양이 되었다. 나로서는 되리라는 기대 자체가 없었다. 여하튼 최선을 다해보기로 했다.

비록 처음 2개월여지만 개혁에 최선을 다하고 마음을 비우고 일하는

데도 외적 간섭과 내적 반발이 보통이 아니었다. 지방 정부의 간섭도 노골적이다. 나는 시장과 부시장 관련부서를 돌아다니며 나의 계획을 설득해서 어느 정도 이해가 되긴 했다. 그리고 내 입장에서는 불미스러운 사태도 못 막았으면서 후임 원장에게 간섭하는 것이 영 마뜩잖았다. 간섭하려면 자기네가 하면 되지 않는가? 직원들도 그들에게 전도되어 있음이 과도했다. 상전이 따로 없다. 부임 후 대폭적인 인사이동 후부터 압박이 시작되더니, 갈수록 아니다 싶었다.

내 방에서 확대 간부회의를 하는데 전화가 왔다. 원장과 회의 중이라 나중에 전화할 줄 알았다. 한데 계속 통화를 한다. 화를 냈다. "도대체 어떤 놈인데 원장 주재회의 중에 전화를 해야 하는 중대 상황이냐?" 하고 상대편이 들으라고 고함을 질렀다. 그제야 끊는다. 그 이후로는 그런 일을 절대 허용하지 않았다.

이런 일도 있었다. 감사의 그랜드 설램(Grand slam)을 달성했다고 자조가 만연했다. 지적사항도 엄청 많아 시정하는 일도 만만찮았다. '구속된 사람이나 연계된 사람들이 어디 자기 개인 일로 그랬느냐? 다 기관을 위해서 하다 보니 그런 것 아니냐?' 하는 소리도 들린다. 이런 말이 가당키나 한가? 소신껏 일하는데 점점 더 원망과 간섭이 자자하다. 하는 수 없이 또 한 번 결단을 한다. 이사회 안건에 내가 사표를 내겠다는 안건을 상정할 것을 행정실에 지시했다. 나는 배수의 진을 칠 작정이었다.

이제껏 바쁘기도 했고 부임 때부터 바람직하지 않은 분위기 탓으로 의구심도 있었다. 이사회에 경종을 울리고 잘 안 되면 실제로 사표를 낼 생각이었다. 내가 노린 것은 이사회를 통해서 개혁 청사진을 공식화하려는 것이었다. 이사회에 내 개혁안을 올려서 나의 진퇴와 연계시켜 확고한 근거를 마련할 것이다. 대외 압력을 막아내는 데 도움이 되리라. 이사회까지 부정적이면 이 건으로 사표를 내겠다고 다짐했다. 그렇지 않으면 소신껏 일하는 게 불가하다고 판단했기 때문이다.

부서를 맡든 회사를 맡든 내 소신껏 하게 하고 결과로 책임을 물어야 한다. 내 확고한 신념이었다. 그게 불가하다고 판단되면 미련 없이 사퇴나 사표를 던졌다. 이사회는 이사들에게 내용을 사전 공지하고 심의 내용도 미리 배포한다. 나는 나서지 않았는데도 아마도 행정실에서 원장의 태도가 심각하다는 것을 몇몇 곳에 알린 모양이다. 정식 안건으로는 곤란하고 원장 겸 이사로서 발표하는 것으로 낙착되었다.

나는 많은 고심을 했다. 오죽하면 이런 생각을 했겠는가? 애초부터 나는 내 소신껏, 내 신념대로 옳다고 생각되면 그대로 밀고 나가기로 다짐했다. 기관이 비상시국이다. 그렇지 않다면 왜 국정감사까지 갔고, 국가 모든 감사 관련기관이 감사를 하고 지적했겠는가? 때로는 인간사에 배짱이 필요한 법이다. 내가 살아오면서 고난과 고통으로 인해 배운 게 때로는 배짱이 있어야 한다는 것이다. 소신껏 산다는 게 나의 철학 일부다. 의사회의 발언으로 소신껏 일해도 된다는 확고한 다짐을 받게 되었다.

회사에서는 일정이 빽빽하게 짜여 있어 내 몸이 아니었다. 외부 관계기관의 간부들과 상견례 일정이 있었다. 여기서 재미있는 일화가 있다. 내가 인사말 후에 '알려드릴 일이 있는데, 앞으로 오해 없으시길 바란다! 제가 눈이 나빠 안경을 쓰고 머리가 나빠 머리를 쓴다!'고 했다. 처음에는 무슨 말인가 잠깐 침묵이 흐르더니 박장대소가 이어졌다. 사실 이사회 면접 때도 한 분이 이런 질문을 했다. 혹시 지금 연세가? 1952년도생이 맞느냐고 한다. '너무 젊어서 그렇게 보이지 않는다. 연세에 비해 너무 젊어서 관리를 잘하신 모양이다.' 한다. 이게 모두 내 머리 덕분이다. 사실 내가 가발을 쓸 만큼 머리가 보기 싫은 정도는 아니었다.

사연은 이렇다. 한 해 전이다. 여행 중에 간간히 강연을 나갔다. 그때도 겨울이긴 하지만 강원도로 여행 중이었다. 설악산에서 설경을 감상하고 있었다. 그런데 대학을 졸업하고 한번도 만난 적이 없는 교수인 친구에게서 전화가 왔다. 반갑기 그지없었다. 자기가 가르치는 대학원 학생들이 겨울방학이지만 학교에 나오는데 강연을 부탁한다. 친구도 정말 오랜만에 볼 겸 강연을 하기로 했다. 여행에서 돌아와서 강연을 신나게(?) 했다. 그런데 친구가 많이 늙어 보인단다. 나이가 들었고 머리카락이 없으니 그리 볼 만도 하다. 평소 나이가 들어 보인다는 이야기는 자주 들었다. 본부장으로 있을 때도 사무실로 찾아오는 친구들이나 옛 삼성전자 동료 직원(당시 이미 다들 임원으로 진급해 있었다)들도 가끔 그런 말을 하곤 했다.

불현듯 그해 4월 시흥에 있는 대학 신입생들을 대상으로 2시간 강연할 때가 떠올랐다. 신입생 400명에게 청년 시기에 관련된 주제로 강연을 했다. 1시간 강의가 끝나고 10분 휴식 후 계속하기로 되어 있었다. 밖으로 나가려는데 앞에 앉아 있던 신입생이 나에게 조언(?) 해준 말이 문득 생각났다. 쭈뼛쭈뼛하며 "선생님, 가발을 쓰시면 많이 젊어 보이시겠습니다" 했다. 그때는 '엉뚱한 학생이구나!' 하면서 "왜? 머리숱이 너무 없나요?" 했다. 그러자 "그게 아니라 요즘은 가발이 젊음을 되살려준답니다" 한다. "거 참, 한번 생각해보지요" 하고 내가 대답했다.

그때는 전혀 생각해보지도 않은 가발 이야기라서 그저 웃어넘겼다. 그런데 대학 졸업하고 처음 만난 친구에게서 "나이 들어 보인다!"는 말을 듣고서야 그 말이 의미 있게 다가왔다. 집에 와서 아내에게 가발 이야기를 했더니 "에이, 무슨 가발은? 한마디로 웃으며 그것으로 끝났다. 강연 후 얼마 지나지 않아 대구에 혼자 계신 어머니도 찾아뵙고 여동생들도 만나 볼 겸해서 대구로 내려갔다. 둘째 여동생이 직업전문학교(당시 나는 비상임 이사장을 하고 있었다)를 운영해서 사무실로 찾아갔다. 이런 저런 이야기를 하다 가발 이야기를 했다. 동생이 그 말을 듣자마자 박장대소하며 잘되었다는 것이다. 잠깐 기다리라 하더니 어디로 전화를 한다. 전화가 끝나고 나서 당장 지금 가발 상담하러 가보잔다.

"무슨 지금? 갑자기 왜?" 했다. 가까운 데 있는 대한민국 가발 명장 제 1호를 잘 안단다. 가발과 이용관련 직업전문학교를 운영하는데 소문이 자자하단다. 얼떨결에 따라나섰다. 이 양반 자기는 대머리인데 지금 가발을 쓰고 있단다. 보니 전혀 티가 나지 않고 멋져 보이는 게 아닌가? 여동생의 권유로 덥썩 가발을 2벌 맞추었다. 강연을 자주 다니기 때문에 2벌이 필요한 데다, 친한 사이라 가격도 저렴하게 해주었기 때문이다. 보름 정도 후 새해 첫 근무일에 찾기로 했다.

팔자에도 없는 새로운 머리를 하나 더 가지게 되었다. 가발을 쓰면 멋진 신사로 변한다. 당연히 무척 어색했다. 한데 만나는 사람마다 가발 쓴 줄은 모르고 염색했느냐고 물으며 무척 젊게 보인단다. 엉뚱하다고 생각한 그 신입생은 어떻게 이런 생각을 했을까? 링컨 대통령이 구레나룻을 기르면 좋겠다는 어느 소녀의 편지에 그리했다는 이야기를 들은 적이 있다. 링컨이야 못생겨서 그랬겠지만 나야 미남(?) 축에 끼지 않을까? 사실 가발 쓰고부터 미남 축에 낀다. 아이고, 이런!

가발의 가치를 나타내는 증거 아니겠는가? 더 젊어지는 일은 계속된다. 어느 날은 대구 친구가 하는 성형외과를 찾아갔다. 가발 이야기를 하면서 젊어 보이지 않느냐며 살며시 눈치를 봤다. 요리저리 보더니 "더 젊어지게 해줄게!" 하는 게 아닌가? 얼굴에 있는 검버섯과 잡티를 모조리 빼면 더 젊어진단다. 바로 얼굴에 바르는 연고를 하나 주더니 내일 3시에 병원으로 오란다. 오기 한 시간 전에 연고를 발라야 한다고 했다. 나에게는 보통 시술이 아니다. 찌릿찌릿 아프기도 하고 살 타는 냄새가 영 기분 나쁘다. 아파서 눈물이 나서 잠깐잠깐 쉬면서 하는데 웬 시간이 그리 많이 걸리는지? 끝나고 나서 한숨을 푹 쉬며 눈물을 훔쳤다.

거울을 주며 보라는데 이런 괴물이 있나? 온 얼굴이 검붉은 점으로 도배를 했다. 과연 얼굴이 정상으로 돌아올까 싶을 정도로 흉칙스럽다. 집에 왔더니 어머니가 기겁한다. 얼굴이 왜 그렇게 됐느냐며 걱정이 이만저만 아니다. 자초지종을 이야기드리니 안심한다. 그리고 보름 정도 지나니 표 나게 깨끗해져갔다. 한 달이 지나자 몰라보게 얼굴이 말끔했다. 이게 내가 10여 년은 젊어 보이게 된 사연이다.

대구 테크노파크 원장 공모는 그로부터 7개월여 후의 일이다. 완전히 젊은 사람으로 변한 웃지 못할 사연이다. 훌륭한 효과를 낸 나의 변신이다. 지금도 나는 어디 가면 가발 이야기를 한다. 감추기 싫어서이다. 다들 전혀 표가 나지 않는다고 하니 꽤 좋은 가발인가보다. 요즘은 강연이나 공식 행사가 있을 때만 가발을 쓰고, 평소에는 있는 그대로 산다.

재미있는 에피소드를 소개한다.

대구에서 친구들과는 처음으로 골프를 치러 갔다. 이때는 당연히 가발을 쓰지 않았다. 저녁을 먹으며 친구에게 다음에 날 만나면 못 알아볼 거라고 능청을 떨었다. 이 친구 "그럴 리가?" 한다. 하지만 얼마 후 저녁식사를 시내에서 하게 되었는데 내가 먼저 도착해서 방문을 열어놓은 채 기다리고 있었다. 내 방을 힐끔 쳐다보더니 다른 데로 간다. "대구 TP 원장 아직 안 오셨나?"고 묻는 소리가 들린다. 종업원이 내 방으로 데리고 왔다. 아니나 다를까, 영 달라 보여서 아닌 줄 알았단다. 그제야 내가 한 말을 이해한다.

누가 알았겠는가? 사람은 간단히 이렇게도 변신이 가능하다는 것을! 뭔가를 숨기기보다는 툭 털어놓고 밝히는 게 뒷소리 없게 하는 방법이 아닌가? 나는 내 약점을 널리 알려서 약점으로 태클 거는 것을 미리 방지한다. 가발을 처음 착용한 2012년 1월 3일은 잊을 수 없는 날이다. 그 가치를 백분 발휘하게 된다.

처음 열리는 이사회에서 원장으로서 인사를 하고 나의 생년월일에 대해서 해명 아닌 해명을 했다.

"제가 눈이 나빠 안경을 썼고요. 머리가 나빠 머리를 씁니다."

모두들 박장대소한다. 면접 때 내게 생년월일이 이상하다고 해서 날

뽑아주시면 비법을 공개하겠다고 한 말은 실현되었다. 유사한 일은 또 일어난다. 수사하는 사람들이 원장실로 압수수색을 나왔다. 5명인데 그 중 한 사람은 높은 직위라고 한다. 소파에 앉아서 설명 겸 사연을 듣는데 말투가 좀 이상하다.

"잠깐만요! 제가 그리 젊어 보입니까?" 하니,

"연세가 젊어 보이시는데, 아니신가요?"

"1952년생입니다."

이 양반 바로 일어서더니,

"죄송합니다. 제가 큰 무례를 범했습니다. 다시 사과드립니다."

한다. 여기서도 한바탕 웃음이 벌어졌다. 졸지에 컴퓨터가 없어지니 일을 할 수가 없었다. 행정실에 짐짓 힐난을 했다.

"원장이 새로 왔는데 이렇게 큰 기관이 컴퓨터 하나 새것으로 장만 못 해줘서 압수 수색을 당합니까?"

사실 대구 TP 일년 예산이 1200억 원 정도인데다 빌딩을 모두 합치니 어림 잡아 서울 무역센터 빌딩만 한 부자 기관이다.

✦"대구테크노파크 원장을 누가 밀어주었느냐?"

이건 무슨 뚱딴지 같은 말인가? 원장이 되고 나서 고등학교 동창회에 갔더니 정부 고위관리를 지냈던 친구가 던진 말이다. 마침 부시장을 역임했던 친구가 옆에 있어서 간략하게 설명해서 오해는 없었지만 묘한 기분이 들었다. 느낌이 '소위 관피아나 정피아가 아니면 안 되는데?' 하는 분위기다. 나도 궁금하게 여겼던 부분이다. 그런데 우연찮게도 시간이 지나서 골프장에서 똑같은 질문을 받게 된다. 시간도 많이 지났기는 하지만 묻는 뉘앙스가 뒷배가 없으면 안 된다는 투다. 궁금증이 되살아나서 알아나 보자! 누가 나를 나도 몰래 돌봐주었단 말인가? 보통은 밀어주었다면 당사자가 나에게 넌지시라도 힌트를 주는 게 맞지 않는가? 그 어떤 정황이나 짐작도 가지 않으니 나로서도 궁금하기는 마찬가지였다.

원장 선임 과정을 돌아보며 궁금증을 해결하려 해본다. 1차 원장 선임에서 2배수에 들었고, 무슨 연유인지는 몰라도 다른 후보자가 자진사퇴하는 바람에 공모는 무산되었다. 얼마 후 대구 TP에서 연락이 오길 재공모하니 지원하라고 한다. 나는 거절했다. 2명이 선발되었으면 한 명이 사퇴했다고 해서 원장 선임도 안 한다는 게 맞는지? 재공모한다고 해서 1차에서 선발되지도 않았는데 무슨 의미가 있을까. 들러리 서기도 싫었다.

이유를 설명하는데 이렇다. 원장 공모에는 반드시 2명이 선발되고 추천되어야 성립하게 되어 있다는 것이다. 나는 그때 독일계 세계적인 국제 시험·인증기관으로부터 한국법인 사장 제안을 받고 있는 상황이어서 크게 관심을 갖지도 않았다. 재미있게도 후보자로서 나 혼자만 3회에 걸쳐서 이사진에게 원장공모 제안 설명회를 갖게 된다. 1차 공모에서 선발된 2명만 다시 이사회에서 원장응모 제안 설명을 해야 한다. 그런데 당일 갑자기 한 사람이 자진사퇴를 했다. 그런데도 나 혼자 설명을 하게 되고 결과는 원장선임 무산이었다. 나는 이렇게 해석했다. 구태여 혼자라도 설명을 진행한다는 의미는 나의 적격 여부를 판단하려는 게 아닌가 생각했다. 그러고 무산되었다면 나는 당연히 부적격으로 결론이 났나보다고 생각할 수밖에 없었다. 무슨 일이 그렇게 되는지 모를 일이었다. 앞뒤가 어긋나는 상황이었다.

연유야 모르겠지만 2차공모에서 원장으로 선임되었음을 통보 받는다. 만약에 나를 밀어준 사람이 있었다면 좀 이상하지 않은가? 전혀 모르고 있다가 기자의 전화를 받고 이상하게 여겼다. 해당 기관에서 연락도 오지 않았는데 기자가 먼저 알다니, 참 별일이다. 별 수 없이 공식 통보가 오면 그때 응하겠다고 사절했다. 누군가 유력인사가 나에게 연락을 했어야 나를 밀어준 것이 되지 않는가? 끝내 그런 사람이 없었으니 아직도 모를 일이다. 그런데 이런 일에 정통한 관료들은 그렇지 않을 거라고들 하니, 알다가도 모를 일이다. 언젠가는 알게 되겠지 하며 궁금증 해결을 중단했다. 그런데 아직도 모르는걸 보면 그런 일이 없는 것이 사실처럼 여겨진다.

나의 결론은 이렇다. 워낙 문제가 심각한 기관이라 소신껏 제대로 개혁할 사람이 필요하다. 그 어떤 연계도 되지 않은 적임자를 찾느라고 나를 선임했다면, 정부출연기관으로서는 별난 선발일 게다. 차관급 원장이라는데 정부나 정치계가 나서지 않았다는 것도 이상하다. 나도 그럴 자격은 충분하다고 자임한다. 나도 정부출연기관에서 30년을 넘게 근무했다. 정부에 특별한 인연이 있거나 아니면 퇴직 고위공무원이 원장이 되는 경우 외에는 단 한 차례도 보지 못했다. 그게 아니고 만약에 나도 모르게 밀어준 사람이 있다면 왜 위험을 무릅쓰고 그랬을까 하는 생각에 아리송하다.

그렇다 하더라도 의문은 남는다. 왜 1차공모에서는 나를 배제했고 선임 유력자가 사퇴하고서야 무산시켰을까? 에이 모르겠다! 어찌되었든 나중에 경북고등학교 개교 100주년 모교를 빛낸 동문 기념 동판에 우리 기수 몇 명과 함께 이름을 올리는 영광이 있게 된다.

*

대구 TP 에피소드

우선 원장으로서 우리 기관과 밀접한 관계기관인 대학교 총장님들과 이사님 그리고 언론기관 등 인사를 대체로 마무리한다. 취임식을 어떻게 하느냐 한다. 우리 기관이 죄인인데 무슨 취임식이냐? 죄인이 취임식 하는게 말이 되느냐? 다소 엉뚱한 말로 취임식 준비를 하지 말 것을 지시했다. 이것도 말이 많을 줄이야! 예전에는 내외귀빈을 모시고 제법 거창(?)하게 해서 그런 것 같다.

나는 이런 비상시국에 취임식을 한다는 게 영 마뜩잖았다. 대신에 우리 기관 건물에 입주한 기업과 기관이 240여 곳이라 하는데, 취임식 할 돈의 일부를 갹출하여 떡을 만들고 내 자비를 들여 자서전을 500여 권을 준비했다. 3일에 걸쳐 강행군을 하며 기업들과 기관들에게 협조를 당부했다. 우리 기관이 다시 번듯하게 일어서야 여러분도 편하고 도움 줄 일도 많아질 것 아닌가 하는 당부의 말씀을 드린 것이다. 직원들에게는 우선 내 자서전을 전원에게 배포하여 내가 어떤 사람인가를 미리 책을 읽고 파악해주기를 당부한다.

자서전 1권, 내 차에 광고하였다

그리고 전 직원이 모인 자리에서 간단히 나의 포부와 앞으로의 경영방침을 간단히 알렸다. 그리고는 부서별 간담회를 시간 나는 대로 시행하기로 했다. 우선 파악한 시급한 문제 처리를 위해 동분서주했다.

직원 여러분 안녕하십니까꿍!

직원 전체 모임에 앞서 직원들에게 이메일로 우선 인사를 대신했다. 직원 모두 사기가 저하되어 있음을 감안한 내용이었다. 나 자신부터 낮추어 원장이기 이전에 직원들의 동료임을 명확히 했다. 가능한 한 부드럽고 재미나게 메일을 보냈다. 그때 유행하던 방식으로 제목을 정한 것이다. 진심으로 함께하자는 내용이었다. 이게 소문이 나서 나중에 신문에 나게 되었다. 하는 김에 몇 개 소개한다. 어찌 보면 뚱딴지 짓일 수도 있다. 나의 진심어린 '대구'를 위한 행동이다.

부임하고 여러 단체들 회의에 참가하다 보니 밀양공항 유치가 최대 현안 중의 하나였다. 뾰족한 묘책 없이 부산과 경쟁하는 상황이었다. 부산은 내가 보기에 확고한 이유가 있다. 물론 대구도 마찬가지다. 열의에 있어서 부산에 뒤진다. 입지 여건에서는 대구의 주장이 일리 있다. 동참할 방법을 찾던 중에 부산에 가서 1인 시위로 호소하는 방법을 찾았다. 부산과 대구가 함께 번영하자는 내용이었다.

우산 2개, 대형 티셔츠 2개, 가볍게 만든 간판 2개를 만들었다. 비밀리에 내 돈을 주고 맞추었다. 1인 시위에 깨끗하게 보이기 위해 2벌씩 만들었다. 공휴일에 부산에 가서 용두산 공원, 시청앞 등 유명 장소에서 호소하고, 대구의 절박함을 표시하기 위한 방안이었다. 작품(?)을 찾은 날 대구 유지인 친구와 유치위원장이 저녁을 함께하잔다. 만나보는 것도 나쁘지 않을 것 같다. 다만 1인 시위는 비밀로 한다.

식사하기 전에 두런두런 이야기를 했다. 당연히 밀양 공항 이야기였다. 이야기 중에 유치위원장이 갑자기 큰절을 하면서 울먹인다. 어안이 벙벙하다. 데리고 온 기사들과 합세해서 나를 옴짝달짝 못 하게 해서 차키를 뺏어가는 게 아닌가? 나는 근무시간 외에는 전용차를 이용하지 않는다. 졸지에 시위용품을 털리고 말았다. 나는 막무가내로 "그냥 하면 되잖아요?" "이유가 뭡니까?" 하며 화를 크게 냈다. 도대체 어떻게 알고 이러는 걸까? 아뿔싸! 누군가가 대구 TP 원장이 이상한 일을 벌이려고 한다고 이들에게 귀띔을 한 모양이다.

끝내 밝히지 않는다. 딱 한 사람 알 만한 이가 있어 나중에 물어보았는데 극구 부인했다. "기관장이 그러면 안 된다! 테러 위험도 무시할 수 없다!"고만 한다. 대구의 소원은 밀양공 항 유치 아닌가? 화가 덜 풀려 맹비난을 했다. 여러분이 한 게 뭡니까? 테러당하면 이슈가 될 것이니 더 좋은 일이 아닌가? 죽이기야 하겠는가? 그러자 유치위원장의 울음으로 머쓱해진다. 결국은 지금껏 찾지 못해서 사진도 못 올리고 만다.

대구는 '세계적 패션시티'라는 엄청 큰 글씨가 고속도로변 산에 새겨져 있다. 내가 보기에는 영 아니다. 나는 대구의 모든 기관장급 또는 유명 인사들에게 제안했다. 무지개 색깔 7개로 재킷을 입고 시내를 활보하고 패션쇼도 해보자는 안을 만든 것이다. 27명이 동참하기로 했다. 1차색, 2차색으로 나누고 색을 교차하면 28명분이 된다. 나는 빨강, 파랑 2벌을 주문했다.

생각해보라! 지하철이나 시내를 걸어다니면 당연히 소문이 난다. 기관장급들이니 신문인들 가만있겠는가? 사이즈를 모두 재고 맞춤 제작에 들어갔다. 이때 대구경북디자인센터 원장이 아주 유능한 분이었다. 그분이 기관 차원에서 주관하겠다고 한다. 당연히 내 개인으로 하는 것보다 기관이 훨씬 유리하다. 어느 정도 진행되며 기대에 부풀었다. 어젠더까지 마련해서 패션쇼도 기관장들이 모델을 하기로 합의되었다. 나는 이미 옷 2벌이 완성되어 사무실에 걸어두고 입고 다녔다. 대구 시청에 공무로 갈 때도 입고 가니 완전 히트다. 처음에 빨간색은 너무하다는 반응이 있었다. 나는 이렇게 되받아쳤다. "조선시대 당상관들은 빨간색이 관복이었습니다. 여러분은 역사 드라마도 본 적 없어요?" 그러면 그제야 '아, 그렇구나.' 한다. 그때가 2013년 9월이었다.

그런데 갑자기 브레이크가 걸렸다. 2014년 지자체 선거가 있는데 오해받을 수 있다는 것이었다! 대구시가 만류한다고 했다. 선거와 무슨 상관이란 말인가? 이 일도 결국은 무산되었다. 이래가지고 무슨 대구가 세계적 패션도시가 되겠는가? 고작 이 정도밖에 안 되는가? 나는 그 옷 2벌을 지금도 즐겁고 자랑스럽게 입고 다닌다.

대구은행 강연 때다. 강연 시작하기 전에 가발을 비롯한 나의 약점 공개 시간을 가졌다. 지점장급 이상 400여 명이 모인 자리였다. 이때 처음으로 대구은행이 서울 시중은행에 버금간다는 것을 알았다. IMF 시절에 무차입 경영으로 일구어낸 덕택으로 승승장구했다고 한다, 말이 끝나자 회장 겸 은행장이 앞줄에서 일어서더니 잠깐만 양해를 구한다. 뒤로 돌아서더니 대머리인 간부들을 일일이 가리키며 다짐을 하는 게 아닌가? 그래서 "왜 그러십니까? 자발적으로 해야지요" 하고 말했다. 그러자 은행 업무상 필요하단다. 더 이상 무슨 말을 하겠는가? 웃고 말았다.

나는 기관 업무 추진비를 불가피한 경우를 제외하고는 거의 사용하지 않고 직원들 복지비에 충당했다. 나는 강연료(강연료가 제법 크다)나 신문 기고료, 6개 기관 이사 거마비와 자문료 등으로 제법 쏠쏠한 수입이 있다. 행정실에 관리를 맡기고 공적인 일에 사용한다.

한번은 단체야유회에서 1등 상금으로 부상 외에 100만 원 현금을 걸었다. 부상은 내가 선물받은 물건들이었다. 받아서 감사실에 신고하고 보관하다가 이럴 때 사용하면 제법 가치가 있다. 당첨권을 추첨하기 시작했다. 센터 장들이 추첨해서 부상과 현금을 지급한다. 내가 맨 마지막에 추첨했다. 그런데 1등에 내가 당첨되었다. 약간의 기지를 발휘한 거다. 쪽지를 직원에게 맡기고 원본은 몰래 감추어 내가 가지고 있었다. 추첨함을 휘이 저으며 한 장을 뽑고 진행자가 번호를 부른다. 당연히 당첨자는 내가 아닌가? 직원들이 웃고 난리가 났다. 그렇게 웃고 난 후 나는 열외이니 다시 뽑는다. 그런데 센터 장들이 십시일반 모아서 100만 원을 보탠다. 1등은 횡재한 셈이다. 저녁 늦게 들어오니 그 팀은 회식을 거나하게 했단다.

대구는 대기업이 없다. 중견 건실한 기업은 많다. 중소기업은 더더욱 많다. 선진국은 대기업보다 중소기업이 튼튼하다. 그러면 나라가 건실하고 경제가 활력이 돈다. 대구도 차제에 산업화랑 제도를 도입할 것을 주창한다. 명예를 주자는 제안이었다. 5년, 10년, 15년 또는 그 이상 연수에 따라 공원에 금속 팻말로 만든 공간을 마련한다. 멋진 형태로 만들어 지역의 명물이 되게 하면 어떨까? 대구시 정부가 보조금(유럽 국가 중 청년 보조금 형식을 장기화)을 주어서 장기적으로 20년 정도이면 별도의 작은 아파트는 마련할 수 있게 한다. 직원의 소속은 대구 TP로 한다. 떠나는 젊은 인재를 붙잡기 위한 방책이다. 언젠가는 쓸모 있을 것 같았다. 시기가 되면 활용할 일이다. 더 많은 에피소드가 있지만 생략한다.

*

책임은 원장이 진다

직위가 높을수록 책임은 크다. 책임을 모면하려는 경우는 내게 없다. 부임해보니 모든 결재를 나에게 물어보고 한다. 거기까지는 좋은데 조금이라도 문제 가능성이 있으면 전혀 움직이지 않는다. 나는 하다못해 결재란에 '원장 지시'를 명기하고 명령을 내렸다. 원장이 책임진다는 표시를 하니 직원들이야 안심되지 않겠는가? 왜 그런가 알아봤더니 감사를 수없이 겪으며 결국은 담당자가 가장 큰 피해를 입었단다.

일반적으로 그런 경향이 있다. 하지만 상급자가 책임을 지지도 보호해주지도 못하면 당연히 그리되는 것이다. 그러면 소신껏 일하거나 좋은 아이디어를 내는 것도 기대난망이다. 모두 몸을 사리게 된다. 책임이 수반될 수 있는 일에는 기피부터 먼저 한다. 더욱 나쁜 것은 아주 부정적 결과만 강조한다는 점이다. 간단한 규칙 ,그것도 원장이 할 수 있는 부분도 문제점만 강조한다. 직원이 무슨 죄인가? 우선 원장이 개정 할 수 있는 규정부터 손을 봤다. '원장 지시'를 결재란에 명기하면서까지 밀어붙였다.

그 중 하나를 획기적인 발상으로 밀어붙였다. 직원들의 해외출장이 빈번한데, 보고서를 보면 매우 두껍다. 원장이 다 읽어볼 수도 없지 않은가? 과연 알맹이만 보고가 되겠는가? 나도 저번 직장에서 해외업무 전문가로 활동했지만 한 장으로 요약해오기를 강조했다. 결재란 게 큰 내용만 알면 되지 어디 세세하게 알아야 한단 말인가? 먼저 최대 2장이 넘는 보고서는 특별한 경우를 제외하고는 결재 불가로 통보했다. 한두 장으로 요약해오지 못하면 능력이 없는 것으로 간주하겠다는 엄포를 놓았다.

국제회의로 해외출장을 가면 대체로 좋은 도시에서 열리는 경우가 많다. 마치 전 일정을 회의에만 참석하여 그 도시 구경을 저녁시간 외에는 전혀 구경을 못 하는 걸로 포장된다. 그러면 회의는 보통 아침부터 저녁까지 열리는데, 회의 끝나고 정리하고 검토도 하지 않는다는 말인가? 귀국 후 그 많은 보고서는 무엇이란 말인가? 그래서 개정한 게 해외출장 규정과 휴가 규정이었다. 해외출장을 가면 덧붙여서 자기 휴가를 2-3일 범위 안에서 사용하여 회의는 회의대로, 관광은 관광대로 알차게 하고 오란 말이다. 그래야 회의에 참가해서 적극적으로 몰두하고 분명한 결과를 보고하게 될 테니까. 좋은 도시에 갔는데 회의만 하고 돌아오는 게 가능한 일인가? 공무원도 문화시찰이란 명목으로 하루 정도는 허용하지 않는가?

'원장 지시라고 명기하는데도 반대가 많았다. 감사에 어떻게 대처할 거냐 했다. 아니, 이게 더 당당하다. 알찬 내용으로 회의 성과는 제쳐두더라도 연말이 되면 연월차 휴가 사용하지 않은 부분에 대해서 돈으로 보상하는데, 이 금액이 만만찮다. 나는 역제안을 했다. 그러면 휴가 규정에서 사용하지 않은 휴가에 대해서는 금전보상이 없는 걸로 하자니까 근로기준법 위반이란다. 그 법을 위반하지 않게 하기 위해 지시한 것인데 역공으로 반대한다. 하도 반대해서 내가 책임지고 예의 '원장지시'를 명기하도록 했다. '사용 못 한 휴가에는 금전보상이 없고 반드시 휴가 전체를 사용한다'로 개정하라고 지시했다. 일단 사내 규정을 우선해서 지키고 불만인 사람은 법에 호소해서 이겨서 가져가라고 억지를 부렸다. 도무지 내가 물러설 것 같지 않자 결국 개정해서 시행했다.

라스베가스 CES 전시회에 우리 기관도 중소기업을 위해 부스를 임차해 지원하고 있어서, 나도 업무상 매년 참석한다. 참석한 직원 모두 휴가를 사용하지 않고 일정을 마치고 돌아간다. 규정이 바뀐 걸 모르나? 문제가 되면 골치 아플 것 같아 실천하지 않는다. 그러면 라스베가스 이 화려한 도시에 와서 주변 후버댐이나 유명한 지질공원도 보지 않고 귀국한다는 거냐? 모두 다들 봤느냐?

번갈아 라스베가스에 오기 때문에 매번 사람이 바뀐다. 소위 돌아가며 출장을 간다. 이것도 문제다. 전문성이 요구되는 일에는 전문성이 큰 직원이 매번 출장을 해야 제대로 된다. 이유를 묻자 매번 시의회 감사에서 출장 가는 사람만 출장 가는 것으로 아예 매도당한다. 직전 감사에도 지적을 당했다는 것이다. 아니, 내가 답변해서 별 탈이 없지 않았던가? 이것도 무슨 발상이란 말인가? 출장을 어디 여행가는 걸로 착각한다는 말인가? 회의는 그저 요식행위란 말인가? 나는 그런 지적을 하는 사람이야말로 출장을 유람삼아 다니는 것으로 생각한다.

강제로 2일씩 휴가를 사용하라고 지시하고 바로 회사로 전화해서 직무 대행자에게 결재할 것을 지시했다. 나부터 모든 휴가는 소진하고 간부들에게 솔선수범해서 소진을 강조하여 예산을 아끼도록 조치를 했다. 예산 부족 타령을 하면서 왜 예산 절약은 하지 않는지! 직장생활을 하는 사람은 알겠지만 이 돈이 아주 쏠쏠하다. 하지만 이걸 임금 형태로 보전해주는 것은 문제가 있다. 물론 일이 아주 많아서 피치 못할 사정이 있다면 맞는다. 그러나 임금 형태의 보전에는 반대다. 휴가를 제대로 사용하지 않고 일만 한다면 제대로 일을 하겠는가? 다음에 감사를 나와도 아직 이 부분에 지적받았다는 말은 들어보지 못했다. 설사 지적하더라도, 원장 지시라고 분명히 적시되어 있으니까 어떻게 직원에게 책임을 묻겠는가?

기관장으로서 리더십엔 여러 가지가 있겠지만, 나 나름대로 이렇게 생각한다.

우선 청렴하고 깨끗해야 한다. CEO가 돈에 곁눈질하면 아무래도 행동의 제약을 받게 된다. 일처리도 공평무사하게 처리하지 못한다. 서로 다른 2개의 마음이 나 자신 안에서 갈등을 겪을 터이니 본심으로 일을 할 수 있겠는가? 언론에 나오는 부정부패의 당사자들을 보면 연민의 정도 느낀다. 양심의 가책을 느끼지 않는다면 바른 사람은 못 된다. 이런 사람에게 기관을 맡기는 것 자체가 어불성설이 아니겠는가?

두 번째로는 그저 관리나 하겠다는 발상으로 경영한다면 구태여 기관장이 왜 필요한가? 결국 관리한다는 것은 따지고 의심하고 틀 안에서 일하겠다는 생각이 아니겠는가? 나는 최고경영자는 기관을 키우고 세워진 목적에 충실하면서 새롭게 앞으로 나아가게 하는 임무가 있다고 생각한다. 정체하면 문제가 심각한 현상들이 발생하지 않겠는가? 물론 예산이나 경기 등을 감안해서 어쩔 수 없는 상황도 있을 수 있다. 그렇다 할지라도 더 나은 개선이 따라야 한다.

다음으로는 책임을 질 수 있어야 한다. 최고 책임자란 말 자체가 최고 그리고 최후의 책임을 진다는 뜻이다. 직원들이 정책적 판단에 의해 보고되었거나 결재한 사항에 대해서는 소신껏 일하게 해주어야 한다. 그런 뜻에서 나는 여러 문제 제기를 하는 사안에는 결재란에 '원장 지시'를 명기해서 원장이 책임진다. 그러면 담당 직원이 책임질 일이 별로 없다. 일이 되게만 하면 된다. 불법적이거나 편법을 쓰지 않는 이상 정성껏 일하게 된다.

최종적으로 최고 책임자의 리더십은 강제가 아니라 기관을 바로 세워서 직원들이 안심하고 다닐 수 있게 해주는 것이다. 이를 위해서는 경영을 잘해서 직원들에게 돌아가는 것이 많게 해주는 것이라 믿는다.

신문이 우호적으로 돌아선다. 원장 취임식이 제법 거창했던 모양이다. 차관급 기관장이니 그러려니 했다. 그런데 공모로 선임된 센터 장들도 각기 취임식을 한단다. 우선 취임식을 모두 없앴다. 기관이 정상화되기까지만. 대신에 우리 기관에 입주한 모든 공공기관과 기업 약 200여 군

데를 일일이 돌아보았다. 취임식에 쓰일 경비 일부로 떡을 만들고 내 자서전을 500권을 내 돈으로 사서 돌렸다. 3일에 걸쳐서 약150여 곳을 돌고 나니 다리에 쥐가 났다. 직원들에게도 원장이 어떤 사람인지 알도록 모두에게 한 권씩 선물했다. 내 자서전에 쓰인 내용에 틀림이 없으니 어떤 사람인지 알고 대처하기를 바란 것이다.

다음날 언론에 난 기사가 재미있었다. 신임원장의 광폭횡보라느니 신선한 충격이라는 등 기사가 우호적으로 변하기 시작했다. 다른 형태로 언론의 주목 대상이 되어 인터뷰가 너무 많아서 양해를 구할 지경이었다. 이제 시작이니 이걸로 기사화하지 말고, 성과가 나고 검증되면 그때는 인터뷰에 응하겠다고 양해를 구했다. 그렇더라도 매번 거절만 하기 뭣해서 일부 중앙지와 지방 유력지와는 인터뷰를 할 수밖에 없었다. 한결같이 좋은 기사로 실어주어서 고마웠다. 오히려 책임감과 의지가 더 강렬해져갔다. 나도 이전 직장에서 여러 가지 언론 보도로 좋든 싫든 여러 경험을 해본 터라 일희일비하지 않기로 작정을 한 터였다.

내 방침 중에 휴가를 다 쓰고 잔업을 하지 않도록 하는 것도 주요 관심사였다. 우선 현실적으로 예산을 많이 절약할 수 있다. 어림잡아보니 1년에 5-6억 원은 절약될 것 같았다. 다음은 잔업이 일상화되다 보니 생산성이 떨어져서 근무시간 내에 일을 마무리하도록 독려했다. 처음에 수요일은 무조건 6시에 퇴근하도록 조치했다. 보건복지부에서 만든 노래를 정각 6시에 틀게 했다. 다음은 금요일까지 확대했다. 나는 직장생활 40여 년에 걸쳐 특별한 경우를 제외하고는 정시 퇴근을 했다. 처음에는 불안하기도 해서 집에 일감을 가져와서 하다가 역효과를 확인했다. 정시 퇴근을 감행해서 끝끝내 지켜왔다. 물론 생산성이 좋아진다. 나 자신이 체험했다. 절약된 재원을 불합리한 임금체계 구조조정에 사용해서 조금씩 진화하도록 할 계획이다. 복지 예산도 별도로 마련한다. 노조보다 내가 먼저 직원의 복지를 향상해야 그게 CEO의 역할이 아니겠는가?

해외출장을 너무 길게 간다? 1월초에 라스베가스에서 CES쇼가 열리면 나는 꼭 참석한다. 가는 김에 내가 고안한 아이디어를 위해 곳곳을 방문한다. 그런데 문제가 되었다. 한 20여일 방문할 곳과 사전 약속이 다 되었다. 그런데 브레이크가 걸렸다. 너무 길게 간다는 것이다. 기관장 없이 대행 체재로 6개월 넘게도 하더니? 일정을 상세히 설명했는데도 안 된다고 했다. 하도 어려움을 토로하기에 보름으로 줄여서 출장을 갔다. 일정이 너무 빡빡해졌다. 거기다가 왜 혼자 가느냐고 한다. '아니, 내가 부하직원을 데려가면 내 아이디어를 설명하며 오히려 내가 부하직원을 돌봐야 하는데, 그럴 이유가 없다. 만약 내가 혼자 가서 다른 볼일을 본다거나 유람을 한다면 나중에 증거를 내놓으면 될 것 아니냐?' 했더니 겨우 동의한다.

원장 출장비가 얼마인데 두 번 갈 일을 한번에 가서 일을 다 보고 오면 되지 않는가? 직원까지 데려가면 그 출장비가 아깝지 않느냐? 이전 직장에서도 장기 출장을 가는 데 아무도 토를 단 적이 없었다. 원장이 되면 주목하는 모양이다. 이 대목에서 나는 아주 이상한 생각이 든다. 해외출장을 가면 종종 놀기도 하는 모양이구나! 해외출장은 현지에 가서 일하는 것이고 그게 얼마나 힘든 일인데 이런 식인지 모르겠다. 종종 언론에서 국회의원이나 지방의회 의원들이 외유성 출장을 간다고 문제 삼던데, 이래서 문제가 되는구나 싶었다.

쓴웃음밖에 나오지 않았다. 나는 극히 일부만 그런 줄 알고 혀를 차던 생각이 생각났다. 내가 해외업무 전문가가 된 이유는 이런 식으로 제대로 가서 한꺼번에 여러 가지 일을 보고 왔기 때문이다. 돌아와서 보고서를 보면 금방 알게 된다. 나는 출장을 가면 심도 깊게 토론도 하고 가능한 한 많은 정보를 모아 온다. 미국 출장도 마찬가지로 계획하고 가려는데, 계획이 조금 어긋난다.

실제로 나는 LA에 도착해서 무역관을 찾아가 나의 계획과 상호협력에 관해서 나의 제안을 갖고 하루 종일 토론한다. 점심도 내가 산다. 그리고 대구의 중소기업이 수출을 하려도 USA에 창고가 없어서, KOTRA에서 운영하는 창고에도 직접 갔다. 물론 간부와 직원들에게 여러 가지 가능성에 대해 직접 질문도 하며 토론을 했다. 대구 중소 수출기업에는 USA 물류에 관한 한 안성맞춤이 아닌가?

현장을 다 돌아보고 정말 잘 왔다는 생각이 저절로 났다. 현지를 안 와보고 한국에서 파악하려 했으면 제대로 파악할 수 있었겠는가? 이런 좋은 시스템이 있는데도 대구의 기업이 이용한 경우는 단 한 건도 없었다. 혹시 내가 갈 시기에 없었던 건가 싶기도 했다. 실제 리스트를 보니 최근 것이어서 그런지 몰라도 단 한 건도 없다. 도대체 수출기업을 돕는다고는 하는데, 이런 것이 있다고 대구 기업들에 알렸으면 최소한 물류에 대해서는 걱정을 안 해도 되었을 것이다.

LA에서 일을 보고 라스베가스로 갔다. 우리 기관이 운영하는 부스를 찾아갔다. 출발하기 전에 공항으로 픽업을 오겠다고 했다. 나는 혼자 가도 되니 바쁜 중에 틈을 낼 필요가 없다고 비행기 시간을 알려주지 않았다. 얼마나 바쁜데 허투루 시간을 쓴단 말인가? 호텔에 짐을 갖다두고 바로 우리네 부스로 향했다. 그런데 도착하자마자 내 눈에 확 거슬리는 게 있었다. 다른 운영들은 직원들의 노고로 썩 잘 되고 있었다. 헌데 내가 지시한 '대구(DAEGU CITY)'를 크게 클로즈업시키고 그 밑에 조금 작게 '한국(KOREA)'라고 청사초롱을 크게 해서 천장에 매달라고 지시했는데, 그냥 '코리아'라고만 쓰여 있었다.

현장에서 바로 토론을 했다. 코리아도 좋지만 우리는 대구를 대표해서 나왔는데, 이러면 모두 서울인 줄 알지 않겠는가? 우리 대구인 줄 누가 알겠는가? 매년 나오는데 대구를 알려야 한다고 신신당부를 했다. 그리고 앞으로는 부스의 색깔과 모형을 유니크하게 하되, 정형화해서 모든 해외 부스를 통일하도록 현장에서 지시했다. 돌아와서도 적어도 대구에서 해외에 설치하는 부스는 통일하도록 시행한다. 내가 사표를 제출한 이후 제대로 하고 있는지 모르겠다. 지속적으로 나가는데 구구각색으로 한다면 일회성 행사밖에 더 되겠는가?

잘한 것은 보통 박스 형태로 칸칸이 해당 업체에게 제공하는데, 우리는 지그재그로 배치해서, 한번 들어오면 모든 걸 봐야 출구로 나갈 수 있도록 아주 독특하게 배치했다. 현지에서 아이디어를 낸 직원들과 업체에게 치하를 했음은 물론이다. 다른 어떤 부스보다 눈에 확 띄고 히트작이었다. 기분이 좋아 그날 모든 업체 관계자와 우리 직원들을 한국식당에 초대해 저녁을 샀다. 내가 모두 내 돈으로 지불하려고 했는데 라스베가스에 큰 전시회가 있으면 음식 값이 무척 비싸진다. 예산에도 반영되어 있다고 한다. 하지만 내가 여러분들이 너무 잘해서 반은 부담한다고 하고 개인카드로 결제했다. 그러자 무슨 돈이 그리 많으냐고 했다.

나는 강의료, 원고료, 이사회 거마비가 꽤 된다. 행정실에서 관리하게 하고 그 돈을 쓰고 가능하면 회사 업무 추진비는 특별한 경우를 제외하고는 쓰지 않겠다는 게 내 방침이다. 150만 원 정도 지불했는데 기분은 아주 좋았다. 직원이 말리지 않았으면 창피당할 뻔했다. 보통 주요 도시보다 2배 이상은 비쌌다. 내가 짐작했던 금액보다 훨씬 많았기 때문이다. 현장에서 외국인이 오면 나도 직접 상담을 한다. 직원들이 너무 바빠서다. 이렇게 바쁘면서 공항에 픽업 오겠다고? 우리의 잘못된 관례는 바꾸어야 한다.

다음은 라스베가스에 대구를 상시 홍보하기 위해서 어떤 곳이 저렴하면서도 효과가 있을까 해서 부근의 프라이스 클럽(Fry's Club)을 가봤다. 프라이스 클럽을 둘러보는데 이게 안성맞춤이었다. 서부나 땅이 넓은 도시는 천장이 아주 높다. 이런 천장과 벽 위쪽은 텅텅 비어 있다. 현장을 돌아보고 일단 찜을 한다. 다음날 비행기로 실리콘밸리 산호세로 갔다.

여기 우선순위는 무역관이다.

처음에는 무슨 일로 원장이라는 사람이 혼자 왔는지 의아해한다. 우선 내 아이디어로 논의해보고, 괜찮은 안이 되면 그때 가서 해당 간부와 직원들을 내보낼 작정이다. 대충 눈치를 채고 인사를 나누고 회의실로 갔다. 내 계획을 설명한 후에 협력할 일을 토론해보았다. 역시 토론을 하면 내 아이디어와 우리 기관의 성격과 무역관의 성격 그리고 업무에 대해 이야기하면 좋은 아이디어가 나오게 마련이다. 이곳 역시 서로 이야기가 잘 되니 점심시간을 훌쩍 넘겼다.

식사를 하고 휴식하면서 이런저런 이야기를 했다. 무역관이다 보니 나처럼 기관장이 혼자 와서 토론하고 개안을 만드는 경우는 단 한번도 없었다고 한다. 참 희한한 분이라고 한다. 그래서 내 이력을 이야기했다. 해외업무를 근 20년 한 데다가 실리콘밸리에 전 직장의 현지법인을 설립하고 운영한 경험도 이야기해줬다. 오후에도 계속해서 아이디어를 가다듬고 할 일을 만들었다. 돌아가서 구체적으로 안을 보내겠다고 하고 토론이 끝났다. 그러자 자기네도 신이 난다고 했다. 아무런 거리낌 없이 토론하고 서로 제안하고 하면서 꼬박 하루 내게 시간 할애를 한 것이다.

이러니 직원을 대동한들 내가 직원을 케어하게 생기지 않았는가? 물론 한국에서 직원들과 의논하고 토론하는 일이 충분했다면 내가 왜 이리 사서 고생을 하겠는가? 우리는 비록 초면이지만 아주 친구처럼 되어버렸다. 좋은 소리도 들었다. 원장님처럼 일하시는 분은 이번에 처음 보았다고 했다.

다음날은 한국 슈퍼마켓을 돌아봤다. LA에서도 돌아봤지만 실리콘밸리에는 꽤 큰 한국 마켓이 3군데 있다. 미국 살면서 다닌 곳이라 알고는 있었지만, 대구 홍보 또는 전시관을 만들기 위해서 들를 줄 누가 알았겠는가? 여기도 프라이스클럽과 마찬가지다. 한 곳은 마침 매니저가 있어서 여러 가지 이야기를 한 결과 적극 협조하는 걸로 결론이 났다. 저녁에는 실리콘밸리에서 근무하는 한국인 전문가들을 초대해서 내 생각을 개략적으로 소개하고 협조를 요청했다. 다음날 사무실로 초대를 해주어서 의견을 나누기도 했다. 사실 여기서 회사를 운영해봐서 어느 정도 알고 있었다. 하지만 일의 내용이 달라졌으니 새로 시작해야 하는 것이다.

귀국 날에는 아침 일찍 샌프란시스코 공항으로 나갔다. 예전에 이 공항을 들락거리면서 일본 회사들이 전시회나 전람회를 하던 것이 기억나서다. 아니나 다를까, 이번에는 일본 인형들을 전시하고 있었다. 대구의 섬유제품과 어울리는 형태로 판단된다. 관계자에게 물어보니 그리 큰돈이 드는 일도 아닌 듯하다. 대구의 주요 산업별로 각 도시의 요긴한 공항을 이용하는 것도 한 방법임을 실제로 돌아보면서 알게 됐다. 판매할 일본 인형들을 전시할 정도면 대구 산업에도 희망이 있다.

이렇게 바삐 돌아다니며 출장 목적을 어느 정도 달성하고 귀국했다. 그런데 정말 웃기는 사단이 벌어졌다. 서울의 몇몇 유력 일간지 간부들이 우리 홍보 담당자에게 여러 번 전화를 했다는 것이다. 나는 대충 이야기를 듣고 내버려두라고 했다. 결국 그들은 그들의 추측대로 기사화한다면 오보를 하게 된다. 사실이 확인되지 않은 일을 기사화할 리도 만무하다. 적어도 중앙 유력지라면 그렇지 않다. 끝내 모 일간지 간부가 전화통화를 해야겠다고 했다. 전화를 받으니 대뜸 어디 유람하셨냐고 한다. 이러니 내 대답도 퉁명해질 수밖에 없다. 그리 생각되면 그리 쓰시라고 내뱉었다.

분위기가 이상했던지 무슨 말이냐고 한다. 나는 출장 전에 말리던 때에 이야기한 것을 그대로 또 한 번 이야기했다. 원장이 그럴 수가 있느냐고 한다. 내가 했으면 한 것이지, 다른 사람들은 어떻게 하는지 몰라도, 기자를 보내주면 내가 설명해주겠다고 했다. 흥미가 있었는지 간단히 이야기 좀 해달란다. 다 듣고 나더니 '원장님 존경합니다!' 한다. 세상에 원장님 같은 분은 처음 본다는 것이었다. 그럼 나는 경영인으로 돌연변이

인가?

소문이 났는지 그 이후로 내 출장으로 문제 삼는 일은 없어졌다. 출근 시 차문 열어주는 것, 팀장이 내려와 있는 것 등도 모두 못 하게 했다. 나도 손이 있다. 매일 보는데 무슨 영접인가? 때로는 고지식하게 행동한들, 옳기만 하다면 뭐가 문제인가?

라스베가스 대구 TP 홍보관, 한 건 했습니다

✦규정 때문에?

USA 법인, 대구테크노파크에서 큰일을 하다 보면 흔히 걸리는 게 규정이다. 규정 때문에 문제가 한두 번이 아니었다. 국가도 헌법에 위배되지 않는 한 법률을 재 개정한다. 기관 운영에 있어서 새로운 일을 하려면 당연히 규정이 문제가 된다. 규정이라는 건 기존의 일을 규정하는 게 대부분이다. 가보지 않은 길을 위해서는 규정의 재 개정이 필연적이다. 헌법에 위배되지 않는 한, 기관은 정관에 위배되지 않는 한 말이다.

정관도 이사회의 승인을 얻고 산업자원부부(2기관 모두 산업부 소관) 승인하면 바꿀 수가 있다. 실제로 그런 예가 다수 있다. 지극히 일부분을 제외하고 대부분은 정관에도 허용되는 일이다. 그럼에도 불구하고 규정을 들먹이는 건 아마도 여러 형태의 감사를 받다 보니 방어적 태도에서 행동하는 것일 것이다. 규정대로 하다 보면 규정에 조금이라도 관련되면 안 된다고 한다. 하다못해 기관장인 내가 책임을 진다. 나는 직장생활 내내 새로운 일을 할 때는 내 소관업무를 하면서도 규정 재 개정을 실제로 했었다. 규정을 검토 재 개정하는 데 시간을 너무 허비해서 내린 조치였다. 책임을 원장이 져줄 테니 담당 라인은 변명거리가 생기게 해준 것이다. 그러면 급한 일은 시행이 된다.

조금은 우스운 일이지만 감사 나온 사람들이 감사 지적 없이 돌아간 경우를 보았는가? 차라리 이런 걸로 감사 지적을 받으면, 큰 금전적·도덕적·법률적 문제가 아닌, 행정을 원활히 하기 위한 조치는 큰 지적도 아니다. 기관장의 지시에 의해 행해진 건 크게 문제되지도 않는다. 비단 규정 문제뿐만 아니라 책임이라는 건 가능한 한 책고 책임자부터 지는 것으로 해야 조직이 원활히 돌아간다. 책임 소재는 명확히 밝히는 것도 중요하지만 직원들이 과감하게 일할 수 있게 상사가 바람막이를 해주는 게 필요하다. 책임을 부하직원에게만 떠맡기는 상사는 그 직위에 자격이 없는 사람이다.

실제로 한국산업기술시험원(KTL)에 산업자원부 감사에서 우수 감사자로서 장관상을 받으라는 공문이 온 적이 있다. 나는 이미 과기처 장관 우수 연구원 표창이 있었던지라 나 말고 다른 사람을 주도록 한 일이 있었다. 요지는 이렇다. 규정 재 개정을 잘해서 업무의 효율을 올렸고 새로운 일에 적합한 규정을 만드는 데 솔선수범해서 기관업무에 기여했다는 내용이었다. 말하자면 정부의 감사기관이 필요한 규정을 현실에 적용되게 만들면 이렇게 표창까지 받는 마당에, 규정에만 매달린다는 건 어불성설이다. 규정이 문제가 되어 장벽이 되면 절차에 따라 개정하면 된다. 현실의 규정만을 신주단지 다루듯 하는 행위는 현실 안주의 측면이 강하다. 그러면 업무의 활성화가 어긋난다.

규정을 권위의 수단으로 여기는 형태는 규정의 속성을 모르기 때문이다. 규정이란 일을 옭아매는 데 목적이 있는 것이 아니라, 일을 효율적으로 모순 없게 하는 장치인 것이다. 직장에서 규정 때문에 문제가 생긴다면 이런 점을 유의해서 개정하는 방향으로 가는 게 합리적이고 맞는다. 새로운 일을 개척하는데 기존의 규정으로 대처하겠다는 발상은 어리석다.

기관의 현황을 파악하던 중 각 센터가 독립적으로 운영되고 있었음을 알게 되었다. 독립적으로 설립되었지만 정부의 방침에 따라 가버너 체제로 만들었다. 정관에 의하면 각 센터 장은 원장의 지시에 의해 업무를 관장하도록 되어 있다. 법인도 온전히 하나다. 원장을 선임하기 위한 면접에서 한 이사분이 이런 질문을 했었다. 10개 정도의 센터와 부서가 있는데, 사실상 이들 부서의 장은 어찌 보면 원장 역할을 한다. 그런데 원장이 되면 이를 어떻게 운영하겠는가? 옥상옥이 아닌가? 나는 그때 이렇게 답변했다. 법인이 하나고 원장이 한 사람인데 어찌되어 이렇게 운영되는가? 제가 원장이 되고 사실이면 관련법과 규정을 확인해서, 통합이 가능하다면 원칙대로 시행할 것이다. 무슨 어려움이 있어 이런 상태로 왔는지는 모르지만, 나로서는 이해되지 않는다. 이 부분부터 먼저 제대로 혁신해보겠다는 요지의 답변을 했다. 그런데 망발(?)을 했다. 이사님들은 이 지경이 되도록 뭐 하신 겁니까? 어차피 원장은 안 된다고 생각했으니 할 수 있었던 말이다.

그래서 원장으로 일을 하기 시작하면서 이 일에 관련된 의견 청취와 관련 규정을 면밀히 검토하기 시작했다. 아무리 보아도 이건 아니다. 며칠 만에 전 부서장에게 요구했다. 신임 원장이 왔는데 센터 장들이 규정에 의하면 경영진으로 정의되어 있는데, 왜 신임 원장에게 재신임을 물어보지도 않는가? 원장의 명령을 받아 직무를 수행하게 되어 있는데, 원장의 명령을 받아서 했는가? 무슨 근거로 별도 법인처럼 독립적 운영을 했는가? 등등 세차게 몰아붙였다. 당연히 반발이 왜 없었겠는가? 이제껏 그렇게 운영되어왔는데 왜 그러느냐는 형태의 문제 제기를 했다.

또 한 가지는, 센터 장은 공모에 의해 선임되며 원장과 임기가 3년으로 동일하다. 선임 부서장은 원장이 해임요청도 함부로 하지 못하고 이사회를 거쳐 장관의 승인을 받아야 한다. 다른 센터 장들은 원장의 해임요청에 의해 이사회에서 승인을 받아야 한다. 부서장의 취임식도 외부 인사들이 초청되어 거행된다. 부서장들의 항변도 일리가 없는 것은 아니다. 내가 부임하기 전에 일어난 일들을 파악해보니 원장은 모르고 있었던 듯하다. 해당 센터만 집중적으로 피해를 입어 생사의 기로에 서 있었다.

독립적 운영이 제일 큰 문제로 파악되었다. 이미 감사원 감사, 당시 지경부 감사, 대구시 감사에서도 지적된 부분이다. 더 큰 문제는, 각 센터는 국가 대형 국책 프로젝트가 대부분인데, 이런 일이 생기면 프로젝트 중단 사태까지 간다는 것이다. 국책 프로젝트가 끝나면 그만한 대형 프로젝트가 없으면 그 센터는 자생력을 잃어버릴 정도였다. 직원 인사이동을 마치고 센터 간 독립 운영하던 것을 본원으로 통합작업을 시작했다. 주요 업무인 인사권, 예산·회계권, 행정권 등을 모두 원장에게 일원화하는 작업이었다.

이 또한 만만한 작업이 아니었다. 우선 회계업무가 각각 하던 것을 통합 운영하려니 계정 분류부터가 통일되지 않은 실정이어서 여간 복잡한 게 아니다. 이러니 회계감사인들 제대로 되었겠는가? 할 수 없어서 전에 다니던 직장에 도움을 부탁해서 계정 관련 자문과 자료를 받아서 응급조치 했다. 그리고 위임전결 규정을 손봐서 원장을 최정점으로 해서 개선했다.

무슨 연유인지는 몰라도 중국의 큰 행사에 내가 초대를 받았다. 강연도 요청받았다. 북경시장(중국 정협 부주석 겸임)과 과기부 장관도 참석한다. 외빈의 모임도 중국인민대회당에서 환영회 겸 대형 발표회도 있다. 보통 규모가 아닌 듯했다. 인민대회당은 실제 가보면 엄청나게 큰데, 거기가 만원이었다고 상상해보라. 어떻게 대구테크노파크를 알았으며, 내가 원장으로 있는지는 어떻게 알았는지 궁금했다. 나중에 안 사실이지만 아시아테크노파크협의회의 상설 사무국이 대구에 있고 바로 우리 건물에 있었다. 나는 협의회 실행이사로서 초대된 줄은 생각도 못 했다. 초대장에 우리 기관 원장 명의로 되어 있었기 때문이다.

북경 인민대회당,
청중이 정말 많다

게다가 부임한 지도 그리 오래되지 않아 상당히 망설여졌다. 한참 개혁작업이 속도를 내기도 했지만 대구시 간부와의 갈등도 있던 터라 쉽게 결정을 못 했다. 직원을 시켜서 참석이 어렵다고도 했지만 꼭 참석해달라는데 거절도 정도껏 해야지 예의가 아니다. 중국 북경에서는 이전 직장에 있을 때 중국의 같은 기관과 유대관계도 밀접하고 그쪽 원장 이하 간부진과 중국 정부 표준 관련 차관과도 안면이 있던 터라 더 이상 거절하지를 못하고 방문했다. 가는 김에 중국 정부 고위층과 관련 기관 원장과 대구테크노파크와 협력할 일도 모색할 겸해서다. 단 5일 출장이다. 바로 직전 센터 장이 비리로 구속되어 회사가 언론으로부터 질타를 계속 당하는 시점이었다.

신임 센터 장이 공모로 선임되었지만 근본적인 문제가 해결될 것 같지가 않았다. 내가 보기에는 난망 상태였다. 대형 프로젝트는 중단 위기에 처해 있었다. 센터의 최고 책임자가 미덥지 않았다. 내부 갈등까지 표출된 상황이라 무슨 조치를 취해야 할 형편이었다. 겨우 감독기관이자 자금을 주는 기관장을 만나고 유관 본부장과 실무진을 만나서 원장인 내가 책임지고 해결하겠다고 강력한 의지를 표명함으로써 그나마 시간을 벌어두긴 했다. 일정을 살펴보니 5일은 자리를 비워도 큰 문제가 일어날 소지가 적었다. 큰 경종을 해당 센터에 내릴 필요가 있다고 판단했다.

정관과 규정을 면밀히 살펴보니 실마리가 조금 보였다. '센터 장은 경영진으로서 원장의 명을 받아 업무를 집행한다'는 내용이었다. 센터 장은 공모로 선임되는 고로 함부로 징계하기가 쉽지 않다. 이때까지의 관례가 그러했다. 해임 건이 아니니 원장의 명령을 철회하는 방법을 강구했다. 출발 전날 센터 장과 프로젝트 총괄 책임자를 한꺼번에 직무정지시키고 떠났다.

북경에 도착하자마자 난리가 난 모양이다. 대구시 해당국장한테서 전화가 오고 빨리 조치를 철회하란다. 원장으로서 책임을 물었는데 내 책임 하에 단행한 것을 철회하라니? 말이 안 된다고 설전을 벌였다. 대구시가 왜 관여하는가? 나에게 맡겨라! 내가 알아서 하고 책임도 내가 진다! 전화를 끊어버렸다. 우리 기관을 산업부와 대구시가 설립했다 해도 원장에게 이 무슨 망발이고 간섭인가? 아예 전화기를 꺼버렸다. 그러자 대동했던 간부에게 계속 전화를 하는 모양이었다. 나하고 다른 곳에 있다고 하고, 나는 전화를 아예 받지 않았다. 내가 돌아가서 모든 결정을 한다고 전언만 하게 했다.

한국에 돌아오자 만나잔다. 마침 경주에서 회의가 있어서 경주 모임장소 모처에서 만나기로 했다. 도대체 무슨 연유로 그러느냐고 했더니, 원장의 월권에다 대구시와 협의도 없이 왜 일을 이렇게 하느냐는 것이었다. 나는 정관과 규정에 있는 대로 했는데 그게 문제라니? 오히려 대구시가 이상한 게 아닌가? 하고 반문했다. 언성이 높아지기도 했다.

조금씩 진정이 되고 정관과 규정의 예의 해당항목을 설명한다. 그런 규정이 있는지 몰랐던 모양이다. 일은 잘 수습되고 회의에 참석해서 무사히 마무리 지었다. 내가 그런 조치를 한 것은 해당 센터를 제대로 책임감을 갖고 해결 노력을 하지 않으면 해임과 파면까지도 고려하기 위해서였다. 강경 자세를 보임으로써 정신을 바짝 차리게 하려고 조치를 한 것이다.

다음날 나는 내 사무실로 왔다. 해결하지 못할 정도로 힘들다면 책임지고 사표를 낼 것을 종용했다. 센터가 풍전등화이고, 비록 전임자가 저질렀다고 한들 뒷수습은 당연히 후임자가 하는 게 맞다. 그리고 대형 프로젝트가 이미 중단으로 일차 결론이 난 상태인데, 책임지지 못하는 경우가 생겨서는 안 된다. 내가 의사회에 해임 안을 상정하겠다고 최후통첩을 했다. 원장이 죽으라고 뛰면서 해결하려고 동분서주하고 있는데, 관계기관 어디를 가봐도 노력한 흔적이 없다.

나도 첫 출근 때 국정감사에서 똑같이 국회의원들에게 약속한 바가 있다. 해결이 안 되고 구조조정을 해야 한다면 할 수밖에 없다. 해결이 되면 나도 어느 한 센터가 대형 프로젝트가 끊기더라도 본원이 나서서 살리는 방안을 강구할 것이다. 대대적으로 새로운 업무를 계속 발굴하게 노력하겠다. 그렇지 않다면 나도 마무리한 연후에 사퇴할 생각이었다. 전임자의 잘못이라 할지라도 후임자가 해결 못 한다면 이유 여부를 불문하고 책임을 진다는 게 내 방침이고 그렇게 천명했기 때문이다. 이 뭐꼬? 부러질지언정 구부러지지는 않는다.

중국 출장 이야기로 돌아간다. 첫째 날은 대형 원탁회의 형식으로 주요국 대사와 전문가가 도합 20여 명으로 주제토론 형식이었다. 참석해서 알았는데 UN에서 중국의 환경·에너지 문제를 위해서 설립한 국제기구가 주최하는 박람회 형태였다. 사무국장의 경과보고를 통해서 알았다. 나는 대구에서 잘하는 게 한여름에 대구 도로에 스프링 쿨러가 작동해서 물을 뿌려 온도를 내려주는 것이라고 생각한다. 먼지도 씻어내는데, 이런 형태를 북경에도 도입하면 좋을 것 같다.

좁은 차도에서 살수차를 이용하는 사례를 설명했다. 그리고 대구시는 미래 에너지를 위해서 Solar Farm(태양광, 태양열 집적단지 : 실행 여부는 모름)을 금호강과 낙동강을 따라 설치 계획을 수립 중이다. 아울러 강변 주변을 시민 휴식처로 개발할 계획을 설명했다. 다행스럽게도 현안에 딱 맞는 주제가 대구에서 행해지는 걸 발표할 수 있어서 퍽 다행스럽고 자랑스러웠다.

오후 4시쯤 회의가 끝나고 북경대극장에서 공연을 관람한 후 멋진 정찬을 하고 호텔로 돌아왔다. 긴장해서 그런지 몹시 피곤해서 그냥 잠들어버렸다. 다음날 일정을 통보해주는데 인민대회당에서 환영식 및 발표회가 있단다. 보안 때문에 버스로 이동한다고 한다. 인민대회당에 도착해서 특별 비표를 받고 접견실로 안내받았다. 중국 주요 지도자들의 고향 성(星)의 이름을 따와서 접견실 이름들을 붙였다고 한다. 국빈들이 오면 이들 방 중 하나에서 상견례를 하고 차를 마시면서 약간의 환담을 한다. 우리는 모택동 주석의 고향 성 방으로 안내되었다. 정부 고위층인 북경시장 겸 중국 공산당 정협(정치협상회의) 부주석과 과기부 장관을 중심으로 기념 촬영을 했다. 그리고 안내자를 따라 커튼을 제치니 바로 인민대회당 단상이 보였다.

명찰이 놓인 순서대로 입장해서 자리에 앉으니 앞의 군중들이 까마득하게 모여 있다. TV에서 종종 봤지만 단상에 앉아서 내려다보고 올려다보니 이렇게 큰 대강당을 어떻게 지었나 싶다. 소위 주석단이 앉는 자리에 내가 앉아 있으니 감개무량함이 어쩔 수가 없다. 저렇게 많은 사람이 들어온 것도 신기할 정도였다. 중앙 천장의 별모양도 생각보다 엄청나게 컸다.

끝나고 인민대회당에 대해서 설명해주는데 어안이 벙벙할 정도였다. 이 건물을 짓기 위해 중국 정부가 총력을 기울인 것은 물론 세계적 건축 기술에 대해 아주 자랑스럽게 설명한다. 과연 말 그대로 장관이었다. 당시 건축물로서 기념비적 건축물임에 틀림없다. 이 건물의 건축 히스토리는 바로 앞의 박물관에 가면 자세히 전시되어 있다.

저녁에는 대극장 안의 레스토랑에서 휴식 겸 정찬을 하고 대극장을 둘러보는 호사를 누렸다. 중국답게 엄청 큰 규모의 건물로 현대적 감각이 빼어나다. 셋째 날에는 어디론가 데려가더니 대형 호텔의 강당으로 안내한다. 내가 강연할 곳이다. 나는 한국에서 주로 강연하던 주제로 전반부를 채우고 후반부는 우리 기관 소개로 구성되게 원고를 만들었다. 청중들이 얼마나 많은지 뒤에는 까마득한 것처럼 느껴졌다. 내 차례가 되어 단상으로 올라가 마이크를 잡고 시작하려는데, 기기들이 제대로 작동하지 않는다. 나는 농담을 하면서 아마도 기기가 나에게 여러분들을 촬영하라고 그러는 모양이라며 카메라를 꺼내 청중의 사진을 담기 시작했다. 아마도 강연하러 나와서 단상에서 강사가 사진 찍으리라고 청중들은 예상을 못 했나보다. 박수 소리에 소란스러워지더니 웃음들이 터져나왔다. 잠시 후 기기가 작동되어 뒤쪽 양면 대형 스크린에 내 원고가 투영되기 시작했다. 내가 강연한 제목은 "Can do? then Do it! and Enjoy it!"이었다.

북경 중관촌 강연, 내 인생을 강연하다

강연을 마치고 내 자리로 돌아와서 다른 강연자의 강연을 경청하고 있는데, 사무국 직원이 다가와서 잠깐 이야기하자며 밖으로 안내한다. 사무국장이 내일 한번 더 강연을 부탁한다. "어! 내일 약속이 있는데요" 했더니 죄송하지만 연기하면 안 되겠느냐고 한다. 할 수 없이 그러자고 했다. 어떤 모임에서 강연해야 하느냐고 물었다. 우리 기관과 유사한 기관인 동관촌이란 게 있다고 한다. 설명을 대충 들으니 규모가 어마아마하다.

다음날 좀 일찍 가서 동관촌에 대해서 알아보니 완전히 하나의 도시였다. 한 곳에서 숙식·생활·연구·기업 활동 등 모든 게 이루어진다. 우리 대구테크노파크가 전국 테크노파크 중에 제일 크고 약 250여 개의 기업과 기관이 들어와 있는데, 우리보다 100배 이상 크다. 예산도 우리 기관 1년 예산이 1200억 원 정도인데 달러로 약 1억 달러 안팎이란다. 우리 기관 예산보다 100배가 훨씬 넘는 100억 달러가 훌쩍 넘는다. 과연 중국이 대국은 대국이구나 싶었다. 아직은 여러 가지 경험이 모자라서 나에게 강연을 부탁하지만, 멀지 않은 미래에 대단한 경쟁자가 될 것이다.

여기서 깨달은 게 있다. 우리 기관도 정신 바짝 차리고 이들이 따라오기 전에 노하우를 팔아서 자금을 만드는 방안을 만들어야겠다는 것이다. 이를 위해 나와 20년 가까이 연계를 깊이 맺어온 2개 기관의 원장과 이사장을 만나서 넌지시 의견을 떠봤다. 의외로 반응이 좋았다. 실제로 이것은 귀국하자마자 구체화시키게 된다.

귀국해서 본원을 성서공단으로 이전할 것을 추진했다. 본원은 동대구역 주변 대로상에 있다. 우리 센터들이 상당히 모여 있는 곳이 성서공단이다. 당연히 본원은 대구 산업 중심지인 성서공단으로 옮기는 게 맞다. 요지에 있는 빌딩이므로 본원을 성서공단으로 이전하면 건물 렌트비가 상당할 것이라고 생각되었다. 임금체계 개선 및 복지예산을 확보하려는 의도이다. 출연기관이 수익사업이 없으면 여러 제약이 동반된다. 경영이 꼼짝달싹 못 하는 형국이다. 원장 부임 후 돈을 만들기 위해 동분서주해서 성과가 좋다. 그래도 많은 직원들이 안정적으로 근무하려면 더 많은 재원이 필요했다. 이것도 브레이크가 걸린다. 결국은 여러 가지 이유로 성사되지 못해 안타깝기만 하던 상황이 떠오른다.

수익 창출

돈이 있어야 경영이 된다. 우선 돈이 있어야 뭔가를 할 수 있다. 자금이 관계되지 않는 경영이란 있을 수 없다. 정부의 정책자금으로 꾸준히 지원되는 기관을 제외하고는 가장 큰 문제를 야기할 수 있는 게 자금이다. 이런 면에서 비록 공공기관이라 할지라도 예외는 아니다. 자금이 없으면 당장 직원들이 문제가 되기 때문이다. 직원도 직원이려니와 당장 우리의 업무 기능인 중소기업 지원도 위축되어 본래의 설립 목적이 훼손되기 십상이다.

그렇다고 우리 같은 기관은 빚을 내서 경영할 수도 없다. 이런 일을 방지하기 위해서 위기를 대비한 최소한의 자금은 축적되어 있어야 한다. 그래야 경영이 지속 가능하다. 천수답처럼 정부에서 주는 돈만 보고 있다가 자금이 끊어지면 제일 먼저 직원들이 퇴출된다. 실제로 이런 일이 눈앞에서 벌어지고 있다. 대책을 수립하지 않으면 미래가 언제나 불안하게 되어 있다.

그래서 USA나 중국 쪽에서 수익 모델을 만들면서 우리 기관도 든든하게 만들고 중소기업도 도와줄 수 있는 신규 사업을 찾았다. 우리 기관의 고유 업무와 연계성이 강해야 하고 우리 기관의 설립 목적에 부합되는 최선의 방안이 필요하다. 우리 기관은 센터별 고유 사업이 대형으로 이루어지고 있다. 대형 과제라는 게 기초과학이 아닌 응용과학 분야에서는 대체로 종국에는 수익모델로 전환되지 않으면 성공한 것이 못 된다.

존재 자체도 퇴색되어 위기를 겪을 수밖에 없다.

대구에 중국의 시험·인증 기관을 유치하자. 대구테크노파크의 주요사업별 자율 시험·인증 마크 업무를 하자. 여기에 착안해야 했다. 그리고 마침 내가 30여 년 근무한 기관의 업무와 연계하면 될 것으로 판단되었다. 모든 공산품이나 식품류에는 시험·인증이 필수다. 국가가 정하는 시스템도 있고 자율적인 시스템도 있다. 기본은 모든 품질에 있어서 안전이나 위해요인을 사전에 인정받는 기초 품질에 관련된 것들은 강제 인증인 경우가 대부분이다. 국민의 안전을 지키기 위한 시스템이다. 모든 회사가 이를 잘 지키면 공산품이나 가공식품에 위해 요소는 대부분 없어진다. 선진국은 이를 철저히 지켜서 소비자에게 위해 요소가 거의 없다. 우리나라는 비뚤어진 상술로 인증을 받을 때만 지키고, 시장에 팔 때는 이를 지키지 않는 업체들이 있어 사회문제가 되는 경우가 제법 많다. 이게 바로 지켜지면 선진국이 되는 것이고, 이게 바로 지켜지지 않으면 후진국으로 분류해도 무리가 없다. 우리나라는 이런 면에서 아직 후진성을 못 벗어나고 있다.

다음은 자율적 시험·인증으로 주류 성능품질에 해당한다. 이는 소비자가 판단해서 구매할 수도 있지만, 권위 있는 기관이 인정을 하면 소비자는 전문지식이 없더라도 믿을 수 있게 해주는 시스템이다. 세계적 추세는 강제인증도 자율인증 시스템으로 전환되는 추세이다. 이는 선진국일수록 잘 지켜져서, 자율인증으로 전환해도 소비자들이 인증받은 제품을 확인하고 구매하기 때문에 가능해진다. 예를 들면 북미 대륙이나 서유럽 국가들에서 극히 최소한의 강제인증을 제외하고는 자율인증으로 전환했다. 우리는 이런 면에서도 후진국을 탈피하지 못하는 것이다. 기본은 누구나 법을 잘 따르는 국민들에게 가능하기 때문이다. 이런 점들을 고려해서 해당 기관들은 사후관리를 철저히 해서 보완하는 시스템을 유지해서 그나마 후진성을 탈피해야 한다.

우리 기관이 이런 자율 시험·인증을 하기에는 아주 적합한 기관이다. 대구에 있는 다른 기관의 전문분야를 함께하면 상당한 시너지 효과를 얻게 되어 자율 인증의 성과가 날 것으로 판단된다. 이런 시스템은 자기 나라 자기 지역 중심으로 부가가치를 형성하기는 역부족이다. 다행히 우리는 중국이라는 거대 시장이 있어 충분히 승산이 있다. 방법은 중국의 시험·인증 기관을 서울이 아닌 대구로 유치하는 것이다. 다시 말해서 우리나라에서 중국에 수출하는 모든 공산품과 가공식품류는 중국 당국의 시험·인증을 받아야 하는데, 중국 기관의 시험·인증 업무를 하는 한국 현지법인이 없다. 다만 중공업 분야의 검정 사업이 대부분이라 중국 기관과 우리 기관이 협력하면 승산이 많았다. 그래서 내가 30여 년이나 근무한 전공분야를 살려 도전하는 사업이다.

사실 서울에는 해외의 시험·인증기관이 많지만 유독 중국만 없는 것도 찬스다. 서울은 다른 인프라는 잘되어 있어 편리하지만 교통이 복잡하고 불편해서 상당히 애로가 많다. 중국 기관의 한국 현지법인을 대구에 설립하면 중국 측에서도 상당한 이익이 되는 데다가 장비·건물에 큰 규모의 투자를 하지 않아도 되는 것이다. 우리 기관의 공간과 장비 그리고 인력을 활용하면 우리는 그에 대한 대가를 얻고, 중국 기관은 수수료를 받으면 되는 것이다. 중국은 강제 시험·인증 시스템을 운영하는 국가여서, 대구에 설립하면 전국의 대 중국 수출업체는 반드시 대구를 방문할 수밖에 없다. 대신에 한국에서 우리 기관과 상호협력해서 운영하므로 한국말로 할 수 있는 데다가, 중국까지 가지 않아도 되니 간접비용이 훨씬 덜 들게 되어 쌍수를 들고 환영할 것은 자명한 일이다. 게다가 시험·인증에 소요되는 시간도 대폭 절약되어 적기에 중국 시장에 진출할 수 있다. 그러니 중국 기관이 대구에 설립되기만 한다면, 이 사업의 시장성은 우려할 필요가 전혀 없다.

북경에 직접 가서 2개 기관(각 기관 당 중국 전국에 근무인원이 3만 명이 넘는다)의 CEO들과 협의가 원활하게 진행되었다. 원장을 사임하기 전에 중국 측 고위층이 방문해서 긍정적인 반응을 보였다. 원장 사임 후에 이 일만은 추진했으면 했는데, 규정 때문에 고문 또는 자문을 할 수가 없단다. 나도 멍청하기는 매한가지다. 사표 내고 이 무슨 일 욕심인가? 머리가 안 돌아가면 이런 일쯤은 바로 감내하는 게 능력이다. 할 수가 없어 못 한다. 아쉽다!

中共中央政治局委员、北京市委书记郭金龙，全国政协副主席、科技部部长万钢接见参加“第十六届中国北京国际科技产业博览会”的部分贵宾

Guo Jinlong, Member of the Political Bureau of the CPC Central Committee and Secretary of Beijing Municipal Committee of CPC and Wan Gang, Vice Chairman of CPPCC and Minister of Science and Technology received some of the distinguished guests participating in the 16th China Beijing International High-Tech Expo

2013. 5. 21

북경 국제포럼, 북경 시장과 과학기술정보통신부 장관과 함께

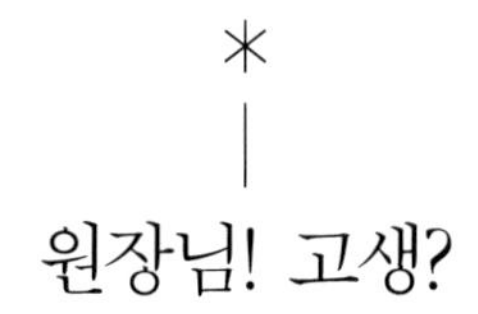

원장님! 고생?

“원장님, 고생하시겠습니다.”

산업부 고위관리가 하는 말이다. 덧붙이길 “뭐 그리 이상한 사람이 있는지요?” 한다. 테크노파크 원장들과 경영진들의 모임이 산업부 주관으로 무주구천동에서 열렸을 때이다. 누군가가 자기에게 와서 여러 가지 현황을 설명하면서 나를 비판하더란다. 그들에게 나는 4차원 공간에 사는 사람 같다 했으니, 중앙부처에 간들 다르게 말할 일이야 있겠는가? 이 사람 잘못 골랐다. 하필이면 산자부 고위층에게 나를 헐뜯다니? 산업부는 내가 국가 대형 프로젝트를 많이 성공해서 팥으로 메주를 쑨대도 믿는데, 그런 곳에 가서? 오히려 나는 산업부 고위관료에게 가서, 어차피 나는 자리에 연연하지도 않는다, 간혹 그런 사람들에게 시달리기도 한다, 그렇다고 내 의지가 꺾일 일은 없을 테니 안심하라고 위로를 했다.

이 사람들 자기네들이 이상한 사람으로 몰리는 걸 아는지 모르겠다. 내가 겪어본 중앙정부 고위관료는 그래도 나라를 위해서 일한다. 단순히 권력을 뽐내지는 않는다. 공무원들이 문제가 있는 것도 사실이지만, 그래도 이런 사람들이 있기에 나라는 돌아간다. 반대로 지방에서 일부이긴 하지만 큰 권력이라도 향유하는 양 거들먹거리는 공무원들은 자신이 부끄럽지도 않은 모양이다. 자신이 무엇인지 모르니 생기는 일이다. 구태의 틀을 아직도 못 벗어난 사람들이 있으니 언제나 깨달을는지!

내가 대구테크노파크에 부임한 지 일주일도 안 되었을 때 대구시의 한

공무원이 내게 한 말이 있다.

"아무도 믿지 마세요! 그렇다고 안 믿을 수도 없잖아요?"

처음에는 무슨 말을 이렇게 하나 싶었다. 얼마 지나지 않아 그 말뜻을 알게 됐다. 나의 일거수일투족이 대구시에 알려진다. 왜 이러는 것일까? 그렇든 말든 나는 개의치 않았다.

이런 일도 있었다. 대구의 유력지 기자가 나를 그들과 화해시켜주겠다고 했다. 내 측에서 척을 진 적이 없으니 그들이 원한다면 나는 좋다고 했다. 그런데 그들이 이상한 일에 연루되어 상황이 좋지 않아 그것도 물거품이 된다. 나와는 전혀 상관없는 일이다. 그럼에도 우리 기관에 원망의 말은 한다는 소리를 듣고는 어이가 없었다. 나는 그런 일이 있는 줄도 몰랐다. 우연히 대학 동기가 모 기관장을 맡고 있는데 나보고 우려를 한다. 자기는 몹시 힘들단다. 대구와 연고가 없어서 더욱 그런 것 아닌가 싶단다. 그래도 나는 중고등학교를 대구에서 나왔으니 조금 덜하기는 하겠다면서 웃는다. 왜 그럴까? 지방 토호 등 일부 사람들 때문이 아닌가 싶다.

어디나 토호(나쁜 의미만은 아니다)가 있기 마련이겠지만 배타적인 것은 분명 문제가 있다. 나도 근 40년을 넘게 서울에서 활동했으니 그들에게는 외지인으로 비춰지지 않았을까? 신경이야 쓰이는 건 맞지만 내가 추진하는 일에 영향을 미치겠다고 해도 상관없다. 개의치 않으니까? 이때 내가 하는 말이 있다. 사내 대장부가 그런 일에 흔들리겠는가? 마음을 비우고 일을 하는 사람에게는 이런 게 가능하다. 통계적으로 봐도 졸장부가 큰소리 친다.

*

신문 고정칼럼

신문의 고정칼럼과 신문 아티컬 일부를 소개한다. 많이 줄여서 기억에 남는 것들을 추려보았다.

〈매일신문〉 고정 칼럼

언어유감

2010년 미국에서 3년 만에 돌아왔을 때입니다. 한참 우리나라에서 소통이란 단어가 유행처럼 쓰이고 있었습니다. 소통이란 건 좋은 말이고 필요한 것이니 우리나라도 좋아졌구나 생각했지요.

그런데 제법 이 단어에 익숙해질 때쯤 누군가 제게 소통하라고 하면서 말을 아끼라고 하더군요. 소통의 기본은 많은 대화를 통해 뜻을 충분히 교환하는 것인데도 말입니다. '아! 이 사람은 단어 뜻을 모르는구나'라고 생각했는데, 그게 아니었습니다. 단어가 왜곡되어 본래의 뜻은 어디 가버리고, 어떤 사람들에게는 그저 관념적 표현으로 자리 잡혀 있는 걸 알게 되었지요.

많은 사람들이 소통을 얘기하지만, 진실된 소통은 이루어지지 않는다는 걸 깨닫게 된 것이지요. 그 이후로 마음속으로는 언어의 기본에 충실하면서도 밖으로는 조심을 하게 되었습니다. 본래부터 직설적 화법이 제 버릇인데, 나이가 좀 들었다고 상대방이 행여나 오해할까 무척이나 조심하긴 하지만, 그 버릇이 어디 가겠습니까?

요즘 우리나라 기조 중의 하나가 창조경제이지 않습니까? 이게 좀 묘한 면이 있지 않나 생각을 해봅니다. 제가 생각하기에는 '창조경제'를 다른 말로 하면 '경제를 창조한다'이고, 경제를 산업에 국한해서 말하면 '산업을 창조한다'의 뜻이 되는데, 그럼 '산업혁명'만 일어나면 완벽하게 된다는 조금은 엉뚱한 결론에 이르게 됩니다. 개념상 '지금보다는 다른 생각'(Think different and/or Think new)으로 접근해야 더 맞지 않나 생각을 해봅니다.

다른 사람들이 보기에는 이런 생각들이 생뚱맞을 수도 있고 상식에 부합하는 아이디어가 아닐 수도 있겠지요. 기존의 생각과 관념에 의해서 판단되니까 비난(?)과 비판의 대상이 되기도 하고, 때로는 '쓸데없는 짓을 한다'거나 '자기 일이나 잘하지' 등등 힐난을 받게 되는 걸 보면 말입니다.

다른 예를 한 번 들어보겠습니다. 우리나라 속담 중에 '원숭이도 나무에서 떨어질 날 있다'라는 말이 있습니다. 이게 무슨 뜻인가요? 원숭이가 얼마나 나무를 잘 타면 나무에서 떨어지는 게 사건(?)이라는 이야기입니다. 전문가라면 모름지기 이래야 되지 않나 생각합니다. 본래 제 아무리 전문가라도 원숭이 나무 타기 정도면 전문가 중의 전문가 아니겠어요? 그런데 우리는 가끔 본래의 뜻은 잊어버리고 나쁜 뜻으로 쓰는 게 유감입니다. '장님 코끼리 만지기'라는 말도 그런 말 중의 하나가 아닐까 합니다.

앞서 말씀드린 속담들이 적나라하게 말해주는 것은 우리 인간의 사는 방식이 아닐까 합니다. 어떠한 정보라도 여럿을 종합해서 판단해야 사실에 가까운 정보가 된다는 뜻이지요. 무슨 일이든 이렇게 여러 각도에서 다양하게 보고 생각을 해야 비로소 정확하게 알게 되니까요.

우리가 가끔 하는 '복심'이라는 말도 사실 황당하기 짝이 없는 말이지요. 특히 고위직의 참모가 이러면 일을 망치는 경우도 있지 싶어서 하는 말입니다. 어디까지나 심증이 있더라도 말을 해서 정확히 확인해야지 '복심' 또는 '심중을 헤아려서' 이렇게 대응하는 것은 얼토당토않은 것이란 말입니다. 부처님의 최고 제자인 가섭이 부처님 말씀을 이런 식으로 이해하면 모를까요.

제 경우를 예로 들어보겠습니다. 미국에서 살 때 한국 교민들이 주말 점심에 우리집에 들르는 일이 가끔 있었지요. 그때마다 저는 라면을 맛있게 끓여서 대접을 하면 모두들 "아주 맛있다"고 했습니다. 김치를 송송 썰어서 물에 먼저 익히고서 감자를 감자칩처럼 얇게 잘라서 살짝 익힌 다음 라면을 넣고 적당한 불에 약 4분간 끓이면 별난! 맛을 가진 라면이 완성됩니다. 그런데 언뜻 소문에 '맛없었다'는 사람이 있더라고요. 저는 이렇게 전후가 다른 사람은 솔직히 별로이더군요. 직설적으로 말하기 곤란하면 적당히 둘러대든가, 아니면 말을 하지 말아야 하는 게 아닌지 모르겠네요.

제가 드리고자 하는 말씀은 항상 이렇게는 되지 않겠지만, 가능한 한 본심을 제대로 말해서 오해가 생기지 않도록 해야 한다는 것입니다. 그래야 본인이나 다른 사람의 작은 행복에 상처를 입히지 않게 될 것이니까요.

그리스 신화 이야기를 해봅니다. 헤라클레스가 죽게 되는 사연입니다. 헤라클레스가 전쟁에서 승리하여 아리따운 미녀를 얻게 되고, 승리의 영광을 아버지인 제우스에게 올리기 위해 제를 지내게 됩니다. 제를 지내기에 앞서 전령에게 제례복을 부인으로부터 가져오게 하지요. 그런데 이 전령이 시킨 대로 하지 않고 자기가 느끼는 대로, 생각되는 대로 부인에게 이야기를 하게 되지요. 부인은 사랑하는 사람에게 배신당했다고 생각하고 입으면 독이 퍼져 죽게 되는 옷을 보내게 됩니다. 뒤늦게 이 사실을 안 헤라클레스는 그 전령을 죽이고 본인이 직접 장작더미를 만들어 몸소 화장을 하게 됩니다.

그러나 헤라 여신이 헤라클레스의 장대한 인간의 모습을 보고 나서 모든 것을 용서하고 자기 딸(헤배 `Heba)을 주어 사위로 삼고 최초로 인간으로서 신이 되게 합니다. 인간의 말이 얼마나 위험을 초래할 수 있는지를 보여주는 이야기이며 교훈이지요.

아이고! 그게 아니라니까요

요즘 저는 4차원 인간이란 소리를 가끔 듣습니다. 저를 좀 엉뚱하다는 표현으로 얘기하는 것이겠지요. 그런데 제가 생각하기에는 5차원 인간이라고 해야 그들이 생각하는 개념(?)이 되지 않을까 생각합니다. 왜냐하면 사람은 4차원 피조물이고, 우리가 사는 곳이 4차원 시공간이기 때문이지요.

재미로 차원에 관해서 약간 더 설명을 해보도록 하지요. 차원이라는 것은 과거에는 덧셈으로 하위 차원에서 고차원으로 가는 것으로 설명했지만, 요즘 과학과 수학에서는 뺄셈으로 차원을 정의합니다. 즉 상위 차원을 자르면 바로 아래 차원이 된다는 것이지요. 쉽게 말해서 3차원 공간을 자르면 2차원, 2차원을 자르면 1차원이 되는 것입니다(아직까지 시간 차원은 제외).

조금 어려운 이야기이긴 하지만, 요즘 물리학계(특히 우주물리학)에서는 우리 우주가 10차원 내지는 11차원일 가능성이 매우 높은 것으로 유추하기도 하고, 이와 관련, 심혈을 기울여 연구하고 있습니다. 우주 근본을 구성하는 것에 대한 초끈이론(超-理論)이나 M이론(멤브레인우주 또는 막이론) 등이 그 대표적인 예이지요. 우리가 살고 있는 4차원을 제외한 나머지 차원은 여분의 차원으로 우리 인간에게는 느껴지지 않는 차원인 셈이지요. 지금 과학자나 수학자들은 이를 찾기 위해 골몰하고 있습니다. 만물의 모든 힘을 통일할 수 있는 가장 강력하고 유력한 이론이기 때문이 아닐까요.

이러니 보통 사람보다 엉뚱하다고 하려면, 보통의 시공간인 4차원이 아니라 5차원 인간이라야 맞는 말이라고 할 수 있지 않을까요. 저는 4차원이라는 말을 들을 때마다 오히려 그 말에 동의하며, 저 스스로도 그런 사람이라고 생각한다며 맞장구를 치곤 합니다. 뭔가를 새롭게 시작하려면 보통 생각만으로는 되지 않기 때문이지요. 요즘 흔히 말하는 창조경제를 위해서는 더더욱 그렇지 않을까 합니다. 한 차원 높게 생각하고 행동하려면 당연히 5차원 인간이 되는 수밖에 없다는 게 제 지론입니다.

비슷한 말로는 육감이라는 것이 있지요. 언뜻 생각하면 육감을 얘기하는 것이 비과학적인 것 같지만, 사실은 그렇지도 않습니다. 우리 인간의 오감은 직접적으로 느낄 수 있는 반면, 육감은 오감만큼 느끼지 못해서 그렇게 생각할 뿐입니다. 육감은 축적된 경험들이 우리 몸과 정신에 녹아 있어서 직접적으로 느끼지 못할지 모르지만, 중요한 판단의 기준이 되곤 합니다. 그래서 뭔가 색다른 일을 하려면 당연히 육감도 필요하고, 그러기 위해서는 다양한 생각과 행동을 해봄으로써 육감 능력을 키워야 한다는 것이 제 생각입니다.

지면상 많은 이야기는 못 하지만 위의 예만 보더라도 오늘의 제목이 왜 '아이고! 그게 아니라니까요'라는 게 이해가 되실는지 모르겠습니다.

직장과 행복

직장에서 행복 만들기가 가능하다면 여러분은 믿을 수 있겠습니까? 일간지에 보도된 설문조사 통계에 따르면 70%를 웃도는 직장인이 이직을 생각하고 있다는 기사에 저는 상당히 충격을 받았습니다.

막연히 이직을 한다고 해서 더 나아진다는 것이 가능할까요? 또 다른 스트레스로 실망하지는 않을까요? 만약 세상이 잘 조직되고 모든 것이 자유롭고 천국 같다면 과연 사람들이 살아가는 맛이 날까요? 이론적으로나 물리학적으로나 이렇게 되면 엄청난 재앙이 아닐까 합니다. 우주가 최초에 탄생할 때부터 순간적으로 불균형이 일어났고 그로 말미암아 우리가 사는 우주가 되었지요. 물론 그런 불균형이 없었다면 우리 우주는 물론 인류도 탄생할 수 없었고요.

이런 경우를 형식논리로 설명해보겠습니다. 사람은 누구나 행복하기를 바랍니다. 완전한 행복 상태가 되면 더 바랄 게 없겠지요. 하지만 그렇게 되면 활동력도 떨어지게 되고 도전이나 바라는 것도 거의 없어지다시피 하게 돼 인간의 최대 장점인 자유의지는 사라지게 되지 않을까요? 이런 상태가 지속하면 결국엔 죽음의 상태에 가까워지겠지요. 그럼 죽음과 완전한 행복은 동일 의미가 되어버리고, 이게 바로 형식논리의 허점이지요. 수학적으로도 이런 일이 성립한답니다. 반(1/2) 죽음=반(1/2) 삶, 여기서 반은 맞줄임이 되니까 결국 삶=죽음이 나오는 것도 같은 이치입니다.

제가 이런 이상한 논리를 들먹이는 이유는 세상사 모든 것이 불합리하고 불평등해서 우주생성 원리와 같다는 것이지요. 그래야만 더 나은 걸 위해 도전도 하고, 목표를 이루게 될 때 행복해하고 그 행복의 시효가 지나면 더 나은 단계로 가려고 노력하게 될 테니까요. 오늘은 본론에 들어가기에 앞서 서론이 너무 길어졌습니다.

직장을 자기가 성장하는 곳 중의 하나란 전제로 말씀을 드려보겠습니다. 직장은 중소기업이든 대기업이든 3D 업종이든 관계없이 생활의 터전입니다. 그리고 어떤 직장이든 자기 자신이 뭔가 이바지하고 바꾸고 희망을 발견하는 일이 우선이지요. 단지 월급 받는 곳으로만 생각하면 고달플 수밖에 없습니다.

지금 다니는 회사를 좋은 방향으로 바꾸어서 더 나은 직장으로 만들겠다는 생각이 들지 않아 이직하고 나서 그렇게 할 것으로 생각하는 경우가 많겠지만, 막상 이직을 하게 되면 그렇지 않은 사람이 많지 않을까

하는 생각을 해봅니다. 아무리 적성에 맞지 않는다 하더라도 경험을 쌓고 회사에 적응 또는 자기단련을 해보고 나서 나름대로 깨달은 사람이 더 이직에 성공하지 않을까요. 저도 S전자라는 좋은 직장에서 3년 만에 회사를 옮겼던 경험이 있습니다. 저는 자유분방한 데다 제 아이디어를 구현해보려는 마음이 강한 사람이었습니다. 물론 S전자에서도 그랬었지요. 하지만, 워낙 잘 짜이고 관리가 잘되는 조직이라 다른 이유도 있었지만 결국은 떠났지요.

하지만 3년 만에 새로 옮긴 직장은 판에 박힌 일의 연속이었습니다. 그럼에도 감사하게도 제가 맡은 일들을 끝내고 난 뒤엔 제 생각을 구현하는 시간이 허락되고 윗분들도 그걸 허용해주셨습니다. 그 덕분에 저는 그 직장에서 31년을 즐겁게 근무하고 은퇴를 했습니다. 결국 직장에서 제 스스로 행복을 만들면서 즐기게 된 셈이지요. 그런 직장 생활태도가 몸에 밴 탓에 주어진 업무를 제외하고는 제 스스로 어려운 일에 도전해 회사를 바꾸는 일에서 희열과 성취감을 느끼게 되었습니다. 이게 바로 직장의 행복이 아닐까 생각합니다.

그 직장을 은퇴한 후 쌓였던 제 경험들이 현재의 직장에 응모했을 때 비록 아무런 인맥 없이도 선발된 게 증명합니다. 저는 인맥의 도움 없이는 안 되는 곳이라 생각을 했었고, 제가 될 것이라는 기대는 하지 않았습니다. 하지만 저는 경험과 소신으로 당당했었고, 지금도 저와 기관이 가야 할 길이라면 마음 비우고 가고 있습니다. 육체는 피곤할지언정 마음은 흐뭇하며 이뤄가야 할 목표를 위해 조건 없이 일하고 있답니다. 너무 제 자랑만 늘어놓은 것 같지만, 직장과 행복이 연결된다는 걸 이야기하고자 한 것이니 너그럽게 이해해주시기 바랍니다.

'명품 대구'를 위한 제안

제가 〈매일신문〉에 칼럼을 쓴 지 벌써 1년이 되었나봅니다. 이번 회로 저의 글을 마감하니 감회가 새롭습니다. 그동안 대구테크노파크 원장을 하면서 과외로 어떻게 하면 대구의 산업을 좀 낫게 할까 고민했던 아이디어를 말씀드리면서 이 칼럼의 마지막을 기념하고자 합니다.

제가 이런 고민을 시작하게 된 것은 대구가 100년 후에 사라지는 것도 아닐 것이고, 지금도 충분히 대구라는 도시의 이름이 빛나고 있지만, 여러 아이디어를 여러모로 수집해서 중장기적으로 시행해나간다면 대구가 더 나은 명품 도시가 되지 않을까 생각해서입니다. 이런 제 아이디어에 다른 이의 생각을 보태고 다듬으면 더 좋은 것으로 탄생할 수도 있겠지요. 그런 마음과 저의 대구 사랑을 함께 담아보려고 합니다.

우선 제 생각에는 대구를 이렇게 하면 어떨까 합니다. 대구의 존재감을 실감하게 하는 것이 우선이라는 점에서, 개인적인 의견으로는 특정할 만한 상징물이 없는 것 같아 대구의 상징물을 만들어보는 것이 좋겠다는 생각이 듭니다. 그렇다면, 분위기 전환을 위해서 大邱를 大丘로 이름을 바꾸어 이를 모티브로 삼으면 어떨까 생각합니다. 본래 대구 이름이 단순했지만, 공자님의 이름이라는 이유로 바뀌게 되었으니 이제는 본래대로 돌아가도 되지 않을까 싶습니다. 大자를 형상화하여 500m 정도의 높이로 멋진 상징물을 만드는 것이지요. 예를 들자면 원통 뿔에 상단 디스크 형으로 해서 스카이 워크를 만들어도 좋고요. 필요하면 丘자 형태의 건물로 하면 어떨까요?

또한 대구의 존재감을 알리기 위해 대구의 가치와 관련해 DAEGU VALUE/ Do you know DAEGU! 등 도발적인 문구나 Made in Daegu, KOREA 또는 Made in Korea, DAEGU VALUE 등의 슬로건을 해외교포 마켓이나 백화점 등의 공간에 게재하는 등 적극적인 홍보도 필요하지 않을까 합니다.

또한 대구의 경전철을 활용하여 Colorful DAEGU를 실현하는 공간으로 활용하는 것도 좋은 방법이지 않을까요. 수평적 공간은 한계가 있으니 전철의 수직적 공간을 활용하여, 전철을 타러 가는 길을 시민들이 즐거울 수 있게 해주자는 것이지요. 시민들의 아이디어를 공모하는 것도 한 방법이겠지요.

대구의 관광명소인 앞산을 활용하는 것도 좋은 방법이지 않을까 합니다. 앞산 케이블카 주위를 재개발해서 문화 및 여유를 즐기는 공간으로 대구의 명물로 만드는 것이지요. 예를 들어 앞산 전망대에 270도 층층 레스토랑을 만들어 대구 전 조망은 물론 야경을 멋지게 볼 수 있게 하고, 지금의 케이블카 승강장과 도착점을 문화공간으로 개발하여 또 다른 관광명소가 될 수 있게 하는 겁니다.

산업적인 측면에서 저의 의견을 말씀드리자면, 중국의 시험·인증 기관을 대구로 유치하여 대구를 '시험·인증 도시'로 만드는 것은 어떨까 합니다. 대구에는 이미 충분한 인프라가 갖추어져 있고, 그에 따른 인력 집단도 보유하고 있으니, 충분히 승산이 있는 얘기지요.

마지막으로 저는 이제 새로운 노년을 개척할 겸 저의 삶에서 느낀 것들을 책과 강의로 젊은이들에게 전수해보려고 합니다. 국내외의 생활과 직장 등의 경험 및 여행 등에 대한 수필, 여행기, 취미록, 그리고 자서전 겸 삶의 방식 등의 내용을 담은 책을 저술하고 있습니다. 저의 다양한 경험을 대학생들에게 전수해주는 것이 저의 소망입니다. 사회의 혜택을 많이 받은 선배로서 후배 세대들에게 삶의 방향을 제시하는 것이 의무이자 보람 있는 일이라 생각됩니다.

[특별 기고] 이제는 대구 스타일이다!

대구! 나의 고향이다. 원래 나는 경남 합천 출신이다. 그러나 합천에서 태어났을 뿐 초등학교 때 대구에 나와 살았고 고등학교까지 내가 살았던 곳이다. 대학 진학을 위해 서울로 가긴 했어도 부모님과 동생들이 지금도 사는 곳이며, 명절이면 어김없이 머나먼 길을 마다 않고 찾아왔던 정겨운 곳이었다. 항상 그립고 오면 포근한 그런 곳이고 대구 사람이라는 프라이드를 지금껏 가져왔던 곳이다.

그런데 대구테크노파크 원장을 2개월여 전에 맡고 나서는 이게 아니라는 생각이 들었다. 자조 섞인 소리가 너무 많이 들렸기 때문이다. 전국에서 대구가 16개 전국 시도에서 1인당 지역내총생산(GRDP) 꼴찌라고 한다. 지역경제가 말이 아니라고 한다. 대구를 좋게 이야기하는 소리는 들을 수가 없다. 하지만 내 생각은 다르다. 나는 오히려 대구 특유의 이런 보수적 분위기와 자기주장이 강하고 비판하는 분위기가 어쩌면 넘쳐나는 에너지를 축적하고 있기 때문이 아닌가 한다.

요즘 나는 솔직히 대구에 미쳐 있다고 해도 과언이 아니다. 내가 생각하고 보고 듣고 하는 거의 모든 게 대구로 수렴되어 그렇다. 이러다 보니 내 직업적인 분야를 떠나서 모든 부분까지 관심의 대상이 된다. 그런데 답답한 구석이 있다. 내가 다른 지역의 사람 특히 외국인들에게 대구라는 것을 딱부러지게 간단하게 설명하는 게 그리 쉬운 일이 아니기 때문이다. 대구는 과연 어떤 도시인가? 한마디로 설명하기 정말 어렵다.

그래서 나는 고민에 고민을 거듭해보았지만 답을 쉽게 찾지 못했다. 아직도 가장 쉬운 답이 뭘까 생각이 그치질 않는다. 그래서 내가 생각해낸 것을 제안해보고자 한다.

우선 대구의 한자인 '大邱'의 '구'자를 '邱'에서 원래 글자인 '丘'자로 바꾸는 것을 제안한다. 공자님의 이름인 공구(孔丘)의 '丘'자와 겹친다고 해서, 원래의 이 '丘'자에서 새로운 '邱'로 바뀌었다고 하니 원래 이름으로 환원하는 것도 의미가 있지 않을까 싶어서다. 우리 대구의 원래 이름을 되찾는 것도 대구의 정체성 확립에 일조하지 않을까?

또 다른 한 가지는 대구의 상징물을 시민의 힘으로 한 번 만들어보면 어떨까 한다. 대구 하면 떠오르는 상징물 말이다.

예를 들면 대구 어딘가에 '大丘'의 '大'자를 형상화해서 높이를 약 500m로 하고 아래쪽에는 '丘'자 형상의 건물을 넣든가 아니면 이를 형상화해서 대구를 대표하는 상징물을 만들면 좋지 않을까? 이런 건축물이 들어선다면 앞으로 세계화에도, 관광자원 등으로도 유용할 것이 아니겠는가?

사실 세계는 대구를 알지 못한다. 오랜 국제무대의 경험에 비춰볼 때 세계는 대구가 존재(Exist)하는 것조차 모른다고 해도 지나친 말이 아니다. 내가 제안하는 것처럼 되면 어렵게 대구를 설명하지 않아도 관광도, 투자유치도 쉽게 되지 않을까? 대구시 역시 왜 애로사항이 없겠는가? 말할 수 없이 많을 것이다. 갈래갈래 다른 시민들의 의견을 하나로 묶어야 하고, 현실적으로 예산상의 문제도 있으리라 짐작된다.

그렇다고 포기할 수는 없는 일이다. 대구시의 예산이 모자라면 250만 시민을 상대로 모금운동이라도 벌일 수 있지 않은가? 이미 대구는 국채보상운동의 발원지로서 전국에 그 자긍심을 높인 경험도 있으니, 대구시민들의 힘을 하나로 모으는 자발적 운동이 결코 어려운 일만은 아닐 것이다.

기왕지사 하는 김에 대구의 경전철도 멋지게 꾸미면 더 좋지 않겠는가? 흘러내리는 형형색색의 분수도, 아치형 구조물도, 대구를 알리는 대형 사진도 활용할 수 있을 것이다. 이러면 '컬러풀 대구(Colourful Daegu)'로 다시 태어나 시민들의 자긍심과 애착심이 더해지지 않을까? 이렇게 되면 대구 경제가 다시 일어나는 계기도 될 수 있지 않을까? 더 나아가서 대구 시민 각계각층이 분발하는 계기도 될 것이고 화합의 동기도 되지 않을까 한다. 이런 에너지가 대구를 업그레이드하게 될 것은 자명한 일이다.

대구 시민 여러분! 우리 고장 대구를 우리 스스로 바꿔보시지 않겠습니까? 그것도 아주 멋지고 제대로 된 명품도시 대구로 말입니다.

일간신문 아티컬

〈한국일보〉 [이코노피플]

대구테크노파크 송인섭 원장

"대구테크노파크(대구 TP)가 별 잡음 없이 기업 지원을 '제대로 하는구나' 하는 소리를 들어야죠. 그런 길을 열어놓았다는 이야기를 듣고 싶습니다."

송인섭(60) 대구 TP 신임원장은 최근 각종 비리 등으로 따가운 눈총을 받고 있는 대구 TP를 추슬러 명예회복을 하는 데 총력을 기울일 작정이라고 했다.

송 신임원장은 취임식 대신 이달 9일부터 대구 TP 입주 기업 150여 개 사를 일일이 찾아 현장의 목소리를 들었다. "기업을 찾아다니며 기분이 무척 좋았어요. 몇몇 업체는 대구 TP의 도움을 받아 회사가 크게 성장해 공장을 새로 짓고 나간다고 했어요. 또한 업체마다 자부심과 열정이 대단하다는 것을 새삼 느꼈어요."

송 원장은 당분간 내부조직 정비에 전념할 생각이다. 모든 부서와 산하 센터를 원장 직속으로 두고 센터 장이나 단장을 선임할 때 공모제 대신 원장이 직접 뽑는 방식으로 바꿀 방침이다. 또 감사팀 신설과 별도로 장비 구입 등 비리 소지를 원천 차단할 계획이다.

송 원장은 대구 TP가 일반인에게 잘 알려지도록 홍보에도 신경 쓰겠다고 했다. "대구 TP가 예상 외로 기업에 지원하거나 개발한 제품이 무척 많더라고요. 대구 TP가 개발한 제품들에 스토리를 입혀 초등학생들의 견학 코스를 만들고 일반인들이 재미있게 구경하도록 할 생각입니다."

또한 대구 TP 건물이 7곳 있는데 내년부터 지역의 이공계 대학생들이 활용할 수 있는 공간을 마련하겠다고 했다. 송 원장은 독일이나 일본의 기업지원 기관과 협력을 강화하고 미주나 유럽의 대형마트 등에 대구 제품을 모아 전시할 수 있는 가칭 'D-store'도 추진할 계획이다.

이달 1일 대구 TP 6대 원장으로 취임한 송 원장은 서울대 및 동국대 대학원(전자공학과)을 졸업했으며 삼성전자 중앙연구소 연구원 및 한국산업기술시험원 본부장, 미국 현지법인 대표를 역임했다.

대구 TP 송인섭 신임 원장 '소통으로 위기극복'

"여러분 안녕하십니까꿍~!"

송인섭 대구테크노파크 신임원장(60)이 직원들에게 처음으로 띄운 메일 인사말이다. 기관장이 취임 후 직원들에게 날리는 첫 인사치고는 가벼워도 '너무' 가볍다. 하지만 지금은 직원들이 먼저 출근하는 원장에게 앙증맞은 표정으로 "안녕하십니까꿍~!"이라고 인사한다.

권위가 아닌 동료의식은 소통의 시작이었다. 각종 비리로 얼룩진 대구 TP를 떠맡은 신임 송인섭 원장은 사기가 땅에 떨어진 직원들을 추스르기 위해 자신을 낮춰 가깝게 다가가는 일부터 시작했다.

송 원장은 "TP는 지역 산업에 기여해야 하는 명확한 목적이 있다"며 "직원들은 성장한 대나무의 죽순처럼 성숙해 있어, 그 역량을 하나씩 끌어내기 위해서는 권위가 아닌 소통이 필요하다"고 강조했다.

이달 초 대구 TP 제6대 원장에 취임한 송 원장은 취임식을 따로 갖지 않았다. 취임식 대신 행사비용으로 떡을 마련해 지난 9일부터 사흘간 지역 150개 기업을 방문, 현장의 목소리를 듣는 강행군을 했다. 지역 정서대로 한다면 취임 후 첫 행보가 주요 단체장 방문이어야 하지만, 송 원장은 TP의 핵심 고객인 기업과의 소통이 먼저라며 기업 방문을 첫 공식 스케줄로 잡았다.

대구 TP는 지난 5월 지식경제부 감사에서 비리가 드러나 전임 원장과 센터 장이 중도하차한 곳이기 때문에 누가 TP를 맡을 것인가에 관심이 쏠렸다. 사실 송 원장이 선임되기까지 두 차례의 공모 과정을 거치며 우여곡절도 많았다.

"마음을 비웠습니다. 어려운 시기에 TP를 맡은 것은 기회라고 생각합니다. 3년 임기를 마치고 자리를 떠날 때 주위에서 '지역을 위해 어느 정도 기여했구나'라는 소리를 듣고 싶습니다."

송 원장은 일을 만들어 하는 스타일이다. 그만큼 하고 싶은 일도 많다는 뜻이다. 그는 "임기 전반을 혁신과 내실을 다지는 데 주력하고, 중·후반에는 해외시장과 글로벌 기업유치에 전력투구 하겠다"는 구상을 밝혔다.

특히 독일과 미 실리콘밸리, 일본 등에는 지역기업이 진출하는 데 실질적인 도움을 줄 기관과 협력관계를 맺을 계획이다. 이와 관련 지역 제품의 해외시장 개척을 위해 가칭 'D-Store'를 구축하고, 장기적으로 대구 포털로 확장하는 방안도 추진한다. 송 원장은 기업유치와 관련 "전기전자와 바이오, 신재생에너지 분야 글로벌 해외기업 한 개 공장 정도는 대구로 유치할 계획"이라며 이를 위한 구체적인 방법론도 제시했다.

직원 복지에도 남다른 관심을 나타냈다. 그는 "대구 TP 이직률이

20%나 될 정도로 근무여건이 열악하다"며 "웨딩 공간과 외부 광고판 임대 등으로 수익을 내 직원 복지에 쓰겠다"고 말했다. 직원들과 첫 만남에서 나왔던 아이디어를 기록한 작은 메모지를 주머니에서 꺼내든 송 원장은 "직원들과 얘기하며 희망을 발견했다"며 "기업 현장과 직원들의 목소리를 듣는 초심을 잃지 않기 위해 메모지를 오래 간직할 것 같다"고 했다.

〈매일경제신문〉

대구 가치 높여야 세계시장서 통한다

송인섭 (재)대구테크노파크 원장

"대구가 글로벌 시티로 도약하기 위해서는 경제·문화·관광 등 융합적 성장을 꾀해야 하고, 특히 대구가 가진 가치(DAEGU VALUE)를 높여야 세계시장에서 통할 수 있습니다."

지난해 11월 기업지원 기관인 (재)대구테크노파크(대구 TP) 수장으로 취임한 송인섭 원장은 생뚱맞게 첫 인사를 이렇게 건넸다. 사실 대구 TP는 기관 특성상 지역의 경제발전을 위해 설립됐기 때문에 이런 인사 자체는 다소 의외다.

이 같은 언행에 대해 "주변 사람들로부터 대구 TP 수장으로서 다소 부적절하다며 핀잔을 받기도 한다"는 송 원장은 "대구 경제가 발전하기 위해서는 결국 세계시장으로 눈을 돌려야 한다. 하지만 아직 세계인의 눈에는 '대구'라는 두 글자가 여전히 낯설고 생소, '지역기업에서 생산한 물건을 팔거나 외국 기업을 유치하는 데 한계가 있다'는 평소 지론(持論)을 밝혔을 뿐"이라고 담담하게 설명했다.

그의 이 같은 생각은 전 직장이던 한국산업기술시험원의 해외 현지법인 대표 등을 역임하며 체험한 오랜 생활에서 비롯됐다. "지역의 산업구조상 중소기업이 차지하는 비율은 거의 절대적이다. 그럼 지역경제가 살아나기 위한 정답은 의외로 명확하다. 바로 '글로벌 강소기업'을 육성하는 일이다"라고 강조한 송 원장은 "이를 위해 대구가 가진 가치가 올라가야만 지역기업이 생산한 제품에 대한 신뢰도가 생기고 이를 토대로 수출품목도 다양해지고 늘어날 수 있다"고 덧붙였다.

이는 산업 전반에 걸쳐 관통하는 '융합'이라는 키워드처럼 대구라는 도시가 글로벌 시티로 도약하기 위해서는 경제를 필두로 문화·관광 등이 어우러지는 융합적 성장을 꾀해야 한다는 평소 그의 생각에서 비롯됐다.

송 원장은 "독일의 유명한 제품으로 일명 '쌍둥이 칼'로 불리는 헹켈(Zwilling J. A. Henckels)에는 '메이드 인 저머니(Made in GERMANY)'가 아니라 '메이드 인 졸링겐(Made in Solingen)'이 적혀 있다"며 "대구보다 작은 도시 졸링겐에서 생산한 제품이 세계시장을 누비는 것을 보고 '우리도 할 수 있다'라는 자신감을 가져야 한다"고 말했다.

최근 대구 TP를 둘러싸고 벌어진 불미스런 일들에 대해 먼저 사과의 뜻을 피력했다. "두말할 필요가 없이 잘못했다. 하지만 그런 일들로 움츠려들어서는 안 된다는 얘기를 직원들에게 하고 있다"는 그는 "많은 실망감을 안겨드린 대구 시민과 경제인들에게 떳떳이 다가설 수 있도록 대구 TP 모든 구성원의 힘과 지혜를 모아 새로운 돌파구를 찾기 위해 더 많은 노력을 기울이고 있다"고 밝혔다.

또 송 원장은 "내부의 잘못된 부분부터 하나씩 고쳐나가고 있다"며 "우선 비리 자체가 발생하지 않고 조직과 체계 등에 대한 시스템을 전면 개선, 회계 시스템 및 행정인력 통합, 내부 감사실 신설 등을 올 상반기 중 마무리 짓고 새로운 모습으로 환골탈태(換骨奪胎)할 것"이라고 강조했다. 다만 '개혁과 혁신'이라는 내부 리모델링 공사를 하는 중이라 다소간의 잡음은 발생할 수 있어 믿고 맡겨달라는 지역사회에 대한 당부도 잊지 않았다.

송 원장은 비영리기관들의 공통적인 숙원인 수익사업에 대한 구상도 이미 세워놓고 있다. 대구 TP의 나노·모바일·바이오·한방 등 4개 특화 센터에 시험, 평가, 인증 사업 등으로 자체적인 재원도 마련할 계획이다.

"할 수 있다고? 그럼 해봐!(Can do? Then, Do it!)"라는 화두를 던진 송 원장은 "대구 TP가 테크노파크 1세대인 만큼 이제는 수도권과의 경쟁을 넘어 세계 속의 기관으로 성장할 수 있도록 막중한 책임감을 갖고 최선을 다하겠다"고 말했다. 취임식 대신 이례적으로 사흘간 입주 기업 100개사를 방문했던 그의 현장 중심의 행보가 대구 TP를 어떻게 변신시킬지 눈여겨볼 만하다.

〈한국일보〉 초대석

"강소기업 육성이 대구가 살 길입니다"

수도권과의 경쟁을 넘어 세계 속의 대구 위해 선봉
글로벌 중심도시 되려면 대구의 고유 가치 살려야
한방산업과 관광을 결합 '한방휴(休) 사업' 육성
독일 같은 세계적 기술력 보유하는 강소기업 육성

"가슴은 지역에, 눈은 세계로."

송인섭(61) 대구테크노파크(대구 TP) 원장은 대구가 발전하려면 세계 시장을 개척해야 하며, 중소기업이 대부분인 대구의 현실에 맞게 '강소기업'을 육성하는 길만이 살 길이라고 피력했다. 또 지난해 일어난 스캔들을 전화위복의 계기로 삼아 대구 TP가 수도권과의 경쟁을 넘어 세계

속의 대구를 위한 선봉에 설 것임을 강조했다.

지난해 고위 간부들의 횡령 등으로 전 원장 등이 물러나면서 송 원장이 지난해 11월 취임했다. 송 원장을 만나 대구 TP의 내부혁신 과정과 조직의 방향성 등에 대해 들어보았다.

- 대구 TP는 어떤 기관인가.

"1998년 지역 산·학·연·관의 협력을 통해 기술혁신 체계를 구축하고, 지역 산업구조 고도화 등을 통한 지역경제 활성화를 목적으로 출범했다. 수요자 중심의 기업지원 사업을 펴기 위해 차별화된 장비와 건물 등 인프라를 구축했다. 나노 모바일 바이오 한방 등 전략산업과 스타 기업 육성을 위한 인프라 조성, 기술개발, 인력양성 등의 사업을 성공적으로 수행해오고 있다. 모바일 융합 등 차세대 성장 동력 창출에 주력하고 있으며, 동대구벤처밸리와 성서공단, 각 대학에 거점을 둔 도심형 네트워크 등이 강점이다.“

- 취임한 지 반년 가까이 흘렀다. 스캔들이 재발하지 않도록 어떤 노력을 해왔나.

"잘못된 일이지만, 그 일 때문에 임직원들이 움츠러들어서는 안 된다. 실망한 지역민과 경제인들에게 떳떳이 다가설 수 있도록 전 구성원들의 힘과 지혜를 모으고 있다. 비리 자체가 일어나지 않도록 조직과 체계 등 시스템을 전면적으로 개선하고 있다. 회계 시스템 및 행정인력 통합, 자체 감사실 신설 등을 상반기 중으로 마무리 지어 환골탈태하는 모습을 보여주겠다. 개혁과 혁신이라는 리모델링 과정에서 다소간의 소음은 생길 수 있지만 믿고 맡겨주길 기대한다."

- 그동안 대구 TP를 어떻게 이끌어왔나.

"초심을 잃지 않고 조직의 방향성 재정립에 주력해왔다. 목표가 분명해야 내부 구성원들도 하나된 힘을 낼 수 있다. 전 직원들에게 현재에 안주하지 말자고 주문했다. 전국 18개 TP 중 선도 TP인 대구는 국내가 아닌 세계로 눈을 돌려야 한다. 이는 글로벌 강소기업 육성이라는 재단의 경영이념과 일치한다.

지역경제가 살아나려면 중소기업 비중이 절대적인 대구 실정에 맞게, 세계시장에서 무한경쟁을 펼칠 수 있는 강소기업을 육성하는 것이다. 글로벌 금융위기 속에서도 독일 경제가 끄떡없는 것은 세계시장 점유율 1위 품목이 852개일 정도로 압도적인 제조업 중심의 수출 경쟁력이 원동력이기 때문이다. 전문분야를 특화해 기술 우위를 갖춘 중소기업이 그 중심에 있다. "'가슴은 지역에, 눈은 세계에', 이 슬로건이 대구 TP가 나아갈 길이다."

- 올해 사업 추진 방향은?

"창조경제를 위한 생태 조성을 위해 신성장동력 확보를 통한 지역기업의 경쟁력 강화, 일자리 및 고용창출을 통한 지역경제 활성화에 역점을 두고 있다. 대규모 국책사업 유치, 국내외 기업과 우수 연구소 유치에 힘을 기울여 지역의 산업역량 제고에 매진할 것이다. '기업탐방 1박 2일', '일류기업-우수청소년 일자리 만남', '잡 콘서트' 등 일자리 창출 사업도 지속적으로 추진하겠다."

- 주목할 만한 역점 사업이 있다면.

"지역 한방산업과 관광을 연결, 휴양과 의료체험을 중심으로 하는 차별화된 관광 프로그램을 개발하는 '한방 휴(休)사업'을 추진할 계획이다. 35억 원의 사업비를 확보했고, 수성구의 한방의료, 달성군의 휴양, 청도군의 문화체험을 접목해 외국인 환자 3만 명 유치와 350여 개의 신규 일자리를 창출하겠다. 165억 원을 확보해 소재

기반 바이오헬스, 데이터 기반 지식 서비스, 정밀성형, 생산공정 기계, 패션웨어 분야 산업을 집중 육성한다."

- 앞으로 대구 TP를 어떻게 운영해나갈 계획인가.

"기업과 상생할 수 있도록 고민했고 현장에서 답을 찾았다. 취임식 대신 3일간 입주기업 100개사를 직접 방문하면서 현장의 목소리를 많이 들었다. 이렇게 모인 고민들을 슬기롭게 해결할 수 있도록 노력하겠다. 올 하반기쯤이면 문제에 대한 해결책이 나올 것이다. 비영리기관의 공통적인 숙원인 수익사업에 대한 계획도 세우고 있다. 나노 모바일 바이오 한방 4개 특화 센터에 시험과 평가 인증 사업 등으로 자체적인 재원을 마련해 지역경제 활성화라는 명제를 수행하는 데 흔들림 없이 매진하겠다."

- 대구가 글로벌도시로 도약하려면.

"대구가 가진 가치(Daegu Value)를 높여야 한다. 대구가 가진 가치가 올라가야만 지역기업이 생산한 제품에 대한 신뢰가 생기고, 이를 토대로 수출품목도 다양해지고 늘 수 있다. 독일의 유명한 주방용 칼인 헹켈에 붙은 라벨에는 '메이드 인 저머니'가 아니라 '메이드 인 졸링겐'이라고 적혀 있다."

- 해외 인적 네트워크가 대단하다던데.

"외국의 시험인증 기관과 나름 친분이 있다. 대구경북 기업이 해외 기술인증이나 시험인증 등에 도움이 될 수 있도록 하겠다. 이와 연계한 기업유치나 투자유치에 활용할 수 있는 방안을 연구 중이다.

〈매일신문〉

대구테크노파크 원장을 그만두면서

지면으로 저의 글을 읽어주신 여러분께 우선 고마움을 표합니다. 제 글을 읽으신 분들은 제 성격이나 철학을 이해하신 분들이 있겠지요? 솔직하고, 있는 그대로 표현하고, 할 일이 있으면 주저 없이 하고, 최선을 다해보고 아니다 싶으면 포기하는 등의 성격 말입니다. 어찌 보면 별스럽고 어찌 보면 소위 '또라이'(죄송한 표현이지만 용서 바랍니다)처럼 보이기도 했을 터입니다.

오늘은 제가 이색적인, 그러나 뜻있는 고백을 좀 하려고 합니다. 우선 제가 사직을 하니까 추측성 소문뿐만 아니라 심지어는 지어낸 이야기도 떠돌더군요. 제가 정확하게 밝힙니다. 사직을 결심한 뒤, 경영진에게 정확히 사의하는 사유를 설명하고 1주일간 잠적(?)을 했지요. 분명한 것은 저 자신이 아니라 기관을 위해 어떤 선택을 할 것인지가 판단 근거였음을 밝힙니다.

제가 선뜻 사직을 택하게 된 것은 기관이 한 번 더 도약해야겠다는 생각 때문입니다. 제가 이 기관에 부임해서 옳다고 생각되면 누구의 간섭도 없이 밀어붙였습니다. 물론 그 과정에서 충돌도 있었고 여러 압박도 받았지만, 경영진이 함께 뜻을 맞추었고 외부에서도 결국은 이해를 해주었으니까요.

그러나 숨어 있을지도 모르는 오랜 관습에 대한 구조개혁을 위해서는 새로운 원장이 임기 초기에 한 번 더 개혁하면 구조적인 문제는 많이 개선되리라 판단했지요. 시스템적으로 돌아가도록 말이지요. 그러면 자연히 기관의 관리운영이 수월해져서 미래를 위한 경영을 할 수 있을 것이니까요.

두 번째는 저는 이 기관을 위해서 새로운 돌파구가 없으면 미래가 밝지 않다고 보고, 미래의 먹거리를 많이 만들었지요. 하지만 제 뜻을 펴기에는 관리해야 할 일들이 너무 많아서 어찌하기가 어렵더군요. 관리만 한다면 저 같은 사람이 아니어도 되겠다는 생각에 이르러 결단을 내리는 또 한 가지 이유가 되었고요.

세 번째는 엉뚱하게도 브라질의 룰라 대통령에게서 많은 것을 느꼈기 때문입니다. 내가 아니면 안 된다? 그렇다면 브라질은 희망이 없다! 초등학교도 제대로 못 나온 룰라가 계속 집권을 해야 한다고 할 때 한 말입니다. 룰라 대통령의 말씀처럼 제가 그런 사람이 되지는 못할망정 좋은 점은 배워야 한다는 생각을 항상 했거든요.

제가 사직을 하고 나서 불명예 운운하거나 무슨 비리나 잘못이 있는 것으로 소문이 나기도 했지만, 저 스스로 적절한 시기라고 생각했고 사연도 있기에 오히려 떳떳하답니다. 언젠가 제 두 번째 자서전을 쓸 때 자랑스럽게 기록할 것입니다.

저는 경영이념으로 '깨끗하고 투명하게' 원장 직을 수행해야 한다고 다짐을 했었지요. 그래서 저는 선물을 받을 때 원장실에서 실랑이하는 모습이 영 마뜩찮아서 정중히 선물을 받아 감사실에 철저히 신고, 보관하여 나중에 직원들 부상으로 수여했지요. 외부강연이나 외부기관 이사로서의 거마비 등 수입도 행정실에서 관리하고 제게 주어진 업무 추진비는 거의 사용 않고 이 돈을 공적인 일에 활용했습니다. 꼭 더 필요한 경우는 제 돈으로 썼고요.

원장이 되는 과정에서 몇 가지 약속을 한 게 있었습니다. 이 기관을 맡으면 관리 운영뿐만 아니라 경영관리를 할 것이고, 임기의 전반기를 마치면 재신임을 이사회에 요청하겠다고 했으며, 기관의 미래를 위해 새로운 일을 제안했습니다. 저 자신을 스스로 채찍질하기 위한 면도 있었고요. 사실 저는 위기에 처한 기관을 위해서 저만의 아이디어에 의한 새로운 일을 하지 못하면 신나게 일할 수가 없고, 그냥 관리만 한다면 다른 사람도 할 수 있다고 주장하면서, 그렇다면 저를 선임하지 않아도 된다고 했거든요.

마지막으로는 기관의 분위기 전환과 충격 또는 그것을 생각게 하는 상황도 중요하다고 생각했기 때문입니다. 큰 잘못이 없는 것이 중요한 게 아니고, 중요한 비전과 미래를 제시한 상태에서 이제는 직원이 나서야 한다는 생각을 했거든요. 위와 같은 여러 생각을 한 후에 결단을 내렸지요. 물러나는 것도 최선이라 생각되면 행해야 되는 것이니까요. 패배가 아니라 내가 떳떳하고 앞으로 효과가 있다면 이 또한 의의가 있는 게 아니겠습니까? 제가 강연을 할 때 가장 많이 사용하는 제목처럼요. CAN DO? then DO IT! and ENJOY IT!

〈머니 앤 피플 뷰〉

대구일보 계간지 뷰 인터뷰

"대구테크노파크의 두 가지 목표는 자립도 제고와 세계시장 진출입니다. 현재 실적 면에서 전국 테크노파크 중 최고 수준으로 이를 넘어 세계적인 기관으로 도약하는데 초점을 맞추고 있습니다."

취임식은 없었다. 2012년 12월, 지역 신기술 산업 육성기관인 대구테크노파크의 지휘봉을 잡은 송인섭 원장은 취임식 대신 기업 현장방문을 선택했다. 사흘간 입주기업 100개사를 방문해 이례적인 행보를 보인 송 원장은 인터뷰를 통해 "테크노파크는 개혁과 성장의 국면을 맞았다"고 말했다. 조직개편과 해외진출의 두 과제를 안았다는 것이다. 대구테크노파크는 각종 비리에 휩싸이면서 당시 전 원장이 자진사퇴하는 우여곡절을 겪었다. 백의종군의 부담에도 송 원장은 한 걸음씩 새로운 단계로 나아갈 준비를 하고 있다. 그가 준비한 항로에서 대구테크노파크라는 거대한 배는 어디로 움직이게 될까. 취임 반 년째인 그를 만나 앞으로의 청사진을 들어봤다.

우여곡절 끝의 취임

"예전 직장을 은퇴하고 1년4개월간 우리나라 곳곳을 여행했습니다. 대구테크노파크에 지원서를 내면서도 절 불러줄 거라고 기대하지 못 했지요."

테크노파크 측의 연락이 닿은 것은 남해안을 따라 여행하던 중이었다. 경남 남해 보리암에 도착했을 때 담당자의 전화가 왔다.

"이사회에서 선임됐다고, 내일부터 근무해줄 수 있겠냐고 하더군요. 당장 여행을 멈추기 어려워 아내에게 상의했더니 '하느님이 주신 축복이다'고 했어요. 이틀 만에 대구로 돌아와 원장직을 맡았지요."

'이제까지 쌓아온 경험을 대구테크노파크에 쏟아 내보자'는 각오였다. 그러나 각오는 처음부터 난관에 부딪혔다. 지난해 불거진 내부 비리가 올 초까지 대구테크노파크의 안팎을 뒤흔든 탓. 작년 전 모바일융합센터장의 비리가 밝혀지면서 전 원장이 중도사퇴하는 등의 우여곡절을 겪은 대구테크노파크는 수사 진행과 함께 관련자가 늘면서 백안시됐다.

"부끄럽지만, 여행을 하면서 계속 밖으로 돌다 보니 대구테크노파크의 내부사정이 어떤지 잘 몰랐어요. 선임과정도 재공고라는 것만 알았지, 불미스러운 일이 있었다는 건 취임 후에야 알았죠. 취임 자체도 워낙 속전속결이어서…."

송 원장은 겸연쩍어 하면서도 "그러나 취임한 것에 후회는 없다"고 일축했다. 오히려 "잘못에 대해 혹독한 점이 차라리 잘된 게 아니냐"고 했다.

"고비를 이길수록 더 탄탄해질 수 있을 거라 생각합니다. 직접 와보니 대구테크노파크를 세계적인 기관으로 키울 수 있겠다는 희망도 생겼어요. 대구테크노파크는 직원이나 성과 면에서 우수해요. 성장 여력이 있는 곳입니다."

자립도를 키워라

송인섭 원장은 취임과 함께 두 가지 목표를 제시했다.

첫 번째는 대구테크노파크의 자립도를 높이는 일이다. 구체적인 대안으로 '시험 인·검증' 제도를 꼽았다.

대구테크노파크에 이 제도가 정착된다면 기업 측은 새로운 기술을 개발했을 시 인·검증 기관을 찾거나 멀리 갈 필요 없이 테크노파크에 인·검증을 요청하면 된다. 지역기업은 수고를 덜고, 테크노파크는 예산을 확보하게 되는 셈이다. 이를 위해 내부에 인·검증기관을 유치할 계획도 세웠다.

"테크노파크에 들어오는 돈은 기본적으로 세금이에요. 다시 말해 예산이 한정돼 있고, 복지에 쓰이는 세금이 많을수록 테크노파크 예산이 감면될 가능성이 있다는 겁니다." 그는 주는 예산에만 기댈 것이 아니라 테크노파크 스스로 자구책을 마련해야 한다고 지적했다. 자립도를 키워야 본연의 업무에도 충실할 수 있고, 기관의 미래를 기대할 수 있다는 설명이다.

"이제까지 정부가 테크노파크에 지원했던 인프라를 살펴보면 굳이 어려운 시도를 하지 않아도 시험 인·검증 제도를 할 수 있도록 돼 있습니다. 정부에서도 테크노파크가 스스로 자생력을 갖추길 바란다고 봐요."

대구테크노파크의 청사진을 나무로 그린다면 '자립도 강화'는 줄기에 해당한다. 조직개편이라는 뿌리를 내리고 세계시장 진출이란 꽃을 피우기까지의 필수적인 연결목이다. 송 원장은 조직개편을 통해 내부 안정화를 이루고, 기관자립도를 높여 해외로 나간다는 계획을 내놨다.

"원래 6월 말까지 조직개편이 끝날 것으로 예상했어요. 그런데 내외부적으로 얽힌 일이 많아서 연말까지 연장된 겁니다. 기간을 오판했지만, 테크노파크가 나가야 할 방향에는 변함이 없습니다."

테크노파크가 맡은 업무는 다양하다. 지역산업 발전 전략을 수립하는 것부터 정책정보 조사, 벤처기업의 창업·보육까지 다방면을 담당한다. 최근에는 IT융복합 의료기기와 신재생에너지로 신산업 기반을 확보해 지역경제 활성화의 한 축으로 자리매김했다.

그러나 송 원장은 '한 발 더 나아가야 한다'고 거듭 강조했다.

"대구테크노파크는 실적 면에서 전국 테크노파크 중 최고 수준입니다. 한방센터, 바이오산업, 나노융합, 모바일까지 경쟁력 있는 기능을 갖췄지요. 대구의 전통 주력산업인 섬유와 한방을 생각해보세요. 슈퍼섬유와 한방-바이오연계로 죽어가던 산업을 되살렸지 않습니까. 방향을 잡아서 특화산업·기업을 키우는 것이 테크노파크의 기본 업무에요. 물론 이런 업무에도 충실해야죠. 하지만 거기서 그쳐 지방에, 우리나라에만 머물러서는 성장할 수 없어요."

지방에도 희망이 있을까

송원장이 내세운 두 번째 목표는 세계시장 진출이다. 지역에 거점을 둔 기관으로서 해외진출을 이루겠다는 포부다.

"옛날에는 '모로 가도 서울'이라고 했지만 요즘엔 달라요. 서울에 간다고 잘되는 게 아닙니다. 독일의 경우 지방화가 정말 잘 돼 있어요. 고향을 떠나고 싶어 하는 사람도 없고, 지방에서 세계적인 기관이 나오기도 하죠. 독일도 했는데 우리라고 못하겠습니까? 이런 장점을 배우면 대구테크노파크의 미래도 희망적입니다." 그는 선진국에서 장점을 골라 받아들이면 지역 기관으로도 충분히 성공할 수 있다고 덧붙였다.

이공계 출신인 그는 해외근무 이력이 쟁쟁하다. 한국산업기술시험원에 재직하면서 정부기관 최초로 해외현지법인을 만들어 직접 경영한 덕분에 인적 네트워크도 풍부하다. 그 경험을 살려 취임 초기 중국과 일본, 미국, 독일을 발판으로 다질 계획을 세웠다. 방문 경험이 많고, 일하는 방식에도 익숙했기 때문이다.

"시험 인·검증 제도를 바탕으로 4개 국가에서 먼저 발판을 다질 생각이었습니다. 하지만 5월께 중국을 방문하면서 방향을 틀었어요. 중국을 집중 타깃으로 잡았지요."

지난 5월 정부초청으로 방문했던 중국은 거대한 자본 시장이었다. '새로운 기술 발굴'을 모토로 활발하게 자금력과 인력을 쏟아 붓는 모습은 충격적이었다.

"중국에는 테크노파크와 비슷한 역할을 하는 중관촌이라는 곳이 있습니다. 규모가 대구테크노파크의 100배에요. 내부에 호텔, 컨벤션 센터도 있죠. 거기에 더해 2차로 2조 원, 3차로 3조 원을 더 투입할 계획이라고 해요. 자금력 규모만 보면 우리가 따라가기 어렵죠."

그러나 송 원장은 오히려 중국시장이 새로운 블루오션이 될 것이라는 생각이 들었다. 대구테크노파크의 목표로 잡은 시험 검증 제도가 중국 시장에서 통하리라는 확신도 섰다.

"우리나라는 산·학·연·관 다방면의 링크가 잘 돼 있지만 중국에는 그런 노하우가 없어요. 중국과 MOU를 맺고 협력하면서 대구테크노파크는 경영노하우와 서비스를 제공하고, 그에 대한 대가를 받는 거죠. 시험 검증 부분에 대해서는 중국이 테스트베드가 되어줄 수도 있을 겁니다."

기업이 있는 곳에 간다

테크노파크는 다양한 업무를 하지만, 그 가운데 정체성이랄 만한 것을 꼽는다면 기업 지원이다. 대구테크노파크는 이를 위해 현재 위치한 동구 신천동 대구벤처센터에서 성서산업단지로 이전할 방침이다. 지난 2000년 재단본부가 현재의 동구 신천동 대구벤처센터에 자리잡은 뒤 13년 만에 이전하는 것이다.

당초 대구테크노파크는 지난 2월 이사회를 열고 3월께 이전할 방침이었지만 감사 기간과 겹친데다가 법적 문제 탓에 연기됐다.

“올해 안에는 성서산업단지로 이전할 방침입니다. 기업을 지원하는 기관은 기업이 있는 곳으로 가는 게 맞다고 생각해요. 현장에 있어야 효과적인 지원 사업을 펼칠 수 있죠.” 기업지원기관이 현장과 떨어져 모여 있으면 기업주들의 방문횟수가 거듭될수록 행정 불편이 늘어난다는 설명이다.

“처음에는 3월께 모든 부처가 한꺼번에 움직일 계획이었는데, 세금이나 사업자 등록처럼 법적인 문제가 걸려서 다소 미뤄진 겁니다.”

이전할 건물의 용도도 발목을 잡았다. “빈 건물이라 해도 지을 때 용도가 정해져 있습니다. 우리(테크노파크)가 입주해도 되는지 건물을 지은 부처와 조율해야 하는 문제가 있죠. 예를 들어 과학기술부가 건물을 지으면서 교육을 목적으로 했다면 테크노파크부서의 업무와 그 목적을 먼저 조율해야 합니다.”

현재 대구테크노파크는 움직일 수 있는 부서부터 순차적으로 이전한다는 방침으로 전환했다. 기업지원단이 가장 먼저 이전하고, 연말까지 본부가 이전하는 것을 마지막으로 이전작업을 매듭짓겠다는 계획이다. 그는 그에 대해 예측하지 못했던 것을 ‘고쳐야 할 부분’이라고 거듭 자평했다. 실수는 덮을 게 아니라, 고쳐나가야 한다는 지론 때문이다.

윗물이 맑아야 아랫물도 맑다

송 원장은 지론에 따라 스스로에게도 엄격해야 한다고 말했다. 잇달아 불거진 내부비리와 관련해서는 "사람인만큼 실수는 있을 수 있다"면서도 "옳은 걸 타협해서는 안 된다"고 잘랐다.

"사람들 입에 오르내렸던 만큼 돈을 쓰는 데 조심스럽기도 합니다. 선물을 받으면 감사실에 바로 보고해요. 실적이 좋은 사원을 현금 포상하는 것도 제 쌈짓돈에서 나옵니다. 윗사람이 먼저 모범을 보여야 의미가 있지요."

비리의 원인이 무엇이냐고 묻는 질문에 답변이 시원했다. "고위인사에는 주로 외부인, 그 중에서도 젊은 인물이 많이 선임됩니다. 임기 동안 인맥이나 경비처럼, '다음 일'을 준비해야 한다는 유혹이 있을 수 있다고 봐요. 아랫사람은 대개 시키는 대로 할 수밖에 없지요. 다 같이 잘못된 길로 가게 되는 겁니다."

대구테크노파크의 경우 원장과 부서장 등 간부는 공모를 통해 선임한다. 대상은 내·외부 인사를 가리지 않고 이뤄지지만 외부인이 부서장에 선임되는 경우가 더 많다.

"이런 이유로 부정을 저지르는 것을 막으려고 임기 후 활동을 보장하는 쪽으로 개선했습니다. 내부 직원이 고위직에 공모된 경우 임기가 끝나면 기존 보직을 전환하고, 고위직 재직 시의 연봉을 유지하는 방안입니다. 처음엔 원천 차단하려고 원장직을 제외한 모든 직급의 공모제를 없애자고 제의했어요. 대신 내부 직원을 선임하자는 제안이었는데 너무 과감했는지 내부 직원의 처우 개선으로 절충됐지요."

외부인이 선임된 경우 아직까지 개개인의 도덕에 기대하는 것 외에 특별한 방안이 없지만, 시스템적으로도 차츰 개선해나갈 방침이라고 설명했다. 규정보다 관례대로 처리하는 사례도 적발해 고쳐나가겠다고 다짐했다.

"대구테크노파크가 예전보다 신뢰를 잃은 건 사실입니다. 하지만 아직 보여드리고 싶은 것이 많아요. 열심히 일하는 직원도 많습니다. 당장은 아니지만, '대구테크노파크가 이만큼 열심히 했다'고 할 만한 성과를 내려 노력하고 있습니다."

피할 수 없다면 즐겨라

"젊었을 때 비행기공포증으로 심하게 고생했습니다. 우울증도 있었죠."

엎친 데 덮친 격으로 30대 초반 부정맥을 진단받았다. 언제 급사할지 모른다는 절망은 의욕을 잃게 했다. 왜 이런 일이 일어날까 숱하게 서러워하기도 했다. "진단해 준 의사 친구를 다시 찾으니 '죽을 복을 타고났다'고 하더군요. 죽는지도 모르고 죽는 데 무슨 걱정이냐고." 당시에는 흘려들었던 그 말이 결국 인생의 전환점을 찾는 데 쐐기가 됐다.

"사는 데까지 마음 편하게 살자고 저 자신을 용서했어요. 마음이 편해지더군요. 언제 죽을지 모른다고 생각하면 뭘 해도 꼼꼼하게 챙기게 돼요. 여행을 가도 다시 못 볼 곳처럼 둘러보면서 현지에 스며들려고 해요."

그는 이제 미래를 꿈꾸는 일에 두려움이 없다. 병마를 지니고서도 즐겁게 살 수 있는 비결을 묻자 '현실에 충실한 것'이라고 답했다.

"누구나 하는 말 같지만 그게 사실이에요. 뭐든 일단 시도해보고, 기왕 할 것 즐기면서 하자고 자신을 다독이죠. 부정적으로 생각되는 일이 있어도 긍정적으로 보려고 애씁니다. 얼마 전 진단을 받았는데 친구가

'잘 살아왔다'고 하더군요. 마음가짐 덕분이라고 생각합니다."

그의 미래에는 또 어떤 꿈이 있을까. 법인을 언급하자 그는 "이젠 다른 기관에서 오라고 해도 못 가겠다"며 손사래를 쳤다.

"테크노파크 원장직을 내려놓고 나면 대학 강단에 서고 싶습니다. 예전 직장에 다니면서도 여러 차례 강연을 했어요. 기회가 주어진다면 과학과 인문학을 결합시킨 강연을 해볼 생각이에요. 삶이라는 주제에 대해서도 흥미를 느낍니다. 제 인생과 체험을 바탕으로 강연하면 진실성이 있지 않을까요."

북경의 또 다른 특별 강연, 삶에 대하여

VIII

원숙한 직장생활 회고

▷▷▷▷▷▷▷▷▷▷▷▷▷▷▷▷▷▷▷▷▷▷▷▷▷▷▷▷▷▷

직장생활은 삶의 가장 큰 부분 중에 하나가 아닌가? 왕성한 삶의 구현도 직장생활의 활발함 여부에 달렸다 직장에서 단순히 돈을 번다고 생각하면 큰 오산이다. 인생의 성공을 달성하는 주요 요인이다. 당연히 직장이 자기 것이어야 한다. 주인이지 객으로 근무한다면 자기 직장이 아니다. 그렇다고 직장생활이 전부인 양 사는 것은 인생의 일부분만 사는 형국이다. 스스로 워라밸을 즐기도록 최선을 다한다. 어떻게 가능했는지 살펴보기 바란다.

*

직장이 자기 것이어야 하는 이유

자서전 1권에서도 "직장의 객이 아니라 주인이어야 한다"는 주장을 간단하게 말한 적이 있다. 이번에는 '왜? 그래야 하는지, 그러면 어떤 효과가 나타 나는지'에 대한 구체적인 설명을 하기로 한다.

보통은 '자기 직장을 노동의 대가로 월급을 받는다'는 개념에 그친다. 직장생활이 그다지 즐길 만한 거리가 되지 못한다. 대체로 그러할 테니 인재로 평가 받기가 어렵다. 고만고만하게 경쟁을 하게 되는데, 소위 말하는 출세(나는 출세라는 말을 세상에 당당하게 독립적으로 살아가는 상황을 뜻한다)와는 거리가 멀다. 요즘 말하는 워라밸(Work and Life Balance) 이라도 추구한다면 다행이다.

하나 내가 느끼기에는 직장에서 인재가 되지 않으면서 그런 것을 영위하는 것도 별로 잘 안 된다. 오히려 '소확행'을 즐기는 편이 훨씬 낫다. 내 경험으로 미루어보건대 회사 일을 잘 하면 오히려 능률도 올라서 극히 제한된 경우를 제외하고는 소위 '칼퇴근'이 가능하다. 일의 효율을 높여서 퇴근 시간쯤이면 정리가 되니 칼퇴근이 가능하다. 눈치 보지 않고 퇴근하는 게 버릇이 되어버렸다.

그러고도 성과는 훨씬 좋았다. 일과 시간 내에 못 해낸 일은 특수한 경우를 제외하곤 거의 없다. 자연스럽게 칼퇴근을 하다 보니 취미는 날로 정진하여 재미가 보통이 아닌 경지까지 간다. 선순환 기능으로 오히려 워라밸이 된다. 단 하나의 생각 '내 회사'라는 개념만으로 이러한 변화가 이루어진다. 생각의 차이가 인생에 얼마나 다른 결과를 가져오는지? 살아있고 실증한 사례가 아닐까?

나보다 건강한 사람들이 더 잘할 수 있을 텐데 오히려 그러지 못한다. 자신이 직장의 객이 되어 있기 때문이다. 물론 우리나라의 중소기업이나 직장생활에서 물리적 시간 여유가 없는 사람도 많다. 우선은 직장생활에 충실하는 게 맞다. 하지만 스스로 장래를 기약해야 한다. 좀 늦어도 긴 인생에 비하면 당장은 직업에 몰두하는 것도 좋다.

미래에 여유가 될 때는 부지런히 즐기면 된다. 너무 젊어서 애쓸 필요는 없다. 직장생활이 안정권에 들어서면 그때부터라도 결코 늦지는 않다. 마음을 갖고 있는 게 중요하다. 러시아 작가 고리키는 이렇게 말했다 "일이 즐겁다면 인생은 극락이다. 괴로움이라면 그것은 지옥이다."

직장을 통념대로 생각한다면 일이 제대로 재미있게 되지 않는다. 동기유발을 위해 회사가 인센티브를 내거는 경우도 한계가 있다. 사람이란 그 정도에 자기를 내 맡길 거라고 믿는 회사도 크게 득볼 일이 못 된다. 내가 보기에는 자발적 성취감을 느끼는 사람이 인재로 자라날 가능성이 가장 크다. 이런 사람은 회사 일을 자기 일로 인식하고 여러 방안을 고려한다. 결과로 성과가 나타날 확률이 높다.

때로는 오히려 실패할 수도 있다. 그럴 가능성도 있긴 하지만 빈번하게 일어나지는 않는다. 오히려 자기 일이라 생각하는 사람은 단순한 실패로 여기지도 않는다. 반드시 교훈을 얻거나 각성하는 좋은 계기로 만든다. 일반 사기업을 자기 것이라 생각하고 일하라는 게 내 주장이다. 하물며 공공기관은 말해 무엇 하겠는가?

하지만 공공기관일수록 그런 의식이 약해지니 이것도 한국만의 문제 아닌가? 직장에서 신입일 때야 별로 분간이 안 된다. 중견 사원이 되면 서서히 구별되기 시작한다. 중견 사원부터는 생각도 달라야 한다. 진급이라는 성취가 있다. 그러려면 한 직급 위의 보직자 입장에서 생각을 해봐야 한다. 올라 갈수록 필요한 행동과 생각이다. 나는 그렇게 했다. 당연히 일찍 진급해서 고위직으로 올라가기에 수월하다. 내가 최고 경영자가 되기 전 본부장 시절에 CEO 입장에서 많은 생각을 했다. 이런 경험이 기관장이 되니 자연스럽게 힘을 발휘한다. 준비와 훈련을 미리 해본 셈이다.

직장은 기본적으로 전문가 집단이라고 봐야 한다. 혼자 또는 소수의 모임으로 된 회사를 전문가로 보는 것은 착각이다. 어떤 직장에서 생활하든 그 직장이 필요로 하는 전문가가 되어야 한다. 그렇지 못하면 부속품이고 소모품일 뿐이다. 직장에서 주어진 일만 하는 것은 직장인으로서 자격 미달이다. 모름지기 자신의 실력을 키우는 것도 자신을 위한 의무이다.

한 직장 시절은 예전에 이미 끝났다. 고로 어떤 일이든 자신의 일에 전문가가 되지 않고는 직장생활이 어렵다. 단순 노동 직장이면 모를까. 어떤 분야든 전문가가 되려면 의지가 필요하다. 감각적 전문가, 생각만의 전문가. 우리는 보편적인 것으로 승부를 내려 든다. 그게 되겠는가? 시간이 걸릴 수밖에 없다. 시행착오도 많이 겪어야 한다.

생각의 아이디어도 많이 해보아야 한다. 일할 때는 전문가가 되도록 노력하고, 쉴 때는 취미를 길러야 한다. 취미가 있으면 삶이 윤택해지고 일과 생활이 상호보완적 역할을 하게 된다. 그런데 우리의 감각과 생각은 스쳐지나가는데, 너무 익숙해서 어떤 좋은 것을 흡수하는 데 너무 취약하다. 그래서 때로는 좀 더 관심을 가질 필요가 있다. 모든 세상사가 아는 것만큼 더 잘하게 된다. 보이는 만큼 더 알게 되는 법이다.

나는 사업을 안 한다. 아버지의 실패를 보고 두려웠기 때문이다. 그 많던 재산을 날리고 길거리에 나앉았다. 대신에 직장이라는 안전망이 있는 곳에서 승부를 볼 심산이었다. 우리 주변이나 직장에는 많은 기회나 아이디어가 많다. 기회를 못 잡는 이유는 직무나 하고자 하는 일에 정통하지 못해서이다. 문제점을 알아차리지 못하는 게 제일 크다. 다음은 관찰이나 사고실험을 하지 못하기 때문이다. 도처에 널려 있는 문제를 메모하지 못한다.

직장에서는 관련분야를 우선 넓게 알아야 한다. 당장 깊게는 못 하더라도 나중에 자기가 하는 일에 연계가 된다. 세계적인 동향까지는 적어도 파악해야 한다. 그래야 미래에 할 일들이 상상된다. 단지 자기 직장 일에만 파묻혀 살다 보면 발전이 없다. 직장이란 프로들의 집단으로 봐야 한다. 적응하고 편해지면 거기에 만족하는 사람에게는 성공이 외면한다. 과학기술이 발달할수록 점점 더 그렇게 되어간다.

직장에서 범위를 좁게 보다간 어느 날 뒤처져 있는 자신을 발견하게 될 것이다. 그러다 보면 실력은 늘지 않고 파벌에 기웃거리게 된다. 파벌이란 언제 붕괴되거나 바뀔지 모르기에 자신이 고달파진다. 자긍심이 있을 리가 없다. 대신에 속으로 자존심이 상할 것이다.

독일에 있을 때 재미나는 직장관을 들었다. 직장 일이든 사업이든 '영국인은 독일식으로, 독일인은 프랑스식으로, 프랑스인은 영국식으로 일해라.' 처음에는 그냥 농담인 줄 알았다. 워낙 세 나라가 경쟁적인 데다 가치관, 직장관이 확연히 달라서 나온 말이다. 소위 자유무역 체제가 세계를 지배하기 전부터 인식되어온 개념이다.

98년도 런던브리지,
역시 신사의 나라다

유럽은 1990년대 중반 무역에서 세계 조류가 확 바뀌면서 대단한 변화를 겪었다. 소위 USA가 주도한 자유무역 체제로 전 세계가 바뀌었기 때문이다. 그런데 엉뚱하게도 승자는 독일이었다. USA는 언뜻 보면 승자처럼 보였지만 기실은 패자가 되었다. 이를 만회하려는 USA의 움직임도 관심사이다. 워낙 대국(50개국 이상 연합체 아닌가?)이기에 세계 경제에 끼치는 영향이 다대하기 때문이다. 오바마나 트럼프가 USA 국내 제조업을 강화하는 이유가 여기에 있다.

독일의 성공은 주도면밀한 독일식 사회 철학으로 잘 무장한 덕분이다. 일본도 승승장구하는 듯했지만 USA의 압력으로 잃어버린 20년이라는 혹독한 대가를 치렀다. 우리나라에게도 최대의 기회였지만, 정치권의 무능으로 인해 선진국으로의 도약을 어영부영하다 놓친 게 아닌가? 샴페인을 너무 일찍 터뜨렸다는 말이 생겨난 계기가 된 것이다.

이처럼 세계는 이제 따로따로 각자도생의 시대가 지나버렸다. 우리 같은 직장생활을 하는 사람도 이러한 도도한 조류를 피해가기는 불가능하다. 다시 말해서 직장의 형태에 따라 조금 다르기는 하겠지만, 이제는 해외와의 협력 또는 경쟁으로 해외업무가 필수불가결한 요소가 되어버렸다. 직장인은 자기 분야의 전문가가 되어야 함은 물론 해외 업무에도 밝아야 하는 시대이다. 적어도 직업인으로서 성공하려면 이런 환경에 익숙해져서 경쟁력을 갖추어야 한다. 때로는 능동적으로 국제 감각과 해외환경 파악 능력을 키워야 한다. 막상 닥쳐보면 생각만큼 크게 어려운 일도 아니며, 때로는 재미까지 느낄 수 있다. 성과는 자동으로 따라온다. 이 정도는 되어야 제대로 된 직장인이고, 성공할 수 있는 기회가 많아진다.

이와 관련된 일화를 하나 소개한다. 내가 현지 여행 중에 직접 갔다 온 작은 섬 이야기다. 우리나라에서 롯데그룹은 껌으로 대기업 집단을 이루고 있다. 헌데 미국에도 껌으로 시작해서 재벌이 된 사람이 있다. 로스앤젤레스에서 약 40분 배를 타고 가면 관광휴양 도시인 카타리나

섬이 나온다. 본래 이 작은 섬은 황무지로 별로 쓸모가 없었다고 한다. 그런데 껌으로 부를 쌓은 사람이 이 작은 섬을 사서 개발하기 시작해서 멋진 풍경으로 확 바꿔버렸다. 소위 말하는 부동산 개발과 병행하여 관광휴양 도시로 만들었다. 지금은 일반 선박여행은 물론 초대형 크루즈선까지 앞바다에 정박해서 관광객을 실어 나른다. 부가가치를 상상도 할 수 없을 만큼 키웠다. 지금도 후손들이 주식을 나눠 갖고 섬을 소유하고 있다고 한다. 부자도 이런 떼부자가 없다. 우리나라 롯데그룹이 그 전철을 따라한 게 아닌가 한다. 롯데 창업자도 일본에서 소위 말하는 흙수저에서 껌의 전문가로 돈을 벌어들인 뒤 일본과 한국에서 재벌로 성장했다. 묘한 느낌을 받은 적이 있어 이 글과 연관이 있어 소개한다.

LA 카탈로니아 섬, 호젓함이 함께하다

직장생활을 할 때 배신도 있었다. 물론 나 자신의 부덕의 소치임은 당연하다. 받아들여야 한다. 하지만 그래도 남는 의문은 그들이 왜 그랬을까? 특히나 바람직하고 기관을 위하고 직원을 위한 일이었을 때 왜 더욱 그러했을까? 불교에서 몰라서 죄를 짓는 것이 알면서 죄를 짓는 것보다 더 나쁘다고 하는 말이 생각나는 대목이다. 당하는 입장에서야 분하기도 하고 허탈하다. 말해 무엇 하겠는가? 복수 또는 되갚는 것도 별로 자신에게는 득이 없다. 이는 계책이라 할 수 없을 뿐더러, 설사 그리된다 하더라도 마음 편한 일은 아니다.

아픈 마음을 스스로 치유하는 방법은 없을까? 내가 생각해낸 방법이 최선을 다한 후 내 스스로 깨끗이 포기하는 것이었다. 그럼에도 최선을 다해봐야 하는 이유는 자신에게 떳떳하기 위함이다. 깨끗한 포기도 상대방에 대한 용서라기보다는 자신의 상처를 치유하기 위함이다. 이게 내가 터득한 방법이다.

직장에서는 왕따라는 것도 있다. 우리가 사는 세상은 게마인샤프트(당연한 사회)와 게젤샤프트(이익사회)로 나눌 수 있다고 철학자가 설파한 바 있다. 즉 가족이나 친척 등 혈연이 게마인샤프트로서 이익관계가 심하지는 않다. 이 부분은 차치하고 이익사회가 된 세상으로 나서게 되면 사람 간에 갈등이 유발된다. 그 중 하나가 소위 말하는 왕따이다. 직장이란 게 자기의 노동력을 제공하고 이익을 취하는 곳이다. 서로의 능력에 따라 회사에 기여하고 대가를 받는 게 당연하다. 그렇게 되면 당연히 경쟁이 치열하게 된다.

사람은 경쟁적 상황일수록 불안하기도 하고 자기의 부족함을 다르게 구현하려고도 한다. 그러다 보면 좋게 말하면 유유상종, 나쁘게 말하면 붕당을 만들게 된다. 소위 그룹을 형성하고 힘을 발휘하려고 한다. 본부장을 할 때 직원들 간의 이런 현상을 보며 걱정을 많이 했다. 이렇듯 인간세상은 풍지다. 하지만 성취감과 자긍심이 나를 지켜주었다.

직업인으로서 효력을 생각해보았는가? 소속되어 있어서 직원인가? 아니다. 일을 제대로 하는 사람이 직원이다. 앞으로 직장은 창의력을 발휘하는 사람에게 기회가 많을 수밖에 없다. 웬만한 것들은 새로운 문명으로 대체될 테니까. 기술 발전으로 인해 사람이 할 수 있는 일들이 컴퓨터화된 기계로 대체되는 것은 뻔한 예측이다. 그러니 현재 세상을 살아가는 중년층 이하의 세대는 자기 수련과 학습이 점점 필요해질 것이다. 결국은 창의력이 제일 중요한 요소가 될 수밖에 없다. '창조적 생각'이라는 별도의 챕터를 만든 이유도 앞으로 살아가는 데 필수불가결의 요소가 되기 때문이다. 주변 환경이 소위 말하는 스마트한 세상으로 변해가는데 현실에 안주하다가는 도태되기 알맞은 상황이 될 수밖에 없지 않은가?

*

KTL 사표/대구 TP 사표

✦KTL 사표

원장이 물거품이 되었다. 바로 그날 사표를 냈다. 명예퇴직으로 돈이라도 챙길까 했으나 이내 포기했다. 명예퇴직금 받겠다고 마음 떠난 기관에 몇 개월 지체하는 게 영 마뜩잖았다. 직장생활을 몇 개월 부질없이 한다는 게 자긍심에 배치된다. 원장으로 낙점된 줄 알았다가 안 되었다. 당시 원장과 견해 차이로 인한 다툼으로 수포로 돌아간 사건(?)이 문제점으로 부각되었다. 그 와중에 자서전이 출판되어 요로에 증정했다. 과분하게도 많은 축하를 받았다.

내가 틀렸기를 바란다며 올린 내용이 부처의 일부 고위층들에게 주목받았다. 그런 내용을 국가 기관에서 검토하는 프로젝트가 진행되고 있는 것도 알게 된다. 고위층으로부터 언질도 받았다. 기관 전체를 어떻게 운영할지를 고민하게 된다. 내 딴에는 섀도우 캐비넷(?)도 준비했다. 여러 보직을 누가 맡는 게 좋은지 검토해봤다.

그런데 당황스럽게도 당뇨병이 발병하여 고생했다. 단 것과 초콜릿을 워낙 좋아해서 아닌가 싶다. 병원에 다니면서 약을 복용하고 식사를 조절했다. 관리 범위로 안정되어 적이 안심이다. KTL 원장 공모 마감일 오후 6시 직전에 1급 출신 고위관료가 공모에 접수했다고 한다. 뭔가 이상하다. 내용을 기록하기가 곤란해서 생략함을 이해해주기 바란다. 다만 복잡한 문제가 있었던 모양이다. 해당 부처 내의 문제로 인해 내가 희생양이 된 모양새다. 내가 대구 TP 원장이 되고서 신임 인사차 갔다가 실상을 알게 되었다.

✦KTL 사표 후 여행

여행이 나를 살렸다. 사표를 내면서 많이 실망했다. 화도 많이 났다. 뭔가에 당했다는 느낌도 들었다. 말이 자유공모이지 이미 내정된 상태나 마찬가지 아닌가? 사표를 낸 지 얼마 지나지 않아 동해안으로 여행을 떠났다. 툭 트인 바닷가에서 심신을 다독거릴 심산이었다.

여러 가지 상처 난 마음을 가라앉히는 데 시간이 제법 걸렸다. 낮에는 여행하니까 덜하다. 밤이 되면 여러 생각으로 마음이 산란했다. 잠도 못 잤다. 혼자 여행하다 보니 고독도 느낀다. 고독이 나를 돌아보게 할 줄은 예상 못 했다. 마음이 불편하고 쓸쓸하지만 나를 돌아보는 시간이 된다. 의도치 않게 자연스럽게 자아와 부닥뜨린다. 어떨 때는 하루 종일 모텔에서 잠만 자기도 했다. 밤에 못 자고 낮에는 한없이 잠을 잤다. 이러니 더 피곤하고, 밤에는 오히려 더 상념에 빠져들었다.

나는 제법 마음을 다스릴 줄 안다고 생각했는데 많이 모자랐다. 시간이 필요했던 모양이다. 기운을 차리고 여행을 계속한다. 육체가 피곤해지니 마음은 오히려 진정된다. 생활의 진동 폭이 아주 큰 형상이 된다. 시간이 지남에 따라 진동 폭이 감소한다. 자연의 아름다움이 서서히 눈에 들어온다. '자연스럽다'는 말의 새로운 의미가 와닿는다. 신기하게도 자연처럼 평온한 상태가 되기 시작하는 게 아닌가?

자연의 땅안개, 수묵화 같다

두어 달 지나니 육체는 남루하지만 마음은 가벼워진다. 원망이나 분노도 사그라진다. 자유로운 영혼이 되어간다. 새롭게 성장하는 자아와 친해진다. 결국은 여행이 나를 사람답게 만든다. 여행을 통해서 몸과 마음이 살아났다. 이후로는 여행에 매료되어 푹 빠졌다. 세상이 내 것이다. 내 세상이 된다. 환호와 기쁨 설렘의 진수를 맛본다. 아! 위대한 자연이여! 사람도 자연의 일부가 되니 자유인이다.

그때 사표를 쓰지 않았다면 아마도 대구테크노파크 원장도 안 되었을 터이다. 지나고 보니 대단히 잘한 일이다. 여하튼 혼자 여행을 다녔다. 이렇게 시작한 여행이 1년 반에 걸쳐서 지속될 줄은 예상치 못했다. 간혹 서울 집이나 대구 어머니 집에 며칠 머물기는 했으나 잠깐뿐이었다. 여행하고 2개월여는 고단하고 힘들었다. 그런데 그 이후가 되니 여행에 푹 빠져서 아예 정처 없는 방랑자로 변해 있었다. 한달 경비가 250만 원 정도라 예상 외로 많이 들지도 않았다. 여행 경비라 해봐야 숙박비, 식비, 그리고 기름 값이 대부분이었다. 시골 쪽으로 가면 숙박비와 식비를 합해도 하루에 7만원이 채 되지 않았다. 그때 알았지만 우리나라 군 단위로 관광안내 지도가 잘되어 있다는 것이다. 자연히 군 단위 여행이 되는 셈이다. 여행지가 잘 표시되어 있어 군을 주욱 훑어갔다. 웬만한 곳은 다 둘러봤다. 이제 시간이야 무한정 아닌가? 여행 경비는 퇴직금 일부를 할애해서 사용했다. 말 그대로 우리나라를 주유천하했다.

✦대구 TP 사표

해남, 강진, 완도로 여행을 떠났다. 전화기를 껐다. 대구테크노파크 원장을 그만두기로 하고 사표를 제출했다. 아예 멀리 떠나서 전혀 연락이 되지 않도록 전화기도 끄고 여행을 다녔다. 이번 여행은 제대로 여행해 보지 않은 강진, 해남, 완도 쪽으로 방향을 잡았다. 예전에 제주도 여행을 위해 내 차를 배에 싣고 가기 위해 지나던 길에 너무 좋았던 기억이 있었기 때문이다. 또 다산 정약용과 유배시절의 송시열의 흔적을 찾아가는 여행을 겸했다. 내가 회사를 그만두는 이유에는 특별한 속사정이 있다. 병원에 입원한 이후로 내 스스로 다짐한 바가 있다. 내 평생의 행동양식이 '최선을 다해서 보람된 결과를 내자!'였는데, 조금 내용을 바꾼다. '최선을 다하되 도저히 안 되면 깨끗이 포기하자!'

최선을 다한 포기도 나름대로 나에게 맞춤 전략이다. 나는 무슨 중요한 일을 하게 되면 모든 정신을 전략에 몰두한다. 나 자신에게 가혹하리만큼 전 방위로 살핀다. 계획해보고 프로시저를 만들어보고 상상해서 전력을 다한다. 실행에 옮길 때도 마찬가지다. 그러다 보니 때로는 육체적·정신적 한계점에 다다를 경우가 있었다. 근 25년을 약으로만 버텨왔는데, 드디어 큰 탈이 나서 병원에 입원하고 나니 후회 막심했다. 나이가 더 들어 60대로 들어서니 모든 생활에서 '최선을 다한 깨끗한 포기'가 더 더욱 알맞은 모토임을 새삼 깨닫는다.

나는 직장생활을 하면서 4번의 사표를 써보았다. 삼성전자에 3년 근무하고 처음 사표를 썼다. 다음은 50대 중반에 가장 오래 근무(30년 근무)한 한국산업기술시험원의 USA 현지법인 CEO를 사퇴하고 본원으로 회귀했다. 세 번째가 한국 돌아와서 1년 만에 본원에 사표를 제출한 것이다. 앞의 3번 모두 사표를 쓰면서 모진 고난을 거쳤다. 얼마나 힘들었으면 수면제를 복용하지 않고는 잠을 못 이루었을까. 사표 수리도 쉬운 일이 아니라서 마음고생이 컸다. 만나서 이야기하자는 사람, 이런저런 이유로 사표가 미루어지기도 했다. 이미 떠난 마음이 돌아오겠는가?

하지만 이번의 원장 사표는 냉정히 생각한 데다가 내 자긍심을 지키면서 결행한 터여서 마음고생은 별로 없었다. 홀가분하게 사표를 제출하고 여행을 떠났다. 연락이 많이 올 것 같아 아예 전화기를 끄고 다녔다. 10일 만에 돌아오니 여전히 수리가 되지 않는다. 할 수 없이 주변 정리를 하고, 또다시 연월차 휴가를 내고, 또 다시 여행을 나섰다.

사표가 수리되고 나니 대구 TP에 상당히 오래 근무한 느낌이다. 워낙 동분서주한 데다 전력을 기울여서 그런 게 아닌가 한다. 보람 있는 시절이었다. 여러 모로 직장생활의 황금기로 여긴다.

*

노동부 직업교육 선생

젊은이들이 나에게 '어르신'이라 부른다. 참으로 듣기 싫은 말이다. 아직은 왕성히 활동할 수 있는 시기이기 때문이다. 인위적으로 노인네를 만드는 것 같아 싫다. 스스로 늙었다고 인정하면 모를까? 물론 마음은 청춘인데 몸이 받쳐주지 못하는 건 사실이다. 그렇다고 100세 시대라는데 겨우 63세로 늙은이 취급 받기가 영 마뜩찮다. 그래서 시작한 게 노동부 직업교육훈련 선생 자격증 취득이다. 나이가 들었더라도 젊은이들과 견주어 내 상태가 어떤지 점검하는 기회이다. 고군분투해볼 작정이었다. 역시 생각만큼 만만한 일은 아니다.

내 평생에 노동부 교사 자격증 따느라고 이렇게 고생해본 적도 없다. 노동부 직업훈련학교 강좌 개설을 하려면 노동부가 승인한 자격증이 필수다. 이런 자격증에는 직업생활을 해온 경력이 밑천이 된다. 교육과정을 이수하고 패스하면 자격증이 취득되니 은퇴 후 한번 도전할 만하다.

내 경우는 만 63세에 3개월 인터넷 강의와 한국직업교육대학의 개발원에서 한달 합숙하며 12개 과목을 이수하고 시험에 패스하여 얻은 자격증이다. 내 경력에 따라 다양한 선생 자격증을 획득하고 직업전문학교에서 강의를 할 수 있으니, 돈 걱정은 별로 하지 않아도 된다. 적지 않은 나이에 쉽지는 않지만 최선의 노력을 기울였다. 당시 이도 아프고 독감이 든 상태에서 악전고투하며 딴 자격증이라 더욱 애착이 간다. 수강생 중에 나이가 제일 많았다. 이렇게 나이 들어서 왜 돈을 벌려고 하느냐?

원장까지 했는데 대단하십니다, 라고들 했다. 물론 돈이 없어 구직해야 할 형편도 아니다. 돈을 모아야 할 이유도 없다. 하지만 수많은 젊은이들이 취직을 못 해 어렵지 않은가? 주부들도 마찬가지다. 나이가 들어서 일하고 싶은데 마땅한 기술이 없어 허드렛일을 하는 사람도 많다.

나는 이런 분들에게 도움을 주고 싶다. 내 경력에서 많이 느낀 점도 이야기해주고 기술도 아주 쉽게 핵심을 전달해주고 싶다. 의외로 기술을 어렵게 생각하는데, 개념부터 쉬우면서도 알찬 기술교육과 더불어 교양도 곁들여 가르치고 싶다. 30년 넘게 과학기술 계통에서 생활처럼 해온 일들을 조금이나마 물려주고 싶다. 워낙 다양한 경험을 한 터라 들려줄 이야기도 많다. 정규대학 졸업자와는 다른 뭔가를 양성하는 것도 보람 아니겠는가?

또 한 가지 다른 이유도 있다. 여동생 부부가 기술전문학교를 운영하는데, 대구에서 기존 산업도 중요하지만 새롭게 주력산업으로 떠오르는 분야를 개설하고자 한다. 그러려면 그런 분야의 자격증이 있어야 학과 개설이 가능하다. 마침 내가 국가에서 인정할 수 있는 분야가 4-5개는 족히 되니, 새로운 강좌를 개설하는 데도 안성맞춤이다. 소위 한 과목만 가르치지 않고 몇 개를 유기적으로 묶어서 학교가 필요로 하는 요긴한 기술자 또는 기능인으로 만들어주는 데 안성맞춤이다. 남들이 하지 못하는 기술교육이 가능하다는 장점이 많다. 나는 전담 강의보다는 특강을 통해서 다양한 기술 분야를 윤기 있게 해준다.

3개월간의 인터넷 강의를 받으며 교육은 시작된다. 생각보다 만만치가 않다. 이해는 빠른데 기억력이 말이 아니다. 조금 전에 외웠던 것도 조금만 지나면 헷갈린다. 63세 나이를 절감한다. 비교적 강의가 짜임새 있게 되어 있어서 그나마 다행이었다. 내 평생 새로운 분야의 교육을 받는 셈이다. 우선 대충 훑어보며 전체 윤곽을 먼저 확인한다. 선생 자격을 취득하려는 목적이니까 교육관련 과목이 대다수다. 전혀 새로운 분야이다 보니 어렵지만 해볼 만한 가치는 있다. 나 스스로에게도 도움이 되는 점도 좋다.

인터넷 강의를 종료하면 대학교에서 한달간 합숙하면서 하루 종일 여러 과목을 공부한다. 인터넷 강의는 나름대로 여유를 갖고 공부했는데, 새로 추가된 과목들은 어렵기도 하고 생소해서 영 흡수가 잘 안 된다. 내가 왜 이렇게까지 공부해야 하나 하는 한심한 생각도 든다. 밤늦게까지 공부하고 나면 머리에 쥐가 날 정도다.

이론도 생각만큼 이해되지 않는다. 새로 배우랴, 이해하랴, 외우랴. 해야 할 일이 너무 많다. 자그마치 12과목이다. 새로운 한달 만에 모든 과목을 공부해야 한다는 게 내 한계를 넘어선다. 한 과목이라도 60점 미만이면 과락으로 다시 공부해서 재시험을 치러야 한다. 이것도 압박감으로 다가온다. 다행히도 젊었을 때 공부하던 방식이 어렴풋이 떠오른다. 말 그대로 죽기 살기로 도전한다. 제일 힘든 부분이 외워야 하는 내용들이다. 읽으면 이해는 되지만 다른 부분과 헷갈리는 게 너무나 많다. 어쩔 수없이 외워야 한다. 12과목이니 이게 간단한 문제이겠는가? 잠을 줄이는 수밖에 도리가 없다. 하루 4-5시간 자니 이제는 몸이 불편해진다.

함께 강의를 듣는 중년이나 젊은이들도 비명을 지르기는 마찬가지다. 여기에 하나 더 추가된다. NCS라는 직업교육 분류 및 교육방식 과목인데, 이것도 완전히 생소하다. 국가가 교육을 위해 엄청난 예산을 들여 만들었다고 한다. 아마도 독일이나 스위스 방식을 참고해서 우리나라에 맞는 형태로 만든 게 아닌가 싶다. 이 과목은 다행히도 실습하고 자기 해당분야를 작성해서, 결과가 좋으면 리포트로 대신하게 된다. 그게 그나마 한숨 돌리게 해준다.

교직과목은 그런대로 하고 또 하니 전체 윤곽이 머릿속에 어느 정도 잡힌다. 배운 부분이 점점 이해도가 높아간다. 법과 윤리 분야는 읽으면 뻔히 이해는 되지만, 경우의 수가 너무 많아서 헷갈린다. 나중에 시험을 치르고 보니 과락도 여기에서 많이 나온다. 과락도 면해야 하고 전체 평균도 60점을 넘겨야 하는 일이 예삿일이 아니다. 예전에는 60점을 우습게 생각했는데, 나이가 드니 보통 일이 아니다.

주말도 없이 공부에 전념한다. 아마도 내가 대학 2학년 방학 때 진관사 고시촌에서 공부한 이래로 가장 힘든 공부가 아닐까. 여전히 자신할 수가 없다. 그런 데다가 원장까지 한 이력이 알려졌으니 시험을 잘못 봐서 과락이라도 하나 하면 이게 무슨 망신인가? 제법 삶을 제대로 살고 철학도 제법 쌓였는데, 시험 앞에서는 이런 잡생각이 드는 게 아닌가? 나의 신조는 일도 즐기는 스타일이다. 그리고 최선을 다해도 안 되면 깨끗이 포기하는 거다.

그런데 이 시험은 그렇게 해서는 안 된다. 나 자신이 우스워진다. 이것저것 생각하다가는 죽도 밥도 안 되겠다! 에라 죽기야 하겠는가? 자는 시간을 더 줄인다. 그런데 잠이 부족한 상태에서 더 줄이니 정신이 몽롱해서 효과는 더 나쁘다. 종전처럼 잠은 자고 정신을 집중해서 내용을 내 나름대로 해석해서 연계를 지어가는 방식으로 전환한다. 이게 효과를 본다. 마침내 2일간의 시험을 치르고 나니 적이 안심은 되었지만 혹시나 잘못한 게 없는지 아리송하다. 어쨌든 끝났다.

홀가분하게 짐을 챙겨 귀가했다. 얼마 후 합격 연락과 훈련교사자격증과 NCS 자격증 모두 찾아가란다. 이런 후련함과 안심이 어디 있겠는가? 나이가 들어도 어쩔 수가 없다. 허허, 인생 말년에 희한한 경험을 했다. 4-5개 과목은 개설하고 강의할 수 있으니 용돈벌이는 충분히 하겠다 싶다. 나의 이력은 이래서 하나 더 늘어난다. 특강하고 받은 돈은 스페인 여행에서 별도로 호강을 즐기는 데 긴요하게 썼다.

✦여행을 하며 삶의 여유를 즐기다

두 달간의 스페인 여행과 드론, 골프 여행

직업훈련교사 자격증에 관련된 것을 성공적으로 해내고 나서 얼마나 힘들었으면, 기쁘기도 했지만 왠지 허탈한 마음도 들었다. 이제는 여행을 마음껏 하자! 내가 환갑 나이가 되면 두 달 스페인 여행을 하기로 예정되어 있었다. 대구 TP 원장이 되는 바람에 뒤로 미뤄온 해외여행을 제대로 해보자는 열망이 대두된다. 정말 쉬어가면서 인생을 즐기는 일을 하지 않으면 여차해서 시기를 놓치겠다는 생각이 들었다.

스페인 두 달 여행을 감행한다. 아내와도 예전에 약속이 되어 있던 터라 비교적 쉽게 결정한다. 대구 TP 원장을 그만두고 노동부 자격시험도 끝났다. 홀가분하게 여행할 수 있게 되었다. 더 늙기 전에 장거리 해외여행을 하는 게 좋겠다는 생각이었다. 여행 방식이 오롯이 개인 여행인 데다가 렌터카로 여행하는 게 내 방식이다. 패키지 여행은 단 한번도 해보지 않았다. 젊었을 때 해외 여행이나 출장도 이런 방식으로 해서 단련된 탓이다.

여행 계획도 현지에서 대부분 상황에 따라 결정한다. 첫 며칠만 호텔 예약을 하고 바로 출발한다. 여행을 워낙 좋아하다 보니 몸에 밴 방식이다. 여행의 고수가 된 지 오래다. 계획을 간략히 요약하면 이렇다. 파리를 거쳐 바르셀로나에서 시작해서 먼 거리는 비행 편을 이용한다. 스페인 동서남북 전국을 렌터카로 주유한다. 포르투갈로 넘어가서 10여일 여행한다.

뽀루투 항구 정경, 항구의 어원이다

네덜란드로 날아가 베네룩스 3국을 7일간 렌터카로 여행하고 2개월 후 귀국하는 일정이다. 시간이 모자라면 연장하기로 한다.

대체로 장기여행을 떠나면 생각과는 반대로 시간이 늘 부족했다. 별로인 곳을 지체 없이 떠나고 좋은 곳은 즐길 만큼 시간을 보낸다. 스페인 여행이야 예정된 것이라 필요한 경비는 이미 마련해두었다. 시간이 여의치 않아 뒤로 미루어두었을 뿐이었다.

대구 TP 사표 후 여행한 한국의 비경을 2곳만 소개한다. 특히 내가 감명을 받은 곳이다. 우리나라 최고 여행지고 세계적 여행지라 생각한다. 이런 식의 여행이 진정한 여행 아닐까?

울릉도, 우리나라에 이런 섬이 있다는 것이 자랑스럽다

울릉도 여행

울릉도가 대한민국에 있다는 건 세계의 자랑거리다. 나는 7박 8일간 울릉도를 여행하며 이렇게 결론 내렸다. 세계여행을 수도 없이 했지만 울릉도는 그 어디에 비겨도 손색이 없다. 울릉도 여행은 2박 3일이 일반적이다. 나는 좀 상세하게 보는 스타일이다. 8일을 여행 일정으로 잡고 갔는데, 독도는 물론 해안 경치 감상을 위한 배를 탈 시간이 모자랐다. 결국은 한번 더 오기로 하고 섬 풍경에만 몰두했다.

알고 나면 신기한 게 너무 많다. 울릉도는 화산지대임에도 불구하고, 아무리 가물어도 물이 부족한 경우는 단 한번도 없다고 한다. 나리분지가 거대한 물 저장고이기 때문이다. 그 위에 부엽토가 쌓여서 분지가 되었다. 큰 폭포인 봉래폭포도 육지 폭포와는 다르다. 나리분지의 산 옆구리가 터져나온 폭포이다. 조그만 폭포들도 마찬가지다. 산세도 매우 특이하다. 도동항에 내릴 때부터 산세가 별다르게 독특하다. 감탄하지 않을 수 없다.

섬 전체가 그렇다. 도동항에서 저동항에 이르는 해변 산책길도 이루 형언할 수 없는 비경이다. 해안을 드라이브하다가 멈추어보는 것만으로도 하루가 부족하다. 대풍감은 아스라한 절벽에 갈매기가 장관이다. 우리나라 10대 비경이다. 관음도는 경치 자체도 훌륭하지만 동백나무 군락이 일품이다. 울릉도는 지질도 특이해서 지질 지도를 들고 감상하는 맛도 빼놓을 수 없다. 기기묘묘한 암반들은 덤이다. 트레킹 길도 멋지다. 나에게는 한달을 지낸다 하더라도 울릉도를 제대로 감상하기에는 부족하다. 울릉도가 자랑스럽다.

우리나라 최고의 드론 여행지 소매물도 여행

스페인 여행에서 귀국해서 바로 드론을 사고 훈련을 하고 제법 드론 관련 전문가가 된다. 드론을 장만한 이후 나는 두 번째 우리나라 전국 여행을 떠났다. 드론 촬영지가 매우 제한적인 것이 조금 아쉽다. 드론 금지구역이 너무 많은 데다 국립공원은 일일이 허가를 받아야 한다. 그래도 맨눈으로는 못 보는 경승지가 많아서 그것으로 위안을 삼는 수밖에 도리가 없다.

드론을 갖추고 아직 울릉도에는 못 갔다. 반드시 한번 드론 여행을 가야 할 곳이다. 소매물도 등대섬이 작품을 될 줄은 사실 기대하지 않았다. 1월의 매서운 바람이었지만 날씨는 화창했다. 웬걸, 드론으로 등대섬과 소매물도를 내려다보는 경치는 형언할 수 없이 즐겁고 신비하다. 등대섬 왼쪽의 봉우리가 드론의 각도에 따라 달리 보인다.

갈라진 바닷길도 드론으로 내려다보니 색다르다. 절벽 해안선을 따라 드론을 날리니 이 또한 비경이다. 추운 날씨에 신선놀음을 혼자 하고 있다. 자연에 완전 몰입되어서 시간 가는 줄 모른다. 거의 4시간을 이곳저

곳으로 옮기며 드론 촬영을 했다. 오래 하는 바람에 가져간 배터리 5개를 모조리 써버리고서는 발길을 돌렸다. 해가 서산으로 기울기 전에 안전하게 마을로 되돌아가야 한다.

둘러보니 같이 온 사람들은 모두 돌아갔다. 나도 서둘러 짐을 챙겨서 되돌아온다. 섬에서 하룻밤을 묵고 다음날 오전에는 소매물도 순환길을 걸을 예정이다. 오후에는 비진도로 가서 드론 촬영을 하고 통영으로 되돌아가는 여정이다. 그런데 되돌아가는 길이 보통일이 아니다. 내려왔던 가파른 계단길이 거꾸로 올라가자니 엄청 힘든 길로 바뀐다. 왜 이리 길고도 먼 길인지? 정말 기진맥진이다. 오르막길을 거의 한 시간 반에 걸쳐서 올라오니 저 멀리 등대섬이 새삼스럽게 아름답다. 그런데 문제다. 먹을 것이 없고 음료수도 소진했는데 저혈당이 스멀스멀 찾아온다. 아직도 가야할 길은 한 시간은 되지 싶다.

사람들은 모두 떠났고 혼자다. 제법 챙겨온 요기 거리가 이렇게 빨리 소진될 줄은 몰랐다. 큰일났다. 앞뒤 생각 없이 무조건 가야 한다. 살기 위해(평소면 먼 길이 아닐 텐데 목숨이 걸린 문제인지라) 30여 분을 정신없이 걷고 또 걸었다. 말 그대로 사력을 다해 걸었다. 사람 죽으라는 법은 없는가보다. 올 때는 몰랐는데 섬 꼭대기 망태봉에 무슨 박물관이 있다. 살았다 싶어 무조건 걷는다. 어라! 거기에 미국에서 온 5명의 일행이 있는 게 아닌가? 둘러보고 마을로 내려가려던 참이란다. 이런 우연이 있나? 그 사람들이 내려갔었더라면? 모골이 송연하다. 청량음료를 얻어 마시며 구사일생으로 살아났다.

이 일 이후로 나는 의사처방을 받아 당 성분의 약은 무슨 일이 있어도 반드시 챙기곤 한다. 골프 가방부터 여행 가방 곳곳에 미리미리 넣어둔다. 시간이 지나면 교체해서 보관하는 일을 다시는 잊지 않는다. 허망하게 죽지 않고 살기 위해서이다. 이 일 이후로는 저혈당 때문에 고생은 하지만 문제될 만한 일은 없다.

드론으로 본 소매물도 등대섬

환상의 섬, 소매물도

IX

삶의 원리를 이해하다

삶을 어떻게 살아야 하는가에 대한 나의 철학이 고스란히 배어 있는 생활을 했다. 실패도 많이 했다. 그러나 실패로 끝내지 않고 도약의 발판으로 삼았다. 결국 나 자신의 정체성이 확립되어 인간으로 태어난 경외감을 느낀다. 메모를 통한 나의 사유를 집대성한 결과이다. 역경이 결코 역경으로만 끝나지 않는다는 철학이 생성된다. 행복에 연연하지 않고 인생을 즐긴 셈이다. 삶을 맛나게 산 나의 스토리가 탄생하게 된다.

자기를 알려면

✦'안다'의 개념은?

겪어보지 않은 것은 아는 게 아니다. 어슴푸레 아는 것도 아는 게 아니다. 많이 안다는 것과 인간답다는 것은 완전 별개의 문제다. 많이 아는 건 삶의 질에 도움을 줄 수 있지만, 그게 다는 아니다. 제대로 된 지혜로 터득하거나 실행이 뒷받침되지 않은 지식은 가치가 클 수 없다.

특히 추상명사의 개념을 명확히 할 필요가 있다. 우리가 사용하는 말의 대부분이 추상명사이기 때문이다. 추상명사에 대한 개념은 통상 상식선에 그치는 경우가 많다. 삶을 정의할 때나 새로운 삶의 방향을 추구할 때는 추상명사가 무척 많이 개입된다. 상식(또는 고정관념)으로만 판단하면 일을 그르칠 수 있다. 추상명사라는 게 말 그대로 추상적이어서 제대로 개념을 잡아야 삶에 도움을 준다. 추상명사가 삶에 지대한 영향을 준다는 걸 명심하자.

과학의 원리나 법칙 또는 진리를 추구하는 것은 패러다임 형성에 영향이 크다. 패러다임이 변화하기 이전에는 별 문제가 없지만, 패러다임이 바뀌면 그에 걸맞은 앎이 필요하다. 이럴 때는 꼭 철학이 동반된다. 우리는 격변의 시기에 대응 능력에 따라 삶이 확 바뀔 수도 있다. 특히 미래에는 과학발전의 속도를 보건대 이런 일이 일어날 확률이 계속 높아질 것이다.

우리가 흔히 말하는 '안다'는 것에는 문제가 많다. 아는 것도 제대로 아는 것이 아닌 경우가 많다. 대충 아는 걸 제대로 아는 걸로 착각한다. 불행의 씨앗은 이로부터 생긴다. 예전에 어중이떠중이 의사가 사람 잡는 것과 같다. 정보의 홍수에 빠져 허우적대다 보니 익사하는 것과 뭐가 다를까? 다른 부분이 있다면 정보의 바다에서는 허우적댄다고 해서 당장은 죽지는 않는다. 서서히 인생을 좀먹는다.

우리가 살아가면서 몰라서 못 하는 경우는 흔한 일이 아니다. 마크 트웨인이 한 말을 새겨보자. "교육은 알지 못하는 바를 가르치는 것이 아니다. 사람들이 행동하지 않을 때 행동하게 하는 것을 의미한다." 어떻게 해야 할지? 왜 해야 할지? 실제로 행하기가 어렵다. 아니면 당장은 아니지만 언젠가 하리라고 미루다 보면 못 하거나 안 하게 된다. 때문에 삶의 의미에 보탬이 되지 못한 경우가 태반이다. 옛말에 '구슬이 서 말이라도 꿰어야 보배다'라는 게 바로 이런 상황을 표현한 것이다. 격언은 살아가는 지혜를 보여주는 소중한 보배이다. 단지 말장난으로 지어진 게 아니다. 격언을 대하면 곰곰이 곱씹어보는 게 좋다.

✦삶의 과정은 진동의 연속이다

살아가는 길에는 요철이 있다. 기복이 있다. 오르막이 있으면 내리막도 있다. 이게 바로 삶의 진동이다. 아주 자연스러운 삶의 곡선이다. 삶의 내리막에 처했을 때 당연하다고 받아들이는 태도가 중요하다. 삶의 각 요소들이 진동하면서 모든 진동들의 합이 하나의 진동으로 종합된다. 사실 모든 물질은 진동한다. 물질로 이루어진 사람인들 진동이 없겠는가? 나아가 우주도 진동의 산물이라 해도 과언이 아니다.

개개인의 삶의 진동이 세상의 진동과 잘 맞아서 공진할 수도 있다. 세상사와 공진이 되면 당분간은 좋을 수 있지만, 세상사와 너무 공진되면 사실 위기라고 봐야 한다. 빌딩이나 비행기가 주변의 공기 흐름에 공진이 지속되면 위험하다. 같은 이치다. 세상사라는 게 아름다운 공진이면 좋을 텐데, 여러분이 살면서 느꼈듯이 여간 복잡한 게 아니다. 부모의 보살핌으로 자랄 때는 잘 못 느낀다. 그러나 자립하거나 독립하면 세상사와 맞부닥친다. 이해되는 세상사도 있겠지만, 세상은 이상적인 상태와는 거리가 멀다. 공진은 불가능하다. 젊어서 고생하게 되는 것도 공진이 어렵기 때문이다. 위에서 말했듯이 공진이 지속되면 모든 게 부서진다.

그러니 젊을 때의 고생은 당연하다고 봐도 맞다. 그러다 중년이 되어 자리가 제법 잡히면 각종 행위인 삶의 요소 중에 일부가 공진 모드로 된다. 그러면 삶이 안정된 상태로 진입한다. 천만 다행이기도 하고, 삶의 요소가 다양해서 완전 공진이 안 되는 게 행운이기도 하다. 완전 공진이 되면 매우 위험한 상황이라 말하지 않았는가? 수많은 요소들의 진동의 합은 다양한 모습을 띠게 된다. 진폭이 아주 큰 사람은 실패와 성공을 다 경험한 사람이다. 진동의 모양이 비교적 단순한 사람은 그럭저럭 살았다. 나는 이왕 산다면 진폭이 크고 파장이 긴 삶을 선호한다. 쓴맛도 보았겠지만 달콤함도 삶에서 있었다는 뜻이다. 쓴맛을 보았으니 달콤함은 유달리 좋게 경험하지 않겠는가? 모름지기 삶이 진동이라 이해하고 자기 생의 사이클을 그려보기 바란다.

삶의 진동에서 느끼는 정도는 사람마다 다르다. 예민한 사람은 다른 사람과 비교하는 경향이 크다. 이런 사람은 실제보다 진동이 크다고 생각한다. 예민하다 보니 본인이 느끼는 파장이 만만찮아 보인다. 남과 비교를 많이 하거나 세상사에 예민한 사람은 실제보다 과장된다. 마음을 다잡는 게 좋다. 마음을 다스리는 습관을 연마해야 한다. 단순하다. 생각을 고쳐 먹으면 된다. 에이! 그럴 수도 있구나! 하며 마음을 가라앉히는 것이다. 영어로 Calm Down! 영어권에서 자주 쓰이는 말이다. 선진국 사람은 실제로 그리한다. 선진국 사람이 마음의 여유가 있는 이유이다.

반대로 삶의 진동에 무관심하거나 무덤덤한 사람이다. 자기에 대한 믿음이 확고한 사람이다. 이런 사람은 정체성이 확고하고 철학의 교조화가 공고한 사람이다. 하지만 유연성이 부족할 가능성이 있다. 기회를 잡을 수 있는데도 놓치기 쉽다. 이런 사람은 삶의 진동을 찬찬히 관찰할 필요가 있다.

또 다른 부류는 세상과 담을 쌓고 사는 사람이다. 이런 사람에게는 특수한 사정이 있다. 시간이 지남에 따라 삶의 진동에 관심을 갖는 시기는 반드시 온다. 새롭게 보일 테고 오히려 세상을 등지고 있어서 잘 보일 경우가 많다. 이런 사람들은 크게 무리하지 않는다. 사는 모습으로는 의외로 괜찮은 방식일 수도 있다.

가끔 자신의 삶의 진동을 느껴보자. 중요한 것은 느낌으로만 끝내지 말고 어느 정도 조정하는 게 좋다는 점이다. 조정하는 버릇을 꾸준히 하면 삶의 진동과 친하게(공감하게) 되어 삶에 도움이 된다. 개개인의 삶의 진동이 모인 게 세상의 진동이다. 사람이 제각기 다르니 세상의 진동은 복잡다단하다. 개인의 삶의 진동과 세상의 진동이 어긋날 수밖에 없는 이유이다.

내가 독일 살 때 신학공부로 유학 온 신부님과 이야기를 한 적이 있었는데, 그때도 느꼈다. 수도자도 삶의 진동이 있다. 힘들기도 하고 회의도 한다. 생활이 힘들어서 왜 이런 힘든 생활을 해야 되는지 고심도 많이 했단다. 심지어 집어치우고도 싶었다고 한다. 그런데 유학 생활과 공부가 어느 정도 궤도에 오르면, 정상의 진동으로 되돌아오더란다. 전혀 다른 세상에 적응하려다 보니 생기는 현상이다.

삶이란 자라면서 이런 유사한 경험을 할 수밖에 없다. 파장은 그만두고 진폭에 당황하는 경우가 많다. 어쩔 수 없이 해내야 하는 과정이다. 산이 높으면 골이 깊다. 반대도 성립한다. 이런 상황을 극복하고 나면 자신이 부쩍 성장해 있다. 산을 타는 사람들은 이런 재미가 있기에 즐기는 것이다.

스페인 '산티아고 가는 길'도 세상의 진동에 공감이 안 된 사람들이 자신을 찾기 위해 모여드는 순례길이다. 세상과의 괴리에 자신을 잃어버린다. 스페인 북부 여행을 하면서 이런 순례객을 수없이 본다. 하지만 그들은 고됨과 고달픔에도 마음의 생기가 도는 것은 무슨 연유일까? 몸은 지칠지라도 마음의 평화를 찾아서 그런 게 아닐까?

산티아고 대성당, 순례객으로 만원이다

산티아고 데 콤포스텔라의 대성당에는 수요일이면 순례객으로 만원이다. 장엄하면서도 자아를 깨달은 수많은 사람들로 넘쳐난다. 요즘 세상에 성당에 이렇게 많은 사람이 모이는 것도 드문 현상이다. 세상의 진동이 너무도 복잡해서, 그런 세상에 사는 사람들이 자아상실이 너무나 심각해서 벌어지는 상황이다.

산티아고 거리를 걷다 보면 사람들이 순수해 보인다. 자아를 어느 정도 되찾은 느낌이다. 사람들이 밝다. 일반인들은 '산티아고 가는 길' 순례에 나서기에 어려움이 많다. 대신에 자신이 사는 사회에서 대신하는 수밖에 없다. 자연에 침잠하면서 자신을 찾아보는 노력을 하면 좋다. 종교에 관계없이 산사에서 며칠 머물며 자아를 찾아보는 것도 좋다. 자연은 인간을 인갑답게 만들 수 있는 최고의 환경을 제공한다. 자연을 벗삼으면 밑질 게 하나도 없다. 자아를 발견해보는 노력을 게을리하지 말자!

칠장사, 고저녁하다

삶은 철학이다

살아가면서 알게 모르게 철학적인 문제에 직면하게 된다. 생각하는 행위 자체가 철학이다. 철학은 멀리 있는 게 아니라 바로 생활이다. 그런데 철학을 멀리 있거나 골치 아픈 것으로 치부하는 경향이 많다. 인간을 여러 가지로 정의하지만, 철학하는 동물로 정의해도 과언이 아니다. 공부와 철학은 자연스럽게 평생 하는 것이다.

공부와 철학을 논하기 전에 나는 정의를 새롭게 한다. 철학은 어렵고 딱딱하고 삶에 기여하지 않는 것으로 착각한다. 심지어 철학이 엉뚱하게 사용되어, 점치는 기술을 철학이라고 말하는 것은 어불성설이다. 자기 자신을 찾거나 자신의 삶을 관찰하고 사색하는 것을 철학이라고 단순하게 생각해도 된다. 철학이 우리의 삶과 밀접한 관계가 있다는 것을 명심하면 된다. 당연히 철학의 주체는 남이 아니라 자기 자신일 수밖에 없다. 얼마나 중요한 일인가? 어렵게 생각할 일이 아니다.

공부도 마찬가지다. 보통은 대학 졸업하고 직장을 잡으면서 공부가 끝나는 것으로 치부한다. 그러나 직장을 시작하면서 새로운 형태의 공부가 필요하다. 나도 중년이 되기 전까지는 철학이 나와는 전혀 관계가 없는 줄로 알았다. 고난과 고통이 나를 괴롭히면서 철학에 눈을 떴다. 물론 전문 철학책은 읽을 엄두도 못 내고(책을 사서 읽어보았다) 포기했다. 쉬운 철학책이 없나 살피다가 우연히 신문에서 철학에 관한 이야기를 읽었다. 어라! 싶어서 대형 서점 철학 코너를 찾아갔다. 예상대로 아주 쉽게 쓴 철학책이 있었다.

서점에 앉아서 이것저것 보면서 아주 쉬운 입문서를 샀다. 읽어가면서 철학 용어는 무시했다. 용어 때문에 어렵다. 결국은 삶의 이야기다. 조금씩 읽으면서 깨달았다. 여느 책처럼 통독할 일이 아니었다. 한 챕터 읽고 나서 나 자신에 대해서 곱씹어보았다. 생각하는 요령이 생기면서 철학이 삶에 긴요한 요소임을 알게 되었다. 삶을 생각하게 만들어준다. 빛줄기가 희미하게나마 다가오는 느낌이었다. 60대 들어와서 제법 철학에 대한 이해가 깊어진 지금도 전공이 전자공학인지라 과학 철학은 제외하고 전문 철학은 사절한다. 삶에 관한 비교적 쉬운 책으로도 충분하다.

삶과 철학, 이 두 단어가 여러분이 살아가는 동안 잠시라도 떨어진 적이 있었는가? 사는 것 자체가 철학이고, 적응하는 것 자체가 공부다. 우리와 너무나 밀접한 이 두 단어를 허술하게 다루다 삶의 길을 헤매지는 않았는지? 철학과 공부는 살아가는 동안 끝날 일도 사라질 일도 아니다. 삶과는 친숙하면서도 제대로 필요하다. 괜히 학교에서 어렵게 가르치는 바람에 착각한 게다. 고도로 깊게 들어가면 어렵다.

나는 생활철학과 삶의 공부로 정의한다. 서구의 보통사람들조차도 철학과 공부는 생활화되다시피 해서 우리보다 높은 삶의 질과 행복을 누린다. 일반적인 공부와 철학을 통합해서 생활철학, 즉 삶의 공부로 이해한다. 마음의 부담이 줄고 때로는 희한하게 재미도 있다. 구태여 구분된 단어를 사용하지 않더라도 읽어나가면 어느 정의인지 자연스럽게 이해된다. 나에게 철학은 삶의 지혜를 줄 뿐만 아니라 자연스럽게 삶이 슬기롭게 넘어가게 해주었다. 한마디로 하면 '철학은 삶의 문제를 지혜롭게 해결한다!'

이렇게 물어보자. 지금 당장 삶에서 개선해보고 싶은 것들이 있는가? 있다면 한번 생각해보자. 한두 가지에서 여러 가지 생각들이 머리에 맴돈다. 그 중에서 한 가지만 문제로 삼아보자. 어떻게 해야 개선될까? 우선 방법론이 먼저 떠오른다. 하지만 선뜻 답이 안 나온다. 여기서 철학이 관여할 여지가 생긴다. 해결해내려면 여러 요소가 떠올려진다. 우선 자기의 정체성도 관여가 되고 능력도 고려할 것이다. 가능할까? 의지는? 하는 생각도 든다. 내가 그랬었다. 여러 가지 해결하기 위한 요소들이 생각된다. 그 다음은 어떻게 슬기롭게 지혜를 써야 할까? 보라! 철학 요소들이 튀어나온다.

철학이 필요하다는 생각이 들지 않는가? 답이 '그렇다'이면 당장 서점에 가서 읽기에 적당한 쉬운 책을 골라서 읽어보자. 그러고선 개선하고자 하는 문제를 다루어보자. 처음부터야 잘 될까마는 조금 쑥스럽더라도 종이에 써가며 해법을 만들어보자. 몇 번만 해보면 필요성은 물론 해볼 만하다. 한번 의지를 발휘해서 실행해보면 된다. 분명 서툴기는 해도 머리가 정리되기 시작한다. 머리가 정리되는 단계가 되면 단순해지면서 뭔가 정리가 된다. 이런 식으로 삶의 문제가 생길 때마다 시도하면, 나중에는 체계적이면서 철학적으로 해결 능력이 좋아진다. 머리에 지나는 현상은 역으로 줄어들게 된다. 이게 바로 철학적 자세이다. 메모하는 습관을 키우면 효과 만점이다. 메모는 내가 60대 중반을 넘기고도 우주론, 특정한 과학 분야, 자연에 대한 취미, 역사, 철학 등에도 막강한 지식의 힘을 발휘하는 원천이다.

난해한 철학은 전문가에게 맡겨라. 자신의 정체성에 도움이 될 만큼만 알아도 좋다. 우리가 알아야 하는 것은 철학 자체보다는 철학하는 자세다. 그것만 배워도 충분하다. 이왕 본인도 모르게 철학을 하고 있다면, 어려운 부분은 제쳐두고 조금은 체계적으로 자기 생각을 정리하는 게 필요하다.

철학은 어렵고 난해한 것이 아니다. 살아가면서 자기 삶의 근저에 자기도 모르게 철학의 바탕을 만들어가며 산다. 각자 나름대로 명확한 삶의 의미나 바람을 갖는 사람은 그만큼 철학적이다. 비록 삶의 길이 안개 속처럼 불투명할지라도, 나름 '삶이 이랬으면 좋겠다, 내 삶은 왜 이 모양이지!' 할 때 이미 철학적인 사고를 한다는 증거다. 무기력할지라도 철학에 조금만 관심을 기울이게 되면 희망은 보인다.

누구나가 철학으로부터 자유로울 수 없고 그래서도 안 된다. 일부러 생각하지 않으려고 하는 것은 자기를 더 어렵게 할 뿐이다. 생각만큼 철학이라는 게 어렵거나 까탈스러운 것은 아니다. 철학 전문서적을 읽어보니 수많은 사고를 한 후 쓰인 책이므로 당연히 어렵다. 우리는 그토록 어렵게 철학에 다가갈 일도 아니다. 나라는 인간은 무엇인가? 어떻게 살아가는가? 하는 질문을 자기 나름대로 사고하는 게 바로 철학이다.

철학을 가까이하면 좋은 점이 많다. 예를 들어 어떻게 할까? 하는 의문에 철학책에서 읽은 내용이 생각나면, 판단 또는 결단에 아주 도움이 된다. 철학은 합리적 생각과 깊은 사고의 산물이다. 그런 사고를 다시 할 필요가 없이 결과를 그대로 이용하면 된다. 얼마나 남는 장사인가?

삶에서는 정체성 확립과 자기 철학의 교조화가 매우 필요하다. 말랑말랑한 유연성을 갖는 정체성과 교조화여야 한다. 경직된 상태가 되면 아니함만 못하다. 제대로 되면 삶의 지침이 된다. 본인의 철학을 정립하든 주관을 정립하든 간에, 스스로에 맞게 연마하고 노력하는 게 맞는다. 자기 것으로 만들며 실행하는 것이 살아가는 데 필요하며 중요하다. 꾸준히 중·장기적 관점에서 보는 것이 좋다. 중간 중간에 새로운 관점을 발견하면 조정하면 된다. 그러지 않고 그때 그때의 생각만으로 행동하기에는 삶의 변곡이 크기 때문에 조정이 필요하다.

때에 따라서는 자기가 판단을 하는데 희망사항도 고려해서 미세 조정을 하는 것도 중요하다. 하루에 0.1%씩 시각이 다르게 본다고 해보자. 대충 일년이면 대략 35% 정도 어긋나지 않겠는가? 숫자 놀음이긴 하지만 시사하는 바가 분명하다. 중간 중간 자신을 볼 기회에 조정 또는 미세 조정을 하면 향해 가는 목표에 바른 길을 스스로 잘 만들어가는 셈이다.

조정 없이 지속적으로 되는 것은 극구 피해야 한다. 교조화의 대표적 피해가 조선시대 성리학이다. 예컨대 '공자왈' 하면 끝나는 식이다. 당연히 세상이 달라지는데 공자의 말씀이라 할지라도 만고의 진리가 되는 것은 불가능하다. 시대에 맞는 재해석 또는 전환이 필요하다. 정체성도 마찬가지다. 줄기는 보전해야겠지만 시대 상황에 맞게 수정 보완해야 시대에 뒤떨어지지 않는다. 정체성이나 교조화도 필요하지만, 반드시 조정해 나가며 살아야 한다.

물론 직접경험을 통해서 방향을 수정하는 게 제일 좋다. 책을 읽어 간접경험에 의해서도 좋고, 주변 환경을 반영해도 좋다. 요는 스스로 자신을 돌아볼 기회가 온다면 한번 점검해보라는 것이다. 이렇게 되면 자신의 정체성이나 주관이 뚜렷해진다. 한 인간으로서 독립된 주체가 된다. 가슴 뿌듯한 일 아닌가? 바라던 바대로 상당한 성과를 얻게 된다. 주의할 점은 한 관점에 얽매인 교조화는 극구 피해야 한다는 것이다. 그 어떤 것도 정답이 아닌 바람직한 것을 논리적 로직으로 만들어야 한다. 세상이 변하기에 교조화가 되면 엉뚱한 상태가 될 수도 있다. 시대에 동떨어지는 것은 방지해야 한다. 사고의 유연성과 여유를 갖고 정체되지 않고 발전 지향적으로 나가야 한다.

✦자신을 믿어라! 자신을 믿지 마라!

어느 것이 맞을까? 처한 상황에 따라 다르다. 내가 살아보니 이렇다. 무슨 일이든 상관없이 적용되는 방식이 있다. 큰일일수록 더욱 그렇다. 일을 시작하기 이전에 많은 생각을 해야 한다. 이때는 자신을 믿지 말고 경우의 수를 따져보자. 자신을 못 믿어서가 아니라 자칫 고려해야 할 사항을 간과할 수 있기 때문이다. 하지만 판단을 하고 나면 완전히 달라진 것처럼 자신을 굳게 믿어야 한다. 이걸 반대로 하는 사람이 의외로 많다.

국책기관 원장으로 있을 때 이런 경우가 허다했다. 당연히 일을 잘 못하는 직원이다. 위와 같이 제대로 하는 직원은 믿음이 간다. 역시 일을 잘한다. 가끔 잘 못할 경우도 있긴 하지만 최선을 다한 거다. 그러면 윗사람은 당연히 용기와 위로를 더하게 된다. 사실은 자신감 이야기인데, 자신감만으로 일은 되는 것은 아니다. 전략과 분석에 의한 실행이 필요하기 때문에 이런 상황이 된다. 상상해보라. 처음부터 자신감으로 일을 분석도 없이 밀어붙인다면 맹랑한 결과가 될 가능성을 배제하지 못한다.

실제로 나는 그런 상황을 많이 목격했다. 대체로 머리 좋고 지식이 풍부한 사람일수록 이런 실수를 저지른다. 지식이 많다고 해서 일을 잘한다고 착각한다. 자신감이 넘쳐서 자만에 가깝다. 일을 잘하는 사람은 중지를 모을 때와 자신을 믿을 때를 잘 가릴 줄 안다.

✦나인가? 나 아닌 나인가?

나를 찾기 위한 여러 해법을 이야기했다. 제법 자아를 찾는 방법을 알았으면, 마지막으로 진정 자기가 원하는 자아가 무엇인가를 알아보는 것도 멋진 삶을 위해 필요하다. 한번 시도해보자.

삶의 요소를 말한 내용을 하나씩 자신에게 물어보자. 한 요소에 2가지 답이 나올 때 진정 자기가 필요하거나 원하는 답이 무엇인가 사고실험을 해본다. 처음에는 가볍게 생각하며 우선순위를 정해보자. 메모를 해두는 것도 좋다. 전 항목에 대해서 같은 방식으로 해서 메모해두었다가 필요할 때 메모를 꺼내본다. 서서히 자신이 진정으로 원하는 윤곽이 구체적으로 나타난다. 그리고 연말이나 연초에 한번쯤 점검해보길 권한다.

그러다 자신의 삶의 전환점이 왔을 때, 심도 깊게 숙고하면 바람직한 방도를 찾게 된다. 루터는 "자아를 발견했을 때 졸도할 뻔했다"고 말했다. 실제의 자아를 찾은 소감이다. 이처럼 사람은 진실한 자아를 찾을 때 기쁨의 전율을 느낀다. 그리고 그로부터 발전은 전개된다.

제목을 어렵게 쓰긴 했지만 그리 어렵지도 않은 일이다. 이 책이 바로 나의 자아를 찾으며 삶을 즐긴 스토리를 이야기하고 있는 것이다. 효과가 좋을 뿐더러 삶이 즐거워진다. 숱한 고비를 극복하여 삶의 가치를 깨닫게 되었다.

✦서서히 삶의 윤곽이 잡히는 시기

청년 시절에 전문직에 종사하는 경우는 비교적 이른 시기에 삶의 윤곽과 미래의 삶이 어느 정도 잡힐 것이다. 물론 그게 다가 아니겠지만, 그래도 일반인보다는 수월한 편이다. 이게 함정일 수도 있다. 보통사람에 대해서 말해본다. 직업을 갖는다는 것은 전문가가 되기 위한 출발이라고 보면 된다. 직업이란 한자의 뜻도 그렇다.

40대가 시작되면 대체적으로 미래가 가늠되기 시작한다. 또한 총기 왕성한 시기를 지남과 동시에 관록이 붙기 시작하는 변곡점에 이르게 된다. 이때가 아주 중요한 시기다. 삶의 여정에서 변곡점이 올 때는 항상 도약이냐, 아니면 '범생'으로 가느냐의 기로에 놓인다. 이때 정신 바짝 차려야 한다. 자기를 뒤돌아보기도 하고 자기 자신을 찬찬히 관찰하거나 정체성을 잘 파악해야 한다.

보통은 그렇지만 사람에 따라서는 일찍 올 수도 늦게 올 수도 있다. 여하튼 삶의 윤곽이 잡히기 시작하면 또 다른 삶의 변곡점이 다가왔다는 뜻이다. 내가 주장하는 것 중 하나가 '삶은 진동의 연속이다'라는 말은 이때도 성립한다.

간단하게 보면 2가지 형태가 나타난다. 첫째는 이제 윤곽이 잡히니 안심하며 현실에 안주하고자 하는 마음이 있다. 둘째는 이제 윤곽이 잡혀가니 제대로 도약해서 더 큰 나를 만들자, 하는 도전하는 마음이다. 선택은 본인에게 달렸다.

내 경우는 조금 달랐다. 40대 초반은 병마로 혼란기가 여전히 진행 중이었으니까 나와의 싸움이 한창이었다. 나는 자신에게 이렇게 다짐했다. 그래, '접어주고 달리는 게임이다'. 내 마음을 위로하고 새롭게 다짐하는 자기최면을 걸었다. 삶의 윤곽이 잡히는 시기가 10여 년은 늦어져서 50대 들어서면서 잡히기 시작했다. 다른 사람들보다 늦어도 많이 늦었으니 어쩔 수없이 접어주고 달리기 게임하는 상황이 된 거다.

자연스럽게 삶의 경쟁을 위해 간절함이나 절실함이 많을 수밖에 없었다. 이게 내 생의 크나큰 에너지가 되리라고 누가 짐작이나 했겠는가? 오히려 늦었기 때문에 이렇게 된 게 아닌가? 만약에 내가 혼란을 겪지 않았다면 그저 그런 직장생활을 하지 않았을까? 간절함이나 절실함이 나를 부쩍 키우는 바탕이 되었음을 살아오면서 절감한다.

시기를 타는 것은 삶에서 상당히 많다. 현재 사랑을 한다고 가정해보자. 이 세상에 이것보다 더 중요한 게 없다. 이 시점에는 목숨을 걸어도 좋다. 사랑하는 사람은 그 누구와도 바꿀 수 없다. 그 무엇과도 바꿀 수 없다. 이런 상황을 겪어본 사람이 많을 것이다. 사랑이 아니라도 유사한 상황이 사람에게는 있다. 마치 열병을 앓듯이 말이다.

이런 상황을 우리는 어떻게 해석해야 할까? 경험한 사람은 이렇게 말할 수도 있다. 지나보면 별것 아니다. 맞기도 하면서 틀린 말이기도 하다. 나는 이런 열병이 삶에 필요하다고 생각하는 편이다. 그때 그때 자기가 제일 중요하다면 해봐야 한다. 비록 나중에 지나서 보니 '아니다' 하는 것을 되돌아볼 때의 이야기이지, 그때 현재의 상황은 아니다. 살아가면서 제일 마지막 단계에서나 인생무상이니 공수래공수거라고 말하는 것도 맞지 않는 말이다. 지나온 과정은 무시하는 허무맹랑한 말이다. 사람은 사는 과정도 매우 중요한 의미를 갖는다.

젊은 사람에게 충고하듯이 말한다면, 이거야말로 성립되지 않는다. 결국은 현재의 삶을 사는 게 맞다. 예를 들어 나중에 이혼할까 두려워 결혼하지 못한다면, 이는 제대로 된 삶을 사는 사람이 아니다. 마치 나중에 후회할까 두려워해서 할 일을 하지 않는 것과 똑같다. '후회 없는 삶'이란 후회가 없다는 뜻이 아니라, 후회도 받아들인다는 뜻으로 이해하는 게 맞다. '현재를 살아라' 하는 말도 성립한다.

사색, 사유하면 삶의 질이 높아진다

*

얼마나 절실한가?

수재들이 재산가가 되는 경우는 드물다. 예전에는 전문직에서 성공하는 경우는 많았다. 교수나 과학자, 법조인, 의료인 등 전문가는 많다. 의사나 변호사가 꽤 많은 부를 축적할 수 있을 시기도 있기는 했다. 하지만 요즘 세상에서는 드물다. 경제학자나 경영학자는 이론이나 큰 틀에서는 전문가이다. 하지만 그들이 갑부 대열에 들었다는 경우는 지극히 드물다. 요즘 같은 세상에서, 아니 다가올 미래에는 더더욱 돈을 벌기가 어려워진다.

대부분의 사람은 안정된 생활을 목표로 한다. 그러다 보니 소위 수재들이란 공부에 절박했다. 하지만 모두가 그리되지는 않는다. 대부분의 자수성가한 사람들이 공부 잘했다는 이야기 들어본 적 있는가? 없다고 해도 과언이 아니다. 그들은 열악한 환경을 벗어나고자 얼마나 절박했겠는가? 우리는 흔히 노력해야 한다고 말한다. 무엇을 어떻게 노력하란 말인가? 정해진 프로세스도 메커니즘도 없다. 예전에는 그저 노력하면 도처에 성공의 기회나 희망이 있었다. 하지만 요즘은 극히 제한적이다. 그렇다면 우리는 다른 길을 가야 하지 않겠는가?

호주에서 본 등대와 태양

일본이나 독일에서는 중소기업에 취직하는 우수 인재가 많다. 자기가 회사를 키워 출세하겠다는 생각이다. 독일이나 스위스 같은 나라는 석·박사보다 마이스터가 풍족하게 더 잘사는 경우가 비일비재하다. 구태여 대학 가지 않아도 된다. 가만히 보면 궂은일부터 시작한다. 내가 보기에는 허드렛일부터 시작한다. 무협소설에서 보듯이, 또는 스님들의 수행에서도 허드렛일부터 수행하는 것과 다를 바가 없다.

여기서 우리는 힌트를 찾을 수 있다. 요즘 우리나라에서는 중소기업에 취직하면 장가가기 힘들다고 한다. 장래 희망이 없다는 것이다. 그래서 대기업이나 안정된 직장에 가려고 한다. 이게 허무맹랑한 소리가 아닐까? 부모 세대의 착각이다. 예전에 그랬으니까.

왜 중소기업은 안 되는가? 실제로는 중소기업 출신이 부자 되고 안정적인 경우도 많은데도? 어려움이야 훨씬 많을 것이다. 상대적 평가인들 좋겠는가? 내 경우를 돌아보아도, 비록 중소기업은 아니지만 그렇다고 대기업도 아니었다. 하지만 일에 대해 간절하면 그만큼 노력을 더 한다. 간절하고 절박한 만큼 '스스로 돕는 자를 돕는다!' 그것이 세상 사는 이치가 아닌가 한다.

뭔가를 얻으려면 절실한 마음이 중요하다. 그저 바람만 갖고는 얻기가 힘들다. 그만큼 동력이 떨어지는 탓이다. 절실하게 되면 그만큼 준비도 더 많이 하게 되고, 더 많은 생각을 하게 된다. 더 넓고 깊게 생각하지 않을 수 없다. 설사 도전한 일이 안 되었을지라도 언젠가 또 비슷한 일은 일어난다. 마음의 여유가 없는 절실함이 아니라 마음의 여유를 갖는 절실함이다.

내 경우도 첫 직장이 삼성전자였다. 직장에서 성공하려는 열망이 왜 없었겠는가? 하지만 나의 정체성에는 맞지 않았다. 자유스럽게 뭔가를 탐구해서 나만의 세상을 만들려는 데는 적합하지 않은 직장이었다. 개인보다는 조직이 우선이었다. 결국은 3년여 근무하다 출연기관으로 옮겼다. 한국산업기술시험원(KTL)이다. 여기는 나만 결심하면 절실함을 이룰 수 있는 시간과 기회가 있었다. 30여 년 근무하면서 천직이라 여기고 멋진 직장생활을 영위했다. 내가 직원이 아니라 주인으로서 만들어가는 나 자신의 직장이었다. 원 없이 즐겁게 일했다. 그리고 나의 절실함이 결실을 맺게 된다. 내가 기관을 키우고 더불어 나를 키워준 직장이다. 절실함이 있으면 내 세상이 된다는 것을 증명해준 직장이다.

우리나라 전국을 여행하면서 여러 형태의 자수성가한 사람들을 만났다. 어촌으로 귀향한 사람, 농촌으로 귀향한 사람, 음식점 등 고된 일로 되돌아온 사람이다. 성공 스토리가 감격스럽다. 오로지 천직으로 여기고, 노력뿐만 아니라 운영하는 업의 속성에 대한 연구가 남달랐다. 남부럽지 않은 성공을 거두었다. 중소기업으로 성공한 사례는 부지기수이다.

보통사람들은 편한 직장생활을 선호한다. 소위 월급쟁이이다. 그럭저럭은 살겠지만 성공은 몹시 어렵다. 극히 일부만 성공한다. 하지만 자기의 노력에 따라 달라지는 일은 시간을 요한다. 요즘 이런 일에 매달리는 젊은이를 보면 대견하다. 나는 그들은 성공하리라 여긴다. 왜? 하나같이 절실함이 있기 때문이다.

내가 살던 미국 실리콘밸리의 예를 들어본다. 직원 중에서 계약직이 제일 열심이다. 계약직이라는 개념이 우리와는 다르다. 하지만 직장에서의 성공 열망은 누구보다 절실하다. 실리콘밸리에 가보면 대형 비즈니스 건물들은 밤늦게까지 불이 훤하다. 계약직들이 일을 하기 때문이다. 이들은 죽으나 사나 새로운 아이디어 창출에 목숨을 건다. 속된 말로 한건 하려는 부류의 사람들이다. 창업을 위해서도 절실하게 일한다. 아니면 회사 내에서 성공하려고 자발적으로 일한다. 정열적인 직원은 정규직이 아니라 계약직원들이다. 정규직은 한 수 아래다. 편하게 생활하고자 하는 일반 샐러리맨이다.

우리와는 정반대다. 젊어서 고생하고 나중에 편하려고 계약직을 택한 것이다. 이들을 만나면 절실함이 몸에 배어 있다. 오로지 일에 매달린다. 나는 어느 게 맞는지를 말하자는 게 아니다. 절실함이 어느 쪽에 있으며, 누가 성공 가능성이 큰지를 말하는 것이다. 실제로 이런 계약직에서 성공하는 사람은 많다. 이런 현상이 시사하는 바는 크다. 무슨 일은 하든 결국은 절실함이 성공을 가름한다는 것이다. 다만 시간이 걸릴 뿐이다. 직장이든 창업이든 절실함이 성공의 잣대가 됨은 확실하다.

절심함은 고난과 고통에 처했을 때 도드라지게 나타난다. 보통은 편한 삶에 편도된다. 그러면 그저 그런 삶으로 끝난다. 물론 그렇게 사는 게 좋으면 그래도 된다. 하지만 세월이 지남에 따라 아쉬움과 후회는 따라다닌다. 적어도 성공하려면 반드시 고통과 고난을 수반한다.

일부러라도 고난을 만들면 절실함이 나타난다. 스페인 순례의 길을 걷는 사람들은 무척 힘들다. 그걸 이겨내면 자아를 발견하고 무슨 일이라도 할 수 있다는 자신감이 생긴다. 삶은 고난으로부터 배운 덕에 윤택해지고 성공의 확신에 한 걸음 더 다가가게 된다.

고난과 고통이 사람을 키운다

고난이나 고통을 겪고 나면 트라우마나 나쁜 기억으로 남는가? 아니면 극복하고 견뎌냈다는 자신감 쪽으로 발전하는가? 자신을 이해하는 좋은 상황이 된다. 이런 일을 겪을 때마다 긍정적인 측면으로 인식하는 노력을 하면 차후에 굉장한 에너지로 돌아온다. 그래서 사람들은 발전이나 성공적인 삶의 방향을 축적하게 된다. 에너지 낭비도 적어져서 훨씬 나은 삶을 영위할 수 있게 된다. 인식의 전환과 자신의 상황 분석을 통해서 스스로 고난과 고통의 속성을 알아내는 일을 지속하면, 반드시 그에 대한 보답을 받게 된다. 그래서 '고통의 신비'라는 말은 진실이다.

사실 고난과 고통을 겪지 않은 사람이 모든 면에 훨씬 유리하다. 그만큼 출정도 앞서 있는 셈이고 에너지를 집중할 수 있다. 그런데도 고난과 고통을 겪어본 사람보다 시간이 지남에 따라 뒤처지는 게 참으로 이상하다. 나는 고난과 고통을 성장통으로 해석한다. 그것을 겪으면 고난과 고통에 대한 면역력이 강해진다. 육체뿐만 아니라 정신도 마찬가지다. 성장통을 넘고 긍정적으로 사유하면 그만큼 다음 도약을 위한 찬스가 된다. 괴테가 한 말이 의미심장하다. "고통이 남기고 간 것을 맛보아라. 고통도 지나고 나면 달콤하다." "고난이 있을 때마다 참된 인간이 되어가는 과정이다." 이러니 '고난과 고통이 사람을 키운다'는 내 말도 성립한다.

고비를 넘는 의지력도 강해진다. 고통과 고난을 겪어보지 않은 사람은 우선 생각의 폭이 좁고 얕다. 여유를 부릴 가능성도 크다. 일에 대한 의미 부여에 차이가 있어서 대하는 태도부터 다르다. 처음에는 별 차이가 없어 보이지만 계속된 과정에서 조금씩 차이가 나다가, 과정이 꽤 지나가면 확연히 차이가 난다. 결국 보통사람이 고난과 고통을 겪은 사람보다 뒤 처지는 이유이다.

또한 고난과 고통을 겪은 사람은 저절로 동기부여가 된다. 보통 사람은 자신이 동기부여를 적극적으로 하면 당연히 더 낫다. 보통은 그리 신경을 쓰지 않으니 당연히 앞서가기가 힘들다. 하지만 고난과 고통이 없었더라도 모든 면에 앞서가는 사람이 내 주변에 많다. 즐길 것 다 즐기고도 유유하게 일이나 공부를 월등히 잘하는 사람이 많다. 이들의 특징은 빼앗기지 않은 에너지를 일에 투여한다는 점이다. 그들 나름대로의 동기부여가 확실하다. 자연스럽게 성과는 훨씬 좋을 수밖에 없다.

그렇지 못한 사람은 좋은 여건이건만 오히려 실력 발휘를 못 하는 사람들이 많아서 참으로 안타깝다. 이런 사람들이 고생을 좀 해보면 많은 것이 달라진다. 이도 저도 아니게 살아가면 나중에 허망하게 살게 될 확률이 높다. 젊어서 고생은 사서도 한다는 것은 맞는 말이다.

여러분은 혹시 살려달라고 간절히 기도한 적이 있는가? 나는 부정맥과 공황장애가 겹친 40대 초반에 절망에 빠졌다. 마치 절벽 저 아래 나락으로 떨어지는 느낌을 받았다. 절망과 걱정으로 나날이 고통스러웠다. 살려는 희망보다 죽을 걱정부터 먼저 하게 되었다. 어떻게든 살아보자는 의지보다는 실망으로 인해 부정적인 생각밖에 없었다. 결국에는 극단적 선택을 하기로 마음이 기울어졌다. 가족도 생각해야 하는데 오로지 나에게만 매달리게 된다. 그게 무슨 결단이라고, 지금 생각해보면 어이가 없다.

하여튼 가슴 가득히 슬픔을 머금고 양수리로 갔다. 죽어도 조금 내가 좋아했던 양수리에 가서 죽겠다는 심산이었다. 강물을 하염없이 바라보다 덜컥 겁이 났다. 어이없게도 물에 빠져 죽는 게 무서워졌다. 죽음보다도 더 싫은 고통이었는데, 막상 죽으려고 하니 죽음이 무서워졌다. 나 자신이 한심스럽다. 머리가 혼란스럽다. 그러다 느닷없이 하나님께 간구했다. 하나님 저 좀 살려주세요! 나도 모르게 나온 말이다.

눈물이 범벅이 되었다. 독실한 신자도 아닌 내게서 이런 말이 나오리라곤 꿈에도 생각을 못 했다. 너무 억울했다! 울면서 이렇게 기도했다.

'아니, 고등학교 2학년 때부터 그렇게 어렵게 혼자 고학하며 결혼 전까지 살았는데, 도대체 내가 뭘 잘못했기에 이리도 죽음에 이르게 한단 말입니까? 결혼하고 조금 살 만해지니까 이제는 병마로 나를 못살게 하는 이유가 도대체 무엇입니까? 아무리 생각해도 죄 지을 만한 일을 한 적도 없고 착하게만 살아온 제게 도대체 왜 이러는 건가요? 하나님이 있긴 한 건가요? 그만큼 고통과 고난을 겪게 했으면 되지, 도대체 무슨 심술입니까? 고진감래? 이게 말이나 됩니까?'

엉뚱하게도 하나님에 대한 원망은 물론 하나님이 있긴 있는가 하는 의심까지 한없이 들었다. 하여튼 오만 가지 원망이란 원망을 다 털어놨다. 그런데 어라! 속이 시원해지는 게 아닌가? 마음도 기벼워지는 듯했다.

고통으로부터 서서히 벗어날 때쯤 소름이 확 끼치는 생각이 들었다. 극단적 선택을 했더라면? 생각에 여기에 미치자 자지러지게 놀랐다. 어렵게 공부할 때 의지와 오기로 버텨온 나인데, 그때 강력한 내 의지로 결행했다면?

아프다? 아프지 않는 것만이 능사가 아니다. 육체나 정신이나 정상이 아니면 당연히 아프다. 앓는다는 것은 다른 말로 스스로 치료하는 작용이다. 그게 잘 안 되면 의사나 약의 도움을 받는다. 예를 들어 이가 안 아프게 하려면 치아의 신경을 모두 죽이면 된다. 하지만 아프지 않게는 되지만, 치아에 관련된 질병을 알 수 없다. 그래서 치과에서도 최소한의 신경은 살려둔다.

아프다는 것에는 상반된 측면이 있다. 육체나 정신이 아프다고 상심만 할 일이 아니다. 자신이 자신을 잘 보듬어주어야 한다. 살아가는 것도 마찬가지다. 문제가 있으면 아플 것이고 아프다는 것은 문제에서 벗어나라는 신호다. 흔히 하는 말로 '아픈 만큼 성숙해진다'는 말이 성립된다.

이야기를 좀 더 비약하면, 인간도 병원균 같은 세균 때문에 고등인간이 되었을 수 있다. 세균을 이겨내는 항원이 생기게 되고 또 친화된 결과다. 실제로 우리 몸에는 세포의 수보다 병균의 수가 훨씬 많다. 사실은 동거하고 있는 셈이다. 크게 봐서 어쩌면 병균도 인간에게 고마운 일을 한 셈이다. 세상도 이런 이치처럼 생각하면 마음이 편하다.

속초 아바이 마을, 고생을 형상화하였다

내 몸과 마음에 감사한다. 40대에 죽는다고 생각했는데 60대 후반을 달려가니, 몸에 감사할 수밖에 없다. 이겨낸 내 정신과 마음에도 감사한다. 이겨낸 이후 여행 등 다양한 취미로 더 재미있고 즐겁게 살았으니, 이 얼마나 고마운가?

그리고 생각해본다. 이리 되기까지 일익을 담당한 음악에게도 감사한다. 그 중에 덴마크 내셔널 오케스트라의 연주가 참으로 좋았다. 악기와 합창, 특이한 악기, 여성 지휘자 간의 절묘한 화합이 마음을 녹여주었다. 또 나는 서부영화를 좋아했다. 일련의 서부의 무법자 영화나 SF 영화도 즐거움을 주었다.

음악이 날 살리는 데 신나는 팝송도 한몫했다. 잔잔한 국악 명상음악도 좋았다. 지금도 즐기는 것들이다. 이처럼 삶을 즐겁게 하는 것들은 주위에 넘쳐난다. 사는 맛이 있는 세상이다.

*

살아내는 것, 살아지는 것

살아내는 것과 살아지는 것에 대해 나는 확고한 신념을 갖고 있다. 나는 자연이 있어서 벗 삼아서 살아냈다. 사람 사는 세상에는 재주가 별로 없는 나였지만, 그래도 자연이 도와주어서 풍진 세상 용케도 잘 살아냈다. 살아지는 삶보다는 살아내는 삶을 살아서 흡족하다.

뒤돌아보면 살아지는 대로 살지는 않았다. 살아내는 데는 내 나름의 지혜와 정체성이 큰 몫을 했다. 삶의 여러 요소들을 잘 해석해서 적용했다. 실패를 받아들인 마음도 역할이 컸다. 진동 폭이 매우 컸다. 깊은 골과 높은 마루를 모두 경험한 나 자신이 자랑스럽다. 스스로의 힘도 있었겠지만 하나님이 도왔음을 부인하지 못한다.

특히 질곡에 빠졌을 때 복원력이 발휘되는 상황은 스스로도 감격스럽다. 수동적이 아니라 능동적으로 살아내는 과정을 생각하면 눈가가 촉촉해진다. 엄청난 세상에서 내 세상은 분명하게 또렷이 있었다. 역시 '세상은 나를 위해 존재한다' 이 명제는 실현된다.

살아지는 것은 다분히 수동적이고 살아내는 것은 능동적이다. 능동적이라 하면 자기의 정체성대로 스스로 삶을 개척해나간다는 것이다. 어느 쪽이 삶의 의미와 멋진 삶의 여정이 될지는 자명하다. 우리는 모름지기 살아내는 삶을 영위함으로써 진정한 인간이 된다. 그래서 나라는 사람으로 주체성을 갖게 되고 삶의 보람이 커지고, 살 만한 세상을 만들어 가며 자신으로 우뚝 섰다. 살아지는 것은 살아낸 후의 휴식 같은 달콤함을 즐길 때 가치가 있다. 잔잔한 호수 위에 배를 띄우고 차 한잔 하는 여유를 갖는다. 살아지니까 사는 것이다.

그러나 살아내는 것의 위력은 대단하다. 살아지는 것이 인생의 대부분을 차지한다. 사람들이 착각할 뿐, 훌륭한 사람들도 언제나 목표를 달성하거나 노력을 하지는 않는다. 항상 그러면 아무도 살아남지 못한다. 한시도 잊은 적이 없다고 말하는 것 역시 중요한 순간에만 그랬을 뿐이다. 우리는 현실과 현상을 과장하는 속성이 있다. 나도 40대 초반의 모진 병마로 고난과 고통 속에서 '고통의 신비'로 삶의 역전 만루 홈런을 쳤다고 생각했다. 내 인생살이로 자긍심이 하늘을 찌르며 대만족이라 느꼈다.

그런데 진정으로 삶을 살아낸 표상이 있어서 소개한다. 처가이긴 하지만 워낙 감동적이어서 쓰니 혜량해줄 거라 믿는다. 어떻게 살아내셨을까?

장모님은 진주에서 새끼 꼬아 현금을 마련해서 종잣돈을 마련했다. 장인어른은 워낙 신체 강건하셔서 황소를 상으로 받으셨을 정도다. 진주 자산가의 둘째 아들이던 장인어른은 급작스레 장인어른 아버지와 형님을 동시에 잃고, 재산은 깡그리 없어졌다. 그때부터 절치부심하여 말 그대로 무일푼에서 집안을 일으켰다. 종잣돈을 모아서 당시 척박한 땅을 사고 개간해서 억척같이 일해 재산을 만들기 시작했다. 과수원을 일구고 장인어른이 직접 튼튼하고 멋진 집을 짓고 팔고 하여 점점 재산을 모았다고 한다. 당신 두 분은 돈 한 푼 제대로 쓰지 않고 돈을 모아서 소위 부자 가문을 재탄생시켰다. 자세한 이야기는 생략하지만, 나는 도무지 상상이 가지 않는다. 알고 보니 장인어른, 장모님은 나보다 더 처절한 삶을 이겨내고 가문을 일으키셨다. 성공한 이야기에 경외심을 표하지 않을 수 없다. 어느 위인 못지않게 위대하게 사셨다. 그것도 내 나이 60 중반을 향할 때 제대로 알았으니, 나도 무디기가 이루 말할 수 없다. 워낙에 검소하게 사셔서 미처 못 본 탓도 있다. 처가가 제법 사는 줄은 알았지만, 대구테크노파크 원장이 되면서 어느 정도 알게 되었다. 안 그랬으면 영원히 사연을 모르고 지낼 뻔했다. 대구테크노파크는 정부 출연기관으로 차관급에 준해서 재산 신고를 하는 과정에서 알게 되었다.

그런데 사표를 쓰기 얼마 전부터 재산 변동(일부 유산 문제)이 또 문제가 된다. 사표가 수리된 지 한 달이 지나서야 해명된다. 장모님은 사표 수리 2개월 전에 돌아가셨다. 온 가족들도 재산 변동 사유를 아무도 모른다. 나중에 변호사를 통해 자세한 내용을 들었다. 재산 신고는 깨끗하게 마무리되었지만 눈시울이 붉어졌다. 인생을 그리 모질게 살면서도 성공하셨던 일생을 나는 짐작도 하지 못했다. 그 어느 누구보다도 깨끗하고 당당하게 재산을 일구셨다고 하니 감동도 그런 감동이 없었다. 아내도 평소 깨끗하고 당당하게 재산을 일군 부모님에 대한 존경을 잊지 않는다. 얼마나 자랑스러울까? 나에게 때때로 부정한 일은 하지 말라던 장모님의 말씀이 이제야 제대로 가슴 뭉클해지게 한다.

독일 가기 전에 장인어른은 돌아가셨다. 워낙 고생을 많이 해서 일찍 돌아가셨다. 내가 결혼하고 2년 조금 더 지난 시점이었다. 그게 1981년 여름이었다.

돌아가실 때 하신 마지막 말씀을 나는 들었다. 혼절 중에 잠깐 정신이 들었을 때 나에게 어렵게 하신 말씀이다. 말뚝을 땅에 박는 말씀이었다. 한 곳에 박기 시작했으면 땅이 물러지더라도 계속 깊게 박으라고 하셨다. 다른 데로 옮겨서 얇게 박지 말라고 하셨다. 이 말씀을 하고 난 후 그날 돌아가셨다. 그게 마지막 말인 줄은 꿈에도 몰랐다. 우연인지는 모르지만 그 말씀을 나에게 남기셨다. 그 말씀이 맞는다고 생각한다. 나의 인생에서 중요한 말씀이 된다. 장모님은 천수를 누리다 돌아가셨다. 돌아가실 때까지 삶을 살아내셨다. 살아지는 대로 사신 분이 아니다. 정신을 길이길이 이어받는다.

✦육체와 정신 그리고 200년의 삶!

삶에 대한 기여를 굳이 따진다면 육체일까? 정신일까? 나는 감히 정신이 훨씬 앞선다는 편이다. 육체가 무너져도 정신으로 극복하는 경우는 허다하지만, 정신이 무너져서 육체가 대신하기는 어렵기 때문이다. 내 경우도 여실히 보여준다.

남이 100년 살 일을 비록 좀 짧게 살더라도 삶의 가치 면에서 200년 산 것처럼 산다면 오히려 낫다. 정말 열심히 그러고도 즐겁게 산 내 삶이 자랑스럽다. 시간의 한 축으로만 살아야 하는 인생이라 더욱 값지다. 당당한 자긍심을 갖게 되고 스스로 자랑스럽다. 옛 말에 '정신일도(精神一到) 하사불성(何事不成)'이라고 한 말은 성립한다. 죽을 복(?)에 '좋아하는 것을 하다가 죽자!' 하며 하는 데까지 하다 보니 지금도 여전히 병마와 동거하지만 너무 오래 살까 걱정이다. 쓸데없는 걱정이다. 좋아하는 걸 마음껏 한다. 내가 살아온 여정을 책으로 남긴다(만 67세가 되던 날의 솔직한 심정).

의지와 실천이 자기를 키우는 요체다. 모두들 잘 알면서도 되지 않는다. 당연히 해야 하지만 왜 그러지 못할까? 잠깐 각성하는 시간을 가져보고 가자. 사람은 편하려는 속성이 있다. 너무 편하려고 하면 문제가 생긴다. 삶이란 그 문제에서 빠져나오는 활동이라고도 말할 수 있다. 그런데 의지력과 실천력을 연마해놓지 않으면 힘이 든다. 칭기스칸은 세계를 지배해나가면서 중국을 쳐서 이길 것을 유언으로 남겼다. 그러면서 덧붙이기를 "궁중에 갇혀서 비단 이불을 덮고 자기 시작하면 망해갈 징조"라고 했다.

이처럼 사람은 너무 안락하고 편한 것에 혹하게 되어 있다. 실제로 원의 수도인 지금의 자금성, 즉 황궁 안에는 황제가 머무는 전통가옥인 게르가 있었다. 칭기스칸은 그만큼 절제를 생활화한 위인이었다. 이 또한 보통 사람에게도 들어맞는 말이다. 특히나 현대에 들어오면서 과학기술의 발달로 개개인의 삶의 영역에서 국경의 의미가 점점 줄어들고 있다. 칭기스칸 시대와 마찬가지로 새로운 정보화가 되면서 유목민의 정신이 절실해지는 이유이다.

굳은 의지로 자신의 대업(?)을 이루기 위해 실천을 하다 보면 항상 난관을 만나게 되어 있다. 그것은 굳은 의지와 더불어 실천에 대한 시험이라고 봐도 무방하다. 때로는 의지가 꺾이기도 한다. 이때 필요한 게 '자신을 타이르는 것'이다. 그래, 괜찮다! 그럴 수도 있지! 한 템포 쉬어 가자! 이렇게 자기를 위로할 수 있는 말을 만들어두는 것도 좋다.

내 경우는 이런 말 끝에 꼭 내 이름을 부른다. 의외로 효과가 좋다. 입 밖으로 소리 내어 말하면 더 좋다. 이 방법은 내가 만든 게 아니다. 직장 초년 시절에 한 동료가 이렇게 하는 것을 보고 따라한 거다. 해보니 효과가 있어 혼자 씨익 웃으며 배웠다. 하지만 또 다시 도전하여 난관을 극복하면 자신의 대업(?)은 반드시 이루어진다.

에필로그

책을 저술하는 것은 보통일이 아닙니다. 방대한 메모가 없으면 아마도 불가능하지 않았을까요? 기억력만으로는 가당치도 않습니다. 내 개인으로서는 살아온 흔적을 남기는 일입니다. 전자공학을 전공해서 직업으로 평생 영위했으니 집필이 쉬운 일이 아니었겠지요. 다행히 윗대 할아버지가 6권의 문집을 문중에 남겼습니다. 그런 피가 내 몸에 DNA로 일부 유전된 게 아닌가 합니다.

할아버지는 태어나기 전에 돌아가서서 뵙지도 못했습니다. 5년 전에 묘지를 정비하던 중에 비석문을 보고서야 알았지요. 할아버지는 유학과 도학에 정통했다고 합니다. 신학문을 하신 분이 어떻게 그리 하셨는지도 궁금했지요. 이런 연유로 나도 독서를 줄기차게 한 모양입니다. 이런 독서는 저의 풍족한 삶의 질을 향상시키는 데 긴요했고요. 저자들의 지혜가 들어 있었기 때문입니다. 내가 모자라는 힘을 그들로부터 차용한 셈이겠지요?

개인을 떠나 한 인간으로서 결단코 '살아낸 삶'에서 깨달은 바가 많았습니다. 더욱이 내가 직접 겪고 느끼고 했기에 믿어도 됩니다. 책으로 남겨 다른 사람에게도 삶의 힌트를 주는 것도 바람직하다고 생각했지요. 하고자 하는 의지와 실천력은 여러분의 몫입니다. 내가 거론한 삶의 요소들을 고려하면 비교적 가볍게 할 수 있지 않을까요?

삶이란 정답은 없지만 수많은 길이 있음을 알려주고 싶습니다. 그 길들 중에는 아무리 어려운 지경의 사람조차도 반드시 방법이 있습니다. 아무리 큰 고난과 고통이 있을지라도 길은 있게 마련입니다. 나 역시 그런 경험을 하고 극복해내는 과정에서 지혜가 길러졌답니다. 독자들에게 그 어떤 어려움이 있더라도 결코 절망할 일은 없다는 걸 일깨워주기 원합니다. 아무쪼록 진심으로 그리되기를 응원합니다.

마지막으로 독자 여러분, 만사 제쳐두고서라도 메모와 독서 그리고 취미만큼은 꼭 실천하시기 바랍니다. 바로 여러분의 미래가 그 속에 있습니다.